Agnes Krup

Sommergäste

Agnes Krup

SOMMER-GÄSTE

Roman

PIPER

Mehr über unsere Autoren und Bücher:
www.piper.de/literatur

Von Agnes Krup liegen im Piper Verlag vor:
Mit der Flut
Sommergäste

Zitiert wurde aus:
Carl Akeley, zitiert nach Melissa Milgrom, *Still Life: Adventures in Taxidermy*, New York: W. W. Norton, 2010. (übersetzt von Agnes Krup)

Zoë Akins, »I Am the Wind«, erschienen in: *The New Poetry: An Anthology*, herausgegeben von Harriet Monroe, Chicago: Ralph Fletcher Seymour, 1917. (übersetzt von Agnes Krup)

Tania Blixen, *Afrika, dunkel lockende Welt*, übersetzt von Rudolf von Scholz, München: Deutsche Verlags-Anstalt, in der Verlagsgruppe Random House GmbH, 1937.

Montagu Browne: *Practical Taxidermy: A Manual of Instruction to the Amateur in Collecting, Preserving, and Setting up Natural History Specimens of All Kinds*, London: L. Upcott Gill, 1884. (übersetzt von Agnes Krup)

Samuel Taylor Coleridge: *Der alte Matrose*, übersetzt von Ferdinand von Freiligrath, München: Josef Müller, 1925.

Robert Frost: »Beim Mauerflicken«, übersetzt von Dieter E. Zimmer, erschienen in einem Band mit Gedichten von Robert Frost, herausgegeben von Eva Hesse, Ebenhausen: Verlag Langewiesche-Brandt, 1963. (In diesem Fall war es nicht möglich, die Rechteinhaber zu ermitteln. Honoraransprüche bleiben gewahrt.)

FSC
www.fsc.org
MIX
Papier aus verantwortungsvollen Quellen
FSC® C014496

ISBN 978-3-492-05914-5

Satz: Satz für Satz. Wangen
Gesetzt aus der Adobe Caslon Pro
Druck und Bindung: GGP Media GmbH, Pößneck
Printed in the EU

Für Iva Marie

Ich bin der Wind, der wankt,
du bist das feste Land;
und wie ein Schatten gleit ich
über den Sand.

Ich bin das Blatt, das zittert,
du bist der starke Baum;
bist der Fixsterne einer,
ich bin des Meeres Schaum.

Zoë Akins

PROLOG

Die Schwalben

Hirundinidae

»Vor bösen Geistern schütz dich Gott,
Du alter Schiffsgenoss!
Was stierst du?« – »Mit der Armbrust mein
Schoss ich den Albatros!«

Samuel Taylor Coleridge

Rockcliff Isle, Mitte Juni 1925

Es war schon acht Uhr, als Crawford Maker den Hafen erreichte. Der Nebel war an diesem Morgen so dicht, dass es keinen Zweck gehabt hätte, früher aufs Wasser zu gehen, und auch jetzt war die Pier fast menschenleer. Die meisten Fischer hatten das Wetter ebenso im Blut wie Crawford, und alle ahnten, dass die Sicht heute kaum mehr besser werden würde. Ihre Boote lagen an den üblichen Plätzen, nur einige rostige Gaskanister standen auf der Pier für die nächste Ausfahrt bereit. Die Hummersaison ging dem Ende entgegen, und es würde den Treibstoff nicht lohnen, an diesem Tag auszufahren.

Crawford fuhr sich mit der Hand an die Innentasche seiner dicken Baumwolljacke – ja, der Kompass seines Großvaters und die alte Taschenuhr waren an ihrer Stelle. Er würde sie nicht brauchen. Auch er hatte nicht die Absicht, weit hinauszufahren, außerdem hätte er sich im Archipel ohnehin mit geschlossenen Augen zurechtgefunden. Aber er ging nie an Bord, ohne sich zu vergewissern, dass er beides bei sich hatte.

Das Fischerboot seiner Familie, größer als die meisten anderen und mit einer geschlossenen Kajüte, lag etwas abseits, an dem Steg der Fischfabrik. Der große Schuppen war frisch gestrichen, und von dem dunkelroten Hintergrund hob sich sogar im Nebel das leuchtende Weiß der Buchstaben ab: »Maker & Söhne, Fischverarbeitung und Export«. Er kletterte an der Strickleiter auf die »Miriam Elizabeth« hinunter, um sich auf ihrer Backbordseite über die Reling in sein kleines Ruderboot zu schwingen. Er würde nicht weit fahren; nur um die felsige Halbinsel herum, die sich nördlich des Hafens ins Meer schob. Auf der anderen Seite von Patterson's Cove, unterhalb des Schwalbennest-Leuchtturms, hatte er einige Hummerkisten, die er ausnehmen wollte. Doch selbst wenn sie leer waren, machte ihm das kaum etwas aus. Wenn er ehrlich war, fuhr er nur der Vögel wegen hinaus, wie fast jeden Tag. Jetzt, im Juni, hatte er fast immer Herzklopfen auf dem Meer, so gespannt war er. Es war Brutzeit, und die Insel war voller Vögel. In den hohen Kliffs und auf den Granitklippen, die sich jenseits von Patterson's Cove erhoben, brüteten alle erdenklichen Möwenarten, Seeschwalben, Sturmtaucher, Gryllteisten und Ohrenscharben. Er würde sie selbst im Nebel erkennen können, es genügte ihm schon, ihre Rufe und ihren Flügelschlag zu hören. Er dachte an das Pärchen von Wanderfalken, das er vor ein paar Tagen über den hohen Schwalbennest-Klippen gesehen hatte. Und die Kolonie von Krähen, die sich in der Nähe des Leuchtturms niedergelassen hatte. Unwillkürlich runzelte er die Stirn. Krähen waren die einzigen Vögel, die er nicht mochte. Schon gar nicht zur Nistzeit.

Er faltete die Persenning und schob sie in das kleine Hellegatt im Bug, löste den Knoten der Vertäuung und stieß das hölzerne Boot von der »Miriam Elizabeth« ab. Er zog die Ruder unter der Bank hervor und begann, mit kräftigen Zügen auf die Hafenmündung zuzurudern. Die Flut hatte gewendet, und das Wasser begann, in den Schlick der Bucht zurückzuströmen. Die Anstrengung machte ihm Freude, und er wusste, dass die Rückkehr einige Stunden später ein Kinderspiel sein würde.

Es war fast völlig windstill, als er den Bug des Ruderbootes nach Norden wandte. Angler's End, die felsige Halbinsel, die backbords vor ihm aufragte, war kaum zu erkennen, die dunklen Fichten, die sich auf ihr festklammerten, nur Schemen. Von der Westküste drang die Nebelpfeife über Rockcliff Isle hinweg, sogar ihr schriller Ton vom Nebel gedämpft.

Eine halbe Stunde später legte er die Ruder an. Er wusste, dass er Patterson's Cove passiert hatte, und hier, unterhalb des Schwalbennest-Leuchtturms, waren einige seiner Hummerfallen ausgelegt. Die hölzernen Markierungsbojen waren mit roten und weißen Streifen bemalt, den Farben der Makers, aber wahrscheinlich würde er in dieser Suppe über sie hinwegfahren, bevor er sie sah.

Crawford stutzte. Neben dem Boot, steuerbords, auf der dem offenen Wasser zugewandten Seite, hörte er Flügel schlagen. Ein paar Flügelschläge nur, oder nein – nicht einmal Schläge, eher ein leises Rauschen. Ein großer Vogel. Crawford richtete sich auf der Ruderbank auf, aber es war nichts zu sehen. Eine Kanadagans? Doch ihr Flügelschlag war rascher und flattriger. Ein Seeadler? Würde er so niedrig fliegen, ohne dass irgendeine Beute auf dem Wasser in Sicht war?

Da. Da war es wieder. Das Segeln weiter, kraftvoller Schwingen; kaum hörbar, und doch durchschnitt es den Nebel. Plötzlich eine Bewegung, die im Grau sichtbar wurde, erst nur eine Silhouette, dann ein Körper, schneeweißes Hals- und Brustgefieder, die Unterseite der Flügel von einem dunklen Graubraun umrahmt, ebenso der kurze, kräftige Schwanz. Fast wäre Crawford aufgesprungen. Er spürte sein Herz klopfen, ungewohnt schnell und heftig. Er kannte seine Vögel, jeden einzelnen in der Bay of Fundy. Aber diesen, diesen kannte er nicht. Er war größer als eine Heringsmöwe, kleiner als eine Gans, und seine Flügelspanne war weiter, als er es bei einem Vogel dieser Größe je gesehen hatte. Das Blut pochte ihm jetzt im Hals, in den Ohren. Es konnte nicht sein.

Crawford zog die Ruder völlig ein. Ohne den Blick zu senken, beugte er sich über die Ruderbank; seine Hände bewegten sich suchend darunter, fanden das Ölpapier, legten es auseinander. Er zog die Vogelflinte hervor, vorsichtig, leise. Wenn er ihn nur nicht vertrieben hatte. Aber nein, da war das Rauschen wieder. Es war ein so stiller Laut, vielleicht nur das Ächzen des Nebels, wenn er von dem Vogel zerteilt wurde. Hatte er sich doch getäuscht?

Crawford richtete sich wieder auf, den Blick angestrengt in das Grau gerichtet. Langsam, damit das Klicken möglichst gedämpft war, entsicherte er das Gewehr. Er brauchte nicht hinzusehen, seine Hände wussten, was sie taten.

Jetzt tauchte der Vogel vor ihm auf. Er flog sehr niedrig, es sah aus, als glitte er über die Wasseroberfläche. Crawford blickte auf ihn hinunter: Graubraun die Flügel und auch der Schwanz, aber das Rückengefieder dazwischen und auch das Kopfgefieder waren weiß. Der Vogel hatte kohlschwarze Knopfaugen, und auch der lange, vorn gerundete Schnabel war schwarz. Nur dass – hatte er es tatsächlich gesehen oder nur sehen wollen? – dass die Spitze des Schnabels einen roten Knopf trug, und dass sich daran ein gelber Streifen entlangzog. Crawford kniff die Augen zusammen, doch in diesem Moment glitt der Vogel in die Nebelbank zurück.

Das Meer lag so reglos, dass er es wagen konnte, in seinem kleinen Boot aufzustehen. Die Beine mehr als hüftweit auseinandergestellt, in den Knien wippend, hielt er die Balance. Er hob die Winchester an die Schulter, richtete den Lauf in die ungefähre Richtung, in die der Vogel verschwunden war, und wartete.

Wieder erschien das elegant segelnde Tier aus dem Nebel über dem Boot. Es schien keine Eile zu haben, stieg in die tief hängenden Wolken und senkte sich dann zurück bis fast auf die Wasseroberfläche. Der Vogel fraß; die Flut, die vor einer Stunde umgeschlagen war, musste genug Krill und kleine Tintenfische an die Oberfläche gespült haben. Crawford konnte den leuchtenden Streifen auf dem Schnabel jetzt gut erkennen. Landen würde der

Albatros nicht, dachte er. Bei der Windstille würde es ihm schwerfallen, von der Wasseroberfläche wieder abzuheben.

Crawford hob das Gewehr. Er folgte dem Vogel mit dem Auge, das er durch das Visier gerichtet hatte, das andere zugekniffen. Ein bisschen Gischt bildete sich dort, wo der Schnabel des Vogels das Wasser durchtrennte. Einen Moment später erhob er sich, schwer mit den Flügeln flappend, sein langsamster Moment. Ein einziger Schuss ertönte, ein fast albern kleines Paffen inmitten der Nebelschwaden. Der Albatros ließ die Flügel sinken und fiel auf die Wasseroberfläche.

Mit ein paar Dutzend kräftiger Ruderstöße hatte Crawford ihn erreicht. Er kniete im Boot nieder, darauf bedacht, den größten Teil seines eigenen Gewichts innenbords zu halten. Der Albatros war trotz der enormen Flügel leichter, als er erwartet hatte, er schätzte ihn auf weniger als fünf Pfund. Dort, wo die Kugel eingedrungen war, sickerte aus seiner Brust ein feiner Streifen Blut auf das weiße Gefieder. Vorsichtig zog Crawford ihn ins Boot, darauf bedacht, das Federkleid nicht zu beschädigen, die Flügel nicht zu verletzen.

Während er in seiner Werkzeugkiste nach einem Baumwollfetzen kramte, um die Wunde zu verschließen, hörte er ein helles Tuten durch den Nebel. Das Postschiff! Es würde bald den Schwalbennest-Leuchtturm umrunden. Er musste sich beeilen und nah an den hohen Felsen des Angler's Point zurückrudern, damit er nicht Gefahr lief, mit dem Schiff zu kollidieren.

Während Crawford sein Ruderboot wieder an der Reling der »Miriam Elizabeth« vertäute, tuckerte das Postschiff langsam um die Mole herum und manövrierte auf die Pier zu, die eigens im tiefsten Teil des Hafens errichtet worden war, damit es auch bei niedrigerem Wasser anlegen konnte. Er hatte einen Bindfaden um den Albatros geschlungen, um die Flügel am Körper zu halten. Wenn er nur eine Plane dabeihätte oder zumindest Zeitungspapier, um ihn einzuwickeln, aber er hatte nicht damit gerechnet, an diesem Morgen einem so großen Vogel zu begegnen. Vorsichtig legte er ihn auf dem Deck der »Miriam Elizabeth« ab und hielt inne, bevor er selbst über die Reling kletterte. Was für ein herrlicher Vogel dieser Albatros war. Ein starker, entschlossener König der Meere, der sich in die neblige Bay of Fundy verirrt hatte. Er konnte noch immer nicht glauben, dass er ihn hatte fliegen sehen. Er fühlte Stolz auf den Vogel, *seinen* Vogel: Es schien ihm, als habe der Albatros diesen langen Weg, Tausende von Meilen in die falsche Richtung, nur auf sich genommen, um ihm, Crawford Maker, zu begegnen, ihm zu zeigen, wozu ein Albatros fähig war. Und um seinen Traum zu verwirklichen, nur einmal im Leben einen Albatros mit eigenen Augen zu sehen. Crawford vergaß fast, dass er selbst es gewesen war, der des Vogels lange Reise zu einem jähen Ende gebracht hatte. Er fuhr ihm sanft mit der Hand über das Kopfgefieder. Gut gemacht, Meereskönig, dachte er, auch wenn du vom Weg abgekommen bist. Mit der rechten Hand fasste er die Füße des Albatros, hob ihn auf und sprang auf den Steg.

Als Crawford die Pier des Postschiffes erreichte, herrschte dort geschäftiges Treiben. Er blieb unwillkürlich stehen, den vom Meer und Nebel feuchten Albatros an den Füßen haltend; die Ankunft des Postschiffes war immer ein Ereignis. Mehrere Kaufleute warteten mit Karren oder Pferdewagen auf ihre Waren. Er sah Ralph Dillon vom Kaufmannsladen und auch den dicken Cossaboom, der aus der Bäckerei in Deephaven heraufgekommen war. Sherman Larsen, der letztes Jahr von seinem Vater das Amt des Postvorstehers übernommen hatte, wartete auf seine leinenen Postsäcke, und da waren auch Ron Beale und sein Sohn, Ronnie junior, mit Lucy, ihrem schweren Kaltblut, und dem Wagen. Offenbar wollten sie jemanden abholen, dabei war es noch früh in der Saison für die Sommerfrischler. Aber der Schiffsjunge wankte mehrmals mit schweren Koffern und Truhen von Bord, und hinter ihm erschienen auf der Gangway zwei auffällig städtisch gekleidete Frauen. Die eine erteilte dem Jungen Anweisungen, während die andere, die einen unförmigen Kasten in der linken Hand trug, mit der behandschuhten Rechten die Augen beschirmte und sich suchend umsah. Sie war nicht mehr jung, etwa in seinem eigenen Alter, schätzte er, um die vierzig, stämmig gebaut, in einem praktischen, warmen Tweedkostüm mit weißer Bluse und festen Schuhen. Sie hatte einen großen roten Schal dramatisch um ihre Schultern geschlungen und trug einen leinenen Sommerhut, den sie tief in die Stirn gezogen hatte.

In den kleinen Beale kam Leben. »Miss Overbeck!«, rief er und hüpfte winkend auf und ab. »Hier sind wir!«

»Wie wär's, wenn du zu ihnen rüberläufst und ihnen was abnimmst, Ronnie, anstatt hier herumzuhopsen?«, knurrte sein Vater.

Das Kind rannte los, und Beale senior folgte ihm in Richtung des Kofferbergs.

Beide Frauen hatten die Beales inzwischen bemerkt und winkten zurück. Die zweite, die mit der Organisation des Gepäcks beauftragt schien, war jünger, schlank, ebenfalls in einem warmen Wollkostüm. Unter ihrem frisch geschnittenen dunklen Pagenkopf sah ein von Wind und kaltem Nebel leicht gerötetes Gesicht hervor. Sie wirkte lebhaft und zugleich anmutig, wie sie mit entschiedenen Gesten den Schiffsjungen anwies. Es umgab sie eine sich selbst nicht bewusste Schönheit, eine Frische, die Crawford von den Frauen auf Rockcliff Isle nicht kannte.

Die Beales und der Schiffsjunge hantierten mit dem Gepäck. Rasch trat er auf die Gruppe zu.

»Kann ich Ihnen helfen?«, fragte er.

Im selben Moment wurde ihm bewusst, dass er nicht gut würde

helfen können, ohne den Albatros abzulegen. Und das wollte er nicht, damit das Gefieder auf der schmutzigen Pier keine Flecken bekam. Womöglich Öl- oder Teerflecken, das waren die schlimmsten.

Die ältere der beiden Frauen musterte ihn eindringlich. Jetzt, aus der Nähe, schien ihr Gesicht flächig, ein wenig bauernhaft, nicht recht in Einklang zu bringen mit dem gut geschnittenen Kostüm. Ihr aufgestecktes dunkelblondes Haar verschwand fast völlig unter dem Hut, und über ihre weitstehenden blassblauen Augen wölbten sich buschige, dunkle Augenbrauen, wie die eines Mannes. In der Hand trug sie einen großen Kasten.

»Was ist – ist der Vogel krank?«, fragte sie und deutete mit einem Nicken des Kinns auf den Albatros. »Er bewegt sich gar nicht.«

»Er ist tot«, sagte Crawford. »Ich habe ihn geschossen.«

ERSTER TEIL

Der Gelbnasenalbatros

Thalassarche chlororhynchos

*Die Zeiten, in denen Vögel wie auf Huthaken saßen,
steifbeinig und mit aufgerecktem Hals ins Leere starrend,
sind endgültig vorbei, und solche »Exemplare« finden sich
nur noch in düsteren Museen vergangener Tage,
in denen noch immer Grabesstimmung vorherrscht.*

Montagu Browne

I

Bay of Fundy, Mitte Juni 1925

Sie standen auf dem Oberdeck, während sich das Postschiff langsam durch die Schären aus der Bucht von Eastport schob. Ellen blickte zurück auf den Anleger, auf dem ein paar Passamaquoddy-Frauen die Korbwaren aus Birkenrinde zusammenräumten, die sie den Passagieren des Schiffes zum Kauf angeboten hatten. Sie hatten kaum ein Geschäft gemacht; es war noch früh in der Saison, und nur wenige Sommergäste waren an Bord gegangen.

Entlang des Kais standen die niedrigen Holzschuppen, in denen die Fischer ihre Netze und Geräte verstauten, und daneben, am Union Dock, von dem das Schiff gerade abgelegt hatte, befand sich der große Lagerschuppen der Reederei. Dorthin war am Vorabend ihr Gepäck gebracht worden, während sie selbst die Nacht in dem kleinen, nicht sehr bequemen Hotel verbracht hatten, das sie schon aus den Vorjahren kannten. Ellen hoffte, dass ihre Koffer am frühen Morgen ordnungsgemäß auf das Schiff verladen worden waren. Sie hatte danach sehen wollen, als sie an Bord gegangen waren, aber Charlotte hatte darauf bestanden, auf dem Oberdeck zu bleiben, um das Auslaufmanöver zu beobachten.

»Sieh nur, Delfine!«, rief Charlotte. Sie war aufgeregt wie ein Kind, voller Vorfreude, und ihre Augen glänzten. »Hast du sie gesehen?«

Ellen wandte den Blick vom Hafen auf das Wasser. Vielleicht

hatte Charlotte ein paar der kleinen Felsen, die von den Wellen umspielt wurden und jetzt, bei Niedrigwasser, hin und wieder nass glänzend auftauchten, für Delfine gehalten.

»Bestimmt werden wir auch noch Wale sehen, bevor wir ankommen«, fuhr Charlotte fort.

Ellen musste lächeln. Sie legte Charlotte eine Hand auf den Arm. »Ich glaube kaum, Lotte«, sagte sie. »Nicht heute. Schau nur, der Nebel!«

Das Schiff manövrierte sich langsam durch die Meerenge zwischen Lubec und der Insel Campobello, hinter der der Nebel wartete. Sie hielten direkt darauf zu – wie eine graue Wand stand er vor ihnen und verbarg die hohen Klippen von Rockcliff Isle. Sobald sie Campobello passiert und offenes Wasser erreicht hatten, würde die Morgensonne, die jetzt noch auf das Oberdeck schien, vom Grau verschluckt werden.

»Sobald wir da hineinfahren, gehen wir rein und trinken eine Tasse Tee«, sagte Charlotte.

»Lass mich vorher rasch nach dem Gepäck sehen«, schlug Ellen vor. »Ich will nur sichergehen, dass alles beieinander ist, wenn es nachher ausgeladen wird. Wenn sie etwas im Laderaum vergessen, müssen wir tagelang warten, bis das Schiff wiederkommt.«

»Ach, selbst wenn was fehlt, kommen wir über die Runden«, meinte Charlotte. »Wir haben unsere Zahnbürsten, und ich habe meine Schreibmaschine.« Die Oliver in ihrem Reisekoffer trug Charlotte immer bei sich. Ellen spürte ihren prüfenden Blick. »Du möchtest gar nicht nur wegen des Gepäcks runter in den Laderaum, sondern auch weil es dir hier oben nicht ganz geheuer ist, stimmt's?«, fragte sie.

Ellen nickte. Sie wurde schrecklich schnell seekrank, und auf einem Schiff zu sein mit nichts als tiefem Wasser unter sich war ihr tatsächlich nicht geheuer. »Du weißt doch, ich bin ein Kind der Berge«, sagte sie.

»Ba, Humbug!«, rief Charlotte und drückte ihre Hand. »Du kommst genauso aus dem Flachland wie ich.«

»Ja, aber aus meinem Kinderzimmer konnte ich die Rockies zumindest *sehen*«, gab Ellen zurück. »Was du von deiner Dachmansarde in Sandy Point aus nicht konntest.«

Es war ein alter, geübter kleiner Schlagabtausch, der ihnen beiden Freude machte. Doch jetzt sprang Ellen unwillkürlich von der Reling zurück, als direkt über ihnen das Schiff ein lautes Tuten ausstieß. Kurz darauf antwortete aus dem Grau vor ihnen der durchdringende Ton der Nebelpfeife auf den Klippen von Rockcliff Isle.

»Du bist ganz blass«, sagte Charlotte. »Hast du dich so erschrocken? Oder bist du doch schon seekrank? Komm, wir gehen rein in den Salon. Der Tee wartet.«

Ellen nickte und schüttelte gleichzeitig den Kopf. »Den Sonnenhut wirst du erst einmal nicht mehr brauchen«, sagte sie und deutete auf den zerknautschten Leinenhut, den sich Charlotte mit beiden Händen tief in die Stirn zog. Die »Prince Albert« war nun in die Nebelwand hineingefahren, und sofort legten sich Tausende salziger Nebeltröpfchen auf Haut und Kleider.

»Und ob ich den brauche«, gab Charlotte zurück. »Damit man mich nicht erkennt. Du ahnst gar nicht, wie froh ich bin, dem ganzen Trubel für den Sommer zu entgehen. Auf Rockcliff Isle weiß niemand, dass es diesen dummen Preis überhaupt gibt.«

Ellen musste lächeln. Der dumme Preis hatte Charlotte mehr bedeutet, als sie je zugeben würde. Aber es stimmte, sie war angespannt gewesen in den letzten Tagen in Chicago. Sie hatte schon seit Jahren recht guten Erfolg mit ihren Büchern, aber seit sie vor ein paar Wochen für ihren neuen Roman, *Die Unvergessenen*, den Pulitzerpreis bekommen hatte, wurde sie auf der Straße erkannt. Sie hatte sich in der Wohnung verschanzt, während Ellen die Reisevorbereitungen getroffen und nötige Besorgungen für ihr neues

Sommerhaus gemacht hatte. Selbst am Nachmittag ihrer Abreise war Charlotte in der La Salle-Station noch angesprochen worden, und am Abend im Speisewagen hatten zwei aufdringliche Frauen darauf bestanden, dass sie ihre Servietten für sie signierte. Charlotte hatte daraufhin das Schlafwagenabteil nicht mehr verlassen, bis der Express am nächsten Mittag in Boston eingetroffen war. Dort aber war noch mehr Wirbel um sie gemacht worden, weil ihr eine Ehrendoktorwürde verliehen wurde. Ihr war die Erleichterung anzumerken, als sie ein paar Tage später mit einem der sehr viel weniger komfortablen Züge der Boston & Maine RR endlich nach Rockcliff Isle aufgebrochen waren. Nirgends, das wusste Ellen, konnte Charlotte sich besser konzentrieren und produktiver arbeiten als dort. Schade, dass sie diesmal nicht würden sehen können, wie sie sich der Insel näherten.

Charlotte nahm ihre Schreibmaschine, und Ellen hielt ihr die schwere Tür zum Passagierraum auf. Doch als sie über die hohe Stahlschwelle stieg, hielt Ellen noch einmal inne – ein scharfes Geräusch war durch den Nebel zu hören, ganz anders als das langgezogene Klagen der Nebelpfeife, doch nicht weniger durchdringend: trocken, knapp.

»Was war das?«, fragte Ellen überrascht. »Es klang wie ein Schuss.«

Charlotte, unter ihrem tiefgezogenen Hut, schien nichts gehört zu haben. »Vielleicht ein Steinschlag.«

Der Nebel hatte sich nicht gelichtet, als die »Prince Albert« die Mole umrundete und sich an den Fähranleger von North Landing heranmanövrierte. Ellen hatte vom Deck aus nach Ronald Beale Ausschau gehalten, der sie mit seinem Pferdefuhrwerk abholen und zum Gästehaus in der Moses Cove bringen würde, und sie hatte ihn erst entdeckt, als das Postschiff praktisch gegen die Pier stieß. Die ersten Wochen würden sie in ihren üblichen Zimmern in Sarah Davidsons Gästehaus schlafen, während das Sommerhaus bezugsfertig gemacht wurde. Ihr eigenes Sommerhaus! Ellen wusste, dass sich Charlotte damit einen lang gehegten Traum erfüllte. Es fehle nur noch an wenigem, hatte Sarah in ihren Briefen versichert. Doch das Mobiliar, das Charlotte und Ellen in Chicago ausgesucht hatten, würde erst nach und nach angeliefert, und das Sommerhaus würde kaum bewohnbar sein, bevor alles ankam.

Ellen lief nun doch rasch die steile Treppe zum Frachtdeck hinunter, um die Gepäckstücke zu zählen. Es waren viele, viel mehr als in den vergangenen beiden Jahren, und der Schiffsjunge, der das Ausladen übernehmen sollte, beäugte den Stapel missmutig.

Quietschende Winden ließen langsam die Ladeklappe an ihren dicken Seilen herab, bis sie krachend auf die Pier schlug. Charlotte hüpfte vor Ungeduld, endlich von Bord zu gehen. Sie beschirmte die Augen mit der Hand – eine überflüssige Geste bei dem grauen Wetter, dachte Ellen –, um nach Ron Beale Ausschau zu halten, der über den Winter das Sommerhaus für sie gebaut hatte. »Die Schreibmaschine trage ich selbst«, sagte sie bestimmt und riss die Oliver zurück, die ihr der Schiffsjunge aus der Hand hatte nehmen wollen.

»Miss Overbeck!«, rief eine Stimme von der Pier. »Hier sind wir!«

Charlotte wandte den Kopf. »Mein Ronnie!«, rief sie zurück und winkte heftig.

Dann marschierte sie über den Landesteg auf die Pier, Ellen hinter sich, die mit dem Schiffsjungen diskutierte und gleichzeitig Ron Beale ein Zeichen gab, seinen Wagen näher heranzubringen. Fast wäre sie mit Charlotte kollidiert, die plötzlich stehen blieb. »Ellen«, flüsterte Charlotte, »was ist *das*?«

Ellen sah über Charlottes Schulter. Auf der Pier stand ein Mann, der das Einlaufen des Postschiffes zu beobachten schien. Auf seinem Rücken trug er ein Gewehr, dessen Riemen er über die Schulter geschlungen hatte. Und mit der rechten Hand hielt er die Füße eines großen weißbraunen Vogels, dessen lange Flügel mit Bindfaden umwickelt waren.

»Miss Overbeck! Miss Sinclair!« Ein Junge von sieben oder acht Jahren kam auf sie zugerannt. »Mein Vater bringt das Pferd!« Er wandte sich voller Ungeduld an Charlotte. »Miss Overbeck, ich habe *Der Zauberer von Oz* gelesen, genau, wie Sie gesagt haben. Ich kann jetzt sehr gut lesen!« Er schaute sich um und griff nach ein paar Hutschachteln, die der Schiffsjunge auf die Pier gestellt hatte. »Und ich habe hier«, er zögerte, aber dann zog er ein etwas zerdrücktes Exemplar von Charlottes letztem Roman aus seiner Jackentasche, »Ihr Buch? Meine Mutter bittet Sie, das Exemplar für die Inselbücherei zu signieren. Wo Sie doch jetzt berühmt sind.«

Nahm er wirklich die Kappe vor Charlotte ab? Wurde er tatsächlich rot? Ellen hielt den Atem an, denn sie wusste, dass Charlotte auf der Insel ihre Ruhe haben wollte. Aber Charlotte nickte, lächelte sogar, schob die Krempe ihres Sonnenhutes aus der Stirn und grub in ihrer großen Handtasche nach dem Füllfederhalter. »Ronnie«, sagte sie in ihrem wärmsten Ton, »wie groß du geworden bist!«

»Kann ich Ihnen helfen?« Der Mann mit der Flinte war herangetreten.

»Lass nur, Crawford, ich mach das schon.« Ron Beales Stimme klang fast beleidigt. Er hob ächzend Koffer, Truhen und Hutschachteln auf die Ladefläche, die sein Sohn oben eifrig zurechtrückte und verteilte. Mit dem Kinn deutete er auf den Vogel. »Du hast, scheint's, heute Morgen schon einen guten Fang gemacht. Und das bei dem Wetter.«

»So einen Fang habe ich noch nie gemacht«, sagte der Fremde ernst.

»Was ist … ist der Vogel krank?«, fragte Charlotte. »Er bewegt sich gar nicht.«

Ellen sah zwischen ihr und dem Fremden hin und her. Sie mit der Schreibmaschine in der Linken, er mit einem tropfenden weißen Vogel in der Rechten – die beiden sahen ungewollt aus wie Spiegelbilder voneinander.

»Er ist tot«, sagte der Mann ruhig. »Ich habe ihn geschossen.«

»Es ist gar kein Blut zu sehen«, beharrte Charlotte.

»Ich habe Baumwolle in die Wunde gestopft, um die Blutung zu stillen«, antwortete er. »Gefieder ist nicht leicht zu reinigen, schon gar nicht, wenn es weiß ist.«

»So einen Vogel habe ich noch nie gesehen!«, rief der Junge dazwischen.

Der Mann lächelte ein wenig. »Ich auch nicht, Ronnie. Es ist ein Albatros.«

»Ein *Albatros*?« Beale nahm die Pfeife aus dem Mund und schüttelte ungläubig den Kopf.

»Ein Gelbnasenalbatros. Thalassarche chlororhynchos.«

»Er ist riesig!«, rief Ronnie. »Er hat gigantische Flügel.«

»Für einen Albatros ist er eigentlich recht klein«, gab der Mann zurück. »Der kleinste unter ihnen, um genau zu sein.«

»Woher wissen Sie, dass es ein Albatros ist, wenn Sie noch nie einen gesehen haben?«, fragte Charlotte. Ellen sah förmlich, wie es hinter ihrer Stirn an einer neuen Idee arbeitete.

»Was werden Sie mit ihm machen?«, brachte sie heraus, ohne ihm Zeit für eine Antwort auf Charlottes Frage zu lassen. Der Mann sah nicht aus wie ein Fischer, dachte sie, obwohl er die typische Arbeitskleidung und Stiefel trug. Er war groß und schmal, hatte ein langes, ebenmäßiges Gesicht mit grauen, lebendigen Augen. Sein Haar war voll und dunkel, und abgesehen von einem kleinen Bärtchen auf seiner Oberlippe war er glatt rasiert, was die Fischer auf Rockcliff Isle auch nicht oft waren, schon gar nicht, wenn sie morgens vom Wasser kamen.

Jetzt wandte er sich Ellen zu. »Ich werde ihn präparieren«, sagte er.

»Sind Sie Ornithologe?«, bohrte Charlotte weiter.

Er nickte, ohne seinen Blick von Ellen abzuwenden. »Auch, ja. Und Präparator. Und manchmal Fischer.«

»Crawford hat eine große Vogelsammlung«, mischte sich Beale wieder ins Gespräch. »Vielleicht die größte in ganz Kanada. Sie sollten sie einmal ansehen.«

»Würden Sie es uns erlauben?«, fragte Charlotte eifrig. »Dass wir Sie besuchen?«

»Es wäre mir ein Vergnügen«, sagte der Mann zögernd und etwas steif. »Mein Name ist Maker. Crawford Maker.«

»Charlotte Overbeck«, sagte Charlotte. »Und meine Reisegefährtin, Miss Ellen Joy Sinclair.«

»Sehr angenehm«, sagte der Mann und deutete mit dem Kopf eine kleine Verneigung an. Ellen registrierte erleichtert, dass ihm Charlottes Name nichts zu sagen schien. »Sie werden verzeihen, dass ich Ihnen nicht die Hand gebe. Und wenn hier wirklich nichts zu tun ist, Ron …«, er wandte sich dem Wagen zu, wo Beale begonnen hatte, das Gepäck mit Stricken und ein paar Gurten zu sichern, und den Kopf schüttelte, »… wenn hier wirklich nichts für mich zu tun ist, werde ich den Albatros in meine Werkstatt bringen.« Er richtete seine grauen Augen wieder auf Ellen. »Kommen Sie gleich morgen Nachmittag, wenn es Sie wirklich interessiert, was ich mit ihm machen werde. Es ist das gelbe Haus am anderen Ende der Bucht, mit dem Tor aus Walknochen. Es liegt etwas hügelan, gegenüber der Kirche, aber Sie können es von der Uferstraße aus sehen.«

»Ich kenne das Haus«, sagte Ellen. »Wir sind schon oft dort vorbeigekommen. Sie haben so einen hübschen Garten.«

»Gehen Sie einfach ums Haus herum, meine Werkstatt liegt dahinter«, sagte er. Und mit einer erneuten kaum merklichen Verbeugung drehte er sich um und ging mit dem tropfenden Vogel die Pier hinab.

II

Rockcliff Isle, Mitte Juni 1925

»Ein seltsamer Mann, unser Crawford«, bemerkte Beale, während er den knarrenden Wagen die Uferstraße entlanglenkte. Mit dem Kinn deutete er den Abhang hinauf. »Zuerst hat sein Großvater dort oben gebaut, und sein Vater hat dann die gelbe Villa da hingesetzt. Der Großvater war Kapitän, ein guter Mann. Hat mal auf einem Walfänger angefangen. Der Vater hat die große Fischverarbeitungsfabrik am Hafen. Aber Crawford … ein Eigenbrötler. Immer nur mit seinen Vögeln und seinen Büchern zugange.«

»Er weiß wirklich alles über Vögel!«, rief Ronnie von hinten. Er saß auf einem großen Reisekoffer auf der Ladefläche des Wagens, während Ellen und Charlotte neben seinem Vater auf der Kutschbank Platz gefunden hatten. »Und er bekommt Post vom Festland.«

Das unterschied ihn allerdings von den anderen Insulanern, dachte Ellen, und sie sah wieder sein glatt rasiertes Gesicht vor sich. Bis auf den Arzt vielleicht, Doktor McEwan, und natürlich Sarah Davidson, die das Gästehaus in der Moses Cove führte, aber beide waren ja auch eigentlich keine Insulaner, sondern Zugezogene. Der Nebel hatte sich nun etwas gehoben, und Ellen konnte das gelbe Haus am Hang sehen. Es lag gegenüber der Kirche und dem Friedhof.

»Ist das Denkmal fertig, Ron?«, fragte sie.

Beale nickte bedächtig. »Es gibt eine Feier in ein paar Wochen, am Herrschaftstag. Dann wird es endlich eingeweiht.«

»Der Name meines Onkels wird auch draufstehen«, mischte sich Ronnie wieder ein. »Albert Beale.«

»Unser Denkmal ist nur für die Gefallenen aus North Landing. Unten in Deephaven planen sie ihr eigenes«, fuhr sein Vater fort.

»Schaffen wir es nach der Einweihung noch nach Deephaven?«, fragte Ronnie besorgt.

Ron Beale musste schmunzeln. »Er hat Angst, dass er den Seifenpfahl-Wettbewerb verpasst.«

»Ist dir das Wasser nicht zu kalt?«, fragte Ellen. Sie war eine gute Schwimmerin, in ihrer Kindheit hatte sie die Winterferien regelmäßig mit ihren Eltern in St. Augustine verbracht. An das von der Tide immer wieder umgewühlte kalte Wasser und die steinigen Strände von Rockcliff Isle allerdings hatte sie sich erst gewöhnen müssen. Und warum es die Inseljugend als einen Höhepunkt des Sommers ansah, auf einem eingeseiften alten Holzmast zu balancieren, von dem sie alle nach und nach ins eiskalte Hafenbecken von Deephaven stürzten, war ihr ein Rätsel.

»Ach wo, Miss Sinclair!«, rief der Junge. »Ich gehe schon seit Ende Mai schwimmen. Sie müssen mal mit zu meiner Badestelle kommen.«

»Natürlich kommen wir wieder zum Seifenpfahl-Wettbewerb!«, versprach Charlotte. Es war eine der wenigen Gelegenheiten, zu denen sie die Moses Cove verließ, und Ellen wusste, dass sie es nur Ronnie zuliebe tat. Eigentlich hasste sie auf Rockcliff Isle jedwede Unterbrechungen in ihrer Routine und ließ sich höchstens mit dem Wagen alle paar Tage zur Rose fahren, einem Restaurant am Hafen. »In ein paar Jahren bist du alt genug, Ronnie, um mitzumachen. O – stopp! Bitte halten Sie mal kurz an, Ron.«

Sie hatten Dillon's Corner erreicht, und Beale setzte gerade an, den schweren Wagen von der Uferstraße vorsichtig auf den Karrenweg zu lenken, der hier nach Westen zur Moses Cove abbog. Überrascht hielt er an, und Charlotte sprang behände ab. Sie streckte Ronnie die Hand entgegen. »Was ist?«, fragte sie. »Oder bist du jetzt zu alt für Lakritzstangen?«

Der Junge begriff; ein Strahlen breitete sich über sein Gesicht. »Dass Sie daran gedacht haben, Miss Overbeck!« Er rannte Charlotte nach, die schon über die Straße auf Dillon's Kaufmannsladen zustrebte.

Die letzte Meile auf dem Karrenweg wurde ihnen lang; je weiter sie sich von der Hafenbucht entfernten, desto dichter wurde der Nebel wieder, und die feuchte Kälte drang allmählich durch ihre Kleidung.

»Hoffentlich hat Sarah die Kamine in unseren Zimmern angemacht«, sagte Charlotte. »Und einen Hunger habe ich!«

»Ich habe auch schon Holz in Ihrem neuen Schuppen gestapelt, Miss Overbeck«, sagte Beale. »Wir warten wirklich nur noch auf Ihre Möbel. Und die Gardinen. Und den Herd.«

Das neue Sommerhaus hatte weder Strom noch fließendes Wasser, sie hatten es absichtlich einfach haben wollen. Aber Charlotte hatte auf einem Luxus bestanden – einem Monarch, einem gewaltigen Feuerherd, der ebenfalls vom Festland angeliefert werden musste. Dabei kochten sie beide nicht gern und schon gar nicht gut. Bestimmt würden sie ihn fast nur zum Heizen benutzen und auch weiterhin die meisten Mahlzeiten im Speiseraum des Gästehauses einnehmen. Oder in die Rose gehen, denn Sarah Davidson war ebenfalls nicht für ihre Kochkünste berühmt.

»Es ist gar nicht zu sehen, unser Sommerhaus«, sagte Charlotte enttäuscht, als Beale den Wagen in die Einfahrt des Gästehauses lenkte. Sie wäre, das sah Ellen, am liebsten schon wieder vom Wagen gesprungen und der schwerfälligen Lucy vorangelaufen.

»Es ist fünf Minuten zu Fuß vom Gästehaus, Miss Overbeck«, gab Beale zu bedenken. »Durch die Bäume da. Dieser verdammte Nebel.« Der Muschelsplit knirschte unter den Rädern, als er die Zügel zog.

»Endlich!« Sarah Davidson kam aus der Eingangstür, sich die Hände an ihrer Schürze abwischend. »Das Schiff hat lange gebraucht bei dem Wetter da draußen, was? Ich habe gerade Tee gekocht.«

Sie umarmte nacheinander die beiden Frauen, die vom Kutschbock herunterkletterten. »Und Sally hat extra für euch gebacken – Hefebrötchen mit Dulse.« Sie lachte hell auf, als sie Charlottes erschrockenes Gesicht sah. Dulse war eine Spezialität der Insel – salziger Tang, den die älteren Männer auf Rockcliff Isle im Sommer am Strand sammelten und trockneten. »Das war ein Scherz, Charlotte! Mit Rosinen. Und deine Sahnebonbons aus New York sind auch schon angekommen.«

»Wunderbar!« Charlotte liebte die gemischten Sahnebonbons aus Mary Elizabeth's Confiserie, und der Lektor ihres Verlages in New York dachte jeden Sommer daran, ihr einen Vorrat nach Rockcliff Isle zu schicken.

»Ihr seid fast die ersten in diesem Jahr«, plauderte Sarah weiter. »Nur Mrs. Meriwether ist schon da. Sie ist ja jetzt pensioniert.«

Ellen sah, wie Charlotte das Gesicht verzog. Mrs. Meriwether war eine Bibliothekarin, die bei den abendlichen Zusammenkünften der Sommergäste ständig mit ihrem Detailwissen über Charlottes Romane prunkte und versuchte, Charlotte Ratschläge für die Themen ihrer nächsten Bücher zu geben. Dennoch gab sich sogar Charlotte Mühe, ihr gegenüber freundlich zu bleiben, denn sie war diejenige gewesen, die sie überhaupt auf Rockcliff Isle aufmerksam gemacht hatte. Nun, sobald das Sommerhaus fertig eingerichtet war, brauchten sie nicht mehr jeden Abend mit den anderen Damen im Kaminzimmer des Gästehauses zu verbringen, sondern konnten sich nach dem Abendessen einfach zurückziehen, wenn ihnen danach war.

»Wir haben am Hafen einen Riesenvogel gesehen!«, rief Ronnie.

Beale schob die Mütze aus der Stirn. »Ja, das stimmt, Sarah. Einen Albatros, so etwas habe ich mein Lebtag noch nicht gesehen.«

»Wie kommt ein Albatros in unseren Hafen?«, fragte Sarah überrascht.

»Maker hat ihn geschossen«, sagte Beale. »Aber du hast recht, das erklärt nicht, wie er überhaupt –«

»Wer ist denn eigentlich dieser Mann, Sarah?«, fragte Charlotte von der Eingangstür. »Crawford Maker. Angeblich sammelt er Vögel? Du hast uns nie von ihm erzählt.«

»Ach, er ist ein komischer Kauz«, antwortete Sarah. »Obwohl du recht hast, mit Vögeln kennt er sich aus. Er hat eine große Sammlung, mindestens zweihundert Stück. Ich dachte nicht, dass euch das interessiert, sie sind ja nur ausgestopft.« Sie blickte Ellen an. »Keine Kunst.«

Keine Kunst, dachte Ellen und sah vor sich wieder den Albatros. Eigentlich war er gar nicht so groß gewesen, aber mit diesen weiten Schwingen … Sie spürte, wie neugierig sie darauf war zu sehen, was Crawford Maker mit ihm machen würde.

»Na, dann will ich mal«, sagte Beale, der inzwischen das Gepäck abgeladen und ins Haus gebracht hatte. »Ich muss zurück zur Kirche, ich habe Pfarrer Ingerud versprochen, dass ich helfe. Mit dem Beet.«

»Am Herrschaftstag wird das Denkmal für die Gefallenen eingeweiht«, erklärte Sarah, »aber das hat euch Ron sicher schon erzählt. Die ganze Insel spricht von nichts anderem. Und die Steine für das Denkmal sind aus unserer Bucht hier.« Sie deutete mit der Hand hinter sich.

»Es sind welche übrig geblieben, Miss Overbeck, Miss Sinclair«, sagte Beale. »Daraus bauen wir Ihnen eine schöne Steinmauer diesen Sommer, ich und Ronnie hier. Hinter Ihrem Haus.«

»Sogar der General-Gouverneur kommt«, sagte Ronnie.

»Und wir kommen auch«, meinte Charlotte. »Und wir werden schon dafür sorgen, junger Mann, dass du es hinterher noch rechtzeitig zum Seifenpfahl-Wettbewerb schaffst.«

Nach dem Tee war der Nebel endlich einem späten Nachmittagslicht gewichen. Während Sally die Koffer auspackte, nahmen Charlotte und Ellen den schmalen Pfad durch das Gehölz in Richtung der Klippen. Ein Stück vor ihnen, am Hang gelegen, tauchten bald die Umrisse eines Daches auf, das Ellen bekannt vorkam – bekannt deshalb, weil sie selbst im vergangenen Sommer die Pläne für das Sommerhaus gezeichnet hatte. Es war ein mit Zedernschindeln gedecktes, anderthalbstöckiges Haus, wie sie hier üblich waren, an dessen aus Brettern gezimmerter Terrasse sich übereck ein Schuppen für Holz und Vorräte anschloss. Die Fenster in den beiden Giebeln des Sommerhauses waren ungewöhnlich lang, sie reichten fast bis zum Fußboden des Dachbodens und hatten Läden, mit denen man sie vor Sonne und Wetter schützen konnte. In ihrer Jugend in der kleinen Präriestadt Sandy Point in Colorado hatte Charlotte, die Älteste von einem halben Dutzend Geschwister, eine kleine Dachkammer für sich allein gehabt, von der sie noch immer schwärmte. Ellen hatte die Idee gehabt, die Fenster in beiden Giebeln des Sommerhauses genau jenem Giebelfenster nachzubauen.

Der Dachboden, zu dem eine enge Wendeltreppe führte, würde fast vollständig leer bleiben, bis auf einen Holzofen, ein paar Bücherregale, eine Truhe und Charlottes Schreibtisch, den sie unter eines der Giebelfenster stellen würden. So hatte Charlotte einen Blick über die Moses Cove, über die Wiese, die vom Haus zu den steilen Klippen führte, den steinigen Strand tief darunter und das Heringwehr, das vor der Bucht angelegt war. Aber sie würden den Tisch leicht umstellen können, sodass Charlotte in stürmischen Wochen am östlichen Ende des Dachbodens sitzen konnte, wo sich ein Hang von Tannen und Felsbrocken aufwärts zog. In der geschützten Lage vor diesem Fenster wollte Ellen eine Schwarz-Pappel pflanzen, die Charlotte an den raschelnden Baum vor ihrem Kindheitsfenster erinnern sollte. Das Bäumchen stand schon seit dem vergangenen Sommer in einem großen Tontopf in Sarahs verglaster Veranda, und Ellen hoffte, dass es nach der Auspflanzung zwischen die Nadelbäume dem klammen Inselwetter standhalten würde. Und dann wollte sie in den kommenden Tagen noch eine Überraschung für Charlotte vorbereiten, während Ron Beale die Tischlerarbeiten zu Ende brachte und an seiner Mauer baute.

»Und schau!« Charlotte lief ums Haus herum und winkte Ellen eifrig. »Eine Überraschung für dich!«

Ellen ging ihr nach auf die wettergeschützte Seite des Sommerhauses. Zwischen zwei Tannen war eine Hängematte angebracht. Jemand hatte sich viel Mühe gemacht und sorgfältig die unteren Äste der Tannen abgesägt, damit die Hängematte Platz fand und schwingen konnte. Die Seile waren auf jeder Seite um eine Astgabel geschlungen und mit einem kompliziert aussehenden Seemannsknoten befestigt.

»Ich war extra noch bei Field's, um sie zu bestellen«, sagte Charlotte stolz. »Sie ist aus ganz festem Segeltuch.«

Charlotte, die sich in den vergangenen Wochen fast nicht mehr aus dem Haus getraut hatte, war bei Field's gewesen, um ihr eine Überraschung zu bereiten? Ellen spürte eine freudige Wärme in sich aufsteigen. »Bestimmt viel bequemer als die elende Netzhängematte«, sagte sie. Sie trat neben Charlotte und strich mit der Hand über den hellen Stoff. Vom Nebel war er feucht.

Charlotte nahm ihre Hand. »Ich wusste, dass sie dich daran erinnern würde«, sagte sie leise.

III

Chicago, Februar 1912

Ellen ist fest eingeschlafen an jenem Nachmittag. Sie ist allein in der Wohnung, Isadora und Marjorie sind beide noch im Konservatorium. Morgens hat sie an Skizzen für die neuen Gartenanlagen des Landhauses Bella Vista gearbeitet. Die Brookes, eine der reichsten Familien der Stadt, haben die Villa vor ein paar Jahren gekauft, sie liegt hoch über dem Lake Geneva in Wisconsin. Jetzt sind sie mit der Renovierung des Hauses fertig und dringen darauf, den Garten herzurichten. Lawrence will mit der Anlage der Terrasse beginnen, sobald es das Wetter zulässt, und Ellens neue Aufgabe sind Vögel. Doch mal etwas anderes als ihre Springbrunnen-Frösche, hat Lawrence gemeint und sie aufs Haar geküsst, während er den Grundriss des Terrassenplans vor ihr ausgebreitet hat. Die alte Mrs. Brooke hat sich extra Vögel gewünscht, als Überraschung für ihre Schwiegertochter, die sich angeblich für Naturschutz interessiert.

Bronzene Frösche und kleine Fische mit aufgerissenen Mäulern, aus denen Wasser sprudelt, das ist eigentlich Ellens Spezialität. Aber jetzt hat sie sich aus der Universitätsbibliothek ein paar Vogelbestimmungsbücher und einen schweren Band über die Anatomie der Wirbeltiere besorgt und begonnen, Vögel zu zeichnen, Reiher, Kraniche, Pelikane, Tauben. Es geht ihr noch schwer von der Hand; sie kommt noch nicht zurecht mit dem Zusammenspiel von Flügeln und Körper, den Formen der Schnäbel und der Verbindung von Köpfen und Hals.

Eigentlich hat sie sich in der Hängematte nur ein bisschen ausruhen und in den Vogelbüchern blättern wollen, bevor Lawrence kommt, um sie für die Oper abzuholen, doch dann hat sie das Deckenlicht gelöscht. Es ist warm im Wohnzimmer, die Zugehfrau hat noch einmal Kohlen nachgelegt, bevor sie gegangen ist. Und die Hängematte hat so verlockend ausgesehen.

Eine blau-weiße Netzhängematte im Wohnzimmer aufzuhängen – das ist Isadoras, Marjories und Ellens Ausdruck einer unkonventionellen Künstlerexistenz. Dabei ist es nicht so, als müsse eine von ihnen tatsächlich mit einer Hängematte auskommen. Sie stammen alle drei aus gutbürgerlichen Häusern, vor allem Izzy, die Pianistin werden will und deren Vater ein prominenter Richter in St. Louis und sehr vermögend ist. Auch Ellens Vater ist gut situiert als Bankier, er hat sein Geld mit Zinkminen in Colorado gemacht. Er unterstützt sie noch immer, nachdem er eingesehen hat, dass die Bildhauerei keine brotlose Kunst ist. Und inzwischen verdient sie obendrein ein bisschen mit den Fröschen und Fischchen, die dank Lawrences Vermittlung in diversen Gartenanlagen der besseren Gesellschaft in Evanston und auf der South Side ihr Wasser sprudeln lassen. Jedenfalls muss keine von ihnen dreien die Nächte in einer Hängematte verbringen.

Ellen träumt wirres, schwüles Zeug, von Lawrence, von den Vögeln, an denen sie sich so sehr abmüht, von einem Flügel, der sich von hinten schwer um ihre Taille legt, einer Feder, die sie durch die Maschen der Hängematte im Nacken kitzelt. Sie fährt hoch, etwas kitzelt sie tatsächlich im Nacken. Ihr Buch plumpst zu Boden, die Hängematte schwankt, und ein Vogel ruft klagend. Nein, denkt sie, noch traumbenommen, das war kein Vogel, eher ein überraschtes, sehr menschliches Kieksen.

Ihr ist heiß; sie fährt sich mit der Hand über die vom Schlaf zerzausten Haare und das Gesicht, fühlt, dass sich das Netzmuster in ihre Wange gedrückt hat. Vorsichtig setzt sie sich in der schwankenden Hängematte auf.

Im Halbdunkel sieht sie eine Gestalt im Türrahmen stehen, die Hände zu einer erschrockenen Geste erhoben.

»Es tut mir so leid«, stammelt die Gestalt, »ich wollte … ich dachte …«

»Wie sind Sie hereingekommen?«, fragt Ellen scharf, nun völlig wach. »Ich habe Sie nicht klingeln hören.«

»Ich habe – Izzy hat mir einen Schlüssel gegeben. Ich bin eine Freundin von Isadora«, erklärt sie.

»Davon hat sie nichts gesagt«, sagt Ellen, noch immer mit Schärfe in der Stimme. »Und Sie hätten trotzdem klingeln können.« Sie mustert die Besucherin genauer. Sie scheint etwas älter als ihre beiden Wohngenossinnen, und weniger attraktiv. Ihr eher plumper Körper steckt in einem abgetragenen wollenen Wintermantel, und auf dem Kopf trägt sie einen altmodisch hohen Pelzhut.

»Ich wollte sie überraschen«, fährt die Fremde fort. »Und als ich Sie in der Hängematte sah, da dachte ich –«

»Das Kleid!«, fällt Ellen ihr ins Wort. Sie schlägt sich mit der Hand an die Stirn. »Sie dachten, ich sei Izzy, weil ich ihr Kleid anhabe.« Sie sieht an sich herab; das weinrote lange Samtkleid steht ihr eigentlich besser, denkt sie nicht zum ersten Mal. Izzy ist dafür zu blass und zu blond.

Die Gestalt mit dem Pelzhut nickt. »Ich bitte nochmals um Entschuldigung.«

Gegen ihren Willen muss Ellen lachen. »Sie hat mir das Kleid geliehen für die Oper heute Abend.«

»*Mignon*!«, ruft die Fremde.

Wer ist diese Person? Warum hat sie einen Schlüssel und warum unterhält sie, Ellen, sich in ihrem eigenen Wohnzimmer mit ihr? Jetzt beginnt sie zu summen: »*Connais-tu le pays où fleurit l'oranger ...*«

Die Frau muss bemerkt haben, dass Ellen sie anstarrt, denn sie bricht ab und entschuldigt sich schon wieder. »Ich bin Journalistin bei der *Tribune*. Ich schreibe oft Opernkritiken, deshalb weiß ich immer, was auf dem Spielplan steht.« Sie streckt die Hand aus: »Charlotte Overbeck.«

»Ellen Joy Sinclair«, sagt Ellen förmlich, erhebt sich aus der schwankenden Hängematte und streckt ihr etwas steif die Hand entgegen.

»Sie sind die Bildhauerin!«, ruft die Journalistin aus. »Die im Herbst eingezogen ist. Izzy hat von Ihnen erzählt.«

»Nun, von Ihnen hat sie *nicht* erzählt«, gibt Ellen zurück. »Ich dachte, alle ihre Freunde sind Musiker aus dem Konservatorium.«

»Ich kenne sie schon länger«, sagt die Besucherin; es klingt fast eifrig. »Aus St. Louis. Da war sie gerade mit der Schule fertig.«

»Sie sind auch aus St. Louis?«, fragt Ellen überrascht. Der Akzent der Journalistin erinnert sie eher an ihre eigene Heimat, Denver.

»Nein, nein, aus dem Westen. Aber ich war Lehrerin an einer Oberschule in St. Louis, an der St. Joseph Akademie«, sagt Charlotte. »Latein und Literatur. Französische Literatur vor allem. Ich hatte ein Zimmer zur Untermiete in dem Haus ihrer Familie. Bis Izzy ans Konservatorium nach Chicago gegangen ist.« Sie seufzt.

Es ist wirklich seltsam, denkt Ellen, dass Izzy nie von dieser Charlotte erzählt hat. Sie räuspert sich. »Isadora ist nicht zu Hause. Und ich muss mich zurechtmachen, ich bin schon verspätet.«

»Oh, natürlich, es macht mir nichts aus zu warten. Vielleicht könnte ich ... Während Sie sich fertig machen, dürfte ich mich vielleicht in die Hängematte legen? Ich habe immer etwas zu lesen dabei.«

Kann man sie denn gar nicht loswerden? Sie wird mit Izzy darüber sprechen müssen. Ungeduldig wedelt Ellen mit der Hand. »Bitte, nur zu. Der Lichtschalter ist neben der Tür.« Sie rauscht aus dem Zimmer in den Flur. Jedenfalls hofft sie, dass ihr Abgang einem Rauschen gleicht.

»Das war erstaunlich gut«, sagt Lawrence, als er ihr nach der Vorstellung in den Mantel hilft. »Sehr ordentliche Solisten. Vielleicht die Bläsersektion nicht ganz auf der Höhe, aber insgesamt – ich muss sagen, ich habe es an der Opéra Comique kaum besser gehört. Hat es dir gefallen?«

Ellen nickt. Sie weiß, dass Lawrence eigentlich gar keine Antwort erwartet, nachdem er sein eigenes Urteil gefällt hat.

»Vielleicht noch ein Glas Champagner im Palmer? Oder bist du hungrig? Ich habe Fernand gesagt, er soll uns auf jeden Fall einen Imbiss zurechtmachen, bevor er schlafen geht.« Er sieht sie erwartungsvoll an.

Ellen denkt an Lawrences großzügige Wohnung im Fine Arts Building, den Blick von dort auf das glitzernde, dunkle Chicago und Lake Michigan, an das knisternde Feuer, welches das mit roten Tapeten bezogene Schlafzimmer erleuchtet und sich in dem stets blitzblank geputzten Kaminbesteck spiegelt. Dann denkt sie daran, wie es ist, am Morgen in seinem Bett aufzuwachen. Auf einem Tischchen im Flur wird sie eine kleine silberne Kanne mit dampfendem Kakao vorfinden, von dem diskreten Fernand dort für sie bereitgestellt. Und hinter der geschlossenen Tür des Salons, der auch als Arbeitszimmer dient, wird sie Lawrences Stimme hören, kräftig, voller Autorität, wie er am Telefon Anweisungen erteilt oder Mockford, seinem streberhaften Sekretär, diktiert. Wenn er überhaupt noch in der Wohnung ist; oft fährt er schon vor sieben in sein Atelier. Sie wird das Tablett mit der heißen Schokolade ergreifen, hastig mit der Schulter die schwere Tür zum Schlafzimmer wieder schließen, noch einmal in das satinbezogene Federbett sinken und auf das Wasser hinaussehen. Dann wird sie überlegen, was wohl Fernand von ihr denken mag. Oder der Sekretär. Und auch, ob Fernand an anderen Tagen anderen jungen Frauen mit bildhauerischen Ambitionen das Silberkännchen vor Lawrences Schlafzimmertür stellt.

Sie schüttelt den Kopf. »Heute nicht. Ich muss nach Hause und mit Izzy schimpfen. Sie hat einer wildfremden Frau unseren Wohnungsschlüssel gegeben, ist das nicht unmöglich? Irgend so einer Journalistin in einem zerdrückten Fellhut, plötzlich stand sie mitten im Wohnzimmer. Eine aufdringliche Person, ich wurde sie überhaupt nicht wieder los. Als du geklingelt hast, war sie immer noch da. Sie hat sich einfach in die Hängematte gelegt.« Sie fühlt seinen Blick auf sich. »Bist du mir böse?«

»Ein bisschen enttäuscht vielleicht«, sagt er. Dann zieht er grüßend den Zylinder, den er eben erst aufgesetzt hat. Ein elegant gekleidetes Paar nickt ihm im Vorbeigehen zu. »Das war Cullough, er ist im Planungsausschuss. Wichtiger Mann.« Er wendet sich wieder Ellen zu. »Ich bin dir nicht böse, wenn du mir versprichst, mich das nächste Mal nach Paris zu begleiten. Damit ich dort nicht immer allein in die Oper gehen muss.«

Ellen nickt, doch ihr ist nicht ganz wohl dabei. Sie ist bereits im Jahr zuvor in Paris gewesen, und das hat sie Lawrence zu verdanken; es ist ihr nur zu bewusst. Sie errötet noch immer, wenn sie daran denkt, wie naiv sie bei ihrer Ankunft in Chicago vor ein paar Jahren gewesen ist – ein siebzehnjähriges dummes Ding mit der vagen Idee, etwas »mit den Händen« machen zu wollen. Sie hat von Kindheit an gut gezeichnet, schon in der Schule Preise gewonnen, und ihr Vater hat ihr einige Semester an der Kunstakademie von Cincinnati spendiert, die, wie er sagt, »einen guten Ruf« hat, das habe ihm jemand in seinem Klub erzählt. Er hat sich bereit erklärt, ein paar Jahre geduldig abzuwarten, bis sich diese »künstlerische Phase« bei Ellen wieder legt. Ihre Mutter hat ihr mehr oder weniger deutlich nahegelegt, neben den Kursen im Zeichnen und in Ölmalerei doch bitte auch Kunsthandwerk zu studieren – wäre nicht der Entwurf von Tapetenmustern etwas für sie? Alle Welt habe jetzt Tapeten, man könne sie sogar bei Sears im Katalog bestellen. Und sie solle um Himmels willen die Anatomie-Vorlesung aufgeben, bei der sie der Sektion der Leiche einer jungen Frau hat zusehen müssen und ein menschliches Auge in der Hand gehalten hat. Was denn das, bitte schön, mit Zeichnen zu tun habe?

Doch eines Tages entdeckt Ellen in einem leeren Kellerraum der Akademie unter einem feuchten Tuch mehrere Ballen nassen Tons. Sie nimmt einen davon auf, und es ist, als wüssten ihre Hände endlich, was sie tun wollen. Niemand hat ihr gesagt, dass die Akademie in Cincinnati überhaupt Klassen in Bildhauerei anbietet. Noch am selben Nachmittag schreibt sie sich für den Kurs ein: Tonarbeiten nach Modellen. Etliche Wochen lang arbeitet sie an einem Tonfuß, dann an der Figur eines Jungen, dem Kopf eines alten Mannes, nach Modellen, die auf den von Gips stets staubigen Regalen des Kellerraumes aufgereiht sind. Jede Woche erscheint im Keller ein alter italienischer Professor, der angeblich in seinen besten Jahren eine wichtige Reiterstatue in Chicago geschaffen hat. Er nickt, schüttelt den Kopf, kritisiert, macht Vorschläge, und er nimmt sich für keine der studentischen Arbeiten mehr Zeit als für Ellens. Ihren Eltern sagt sie nichts davon.

Nach einem Jahr voller Tonfüße, Tonhände, Tonnasen und schließlich sogar einem kleinen Tonpferd nimmt der alte Italiener sie zur Seite. Lawrence Godefrey, sein berühmter Kollege in Chicago, habe eine große Kommission der Stadtverwaltung erhalten für ein Denkmal in den neuen Parkanlagen nahe dem Lake Michigan, eine moderne Interpretation der Lebenstreppe sei das

Thema. Und er suche noch Assistenten. Lawrence Godefrey! So schnell hat Ellens Herz noch nie geschlagen. Sie schreibt ihren Eltern noch am selben Tag: Sears suche junge Künstler für die Innendekorationsabteilung, besonders für Tapeten, und sie müsse sich in Chicago vorstellen. Ihre Mutter ist erleichtert, ihr Vater schickt das Reisegeld, der alte Italiener gibt ihr einen Empfehlungsbrief, und zwei Tage später steht Ellen in Godefreys Atelier auf dem Gelände der Universität von Chicago. Eigentlich sind es ein paar umgebaute alte Scheunen, in denen Assistenten in Arbeitskitteln mit Werkzeugen und Eimern hin- und herhuschen oder über Modelle gebeugt stehen, während der Meister selbst gerade in atemberaubender Geschwindigkeit aus einem Tonblock eine Figur nach einem jungen, nackten Mädchen modelliert, das vor ihm auf einem Podest in der Hocke sitzt.

Ellen erschrickt. Sie hat noch nie mit einem lebenden Modell gearbeitet. Sie hat noch nicht mal ein lebendes Modell gezeichnet. Und noch mehr erschrickt sie, als Godefrey, nachdem er den Brief gelesen und ihr einen schweren Kattunkittel gegeben hat, wissen will, ob sie Erfahrung hat im Umgang mit der Punktiermaschine. Was, um Himmels willen, ist eine Punktiermaschine? Er muss ihren verwirrten Ausdruck bemerkt haben, und der alte Professor muss in dem Brief wirklich nette Sachen über sie gesagt haben, denn Godefrey zeigt ihr selbst den Umgang mit den Punktiernadeln und Reitern.

Das Atelier verlässt sie im folgenden Jahr eigentlich nur zum Schlafen – sie hat ein tristes Zimmer in einem Wohnheim für junge Studentinnen gefunden, das sich nach der Erbauerin vollmundig die Susan Lathrop Brooke-Halle nennt.

In Professor Godefreys Atelier schleppt sie Wassereimer, rührt Gips an und spült Gießkörper aus. Sie vermisst, sie zeichnet, sie punktiert und kraxelt unzählige Male mit Ton und Geräten beladen die hohen Leitern hinauf und hinunter. Einmal, während sie eine eiserne Stange mit Gips belegt, um sie allmählich in den Arm einer Frau von walkürischen Ausmaßen zu verwandeln, verliert sie das Gleichgewicht und rutscht, zwischen dem hohen Baugerüst und dem Gipsmodell eingeklemmt, mehr zu Boden, als dass sie fällt. »Studie in Blau und Grün«, nennen sie die anderen Assistenten danach, und es klingt anerkennend und ein bisschen neidisch. Längst ist klar, dass sie besser ist als alle anderen, Godefreys arroganter erster Assistent und Sekretär Charles Mockford eingeschlossen. Sie gönnt sich nach der Rutschpartie nicht einen einzigen Tag eine Ruhepause.

Eines Tages lädt Godefrey sie zum Tee zu sich nach Hause ein – die anderen Assistenten sollen nichts davon wissen, wispert er ihr zu. Die pompöse Eingangshalle des Fine Arts Buildings schüchtert sie ein, der livrierte Empfangsportier, der einen ebenso livrierten Fahrstuhlführer anweist, sie in den sechsten Stock zu fahren, die Tatsache, dass ihr ein Butler die Tür zu Godefreys Wohnung öffnet und sie wissen lässt, dass der Professor sie erwarte, noch mehr. Die Arbeit an dem großen Parkdenkmal verzögere sich, eröffnet ihr Godefrey, nachdem er ihr neben Tee auch einen Sherry angeboten hat (den sie ablehnt): Der Stadt fehlen die Mittel. Er selbst habe seine akademische Tätigkeit und auch eine Reihe privater Kommissionen, auf die er sich vorerst konzentrieren wolle, aber er müsse sein Atelier vorübergehend verkleinern. Vorübergehend, wiederholt er, und sie sei seine beste Kraft. Ob sie nicht Lust habe, für ein halbes Jahr zu MacMonnies nach Paris zu gehen? Er sei vielleicht nicht mehr auf dem Höhepunkt seines Schaffens, aber …

Er braucht nicht weiterzusprechen, Ellen nickt schon. Er will sie fördern, bietet Godefrey an, sie unterstützen, denn er will sie auf jeden Fall zurück nach dieser Zeit. Sie winkt ab. Sie hat Geld gespart; mit den Mitteln, die Godefrey bisher von der Stadt Chicago erhalten hat, hat er seine Assistenten recht großzügig bezahlen können. Und sie hat auch noch immer ein wenig Unterstützung von ihrem Vater, obwohl sie gebeichtet hat, dass sie nicht bei Sears ist. Godefrey bietet ihr an, ihren Eltern zu schreiben, dass sie seine talentierteste Schülerin sei und dass er ihr Vorhaben, nach Paris zu gehen, enthusiastisch unterstützt. Sein Name hat auch im Westen inzwischen Gewicht, erinnert er Ellen, erst im vergangenen Jahr ist schließlich oberhalb des Colorado River bei Grand Junction seine Skulptur des Unbezwingbaren Willens enthüllt worden. Die erste Monumentalstatue aus Beton in Amerika, das kann doch Ellens Eltern nicht entgangen sein? Zögernd willigt sie ein, dass er schreibt. Vielleicht ist dies ihre Chance, sich den Eltern endlich zu beweisen. Er behält recht – sie schreiben dankend und mit einem gewissen Stolz an den berühmten Professor zurück.

In Paris lernt sie die Freude an ihren eigenen Arbeiten kennen, auch wenn es zunächst Frösche und Fische sind. Sie studiert dort in den Museen, in den Parks die Bildhauerei vergangener Jahrhunderte und spürt ein merkwürdiges Ziehen in der Magengrube nach etwas anderem, etwas Neuem. Sie fängt an, anders zu zeichnen, anders zu modellieren, sieht nicht nur die Werke der Impressionisten, sondern auch die einiger junger deutscher Künstler und eines Spaniers, Pablo Picasso. Sie skizziert die Bilder und Skulpturen dieser Künstler, macht sich auf die Suche nach afrikanischen Skulpturen im ethnografischen Museum am Trocadéro.

Doch nach einem halben Jahr kommt der Brief von Lawrence, auf den sie gewartet und den sie gleichzeitig gefürchtet hat. Es wird demnächst weitergehen mit der Arbeit an der Lebenstreppe, und ob sie nicht außerdem etwas zu den Gartenanlagen für die Villa der Brookes in Lake Geneva beitragen möchte? Ellen kann es ihm nicht abschlagen, sie verdankt die Zeit in Paris ihm, und die Brookes sind eine der wohlhabendsten und einflussreichsten Familien in Chicago. Sie fährt zurück und findet ein Zimmer in einer Wohnung mit zwei Studentinnen vom Konservatorium, um nicht in das verhasste Wohnheim zurückzumüssen. Und nach wenigen Wochen ist sie nicht mehr nur Godefreys talentierteste Schülerin, sondern auch seine Geliebte.

Und jetzt fragt Lawrence sie, ob sie das nächste Mal mit ihm gemeinsam nach Paris fahren wird?

Es wird anders sein, wenn sie mit ihm zusammen dort wäre. Sie wäre dann kleiner, denkt sie.

»Natürlich«, sagt sie, um ein Lächeln bemüht. »Natürlich fahre ich mit dir.«

IV

Rockcliff Isle, Mitte Juni 1925

Gleich am nächsten Tag machten sie nach dem Mittagessen einen Spaziergang zurück zum gelben Haus in North Landing. Zwei verwitterte Walkiefer bildeten das Gartentor in einem mit Heckenrosen gesäumten weiß getünchten Zaun. Das Haus, zu dem ein backsteingepflasterter Pfad führte, war fast ebenso beeindruckend wie das hohe Gartentor: eine dreistöckige viktorianische Villa, die Holzverkleidung in sanftem Dottergelb gestrichen, die Fensterrahmen, Giebel, Simse und Säulchen um die offene Veranda in frischem weißen Lack abgesetzt. Es war zweifellos eines der größten und vornehmsten Häuser, die sich über den Hang oberhalb der Hafens verteilten, mit einem wunderbaren Blick über die Hafenbucht und einige der kleineren Inseln, die Rockcliff Isle gen Osten vorgelagert waren.

Der Backsteinpfad, gesäumt von Pfingstrosen und Iris, zog sich um das Haus herum. Hinter zwei blühenden Fliederbüschen – wie spät es hier Sommer wurde, dachte Ellen – stand ein großer, hölzerner Schuppen. Die Tür war offen.

»Oh!«, rief Charlotte, die voranging. »Gibt es Ente bei Ihnen zum Abendessen?«

Auf dem Boden, gleich neben der Tür, lag auf Zeitungspapier ein Kadaver. Ein glatter, völlig nackter Vogelkörper, dem nur Kopf und Schnabel fehlten. Ein Ecorché, dachte Ellen, die Idee eines Vogels. Oder vielleicht doch nur ein großes, hautloses Suppenhuhn.

Crawford Maker sah von seinem Werktisch auf, gar nicht überrascht; er musste sie kommen gehört haben. Er schüttelte langsam den Kopf.

»Keine Ente«, sagte er ganz unironisch. »Selbst ein Albatros ist ohne sein Federkleid nicht besonders groß.«

Ellen zuckte zusammen. »Der Albatros.« Sie flüsterte fast. »Das ist er?«

»Nun«, meinte der Präparator und lächelte ein wenig. »Ein Teil von ihm. Aber Sie fragen nach dem anderen Teil, oder?«

Er deutete auf seine Werkplatte. »Ich bin gerade erst mit dem Abbalgen fertig geworden. Seit gestern habe ich darangesessen.«

Ja, da war der Albatros. Er lag auf dem Rücken, seine langen graubraunen Schwingen ragten über den Holztisch hinaus. Ihre Unterseiten waren weiß, doch ein graubrauner Rand von Federn zog sich wie ein Rahmen um das Gefieder. Durch ein Oberlicht fiel die Nachmittagssonne auf den Balg.

Der Kopf des Tieres lag vornüber auf seiner Brust, mit einem roten Punkt und einem langen tiefgelben Strich auf dem Schnabel. Vom Hals bis zum Schwanzansatz war der Vogel aufgeschnitten, doch es war nicht das kleinste Tröpfchen Blut zu sehen; das Brustgefieder war makellos weiß. Die Innenseite des Balgs und auch das Gefieder waren über und über mit gelblichen kleinen Krümeln bedeckt.

Charlotte trat näher heran. »Wie die Frösche, die ich in der Schule seziert habe«, sagte sie. »Eigentlich wollte ich Medizin studieren.« Ellen sah sie überrascht an.

Vorsichtig streckte Charlotte die Hand aus, um das Brustgefieder zu berühren. Mit einer raschen Geste schlug Maker sie fort. »Nicht!«, sagte er fast heftig. »Das Gefieder ist vergiftet«, fügte er hinzu, als er Charlottes erschrockenes Gesicht sah. Dann schien er zu merken, dass diese Erklärung nicht ausreichte.

»Arsenik«, sagte er und deutete auf eine Glasflasche, die mit einem großen Korken und einem Wachsbezug verschlossen war. »Das Gefieder wird damit eingestrichen und die Innenseite der Haut ebenfalls, damit der Balg nicht rottet. Wir nennen das Vergiften.«

Charlotte starrte auf den Vogel. »Und die Krümel?«

»Borax und Maismehl, um die Feuchtigkeit aus der Haut zu ziehen«, sagte er. »Aber jetzt, wo die Sonne herausgekommen ist, können wir den Balg auch draußen trocknen.«

Er schob seine Arme wieder unter den Vogel und trug ihn behutsam vor die Werkstatt, wo er ihn auf einen hölzernen Gartentisch legte.

Als Crawford Maker und Charlotte hinausgegangen waren, wagte Ellen, sich in der Werkstatt umzusehen. Das hier war nicht das Handwerkszeug eines Fischers, das sah sie sofort, eher das eines Künstlers. Sie dachte an ihre eigenen Werkzeuge, die sie seit Jahren nicht benutzt hatte und die, in einer Kiste verstaut, wahrscheinlich vor sich hin rosteten.

Über einer Werkbank am Fenster hingen Flachzangen, Drahtzangen, kleine Sägen und Scheren verschiedenster Größe und Form, außerdem ein paar kleine Handbohrer, daneben Spulen von Draht in unterschiedlichen Stärken. Auf der Werkbank standen Weckgläser; in einem steckten ein Zollstock und Lineale, in einem anderen alle möglichen Pinsel; Skalpelle, Pinzetten und seltsam geformte scharfe Messer in einem dritten, dann Pfeifenreiniger, Löschpapier, kleine Schwämmchen, ein Korb mit Rollen von feinem Nähgarn, einem Nadelbuch und ein Schraubglas mit verschiedenfarbigen winzigen Glasmurmeln, als würde ein Kind hier spielen.

In einem großen Regal standen Tüten mit Sägemehl und feinem Sand, mit Maismehl, Seifenflocken, Baumwollwatte, Gipspulver und Tonerde. Ellen las die Etiketten der braunen Apothekengläser: Benzin, Borax, Alaun, Naphtalin; daneben eine Reihe von kleinen Farbtöpfen und Fläschchen mit Tinkturen und Pipetten darin.

In einer Ecke befand sich ein Stehpult mit einem Stiftköcher, einem geöffneten Notizbuch und einem Skizzenblock darauf; an die Holzwand dahinter waren etliche Zeichenblätter geheftet. Sie trat näher heran – es waren Zeichnungen von Vögeln unterschiedlichster Art, manchmal nur ihre Köpfe, Flügel oder Füße, dann Vögel im Flug, stehend, auf dem Wasser oder auf einem Nest sitzend. Die Zeichnungen waren gut, das sah sie sofort. Wie hatte sie früher in ihren eigenen Skizzen mit der Anatomie der Vögel gekämpft!

Ein schwerer Ofen stand im Raum, mit einem gusseisernen Topf darauf. Von der Decke hing eine eiserne Kette mit einem Haken am Ende. Und an der Wand zu beiden Seiten der Eingangstür waren Vögel aufgestellt, Dutzende und Aberdutzende von Vögeln in verglasten Regalen, sicherlich ein paar Hundert. Sie erkannte Möwen, Enten, Singvögel, Küstenvögel, Schwalben, einen Falken und ein paar Eulen.

»Mögen Sie uns helfen?«, fragte Crawford Maker, der wieder in die Werkstatt getreten war.

»Wir fächeln den Albatros trocken!«, erklang Charlottes fast aufgeregte Stimme von draußen, dabei war sie den Insulanern gegenüber eigentlich so reserviert.

Er nahm große, getrocknete Vogelflügel von einem Wandhaken, und Ellen folgte ihm in den sonnigen Garten, wo inzwischen auf einem Seitentischchen ein hübsches Teeservice mit polierten Silberlöffelchen und Zuckerzange aufgedeckt war.

»Meine Mutter«, sagte Maker auf Ellens fragenden Blick. »Sie findet es schrecklich unzivilisiert von mir, Gäste in die Werkstatt einzuladen, anstatt sie ins Haus zu bitten.«

»Wir müssen Sie beide, Sie und Ihre Mutter, um Entschuldigung bitten«, sagte Ellen. »Dass wir hier einfach so hereinplatzen.«

Er winkte ab. »Es ist schon gut. Ich sagte ja gestern, dass Sie gleich kommen müssten, wenn Sie sehen wollen, was mit dem Albatros passiert. Und meine Mutter wird am Ende das Zunähen übernehmen.«

»Ihre Mutter?«

Der Präparator nickte. »Sie werden mir wahrscheinlich nicht glauben, dass sie einmal ein großartiger Scharfschütze war. Und das Abbalgen habe ich von ihr gelernt, sie war besser als mein Vater.« Er reichte ihnen beiden einen der Flederwische. »Kanadagans«, sagte er. »Größer als die Flügel der meisten Vögel, die hier ansässig sind oder durchziehen. Bis auf diesen natürlich.« Er sah fast liebevoll auf den Balg des Albatros. »Sehen Sie, so«, und er bewegte einen Gänseflügel über dem Brustgefieder hin und her, »würde er es selbst auch machen. Er würde sich einen sonnigen Fleck suchen und sich mit den Flügeln trocken fächeln. Nur dass wir es jetzt für ihn tun müssen.«

»Warum«, Ellen senkte den Blick auf die kräftigen Gänsefedern, »warum haben Sie ihn erschossen?«

Er ließ den Flügel sinken. »Er war doch schon verloren, bevor ich ihn traf, Miss Sinclair. Der Sturm hatte ihn doch schon lange verweht.« Behutsam strich er mit dem Finger über das Brustgefieder des Vogels. »Er hätte nie mehr zurückgefunden.«

Das Abendessen wurde, wie immer bei schönem Wetter, in der Veranda serviert. Sie lag nach Westen, mit Blick auf die Moses Cove. Der Abendhimmel war noch hell, um diese Jahreszeit würde die Sonne erst spät über dem Festland versinken. Das stumpfe Grau der steinigen Küste von Maine stieg in der Ferne aus dem Meer empor. Wie unvorhersehbar und gewaltig hier der Wetterwechsel selbst im Sommer war, dachte Ellen einmal mehr, und der Gedanke stimmte sie froh, vielleicht sogar ein bisschen aufgeregt. Gestern, während der Überfahrt, hatte man die gegenüberliegende Küste im Nebel nicht einmal erahnen können.

Charlotte hatte zur Feier des Tages Champagner aufgemacht – einen Pol Roger Jahrgang 1919. Sie hob ihr Glas. »Auf den Sommer. Auf unser neues Zuhause. Und auf seine Majestät, den Albatros.«

Ellen erwiderte die Geste. »Wirst du über ihn schreiben?«

»Crawford Maker? Vielleicht.«

»Ich dachte eher an den Vogel.«

»Vögel eignen sich besser für Gedichte. Sie sind so schnell wieder fort. ›Und Alt und Jung mit finsterm Blick / Kam auf mich zugegangen‹«, rezitierte sie.

»›Den Albatros, den ich erschoss, / Hat man mir umgehangen‹«, fügte Ellen hinzu. »Das habe sogar ich in der Schule auswendig gelernt.«

»Eben. Quod erat demonstrandum.«

»Ich habe ihn, als wir gegangen sind, gefragt, ob ich ihn noch einmal besuchen kann. Ich möchte gern einmal zusehen, wenn er einen Vogel abzieht.«

Charlotte verzog das Gesicht. »Wirklich? Du kannst doch kein Blut sehen.«

»Aber es fließt ja gar nicht viel Blut. Das fasziniert mich ja gerade so. Ich will wissen, wie er es macht.«

»Nun, eine solche Kunst ist das Sezieren nun auch wieder nicht«, meinte Charlotte.

»Er seziert die Vögel nicht, Lotte. Er balgt sie ab!«, widersprach Ellen etwas heftiger, als sie beabsichtigt hatte. »Ich wusste gar nicht, dass du in der Schule Frösche seziert hast«, fügte sie rasch hinzu. »Du hast mir nie erzählt, dass du Medizin studieren wolltest.«

Charlotte nickte. »Es stimmt aber. Ich bin früher oft mit Doktor Fellinger herumgefahren, du weißt schon, der alte Arzt in Sandy Point, wenn er in seinem Einspänner Hausbesuche machte. Vielleicht wollte ich auch vor meinen Brüdern nicht als Zimperliese dastehen. Und Carl und Eric haben *dauernd* Frösche seziert. Und Mäuse.«

»Und wieso hast du dann deine Pläne geändert?«, fragte Ellen. Diesen Teil ihrer Jugend hatte Charlotte ihr bisher vorenthalten. Sie hatte gedacht, Charlotte sei schon mit einem Buch im Kopf zur Welt gekommen.

»Doktor Fellinger ist selbst schuld daran! Er fing an, mir Bücher aus seiner Bibliothek zu leihen«, antwortete Charlotte. »Und er hat mir Latein und Griechisch beigebracht. Das war's dann mit den Fröschen.«

Sie drehte gedankenverloren ihr Champagnerglas. Plötzlich deutete sie aufs Wasser. »Schau!«, sagte sie aufgeregt. »Da sind sie!«

»Wer?« Ellen wandte sich um.

Charlotte wedelte heftig mit der Hand. »Die Kanus! Siehst du sie? Sie sind auf dem Weg nach Driftwood Harbour.«

Jetzt sah Ellen sie ebenfalls, eine Reihe dunkler, kleiner Boote, mit einem Kanuten darin oder auch zweien und manchmal einem Passagier. »Die Passamaquoddy!«, rief sie. Sie bewegten sich langsam, aber zielstrebig auf die westliche Küste von Rockcliff Isle zu, ein Kanu hinter dem anderen, als würden sie an einer Schnur in Richtung der Insel gezogen. Sie kamen zum Fischen und Jagen auf die Insel, und manchmal brachten sie ihre alten Leute mit ins Sommerlager. Eine Weile sahen Charlotte und Ellen dem Zug schweigend zu.

»Weißt du, worauf ich mich freue?«, sagte Charlotte schließlich, als die ersten Kanus hinter den Felsen am Ende der Moses Cove verschwanden.

»Dass du deinen Dachboden bekommst und nicht mehr in einem Zelt im Garten arbeiten musst, weil es dir hier im Haus zu unruhig ist?«

»Ja, darauf auch. Aber worauf noch?«

»Dass noch mehr von dem Pol Roger und Sherry und Bordeaux von dem guten Weinhändler aus St. John geliefert wird und wir hier nicht heimlich trinken müssen, weil wir in Kanada sind?«

»Am meisten«, sagte Charlotte zufrieden, »am meisten freue ich mich auf den Nebel. Sonnenuntergänge sind ja ganz schön, Ellen, aber doch eher etwas für Maler. Bei Nebel kann man am allerbesten schreiben.«

V

Rockcliff Isle, Ende Juni 1925

Ellen verbrachte den Morgen im Dachboden des Sommerhauses, während Charlotte in ihrem Zelt im Garten des Gästehauses saß und schrieb. Sie wusste, dass nichts Charlotte von dieser Routine abbringen konnte, sodass sie an ihrer Überraschung arbeiten konnte. Sie hatten den Dachboden verschalen lassen, damit Charlotte auch an kühlen Tagen dort würde arbeiten können, und Ellen war damit beschäftigt, die Holzverkleidung zu bemalen: mit einem kleinen Rosenmuster auf hellem Grund, so wie die Tapete in Charlottes Kindheitszimmer in Sandy Point ausgesehen hatte. Viel Zeit hatte sie nicht mehr: Wenn das Postschiff das nächste Mal kam, würde es wahrscheinlich die Möbel bringen, und bis dahin musste sie fertig sein.

Es klopfte unten so heftig an die Haustür, dass sie zusammenzuckte und die Kanne mit der dunkelrosa Farbe, die sie in der linken Hand hielt, überschwappte. Vorsichtig stieg sie von dem wackligen Holztritt herunter. »Miss Sinclair?«, rief es aus der Küche.

Es war der kleine Beale, dessen Vater im Garten an der Steinmauer arbeitete. Er war außer Atem und hielt einen Zettel in der Faust, die er ihr entgegenstreckte. »Hier!«, prustete er. »Von Mr. Maker. Es ist wichtig«, fügte er hinzu und streckte die Brust heraus.

»Bist du den ganzen Weg gerannt?«, fragte Ellen und nahm ihm den Zettel ab. Er sah aus, als sei er von einem Stück Einwickelpapier aus Dillon's Laden abgerissen.

»Werde heute an einer Küstenseeschwalbe arbeiten«, war in eckigen, etwas ungelenken Buchstaben mit einem Bleistift daraufgekritzelt. »Kommen Sie vorbei, wenn Sie mögen.«

Gleich nach dem Mittagessen machte Ellen sich auf den Weg.

Crawford Maker hielt ein Maßband in der Hand, als sie eintrat. »Ich habe mit dem Abstreifen auf Sie gewartet«, sagte er, ohne von seiner Arbeitsplatte aufzusehen. »Aber mit den Messungen habe ich begonnen. Hier, sehen Sie ...«

Er zog einen Hocker unter der Platte hervor und bedeutete ihr, Platz zu nehmen. Auf ein Stück Papier hatte er einige Linien gezeichnet und Zahlen dazugeschrieben. Daneben lag die Küstenseeschwalbe, den Kopf seltsam schief, mit einem Blutgerinnsel am Hals, so rot wie ihr Schnabel und ihre Füße.

»Sie hat sich das Genick gebrochen«, erklärte er. »Die Vögel fliegen im Dunkeln oft ins Licht des Leuchtturms. Die Kinder des Leuchtturmwärters bringen sie mir. Aber nur die guten«, fügte er hinzu. »Die selteneren. Wenn sie nicht völlig zerbrochen sind.«

»Und Sie sagen, das passiert oft?«, fragte Ellen erschrocken.

»Jede Nacht, Miss Sinclair. Viele Vögel, jede Nacht. Und natürlich nicht nur am Schwalbennest-Leuchtturm, sondern an jedem Leuchtturm entlang der Küste.« Er griff nach einem kleinen Messschieber. »Ich messe sie zuerst, das ist wichtig für die Dokumentation der Bälge. Und auch damit ich weiß, wie groß der Körper sein muss, falls ich einen Vogel aufstellen will. Jedenfalls bei größeren Vögeln. Bei kleinen kann ich es abschätzen.«

»Der Körper?«, fragte Ellen.

»Ich muss ihn ja nachbilden«, sagte der Präparator. »Bei einem Vogel dieser Größe benutze ich Werg und Draht. Aber so weit sind wir hier noch lange nicht.«

Er stand auf und holte eine Reihe von Gläsern und Dosen mit kleinen Werkzeugen aus den Regalen. Er legte den Vogel auf den Rücken und schnitt ihn mit einer geübten Bewegung des Skalpells von der Brust bis zum Schwanzansatz auf. Mit einer Pinzette hielt er den Hautrand am Einschnitt und löste die Haut mit der flachen Seite des Skalpells vorsichtig vom Körper. Immer wieder legte er das Skalpell zur Seite und streute feinen Sand über den Vogel. »Sonst klebt die Haut wieder an«, erklärte er.

Ellen hatte erwartet, dass ihr beim Zusehen etwas unwohl würde. Aber sie konnte den Blick nicht abwenden, während er die Haut mit dem Gefieder weiter vom Körper des Vogels streifte. Als er die Beine erreichte, fasste er mit der linken Hand einen Fuß und schob damit das gesamte Bein aufwärts aus der Haut heraus; dann durchtrennte er das Gelenk am Schenkel.

Mit dem Skalpell und ein paar kleinen Schabern kratzte er die Fleischreste und ein paar Sehnen von den Beinknochen; dann wickelte er etwas Werg darum. »Das Wadenbein«, sagte er, »bleibt drin. Können Sie ein Stück zurückrutschen? Ich muss die Beinhaut vergiften.«

Gehorsam schob Ellen ihren Hocker von der Arbeitsplatte fort, während er vorsichtig das braune Glas mit dem Arsenik von seiner Wachsbedeckung befreite, es entkorkte und die Tinktur mit einem kleinen Pinsel auf die Innenseite der Haut am Bein strich.

»Haben Sie keine Bedenken, mit Arsenik zu arbeiten?«, fragte sie, während er die Prozedur am anderen Bein wiederholte.

Er lachte. »Ich arbeite so viel mit dem Zeug – ich bin abgehärtet. Es heißt immer, Präparatoren leben länger als alle anderen Menschen. Meine Mutter ist das beste Beispiel. Sie ist fünfundsechzig und in ihrem Leben nie einen Tag krank gewesen.«

»Und Ihr Vater?« Bildete sie es sich ein oder lief ein Schatten über sein Gesicht?

»Auch nicht totzukriegen«, sagte er knapp. »Er führt noch immer das Familienunternehmen, und er ist der größte Fischankäufer auf der Insel. Maker & Söhne – der rote Schuppen am Hafen, neben dem Anleger? Die Fische werden salzgetrocknet und nach Europa exportiert. Kabeljau, Pollack, Seehecht. Vor allem Seehecht. Und aus den Hausenblasen stellt er Fischleim her. Damit macht er ein Vermögen.«

»Und die Söhne?«, fragte Ellen.

»Einen haben Sie vor sich«, erwiderte er. »Als Junge bin ich auf einem seiner Hochseekutter gefahren. Und auf einem Hummerfänger. Da war ich vierzehn, fünfzehn. Ich hätte alles getan, um aus der Schule rauszukommen. Aber eigentlich wollte ich immer nur die Vögel sehen. Die, die weiter draußen auf dem Meer leben. Lummen, Teisten, Alken, Eiderenten. Basstölpel. Papageitaucher.« Er verkorkte sorgfältig das braune Glas mit dem Arsenik.

»Interessiert sich Ihr Bruder auch für Vögel?« Maker und *Söhne*, dachte Ellen.

»Nein, er interessierte sich für die Firma.« Crawford Maker fing ihren Blick auf. »Er ist ertrunken. Beim Segeln. Er war noch nicht mal zwanzig.«

Er hatte die Haut des Vogels vom Rücken gelöst und arbeitete jetzt an den Flügeln. Mit dem Skalpell durchtrennte er die Schultergelenke. »Die Flügelknochen bleiben auch in der Haut«, erklärte er, den Blick konzentriert auf seine Arbeit gerichtet. Die Daumen um den Schnabel gelegt, stülpte er mit den Fingern vorsichtig die ganze Haut über den Hals. Mit einem noch kleineren Messer löste er die Augen aus dem Kopf des Tieres und lockerte die Haut weiter bis zur Schnabelwurzel. Er durchtrennte das Skelett nah am Schädel und führte den Schnitt bis zur Unterseite des

Schnabels. Mit der linken Hand fing er eine glitschige Masse auf. »Luftröhre, Schlund, Zunge«, sagte er und wischte die Hand an dem Zeitungspapier ab, auf dem der Vogel lag. »Da muss man aufpassen, sonst verschmiert man das Kopfgefieder. Der Schädel bleibt auch drin, jedenfalls bei einem Vogel dieser Größe.«

Er legte den Kadaver zur Seite und breitete die Haut aus, mit dem Gefieder nach unten. Mit seinen kleinen Schabern kratzte er weiter daran herum und deutete mit dem Kinn auf ein Apothekenglas, das mit einem hellen Pulver gefüllt war. »Könnten Sie ein bisschen davon drüberstreuen? Sie haben trockene Hände.«

Ellen sprang auf, erleichtert, sich nützlich machen zu können. Von dem Geruch, der dem Glas entwich, als sie es öffnete, wurde ihr zum ersten Mal an diesem Nachmittag doch etwas übel.

»Alaun«, sagte der Präparator. »Etwas mehr, bitte.« Er stopfte etwas, das aussah wie getrocknetes Moos, in den Schädel und die Augenhöhlen des Vogels und streifte vorsichtig das Gefieder zurück über den Kopf. Er fasste den Schnabel und fuhr mit einer zusammengepressten Pinzette ein paarmal in den Augenhöhlen hin und her, bis die Kopffedern wieder an der richtigen Stelle lagen. Mehr Moos wurde in die Flügel geschoben, mehr Arsenik über die Schwanzfedern gepinselt. Dann drehte er die Haut herum und tupfte mit Wasser und einem Wattebausch behutsam das Blutgerinnsel vom Halsgefieder.

»Wenn die Haut getrocknet ist, in einigen Tagen, werde ich ihn aufstellen. Sehen Sie nur, wie schön er ist.« Er strich ihm gedankenverloren über das dunkle Kopfgefieder. »Und keiner fliegt weiter als er. Sterna paradisaea. Immer im Licht – im Sommer hier und im Winter am anderen Ende der Welt.«

»Sie müssen weit herumgekommen sein«, sagte Ellen.

Überrascht sah Maker sie an. »Nein, weshalb sollte ich? Ich komme höchstens mal bis St. John oder Lubec. Die Vögel kommen doch alle hierher.« Er streute Sägemehl über den Balg.

»Wir reisen sehr viel«, sagte Ellen nachdenklich. »Unsere Freunde nennen uns die Schwalben, wissen Sie. Wir waren mehrere Male in Europa, in Paris, später in England, der Schweiz, Italien. Und während des Krieges waren wir viel in Amerika unterwegs, New York, Boston, Neuengland und auch im Südwesten, Neumexiko, Arizona und dann Kalifornien ... wir kommen beide aus Colorado. Fast aus den Bergen.«

»Ich war noch nie in den Bergen.«

Sie lächelte. »Dafür haben Sie die Klippen. Und das Meer.«

»Ihre Bekannte ist eine berühmte Schriftstellerin, nicht wahr? Die Leute reden.«

Ellen nickte. »Das könnte man so sagen. Jedenfalls ist sie es jetzt.«

»Sie kennen sie schon lange?«, fragte er, ohne den Blick von dem Balg zu nehmen.

Sie nickte wieder. »Mehr als ein Dutzend Jahre.«

»Schwalben ziehen nur von Nord nach Süd, wie alle Zugvögel. Nicht von West nach Ost«, sagte er und griff nach seinem Stapel Zeitungspapier. »Verflixt, es ist kaum noch etwas übrig. Der Albatros hat fast alles verbraucht.«

»Was werden Sie mit ihm machen?«, fragte Ellen. »Mit dem Albatros. Werden Sie ihn auch – wie sagten Sie? – aufstellen?«

Er schüttelte den Kopf. »Ich glaube kaum. Der Fund spricht sich schnell herum. Ich habe schon das erste Telegramm mit einer Anfrage für eine Balgsammlung bekommen. Aus Cleveland. Das ist ein ziemlich neues Museum, und sie brauchen unbedingt gute Objekte.«

»Aber ...« Ellen sah sich erneut um. »Sie haben doch so viele Vögel hier. Warum wollen Sie den Albatros nicht auch zeigen? Warum soll er in einem Museum in einer Schublade liegen?«

Crawford Maker schwieg einen Moment. Dann sagte er: »Es ist so, Miss Sinclair: Ich habe mein Leben lang Vögel beobachtet, und ich versuche, den Präparaten ein natürliches Aussehen zu geben. Aber sehen Sie die Vögel hier in meiner Werkstatt an.«

Ellen sah wieder auf die Regale. Dutzende Vögel, vielleicht sogar Hunderte, wie sie sie beim letzten Besuch schon gesehen hatte. Aber jetzt fiel ihr auf, dass sie alle brav auf kleinen Stangen oder Ständern saßen, im Profil angeordnet, die Köpfe nach vorn, die Schwänze abwärts gerichtet, als wären sie kleine Musterschüler. Ein Heringsmöwenküken blickte auf das Ei, neben dem es saß, eine Hudsonweihe auf einem Holzsockel hatte die Krallen in eine tote Maus geschlagen, ein Basstölpel den Kopf etwas schiefgelegt, aber das war schon alles Leben, das sich in den Glasvitrinen regte. Keiner der Vögel putzte sich, keiner pickte oder wippte, keiner hatte den Kopf unter das Gefieder gesteckt und schlief. Und keiner flog.

»Miss Sinclair, ich habe ihn fliegen sehen«, sagte er leise. »Ich habe mein Leben lang Vögel beim Fliegen beobachtet, aber dieser Albatros … so etwas habe ich noch nie gesehen. Ich bin kein schlechter Präparator, aber ich kann ihn nicht einfach so aufstellen wie die anderen Vögel.« Jetzt sah er sie an. »Ich will keine Ente aus ihm machen. Ich möchte ihm das Fliegen wiedergeben. Ich habe ihn gemessen und gezeichnet, wieder und wieder, aber ich weiß nicht, ob ich es kann. Diese weiten Schwingen …«

»Darf ich die Zeichnungen sehen?«, sagte Ellen. Sie spürte, dass ihn ihre Frage überraschte. »Ich bin – ich war – Künstlerin. Bildhauerin. Wenn ich vielleicht …«

Mit der Hand wies er auf sein Stehpult, wo ein Zeichenblock aufgeschlagen war. Sie musterte seine Bleistiftskizzen, der Kopf des Albatros im Profil, seine Flügel von oben und von unten, sein Schnabel, der Schwanz, ein Fuß. Und immer wieder Silhouetten des fliegenden Albatros, undetailliert, abstrakt. Eine Andeutung von Meer und Wellen darunter, der Albatros darauf zufliegend oder sich von der Meeresoberfläche entfernend.

»Ich habe seine Maße ganz genau genommen, wie immer«, sagte Crawford Maker. »Ich habe versucht, ihn zu zeichnen, mit diesen Maßen, so, wie ich ihn gesehen habe. Aber es will nicht gelingen.«

»Ton!«, rief Ellen plötzlich. »Haben Sie schon einmal ein Tonmodell gemacht?«

»Ton«, wiederholte er hilflos. »Ich weiß nicht ... ich meine, ich benutze manchmal Ton, um einen Schädel nachzubilden, besonders bei größeren Vögeln, Enten, Alken, aber ich ... nein, ich habe noch nie ein Tonmodell von einem Vogel gemacht.«

»Aber ich«, sagte Ellen. Mit einer energischen Handbewegung breitete sie die Skizzen auf dem Werktisch aus und zog sich ihren Hocker heran. »Würden Sie mir erlauben, ebenfalls ein paar Skizzen zu machen? Wenn Sie mir vielleicht Ihre Messungen geben würden, und dann könnten Sie mir sagen, ob meine Zeichnungen richtig aussehen.« Sie griff nach einem Bleistift und schlug eine neue Seite auf dem Zeichenblock auf. »Sehen Sie, der Flügel ... wenn hier die Unterarmknochen sind und wenn hier die Schwungfedern ansetzen ...«

Überrascht sah er sie an. »Sie kennen sich aus.«

Ellen nickte. »Ein bisschen. Vögel waren so eine Art Spezialität von mir.«

»Ja, aber als Künstlerin haben Sie doch ganz andere Freiheiten. In der Taxidermie muss jedes Detail stimmen.«

»In der Kunst auch. Wenn ich den Körper des Vogels nicht genau kenne, wenn ich nicht weiß, wie er fliegt und sich bewegt, kann ich ihn auch nicht neu gestalten.«

»Miss Sinclair!«, hallte es den Gartenweg herauf. »Miss Sinclair!« Ein verstrubbelter und atemloser Ronnie erschien in der Tür der Werkstatt. »Miss Overbeck schickt mich. Die Möbel sind gerade im Hafen angekommen!«

»Du bist schon wieder den ganzen Weg gerannt?«, fragte Ellen überrascht.

Er nickte. »Miss Overbeck hat doch gesagt, sie bezahlt mich, wenn ich meinem Vater mit der Mauer helfe, und ich will für ein Fahrrad sparen, und …« Seine eigentliche Mission fiel ihm wieder ein. »Die Möbel sind da«, wiederholte er eindringlich. »Sie möchten bitte gleich nach Hause kommen und helfen.«

Crawford Maker nickte ihr zu. »Dann gehen Sie wohl besser«, sagte er.

Ellen sah noch einmal zögernd auf die Zeichnungen. »Darf ich die Tonmodelle für Sie machen? Ein andermal?«, fragte sie.

Seine grauen Augen musterten sie, lächelnd. Er gab ihr die Hand und hielt die ihre einen Moment lang fest. »Ein andermal.«

VI

Boulder, Colorado, Juli 1912

Sie nehmen den Burlington von Chicago. Der Zug verlässt die Union Station um fünf Uhr nachmittags und kommt erst spät am nächsten Tag in Denver an. Ellen kennt die Strecke gut; man fährt nach der Nacht im Schlafwagen den ganzen Tag durch Nebraska und Colorado. Ihr Vater hat ihr oft eine Fahrkarte geschickt für einen Besuch zu Hause, erst nach Cincinnati und später nach Chicago. Doch nicht dieses Mal. Es gibt Ellen einen Stich, so nah bei ihren Eltern in Denver zu sein und sie nicht zu sehen, ihnen nicht einmal von der Reise nach Boulder erzählen zu können. Aber mit Lawrence Godefrey an ihrer Seite ist das unmöglich.

Der Professor ist während der Zugfahrt bestens gelaunt. Gerade hat er die Installation des Brunnens und der Terrassenanlage im Garten der großen Villa der Brookes überwacht. Einen sagenhaften Blick habe man von Bella Vista aus über den Lake Geneva, und bei schönem Wetter sei der See stets voller Segelboote und Ausflugsdampfer. Die Familie ist von seinem Brunnen begeistert, besonders die Matriarchin, eine resolute alte Dame, die die ganze Familie fest im Griff hat. Sie hat ihm versprochen, Abzüge der Fotos zu schicken, die für ein Magazin von der Gartenanlage gemacht werden. Vielleicht wird es sogar eine Detailaufnahme von Ellens Tauben geben oder von einem ihrer wasserspeienden

Frösche, die Lawrence und seine Installateure in die Brunnenanlage integriert haben. Mrs. Lathrop Moore habe sich besonders von den Fröschen sehr amüsiert gezeigt. Der Name weckt in Ellen Erinnerungen an das düstere Zimmer mit der blätternden Wandfarbe, in dem sie in ihrem ersten Jahr in Chicago gewohnt hat.

Kaum haben sie Chicago verlassen, kommt der uniformierte Schlafwagenschaffner ins Abteil, um die Fenster zu öffnen. Es ist herrliches Sommerwetter, und durch die Insektengitter dringt ein sanfter Wind herein. Lawrence erkundigt sich besorgt nach dem Gipsmodell seiner Lebenstreppe, dabei hat er selbst zugesehen, wie es im Gepäckwagen verstaut worden ist, sorgsam verpackt in eine große, mit Holzwolle gefüllte Kiste. Er will sowohl das Modell wie auch große architektonische Zeichnungen der Aufrisse bei seinen Vorträgen benutzen. Er liebt es, während der Sommerferien Vorträge zu halten, von einem Chautauqua zum anderen zu reisen, von Colorado nach Wyoming und Nebraska und dann zurück nach Ohio und Illinois. Es sei wichtig, sagt er, allen Amerikanern die Chance auf eine Bildung zu geben, auch jenen westlich des Mississippi. Obendrein verdient er recht gut an seinen Auftritten. Die langen Transportrollen mit den Zeichnungen durften nicht mit im Gepäckladen verladen werden; sie liegen unter der Polsterbank des Abteils und rollen darunter hervor, wann immer der Zug bremst oder über eine Weiche fährt.

Lawrence bestellt beim Schaffner Champagner. Ellen betet, dass keiner der Bankierskollegen ihres Vaters in einem benachbarten Erste-Klasse-Abteil reist; dass niemand sie beim Umsteigen im Bahnhof von Denver erkennen wird. Als das Abendessen angekündigt wird, schützt sie Kopfschmerzen vor und lässt Lawrence allein in den Speisewagen gehen. Sie legt sich hin, sobald der Schaffner die Betten bereitet hat. Durch das offene Fenster riecht es nach Weizen, nach Sonnenblumenfeldern und nach der tiefen, fruchtbaren Erde des Mittleren Westens. Der Nachtwind zieht ein bisschen an ihren Haaren, und über ihr fährt der Mond mit, halbrund und fast aufdringlich hell, die ganze Nacht.

»Wie ich mich auf Boulder freue!«, sagt Lawrence, als sie am späten Nachmittag des folgenden Tages in Denver in den Nahverkehrszug umsteigen. Seiner Ansicht nach ist Boulder von allen Chautauquas das Beste. Das Athen des Westens, so klein es auch ist. Die Bergluft und die herrliche Aussicht! Direkt vom Chautauqua-Gelände führen Pfade in die felsigen Flatirons. Und das Publikum, das tagsüber und abends das große Auditorium füllt! Halb Texas kann er dort bilden, ohne selbst ins drückend heiße Texas fahren zu müssen, denn dieses Chautauqua wird vor allem von wanderlustigen jungen Lehrern und Schulmamsells aus Texas frequentiert, die der Hitze in ihrem eigenen Staat in die Rocky Mountains entfliehen, zur Erholung und Erbauung gleichermaßen.

Ellen denkt, dass sie die Gegend ja eigentlich besser kennt als er, aber sie sagt es nicht. Sie ist dankbar, dass sie tatsächlich im Bahnhof von Denver keinen Bekannten über den Weg gelaufen ist. Sie denkt auch an ihre Tauben und die Frösche, die den Brunnen von Mrs. Lathrop Brookes Terrasse am Lake Geneva bevölkern. Wenn sich ihre Arbeit weiter herumspricht, kann sie davon vielleicht irgendwann ihren Lebensunterhalt finanzieren, wieder nach Paris gehen. Auch wenn ihre Tauben etwas korpulent geraten sind.

Sie wohnen nicht in den eher rustikalen Unterkünften des Chautauqua, sondern im vornehmen Hotel Boulderado, das erst vor ein paar Jahren eröffnet hat. Dort gibt es zum Essen einen gescheiten Rotwein, erklärt Lawrence, während auf dem Gelände des Chautauqua und im Umkreis einer Viertelmeile davon Alkoholausschank verboten ist. Es stimmt, gibt er zu, die Chautauqua-Bewegung ist leider recht geprägt von abstinenzlerischen und angloprotestantischen Mores, aber das tut der Qualität des Programmes seiner Meinung nach keinen Abbruch. Weiches Abendlicht fällt durch das mit bunten Glasfliesen verkleidete Oberlicht in die großzügige Lobby des Hotels. Während ein livrierter Boy mit ihren Koffern und den langen Transportrollen kämpft, sinkt Lawrence in ein Lederfauteuil und bestellt eine Flasche Champagner, zur Probe sozusagen.

In den ersten Tagen des Chautauquas hat es geregnet, und der Boden ist noch feucht, als sie früh am nächsten Nachmittag das Gelände betreten; Ellen bekommt in ihren dünnen Stadtschuhen sofort nasse Füße. Doch jetzt ist das Wetter herrlich, Sommerblumen verwandeln die Bergwiesen in bunte Teppiche, Wanderer mit Rucksäcken und selbst geschnitzten Wanderstöcken steigen die sich schlängelnden Pfade in die Gehölze und Felsenlandschaft hinauf. Das ploppende Geräusch von Tennisbällen ist zu hören, und weniger unternehmungslustige Gäste hängen nach dem Mittagessen ihre Hängematten zwischen die Bäume. Den Hügel hinter dem Auditorium hinauf zieht sich ein Durcheinander von farbig gestrichenen Holzhütten und bunten Zelten.

Lawrence ist jetzt ganz konzentriert. Seine Vorträge gehören seit Jahren zu den Höhepunkten des Programms, er hat in den vergangenen Jahren vor allem über europäische Malerei gesprochen, über Gotik und Renaissance, und allein schon der Einsatz eines Stereoptikums hat ihm die Aufmerksamkeit seines Publikums garantiert. Diesmal aber wagt er etwas Neues. Er wird über sein eigenes Werk sprechen, das große Werk, das sich erst in der Entstehung befindet: die Lebenstreppe. Und er wird lediglich das weiße Gipsmodell als Anschauungsmaterial benutzen und seine detaillierten Grund- und Aufrisse. Er muss sich also ganz auf seine Eloquenz verlassen. Im hölzernen Auditorium ist jeder Platz gefüllt, entlang der Wände drängen sich weitere Zuhörer. Selbst hier ist der Boden feucht, denkt Ellen, aber das ist kein Wunder – das Auditorium gleicht eher einer modernen Scheune, und der Fußboden besteht aus festgestampftem Lehm. Lawrence steht an einem Podium auf der Bühne, neben sich einen großen Tisch mit dem Modell und eine Staffelei mit einer der Zeichnungen. Er setzt die Lebenstreppe in ihren historischen Kontext, beschreibt seinen Entwurf (ein Helfer hängt nacheinander mehrere Detailzeichnungen an die Staffelei, darunter einen Adler, den Ellen entworfen hat), die Einbettung in den Park (jetzt erscheint eine Karte der gesamten Anlage bis zum blauen Rand des Lake Michigan), die Bedeutung einer ikonografisch so tief in der westlichen Kultur verwurzelten Idee, die Verantwortung, in der der Künstler steht, der ein derart traditionsreiches Motiv gleichsam in das 20. Jahrhundert überführt. Er warnt vor dem Verfall der Kunst durch neue Tendenzen wie die Abstraktion und den sogenannten Modernismus. Moderne Materialien, das möge angehen – er verweist auf seine Personifikation des Unbezwingbaren Willens, die Monumentalplastik oberhalb des Colorado River, die er, um dem Budget des Auftraggebers gerecht zu werden, aus Beton gefertigt habe. Ein Material, mit dem man Kunst popularisieren und sie auch ländlichen und kulturell benachteiligten Gegenden nahebringen könne. Für große, erhabene Monumente wie die Lebenstreppe in Chicago kämen allerdings letztlich nur Granit, Bronze oder Marmor infrage, die Materialien der Meister. Denn wer nicht in den Traditionen großer Kunst baue und nicht in ihrem Sinne schaffe, der mache es sich zwar mit unzureichenden bildhauerischen Entwürfen und minderwertiger handwerklicher Leistung leicht, sich ins Gespräch und ins Geschäft zu bringen. Aber er schaffe eben *keine* die Gegenwart und Nachwelt erhebende Kunst.

Auf den Vortrag folgt donnernder Applaus, begeisterte Pfiffe und Getrappel von Füßen, gedämpft durch den feuchten Erdboden. Lawrence verbeugt sich, hebt grüßend die Hand, wiederholt beide Gesten mehrere Male. An der Seitentreppe der Bühne entsteht Gedränge, alle wollen sein Autogramm auf ihren Programmen. Er hat am Morgen vorsorglich die Tinte in seinem Füllhalter nachgefüllt und zieht geduldig die weiten Schleifen seiner Unterschrift.

Die Organisatoren bitten nach dem Vortrag zum Nachmittagstee. Lawrence fasst Ellen unter und bugsiert sie über den unebenen Boden in Richtung des hölzernen Speisesaals. »Professor Godefrey!«, ruft es plötzlich, und eine gedrungene Frau mit einem Programmheft in der Hand läuft heran. Er zieht noch einmal den Füllfederhalter aus der Jacketttasche, aber sie schüttelt den Kopf: »Ich bin Journalistin. Und eine große Verehrerin Ihres Werkes. Darf ich Ihnen ein paar Fragen stellen?«

Ellen mustert sie. Sie hat statt des zerdrückten Pelzhutes einen kleinen Dutt auf dem Kopf und sie trägt ein helles Sommerkleid mit dunklen Punkten, um dessen Kragen sie eine weiße Männerkrawatte gebunden hat; dazu hat sie an den Füßen feste Schürschuhe mit Gummisohlen, wie Ellen nicht ohne Neid registriert. Aber es besteht kein Zweifel daran, wer sie ist.

Sie streckt Lawrence die Hand entgegen. »Charlotte Overbeck, von der *Chicago Tribune*. Ich kann Ihnen gar nicht sagen, wie sehr ich mich auf die Lebenstreppe freue. Wie lange wird es noch dauern, bis sie aufgestellt wird?«

Lawrence hebt zu einer umständlichen Antwort an, wie schwer es bei öffentlichen Projekten sei, den genauen Vorangang der Arbeiten abzuschätzen und zu beeinflussen, doch Ellen sieht, dass die Journalistin abgelenkt ist – auch sie mustert Ellen überrascht. Sie nickt ihr zu, herablassend, wie sie hofft. »Wir sind uns schon begegnet. In meiner Wohnung. Sie wollten auf Isadora warten.«

»Ich wusste gar nicht, dass die *Tribune* eine Korrespondentin bis nach Boulder schickt«, sagt Lawrence gerade, geschmeichelt.

Charlotte lacht auf. »Ich habe ihnen ein bisschen Druck gemacht. Sonst wäre ich einfach in die Sommerferien gefahren. Meine Familie lebt in Colorado. Sandy Point, kennen Sie es zufällig?«

Ellen und Lawrence bedauern, sie haben von Sandy Point noch nie etwas gehört, obwohl Ellen, wie sie sofort klarstellt, ja selbst aus Colorado kommt, wenn auch aus der Großstadt.

Die Journalistin scheint die Spitze nicht zu bemerken. Sie feuert eine ganze Reihe von Fragen an Lawrence ab. Welchen Bildhauer bevorzugt er, Saint-Gaudens oder MacMonnies? Welche seiner eigenen Skulpturen hält er für die beste? An welchen Kriterien kann das Publikum, der Laie, erkennen, welche Werke wirklich große Kunst sind und welche nicht?

Ellen räuspert sich und gibt Lawrence einen diskreten kleinen Schubs. »Der Tee?«, gibt sie zu bedenken.

»Oh, natürlich!«, ruft die Journalistin. »Vielleicht kann ich Sie später noch einmal sprechen? Ich bin noch zehn Tage hier.«

»Wir reisen morgen weiter«, sagt Lawrence, und Ellen spürt, wie Charlottes Blick rasch zwischen ihnen hin- und hergeht. »Vielleicht in einer Stunde? Vor dem Speisesaal?«, schlägt er vor.

Charlotte sieht auf die große Uhr, die außen am Administrationsgebäude des Chautauqua angebracht ist. »Das wird leider sehr knapp. Um fünf tritt der Vogelimitator auf.«

»Der Vogelimitator?«, fragt Lawrence entgeistert. Ellen spürt, was er denkt: Sie gibt einem Vaudeville-Akt einem Interview mit ihm den Vorrang?

»Ja, Charles Kellogg«, sagt Charlotte, die seine Reaktion nicht bemerkt hat. »Er ist großartig, er pfeift nicht, sondern er bildet die Vogelstimmen mit der Kehle nach. Er hat angeblich einen Stimmumfang von zwölf Oktaven.«

»Ich dachte, Sie sind Opernkritikerin«, sagt Ellen, schon wieder spitz.

Charlotte wird rot. »Unter anderem, ja. Ich schreibe für eine ganze Reihe von Ressorts.«

»Unter anderem für das Vogelimitatoren-Ressort.«

»*Vor allem* bin ich Musikkritikerin«, versetzt die Journalistin, ihre Stimme etwas lauter als zuvor. »Das Abendprogramm heute bestreitet übrigens Frances Ingram. Die Sie ja sicher in der vergangenen Saison in Chicago öfter gehört haben.«

Lawrence hebt fast abwehrend die Hände; er spürt die Spannung, und er verabscheut Konflikte, besonders, wenn junge Frauen daran beteiligt sind. »Nun, Liebe«, sagt er vermittelnd, »wenn du das Gespräch mit Miss … mit Miss Oberland hier fortsetzen möchtest, warum begleitest du sie nicht zum Vogelkonzert? Zumal ja Vögel jetzt gewissermaßen auch deine Spezialität sind, nicht wahr. Und ich, ich muss jetzt wirklich …« Er deutet eine leichte Verbeugung an, und ohne Ellens Antwort abzuwarten, eilt er in Richtung des Speisesaals davon. Auf halbem Weg bleibt er noch einmal stehen. »Beton!«, ruft er über die Schulter zurück. »Schreiben Sie das, das wird die Leser in Chicago interessieren. Beton ist das Material der Zukunft!«

Sie sehen ihm beide etwas ratlos nach. »Nun, wenn Sie wirklich …«, beginnt Charlotte.

Ellen wendet sich zum Auditorium, auf das ein steter Strom von Paaren, Grüppchen und jungen Familien zustrebt, um den berühmten Charles Kellogg zu hören.

»Wissen Sie was?«, sagt Charlotte entschieden. »Ich hole uns ein Glas Limonade. Ich habe ihn schon letztes Jahr gehört, ich bekomme den Artikel auch so hin. Ich schwänze. Warten Sie hier.«

Ellen setzt sich gehorsam auf einen Baumstamm, dessen Oberseite glatt gehobelt ist, wenn auch nicht sehr gründlich. Charlotte verschwindet in Richtung des Speisesaals hinter einem rot-weiß gestreiften Zelt, in dem ein paar Dutzend Schulkinder eifrig mit Tuschfarben malen.

»Sie sind aus Denver!«, sagt Charlotte, als sie mit zwei von Kälte beschlagenen Limonadengläsern wieder da ist. »Da sind wir ja gewissenmaßen Nachbarn. Haben Sie Geschwister?« Und als Ellen den Kopf schüttelt, fängt sie an, von ihrer eigenen Familie zu erzählen, von den fast gleichaltrigen Brüdern und dann einem Schwung jüngerer Geschwister, von dem herrlichen Farmland, das Sandy Point umgibt, wenn es auch steiniger und trockener ist als in Ohio oder Iowa, von den wunderbaren, hart arbeitenden Familien, die es bewirtschaften, Ansiedler aus dem Osten Amerikas, wie ihre eigenen Eltern und Großeltern, aber auch Einwanderer aus Skandinavien und Mitteleuropa. Sie erzählt von der Eisenbahntrasse, die durch Sandy Point führt, von dem Bahnhof, an dem jeden Tag der Schnellzug in beide Richtungen hält, den Häusern mit weiß gestrichenen Zäunen entlang der Hauptstraße, an der es mehrere Kirchen, eine Schule und eine Apotheke gibt, von den spanisch sprechenden Erntearbeitern, die ihr eigenes Viertel auf der anderen Seite der Bahngleise haben. Es klingt, als sei Sandy Point der Mittelpunkt der Welt.

Zwischendurch stellt sie auch Ellen Fragen, rasch, interessiert, direkt. Das ist schließlich ihr Beruf, denkt Ellen, sie scheint gar nicht darüber nachzudenken, ob ihr Nachbohren erwünscht ist. Ach, Ellens Vater ist Bankier? Ihr eigener Vater sei der Direktor der Bank von Sandy Point, die er selbst gegründet habe. Für Ellen klingt es eher, als würde er den hart arbeitenden Farmern etwas Geld leihen, wenn es einen regenarmen Sommer gibt, und ihr Land einkassieren, wenn sie es nicht zurückzahlen können.

»Sie sollten einen Roman über Sandy Point schreiben«, schlägt Ellen vor. »So viel Stoff, wie es dort gibt!«

Charlotte klatscht aufgeregt in die Hände. »Denken Sie nur,

das habe ich schon! Er heißt *Gen Westen.* Und er erscheint im Oktober, bei Millerton in New York. Sie drucken fünftausend Exemplare.«

»Oh!« Ellen ist aufrichtig beeindruckt. »Millerton! Na, dann – herzliche Glückwünsche!«

»Meine Tante Frances darf es nicht wissen«, flüstert Charlotte verschwörerisch. »Das alte Haus meiner Großeltern kommt drin vor, in dem Tante Frances aufgewachsen ist, und das war eher ein Erdloch, draußen in der Prärie. Sie wird nicht gern daran erinnert. Jetzt wohnt sie natürlich im schönsten Haus der Stadt.«

Aus dem Auditorium dringen jetzt Vogelstimmen. Ellen horcht überrascht auf. Sie hätte nie gedacht, dass Vögel so unterschiedliche Stimmen haben. Zwischendurch sagt eine Männerstimme die Namen der Vögel an: Katzendrossel, Sturmschwalbe, Rotkardinal, Zaunkönig, Eistaucher, verschiedene Stärlinge, eine Bergwachtel, die traurige Ringeltaube. Es scheint sich um ein Inventar der in Amerika heimischen Vögel zu handeln, wenn auch in keiner bestimmten Reihenfolge.

Charlotte sieht sie an und grinst. »Er ist gut, nicht wahr?«

Ellen nickt. »Ich kann überhaupt nicht verstehen, wie er all das pfeifen –«

»Er pfeift nicht, das sagte ich doch schon. Er bildet alle Laute mit der Kehle nach.«

Das Auditorium scheint sich in eine riesige Vogelvoliere zu verwandeln, in der einzelne Stimmen rufen, andere antworten, sich dann alle zu einem flinken Gespräch vereinigen. Von all den Menschen, die Ellen in den Raum hat hineingehen sehen, ist kein Mucks zu hören.

»Und Sie?«, fragt Charlotte gedämpft, als könne ihr Gespräch hier auf dem Rasen den Vortrag drinnen stören. »Sie sind – Vogelexpertin?«

Ellen denkt an ihre Tauben, die Lawrence so sehr gelobt hat.

Hat er sie nur ermutigen wollen, oder haben ihm die dicken Küken womöglich wirklich gefallen?

»Ich bin Bildhauerin«, sagt sie entschieden. »Ich arbeite in Professor Godefreys Studio, und ich gehe ihm mit meinen eigenen Entwürfen bei seinen privaten Kommissionen zur Hand.« Das klingt gut, findet sie.

Charlotte nickt. »Ich bewundere seine Arbeiten sehr. Den Kolumbus-Brunnen, die Pioniere, seinen George Washington … Er ist ein bisschen alt, nicht wahr?«, fügt sie unvermittelt hinzu.

Aus dem Auditorium schwappt Applaus, der Ellen die Gelegenheit gibt, abgelenkt zu erscheinen und tief Luft zu holen.

»Ich hatte gedacht, ich würde Sie öfter bei uns zu Hause sehen«, sagt sie statt einer Antwort. »Wo Sie doch eine so gute Freundin von Isadora sind.« Sie hat Izzy wegen des Schlüssels zur Rede gestellt, und Izzy hat irgendetwas gemurmelt von ein paar Büchern, die sie vor langer Zeit von Charlotte geliehen habe und die sich die Journalistin aus der Wohnung habe abholen wollen. Dann hat sie versprochen, sie würde den Schlüssel zurückverlangen.

»Isadora scheint in den letzten Monaten sehr beschäftigt«, antwortet Charlotte, und es scheint Ellen, als habe nun sie tief Luft holen müssen.

»Ich sehe sie auch kaum noch«, sagt Ellen. »Sie verbringt all ihre Zeit im Konservatorium, glaube ich.«

»Das glaube ich auch«, sagt Charlotte düster, während sie mit einer Hand Grasbüschel aus dem Rasen rupft. »In St. Louis hatte sie mehr Zeit.« Ihr Blick ist fest auf das erdige Grün in ihrer Hand gerichtet. »Wir sind auch zusammen gereist. Nach New York, nach Philadelphia. Einen ganzen Sommer lang waren wir in Italien.«

Ellen kann sich ihre bildhübsche, elegante Wohnungsgenossin schwer als Reisegefährtin von Charlotte Overbeck vorstellen.

»Was für ein Zufall, dass Sie dann beide in Chicago gelandet sind«, sagt sie.

»Das war kein Zufall«, sagt Charlotte, dieselbe Düsterkeit in der Stimme. »Als sie sich entschloss, dort am Konservatorium zu studieren, habe ich mir eine neue Stelle gesucht und bin ihr gefolgt.«

Bevor der überraschten Ellen ein Antwort einfällt, dringt aus dem Auditorium plötzlich, völlig unzusammenhängend, das Umm-ta-ta einer etwas holprigen Orchestermusik. Und dann erhebt sich, noch unzusammenhängender, darüber wieder das Konzert der Vögel, nur dass es diesmal der Melodie und dem Rhythmus irgendeiner Mazurka oder Polka folgt. Charlotte hält sich die Ohren zu.

»Das Festival-Orchester kann es immer gar nicht erwarten, mit Kellogg zu spielen. Grauenvoll!«

Der Darbietung folgt begeisterter Applaus. »Dem Publikum scheint es zu gefallen«, meint Ellen.

»Eigentlich ist das Orchester gar nicht schlecht«, sagt Charlotte. »Und die Akustik im Auditorium ist sehr gut! Haben Sie nicht Zeit – wollen Sie nicht nachher mit mir zu dem Liederabend von Frances Ingram kommen? Das ist ein ganz anderes Niveau.«

Ellen zögert einen Moment. Sie würde wirklich lieber zu einem Liederabend gehen, als im Hotel eine umständliche Mahlzeit einzunehmen. Die lockere, freundschaftliche Atmosphäre im Chautauqua gefällt ihr. Doch dann schüttelt sie den Kopf. »Ich glaube nicht«, sagt sie. »Professor Godefrey reist schon morgen Mittag ab, und ich muss ihm beim Packen helfen. Er hat so viele Materialien dabei für seine Vorträge.«

Charlotte nickt langsam und lässt sie dabei nicht aus den Augen. »Ich verstehe vollkommen«, sagt sie, »so viele Materialien.« Ellen versucht zu entscheiden, ob ein ironischer Ton in ihrer

Stimme liegt. Charlotte springt auf. »Nun, gute Reise dann!«, sagt sie. »Aber vielleicht haben Sie Lust, mit mir die Ingram im Herbst in Chicago zu hören, wenn die Opernsaison wieder beginnt? Rigoletto, sie ist eine ganz wundervolle Maddalena.«

»Nun, ich –«, beginnt Ellen zögernd, doch Charlotte unterbricht sie mit einer Handbewegung.

»Ich bekomme jederzeit Karten«, sagt sie. »Sie wissen ja, ich bin Kritikerin.«

VII

Rockcliff Isle, 1. Juli 1925

Die Rückfahrt von Deephaven verlief in gedrückter Stimmung. Dabei hatte der Herrschaftstag so gut angefangen. Sogar Charlotte hatte schon am Vorabend ausdrücklich erklärt, sie wolle sich den ganzen Tag freinehmen und nicht ein einziges Mal an die Korrekturen für den Band mit Erzählungen denken, der im Herbst erscheinen sollte. Sie trug zur Feier des Tages eines ihrer geliebten weiten Sommerkleider von Liberty, von denen sie vor ein paar Jahren ein Dutzend aus London mitgebracht hatte, dieses mit einem dramatischen purpurnen Pfauenfeder-Muster. Ellen hatte einen Badeanzug unter ihrem Kleid angezogen und ein Handtuch eingepackt, weil sie Ronnie Beale versprochen hatten, sich von ihm seine Badestelle zeigen zu lassen.

Es war den ganzen Tag schöner Sonnenschein gewesen, und der General-Gouverneur hatte auf dem Friedhof der Auferstehungskirche in North Landing eine würdevolle Ansprache zum Andenken an die im Krieg Gefallenen gehalten. Die Männer, in gestärkten Sonntagshemden und gebügelten Hosen, hatten feierlich die Hüte vor der Brust gehalten, die Frauen, in ihren besten Sommerkleidern, hatten sich mit weißen Spitzentaschentüchern ein paar Tränen aus den Augenwinkeln getupft, und Ronnie hatte mit dem Holzgewehr, das ihm sein Vater am Vortag geschnitzt hatte, salutiert, als Pfarrer Ingerud mit kräftiger, fester Stimme den Namen seines Onkels Albert verlas. Es war nur einer von fünfzehn Namen – für Ellen eine unfassbare Zahl für einen so abgeschiedenen Ort. Und dann noch einmal ein halbes Dutzend aus Deephaven, die dort ihr eigenes Denkmal bekommen würden, hatte Doktor McEwan ihnen mit leiser Stimme zugeraunt.

Zur Feier des Tages hatten sie Ronnie eingeladen, mit ihnen in dem Model T Ford des Doktors nach Deephaven zu fahren; es war eines der wenigen Automobile auf der Insel. Aufgeregt hüpfte er auf der Rückbank zwischen Ellen und der Frau des Doktors auf und ab. Ellen musste sich ducken, um keine Hiebe von dem Holzgewehr abzubekommen, mit dem er aus dem Fenster auf ahnungslose Möwen zielte. Er war enttäuscht gewesen, dass zur Feier des Tages auch Dillon's Laden geschlossen hatte, aber Charlotte zog aus ihrer übergroßen Handtasche ein Papiertütchen mit Lakritzen, die sie ein paar Tage vorher vorsorglich auf Ellens Einkaufsliste gesetzt hatte. »Damit du im Auto nicht Dulse kauen musst!«, sagte sie. »Das riecht so!«

»Ist aber sehr gesund!«, rief der Doktor von vorn und brachte alle zum Lachen. Wer auch immer Charlotte schroff und abweisend fand, sollte sie nur einmal mit Ronnie erleben, dachte Ellen.

Nach dem Seifenpfahl-Wettbewerb, der die jungen Teilnehmer und das Publikum wie immer zu Begeisterungsstürmen hinriss, waren die angeseheneren Insulaner zu einem Hummeressen mit neuen Kartoffeln und frischer Butter gebeten, dem letzten Hummer der Saison – eine Mahlzeit, der Charlotte enthusiastisch zusprach. Auf dem sanft ansteigenden Rasen vor der Kirche von Deephaven saßen sie auf langen Holzbänken an Tischen, die mit karierten Tüchern und Konservengläsern voller Wiesenblumen festlich gedeckt waren, mit einem Blick über den Hafen und die kleinen Inseln dahinter, und es war, dachte Ellen, wie Sommer sein sollte.

An einem Tisch saßen die Honoratioren beieinander: der General-Gouverneur, die Pfarrer der Kirchen von North Landing und Deephaven, ein paar Männer in schwarzen Anzügen und ältere Paare, die Ellen nicht kannte. Auch der Postbeamte war unter den Gästen, der Apotheker, Ralph Dillon und die Beales, Ronnies Eltern. Crawford Maker war nirgends zu sehen.

Die Kinder hatten in Papier eingewickelte belegte Brote bekommen und waren verschwunden. Weil es ebbte, hatten sie sich zu Fuß über die flachen Klippen und den Steinstrand zu ihrer Badestelle auf den Weg gemacht. Sie lag in einer Bucht ein paar Meilen nördlich von Deephaven. Ellen und Charlotte hatten mit den Beales abgemacht, sich von Doktor McEwan am Nachmittag dort hinfahren zu lassen. Mit ihm und seiner Frau würden sie am Strand den Nachmittagskaffee trinken, den ihnen Sarah in einer Thermoskanne mitgegeben hatte. Dann wollten sie zeitig in die Moses Cove zurückkehren. Das Sommerhaus war fast fertig eingerichtet, und heute Abend könnten sie noch bei Tageslicht die beiden letzten Kisten auspacken und zum ersten Mal im eigenen Haus übernachten.

Der Doktor parkte am Eingang des Pfades, der von der Küstenstraße zum Strand führte, und Ellen schlang sich ihr Badetuch um die Schultern. Charlotte, die sich nichts aus Baden machte, hatte den Korb mit der Thermoskanne und einem Sandkuchen am Arm und ging voraus. »Ich komme mir vor wie Rotkäppchen!«, sagte sie, und Ellen hörte am Glucksen in ihrer Stimme, wie sehr sie sich darauf freute, Ronnie schon zum zweiten Mal an diesem Tag eine Überraschung mit einer Leckerei zu bereiten.

Doch sie erschrak, als sie den Jungen auf sie zurennen sah, barfuß, mit zerrissenem, offenem Hemd und in Badehose, mit blutigen Schrammen auf Stirn und Armen und so stark weinend, dass er kaum Luft bekam. Charlotte ließ den Korb ins Heidekraut fallen, und Ronnie warf sich in ihre Arme. Der Doktor machte unwillkürlich ein paar rasche Schritte vorwärts und hockte sich neben ihn, legte ihm die Hand auf die Schulter und sprach leise auf ihn ein, doch der Junge hatte das Gesicht in Charlottes Kleid vergraben.

Schließlich richtete er sich auf. Immer noch schluchzend deutete er mit der Hand den Pfad hinunter, auf dem er gekommen war, und zog Charlotte hinter sich her. Die anderen folgten, wobei Mrs. McEwan den Picknickkorb rettete und rasch nachsah, ob womöglich einer der Kaffeebecher zerbrochen war.

Sie hatten Mühe, auf dem von großen Kieseln und Steinbrocken übersäten Strand voranzukommen, besonders der Doktor in seinen blank polierten Sonntagsschuhen. Ronnie wies nach rechts, in die Richtung, aus der die Kinder gekommen waren. Ein Stück entfernt sahen sie die anderen Jungen nahe der Hochwasserlinie zusammenstehen. Ellen hatte die neuen Segeltuchschuhe an, mit Gummisohlen, die ihr Charlotte noch vorsorglich in Boston gekauft hatte, und jetzt hastete sie voraus, ein Stückchen unterhalb des kleinen Damms aus Geröll, Treibholz und Muscheln, den die Flut gebildet hatte.

Die Kinder wichen schweigend zur Seite, als Ellen sie erreichte. In dem Saumstreifen jenseits der Hochwasserlinie war ein breites Nest, aufgeschichtet aus trockenem Seegras und Tang und sorgsam ausgefüttert mit braunweißen Daunen. Darin befand sich eine breiige Masse aus Blut, Innereien, Knochen und eiverklebten hell- und dunkelbraunen Federn. Ellen wich zurück; sie musste sich zwingen hinzusehen. Sie konnte einen dunklen Entenschnabel ausmachen, mit einem hellen Punkt darauf. Ein paar zersplitterte Schädelfragmente befanden sich daran, aus denen ein dunkles Rinnsal in die braun gemusterten Federn gesickert war. An den Rändern des Nestes, unter dem zerstörten Körper des Vogels, sahen ein paar zerbrochene grünliche Eierschalen hervor.

Sie verstand jetzt, warum Ronnie kein Wort herausgebracht hatte, doch sie war zu überwältigt von dem Anblick, um selbst in

Tränen auszubrechen. Die Kinder sahen sie erwartungsvoll an, als müsse sie, die Erwachsene, wissen, was zu tun sei, und sie war erleichtert, als sie eine Hand auf ihrer Schulter spürte.

»Verdammt«, sagte die Stimme des Doktors leise in ihr Ohr. »Nicht schon wieder.« Überrascht sah Ellen ihn an. Er schüttelte den Kopf. »Ich erkläre es Ihnen später. Lassen Sie uns erst die Kinder hier wegbringen.«

Er ließ den Blick über die Gruppe schweifen und zeigte auf den größten Jungen. »Du. John. Deine Eltern sind noch in Deephaven. Die meisten anderen Eltern auch. Ihr geht jetzt sofort zurück, verstanden? Und du passt auf, dass keiner unterwegs verloren geht.«

Die Kinder nickten, und ohne ein weiteres Wort trollten sie sich. Sie schienen erleichtert, als hätten sie der Erlaubnis bedurft, sich vom Ort des Frevels zu entfernen.

»Und wir bringen jetzt Ronnie zurück nach North Landing, das war ja ohnehin der Plan«, sagte der Doktor, den offenbar nichts aus der Ruhe bringen konnte. »Dann fahre ich Sie und Charlotte zum Gästehaus, und dann hole ich Crawford Maker. Er muss das hier sehen.«

Ellen wagte es, den Blick wieder auf die zerstörte Ente zu richten, auf den weichen Daunensaum des Nestes, das sie gebaut hatte. »Könnte ich nicht – sollte ich nicht hierbleiben und warten, bis Sie wiederkommen?« Der Gedanke, den Vogel allein zu lassen, schien ihr unerträglich.

»Ich glaube, der Junge braucht uns mehr«, sagte der Arzt und wandte sich nach Ronnie um, der, Charlottes Hand umklammernd, mit abgewandtem Gesicht am Eingang zum Pfad stehen geblieben war. »Und Sie beide sollten auch lieber an etwas Angenehmeres denken. Ich fahre Sie zurück, und dann packen Sie Ihre Kisten aus und vergessen das hier.«

Ellen folgte ihm zögernd. Als sie auf den Pfad zur Straße einbiegen wollte, merkte sie, dass sie noch immer das Badetuch über die Schulter geschlungen hatte. Sie rannte über die rutschigen Steine zurück und breitete es über das Nest. Dann suchte sie nach ein paar großen Strandkieseln und beschwerte sorgsam die Ecken.

Erst als sie den Wagen des Doktors an der Straße erreicht hatte, begann sie, in ihrem dünnen Sommerkleid zu zittern. Charlotte, die schon mit Ronnie auf der Rückbank gesessen hatte, bemerkte es. Sie stieg wieder aus, schälte sich schweigend aus ihrer wollenen Jacke und legte sie Ellen behutsam um die Schultern.

»Was hast du da?«, fragte Ellen. Sie waren auf dem Weg vom Gästehaus durch das Tannengehölz zu ihrem Sommerhaus, und Charlotte trug in der einen Hand den Schreibmaschinenkoffer, in der anderen etwas, das wie zwei Holzscheite aussah. »Für unseren Ofen heute Abend?«

Charlotte, die auf dem schmalen Pfad wieder voranging, fuchtelte mit dem Holz. »Ronnies Gewehr«, erklärte sie. »Ich habe es auf dem Strandpfad im Gebüsch gefunden. Es muss zerbrochen sein, als der arme Junge gestürzt ist.«

Ronnie, hatte der Doktor fachkundig festgestellt, war nichts passiert außer den Schrammen und ein paar blauen Flecken, die er sich zugezogen hatte, als er sich beim Rennen im Brombeergestrüpp verfangen hatte.

»Ich habe es heimlich in den Picknickkorb gesteckt«, fuhr Charlotte fort. »Ich wollte nicht, dass er noch mehr aus der Fassung gerät, wenn er sieht, dass es ihm bei dem Fall zerbrochen ist. Ich werde morgen seinen Vater bitten, ihm ein neues zu schnitzen.« Sie stieß die Tür auf und stellte mit einem tiefen Seufzer die Oliver ab. »Puh. Die Schreibmaschine lassen wir in Zukunft immer hier. Home, sweet home. Was bin ich froh, heute Abend hier zu sein.«

Ellen konnte ihr nur beipflichten und sah sich dankbar um. Die hölzernen Wände waren weiß lackiert und die Türrahmen und Fußleisten grau abgesetzt; auf den Tannenholzdielen des Küchenfußbodens lagen große geflochtene Flickenteppiche, die ihnen Agnes Beale besorgt hatte. Der kupferne Wasserkessel auf dem großen neuen Feuerherd glänzte, auf den Wandregalen standen Teller, Tassen und Gläser, in der Anrichte an der Wand wusste sie Besteck, Kerzen und Tischwäsche. Trat man am Esstisch vorbei durch die Tür nach links, kam man in das Wohnzimmer; mit gepolsterten Mahagonimöbeln und ein paar hohen Bücherregalen aus demselben Holz war es etwas formeller eingerichtet. Hier hingen statt der weißen Musselingardinen wie im restlichen Haus Chintzvorhänge in einem blauen Toile-de-Jouy-Muster. Das Zimmer wirkte kahl und recht unpersönlich; die Bücherregale waren noch fast leer, es fehlten Bilder an den Wänden und Vasen, Fotorahmen und Nippes. Das galt auch für die beiden Schlafzimmer, von denen sich eines an das Wohnzimmer, das andere von der Küche her anschloss, und die beide durch je eine weitere Tür in das dazwischenliegende Badezimmer führten. Falls man es als Badezimmer bezeichnen konnte. Sie hatten hinter dem Haus eine Sickergrube und einen Brunnen bohren lassen, aber zum Waschen gab es nur einen altmodischen Waschtisch mit einer großen emaillierten Wasserkanne. Für ein richtiges Bad würden sie ins Gästehaus gehen müssen.

Ellen vergewisserte sich, dass in allen Lampen Petroleum war und eine Streichholzschachtel daneben. Auf dem Esstisch, dem Küchentresen und dem Schränkchen im Badezimmer lagen überdies batteriebetriebene Taschenlampen bereit.

»Ellen, Liebes, es wird noch lange nicht dunkel. Komm, lass uns anfangen«, drängte Charlotte. »Haben wir einen Hammer? Und eine Schere? Ich bin so gespannt, was hier drin ist!«

Ellen kramte in der Küchenschublade; den Werkzeugkasten

hatte sie schon am Morgen vorsorglich aus dem Holzschuppen geholt. Sie stemmten die Kisten auf und fingen an, den in Seiden- und Packpapier gewickelten Inhalt zu untersuchen. In der ersten Kiste, die sie vor einigen Wochen in Chicago gepackt hatten, fanden sich kleine Vasen, Häkeldeckchen, ein Briefbeschwerer aus Glas, Fotos von Charlottes Eltern, Geschwistern und Neffen in silbernen Rahmen, Buchstützen, ein nie benutztes Kochbuch, eine Bonbonniere aus geschliffenem Kristall und ein paar silberne Obstmesser. In der anderen waren gerahmte Stiche, für die sie in der Wohnung in Chicago nie Platz gefunden hatten, von Charlotte sorgfältig gepuffert mit kleinen seidenbezogenen Sofakissen, die sie zwischen die Glasscheiben der Bilderrahmen geklemmt hatte. Charlotte warf die Kissen auf das Mahagonisofa – »es sieht doch schon viel wohnlicher aus, oder?« –, während Ellen die Stiche studierte. Es war ein Durcheinander von Motiven, die Charlotte auf ihren frühen Europareisen gefallen hatten, eine holländische Landschaft, Dürers Hase, Selbstporträts von Rembrandt und van Dyck, eine Hochzeit in Kanaan und ein Abendmahl von Tintoretto.

Ein Rahmen war zerbrochen, als Ellen ihn anhob.

»O du meine Güte – Vorsicht, das ist meine Ariadne!«, rief Charlotte. Die Scherben rieselten zurück in die Kiste, während Ellen vorsichtig den dicken Karton aus dem lädierten Holzrahmen löste. Der Druck selbst schien unbeschädigt. Charlotte sah ihr über die Schulter. »Wir müssen das neu rahmen lassen, Liebes, ich würde das Bild gerne oben aufhängen, über meinem Schreibtisch.«

Ellen hielt das Bild in den Händen, ein Stich nach Tizians *Bacchus und Ariadne*. Irgendetwas stimmte nicht damit, dachte sie. Ariadne wandte sich schmerzerfüllt von Theseus' Schiff weg und etwas zögernd Bacchus zu, der übermütig und behände von seinem Wagen sprang. Aber etwas stimmte nicht. Unwillkürlich drehte sie den Karton um.

Dort war, mit Tinte, in einer steilen, eleganten Handschrift, eine Widmung geschrieben. »Zur Erinnerung an unsere wunderschöne Zeit in Venedig. Ich werde sie nie vergessen. Deine Izzy. Juli 1907.«

Ellen ließ das Bild sinken. »Ich wusste gar nicht, dass Isadora dir das geschenkt hat«, sagte sie eisig. »Das hast du mir nie erzählt.«

Charlotte sah sie überrascht an. »Nicht? Aber ich dachte … du weißt doch, dass ich mit Izzy in Italien war.«

»Aber nicht, dass du all diese Andenken aufhebst«, sagte Ellen. Sie spürte selbst, wie kleinlich das klang, aber sie konnte nicht anders. »Und sie über deinen Schreibtisch hängen willst.«

Charlotte wirkte aufrichtig verwirrt. »Liebes, damals *kannte* ich dich doch noch gar nicht.«

»Und *als* du mich kanntest? Hat sich da wirklich etwas geändert? Du warst doch nur ihretwegen nach Chicago gekommen.«

»Ellen, aber dann sind doch wir … wir haben doch schon so oft darüber gesprochen, dass –«

»Und du bist nie darüber hinweggekommen, dass sie geheiratet hat. Dass sie nach Europa gezogen ist und dich verlassen hat. Gib es doch endlich mal zu!«

Charlotte ließ sich auf das Sofa zwischen die Seidenkissen fallen. »Liebes, bitte. Bitte fang nicht wieder so an. Du weißt, dass wir an der Vergangenheit nichts ändern können.«

»Und warum gerade dieses Bild?« Ellen war aufgesprungen. Sie wünschte, sie könnte sich stoppen, aber sie war richtig in Fahrt. »Das hat doch mit Venedig überhaupt nichts zu tun! Das Bild hängt in der Nationalgalerie in London! Wo *wir* es vor ein paar Jahren zusammen gesehen haben.«

»Nun, natürlich hat Tizian auch in Venedig –«, Charlotte unterbrach sich und stand auf. »Ellen, sei doch vernünftig. Lass uns einander nicht den ersten Abend im neuen Haus verderben.

Komm, es wird spät. Lass uns rübergehen zum Abendessen. Wir nehmen eine Taschenlampe mit, falls wir sie für den Rückweg brauchen.«

Ellen warf den Stich auf den Esstisch. »Und außerdem«, rief sie, denn jetzt war ihr klar geworden, was es war, das nicht stimmte, »außerdem ist der Druck *seitenverkehrt.*« Sie lief durch die Küche in ihr Zimmer und schlug die Tür hinter sich zu. Sie wartete; ein paar Minuten war es still. Dann hörte sie Rascheln und Schritte in der Küche, schließlich wurde die Eingangstür geöffnet und wieder geschlossen.

Ellen warf sich auf ihr frisch bezogenes Bett; sie fühlte sich schrecklich. Warum passierte ihr das immer wieder? Sie wusste, dass Charlotte recht hatte, dass sie nicht den Abend verderben sollte, dass es unsinnig war, auf die Vergangenheit eifersüchtig zu sein. Außerdem knurrte ihr Magen. Und dennoch: Izzy, Izzy, Izzy. Sie war immer da, immer präsent, und nicht nur, weil Charlotte regelmäßig mit ihr korrespondierte. Die zahllosen Briefe, die hin- und hergingen, machten ihr nichts aus, es war ja meistens sie selbst, die sie zur Post brachte und von dort abholte. Nein, was sie immer wieder aus der Bahn warf, war das, was sie nicht sehen konnte, was ihr verborgen blieb: Charlottes Gedanken und Gefühle. Wie viel ihrer Zuneigung mochte noch immer Izzy gelten? Trauerte sie ihr immer noch nach? So gut Charlotte auch den Gefühlen der Figuren in ihren Büchern Ausdruck verleihen konnte, so schwer fiel es ihr meist, ihre eigenen Gefühle zu zeigen.

Ellen wartete. Charlotte würde nicht lange fortbleiben, vielleicht sogar einen Teller vom Abendessen mitbringen. Sie rollte sich zusammen und zog das Laken über sich.

Irgendwann musste sie eingedämmert sein, denn es war dunkel, als sie vom Klappen der Tür hochschreckte. Charlottes Schritte verschwanden in die andere Richtung, in das andere Schlafzimmer, und dann wurde von dort die Tür zum Badezimmer geöffnet. Unter Ellens Zimmertür fiel ein Streifen Licht hindurch, als Charlotte die Petroleumlampe anzündete. Dann wurde die Toilette gespült, Wasser in einen Becher gefüllt, Charlotte putzte sich die Zähne. Das emaillene Waschgeschirr gab einen klingenden Ton von sich, als etwas dagegenstieß.

Ellen schloss wieder die Augen. Sie würde sich schlafend stellen, wenn Charlotte gleich hereinkam, so war es einfacher, sich zu versöhnen. Sie wartete. Der Lichtstreifen unter ihrer Tür verschwand, die Tür vom Bad zum jenseitigen Schlafzimmer wurde leise wieder geschlossen. Charlotte kam nicht.

New York, 29. Juli 1925

Sehr geehrte Miss Overbeck,
hiermit bestätige ich dankend den Eingang Ihres Schreibens vom 25. d. M. Ihre Korrekturen für die Erzählungssammlung habe ich Mr. Ferguson und unserem Hersteller, Mr. Winslow, weitergeleitet, und wir werden sie selbstverständlich auf das Sorgfältigste einarbeiten.

Ihrer Liste entsprechend habe ich heute die folgenden Dinge an Sie auf den Weg gebracht:

- *250 Bogen Schreibmaschinenpapier, der Qualität des Bogens entsprechend, auf dem Ihr Brief geschrieben war*
- *ein Dutzend Bogen Kohledurchschlagpapier*
- *ein Dutzend unserer Buchhandelsbroschüren, Ihre Werke betreffend, mit passenden Umschlägen*
- *ein halbes Dutzend größerer, fester Briefumschläge (wie seltsam, dass diese in dem Kaufsmannsladen auf Ihrer Insel nicht erhältlich sind!)*

Gemäß Ihren Anweisungen habe ich die Materialien nicht eingeschrieben, sondern mit einfacher Paketpost geschickt. Ich hoffe sehr, dass Ihnen dies den Weg zum Zollamt auf der Insel erspart, und ich bitte nochmals um Entschuldigung, dass meine vorherige Sendung eine derartige Unannehmlichkeit bereitet hat.

Einen Ausschnitt der Rezension zu Die Unvergessenen *von Ms. Monroe in Chicago erlaube ich mir, diesem Brief beizufügen. Ich hoffe, sie wird Ihnen Freude machen. Ein Dutzend Exemplare dieser Besprechung habe ich bis zu Ihrer Rückkehr hier im Büro zurückgelegt. Wir werden mit ev. noch künftig erscheinenden Rezensionen in kleineren Magazinen ebenso verfahren.*

Die Unvergessenen *sollte generell im Buchhandel erhältlich sein. Es tut mir leid, dass ein Buchhändler in Minnesota Ihnen persönlich geschrieben hat, dass er keine Exemplare bekommen kann. Ich werde noch heute mit unserem Vertrieb besprechen, wie wir ihm am schnellsten die drei Exemplare des Buches zustellen können, die er bestellt hat.*

Es freut mich zu hören, dass die Nachsendung der World *jetzt regelmäßig erfolgt. Ich habe in der vergangenen Woche noch einmal dort antelefoniert, um mich persönlich davon zu überzeugen, dass der Abonnementsabteilung Ihre Adresse auf Rockcliff Isle sowie die korrekten Daten Ihres Aufenthalts vorliegen. Desgleichen werde ich mich noch in dieser Woche um die Nachsendung der* Saturday Evening Post *kümmern. Sollte die Nachsendung nach Rockcliff Isle nicht möglich sein, werde ich die wöchentlichen Exemplare, die wir hier im Verlag erhalten, für Sie sammeln und sie Ihnen nach Ihrer Rückkehr nach Chicago zusenden.*

Mit vorzüglicher Hochachtung,

Amanda Abrahams

Sekretariat von Mr. Albert H. Ferguson, Cheflektor

Millerton & Company

P. S.: Mr. Ferguson hat sich erlaubt, dem Paket mit den Schreibwaren noch einmal eine Halbpfundpackung gemischter Sahnebonbons von Mary Elizabeth's beizufügen.

VIII

Chicago, Ende März 1913

Der gewaltige Sturm der vergangenen Woche hat sich gelegt, doch es ist noch einmal winterlich kalt geworden, und ein eisiger Wind streicht über die ödbraunen Rasenflächen am Kunstmuseum. Er fegt die Überbleibsel der Unwetter vor sich her: alte Zeitungen und Fetzen von zerrissenen Plakaten, zerbrochene Regenschirme, Stofflumpen, leere Dosen und abgebrochene Äste. Sie müssen von weither herangeweht worden sein, denkt Ellen; das Kunstmuseum steht auf dem noch immer kahlen Stück Neuland, das die Stadt nach dem großen Brand vor Jahrzehnten dem Lake Michigan abgetrotzt hat, und weit und breit ist kaum ein Baum in Sicht. Die Parkanlage, in der Lawrences Lebenstreppe ihren Platz finden soll, ist auch immer noch nicht fertig. Sie fröstelt, doch als Lawrence ihren Arm unterfasst und sie an einem der mächtigen Bronzelöwen vorbei die Freitreppe zur warmen Eingangshalle hinaufbugsiert, widerstrebt sie fast. Sie wird ihm an diesem Nachmittag die Wahrheit sagen müssen.

Wie soll sie ihm erklären, was in den vergangenen Monaten geschehen ist, seit sie von seiner Vortragsreise im Sommer nach Chicago zurückgekehrt sind?

Gleich zu Beginn der Opernsaison hat Charlotte ihr einen Brief geschrieben und sie, wie sie es in Boulder verspochen hatte, zu einer Rigoletto-Aufführung mit der Ingram eingeladen. Ellen hat sich wieder Izzys dunkelrotes Samtkleid ausgeliehen, aber irgendetwas hat sie davon abgehalten, Izzy zu sagen, mit wem sie in die Oper geht. Charlotte ist, soweit sie weiß, kein einziges Mal mehr in der Wohnung aufgetaucht, wo stattdessen fast jeden Abend ein paar von Izzys und Marjories Freunden um den Küchentisch herumsitzen, Wein trinken und laut diskutieren. Manchmal ziehen sie nach ein paar Flaschen Wein ins Wohnzimmer um und singen mehrstimmig schmachtende Lieder, die Izzy am Klavier begleitet. Wenn sie ihre Instrumente dabeihaben, gibt es auch gehaltvollere Darbietungen. Ellen ist aufgefallen, dass ein junger Mann, ein hoch aufgeschossener, blasser Deutscher, fast immer seine Geige mitbringt und Izzy zu anspruchsvollen Duetten herausfordert: Sonaten von Beethoven und die A-Dur von César Franck. Vor Kurzem hat Izzy begonnen, die vertrackt schweren Sätze der nicht vollendeten Sonate eines jungen Amerikaners zu üben, Charles Ives heißt er, und Johann, der Deutsche, hat irgendwo eine Abschrift der Noten ergattert. Ellen ist sich oft nicht sicher, ob die Musik so klingen soll, wie sie klingt, oder ob sich Izzy einfach nur verspielt, und wann immer Johann zur gemeinsamen Probe erscheint, flieht sie aus der Wohnung.

Bald geht sie mit Charlotte regelmäßig in die Oper; dazu kommen lange Herbstspaziergänge am Seeufer entlang oder durch die Stadt, die von Nachmittagen im Museum oder einer Galerie abgelöst werden, als der Winter mit seinem scharfen Wind allmählich in Chicago Einzug hält. Am Ende ihrer Ausflüge finden sie sich oft in den von Rauch und Ruß geschwärzten Straßen in der Nähe des Flusses wieder, auf dem Weg zu einer kleinen Wirtschaft, über der Charlotte ein paar möblierte Zimmer mietet; »Schneffs Backstube & Konditorei« verkündet ein zerblätternder Schriftzug etwas großspurig über dem trüben Ladenfenster. Drinnen serviert ihnen die dicke Mrs. Schneff in hohen Bechern heißen Milchkaffee, während Charlotte unbarmherzig die Bilder oder die Aufführung kritisiert, die sie gerade gesehen haben, mit Sehnsucht in der Stimme vom letzten Brief ihrer Familie aus Sandy Point berichtet oder mit ihren Händen begeistert Figuren in die Luft malt, um eine Idee für eine neue Kurzgeschichte zu unterstreichen.

In Charlottes Gesellschaft fühlt sich Ellen – ja, wie soll sie es ausdrücken? Warm? Zumindest ist das das Wort, das ihr einfällt. Vielleicht weil der Gegensatz zwischen dem schneidenden Wetter draußen und der behaglichen Wärme an dem wackligen Tischchen neben der Backstube so groß ist, neben der molligen Charlotte, deren große Wollumhänge und praktische Tweedkostüme nach dem Nieselregen im Café förmlich zu dampfen scheinen. Geborgen ist ein weiteres Wort, das ihr einfällt. Die Kindheit in Colorado ist ihnen gemeinsam, und Charlotte, mit der Neugier, die ihr als Journalistin und Autorin eigen ist, zieht Ellen in ihre Welt hinein, eine Welt, die vor allem in Charlottes Kopf besteht und in der die Enge der schäbigen Straßen nahe des Flusses nicht vorzukommen scheint.

Ellen ist diese Nähe, diese Vertrautheit nicht gewohnt, sie hat in Chicago immer nur im Studio gearbeitet und hin und wieder etwas Zeit mit dem viel beschäftigten Lawrence verbracht. Der doch merken muss, dass sie das Atelier abends früher verlässt, dass sie sonntags nicht mehr zur Arbeit kommt, dass sie, wenn er sie abends einlädt, oft keine Zeit mehr hat. Oder merkt er es tatsächlich nicht? Zwischen Ellen und Charlotte besteht in diesen Herbst- und Wintermonaten eine stillschweigende Übereinkunft: Charlotte, die sonst alles über Ellen wissen will, fragt sie nie nach dem berühmten Professor Godefrey und auch nie nach Izzy. Und ebenso, wie sie Izzy nie von ihren Treffen mit Charlotte erzählt, erwähnt Ellen Charlotte gegenüber auch nie den jungen deutschen Geiger.

Irgendwann lernt Ellen die zugige kleine Wohnung kennen, die Charlotte vom Bäckermeister Schneff mietet. Aus der Bäckerei führt eine steile Treppe hinauf, und in den beiden kleinen Zimmern lebt Charlotte in einem heillosen Durcheinander von Büchern, Zeitungen und achtlos über ein paar wacklige Stühle geworfenen Kleidungsstücken. Der einzige Schmuck sind einige rahmenlose Drucke nach alten Meistern, die Charlotte mit Reißzwecken an den Wänden befestigt hat. An dem klapprigen Tisch, der ihr ebenso zum Arbeiten wie zum Essen dient, liest Charlotte Ellen ihre Entwürfe vor, ein Kapitel aus einem neuen Roman, an dem sie arbeitet, eine begeisterte Besprechung des Liederabends eines berühmten Baritons, der in Chicago gastiert. Auf dem Tisch steht eine altmodische Oliver, Charlottes ganzer Stolz. Ihr ältester Bruder, Carl, hat sie vor Jahren, als sie noch im College war, für dreißig Dollar von einem Trödelhändler in Cheyenne gekauft. Schon damals, sagt Charlotte, habe er ihr prophezeit, sie werde einmal eine berühmte Schriftstellerin.

Neben dem Tisch liegt ein Stapel von Exemplaren von *Gen Westen* auf dem Boden; der Roman ist tatsächlich im Oktober erschienen. Bei ihrem ersten Besuch in der Wohnung schreibt Charlotte Ellen eine lange Widmung in ein Exemplar, und Ellen liest das Buch über Nacht, in ihrer eigenen Wohnung, in der Hängematte. Doch sie findet sich immer häufiger zu Charlottes schäbigen Zimmern hingezogen und verbringt dort bald mehr Zeit als in ihrem eigenen bürgerlichen Domizil. Sie sitzt, in zwei Pullover und einen Schal gewickelt, mit einem Bleistift und Anspitzer vor den Seiten eines neuen Manuskriptes, eines Gedichts oder einer Kurzgeschichte an Charlottes kleinem Tisch. Während sie liest, unterstreicht, Fragezeichen malt oder korrigierte Seiten abtippt, säbelt Charlotte mit einem stumpfen Messer dicke Scheiben von einem köstlich duftenden Brotlaib, den Mrs. Schneff ihnen mit nach oben gegeben hat. Zu Hause, denkt Ellen, genau das ist es, was sie fühlt, wenn sie bei Charlotte ist. Sie fühlt sich zu Hause.

Irgendwann im Winter bleibt sie zum ersten Mal über Nacht. Die Matratze hängt durch, die Bettwäsche ist klamm, und die Decke so klein, dass sie nur eng aneinandergeschmiegt gemeinsam darunter Platz haben. Gegen Morgen riecht Ellen den herrlichen Brotduft, der durch Charlottes undichte Fenster hereinzieht, als in der Backstube unten der Ofen angeheizt wird. Vom Fluss dringen die Schläge von Hämmern auf Metall; das sind die Stadtarbeiter, die mit Benzinfackeln entlang der Güterbahngleise unterwegs sind, um die eingefrorenen Weichen umzustellen. Dass diese beiden fast unbeheizbaren Kammern mit dem Bäckereiduft und dem Hammerkonzert ihr wie ein kleines Paradies vorkommen, dass diese unbeirrbare, stämmige Frau, die ihr eigenes Werk schafft, anstatt sich mit konventionellen Entwürfen für kleine Brunnenfiguren herumzuplagen, sie liebt – ihr wird klar, dass sie das alles Lawrence früher oder später wird erklären müssen.

Schließlich fallen ihm ihre immer häufigeren Abwesenheiten im Atelier auf. Er zeigt sich besorgt, dass sie nicht regelmäßiger arbeitet, dass die Qualität ihrer Zeichnungen darunter leiden, die Kraft, die ihre Hände zum Modellieren brauchen, nach und nach zurückgehen könnte. Er bietet Ellen die Mitarbeit an einer Gartenanlage in Evanston an. Außerdem verzögert sich die Finanzierung der Lebenstreppe durch die Stadt weiter, weshalb er beschließt, sein Versprechen einzulösen: Sie werden nach Paris fahren.

Nun muss sie mit Charlotte über Lawrence sprechen. Es fällt ihr nicht leicht, ihr die Situation zu erklären, sie tut es im Bett, nachdem sie das Licht gelöscht haben, denn sie wagt es nicht, Charlotte anzusehen, und sie wagt auch nicht, laut zu sprechen. Flüsternd beichtet sie die Einladung.

»Unsinn«, flüstert Charlotte zurück und zieht sie näher an sich; ihre Haut ist warm und weich. »Natürlich fährst du nach Paris. Aber nicht mit ihm. Wir beide fahren zusammen.«

Eine Welle der Erleichterung durchflutet Ellen. Ja, natürlich. Genau das werden sie tun.

Und nun muss sie all das auch Lawrence erklären an diesem windigen Nachmittag im Kunstmuseum, es lässt sich nicht weiter hinausschieben. Ihre Passage ist gebucht, in vier Wochen geht das Schiff von New York. Wenn bis dahin nur ruhigeres Wetter sein wird, denkt sie. Sie erinnert sich noch sehr gut an ihre erste Überfahrt nach Cherbourg, sie ist fast die ganze Zeit über seekrank gewesen. Jetzt nimmt ihr Lawrence den Mantel ab. Sie spürt einen dumpfen Klumpen in der Magengrube und hofft, dass sie nicht gleich im binnenländischen Chicago seekrank wird.

Zunächst einmal muss sie sich jedoch darauf konzentrieren, Lawrence nicht aus den Augen zu verlieren. Ganze Schwärme von Menschen drängen die Treppen von der großen Halle zum ersten Stock hinauf, trotz des eisigen Wetters draußen. Und trotz der eisigen Besprechungen, die die Armory-Show in den Tagen seit ihrer Eröffnung bekommen hat. Das konnte man ja schon ahnen, hat Charlotte konstatiert, der Ausstellung ist es in New York ja nicht besser ergangen, und nun erst im biederen, spießbürgerlichen Chicago! Angeblich haben sowohl der Bürgermeister wie auch der Gouverneur von Illinois zahlreiche Beschwerden bekommen über die unmoralischen und suggestiven Darstellungen, die Teil der Ausstellung sind. Sofern man auf den Bildern überhaupt etwas erkennen könne. Charlottes Zeitung ist unter den Gegnern der Armory-Show keine Ausnahme. »Meine *Ex-Zeitung*«, betont Charlotte, denn sie hat zu Mitte April gekündigt. *Gen Westen* hat, im Gegensatz zu dieser Ausstellung, überwiegend sehr gute Kritiken bekommen, sowohl in der nationalen und regionalen Presse wie auch in literarischen Vierteljahresschriften. Sie hat einen Vertrag für ein neues Buch von Millerton & Company, und nun ist der Moment gekommen, in dem sie es wagen kann, sich ganz auf ihr eigenes Schreiben zu konzentrieren. Allerdings, daraus macht sie keinen Hehl, kann Charlotte mit einigen der Exponate in der Ausstellung nicht sehr viel mehr anfangen als ihre Ex-Zeitung. Sie hat die ganze Chose schon in New York gesehen, wohin die *Tribune* sie im Februar zur Eröffnung geschickt hat.

Ein paar Stellwände sind aufgebaut, um die Ausstellungsräume der Armory-Show abzugrenzen, doch als Ellen durch den dadurch entstandenen Eingang tritt und sich umsieht, ist sie enttäuscht: eine schöne Figur einer Frau mit einem Wasserkrug, daneben ein Wandschirm mit einem riesigen Schwan auf einem See. Beides wirkt weder futuristisch noch kubistisch. Und das gipserne Basrelief gleich neben der Treppe, eine anatomische Studie eines Männerrückens, das soll ein Matisse sein, der Künstler, von dem die Zeitungen so viel schreiben? Unwillkürlich fällt ihr der Keller im Kunstinstitut in Cincinnati ein, der alte, gutmütige Italiener, verstaubt wie die Gipsabgüsse auf den Regalen.

Während Lawrence noch die Wasserträgerin studiert, tritt sie in den großen Raum, der an den Eingangsbereich angrenzt. Plötzlich scheint es still um sie zu werden. Die Schritte der Menge wirken gedämpft, die Gespräche, das Gelächter zum Flüstern gesenkt. Sie bleibt einfach in der Tür stehen.

Ihr gegenüber steht eine junge Frau und sieht ihr in die Augen. Nein, denkt Ellen, sich selbst korrigierend, sie *befindet* sich mir gegenüber. Sie steht nicht, denn sie hat keine Arme und Beine, es ist nicht einmal ein Torso, nur eine Büste. Und dennoch ist der Körper vollkommen. Er ruht und schwebt zugleich. Die Figur blickt Ellen so tief in die Augen, dass sie den eigenen Blick senken muss.

Sie hat in den Zeitungen von der Büste gelesen, aber auf diesen Anblick war sie nicht vorbereitet. Noch nie hat ein Kunstwerk so unmittelbaren Sinn ergeben wie dieses. Es kann nur so sein, wie es ist. »Bonjour, Mademoiselle Pogany«, flüstert Ellen.

Sie spürt eine Hand auf ihrer Schulter. »Du stehst etwas im Weg, Liebling«, sagt Lawrence und schiebt sie sachte in den Saal hinein. »Und was haben wir hier? Ah, den berüchtigten Brancusi!« Er tritt an das Holzpodest heran, auf dem eine Handvoll Kleinplastiken verteilt sind.

Ellen wirft der Pogany rasch noch einen fast entschuldigenden Blick zu, aber nun ist es, als habe die Büste die Augen abgewandt und sei wieder mit ihrer eigentlichen Aufgabe beschäftigt, nämlich den Musterungen und Kommentaren der Besucher standzuhalten. Gemeinsam mit Lawrence geht Ellen um das Holzpodest herum.

»Sie tanzt«, sagt sie leise.

»Das sagst du nur, weil du gelesen hast, dass es das Porträt einer jungen Tänzerin ist«, gibt Lawrence zurück. »Ein *sogenanntes* Porträt. Eher ein Ei mit ein paar Linien darin.«

Ellen zeichnet mit der Hand die Linien der Büste nach. »Sie hat einen Haarknoten. Und schau nur, wie graziös ihr Kopf geneigt ist. Sie tanzt.«

»Sie hat keinen Körper, Ellen! Es ist eine Büste!«, ruft Lawrence etwas zu laut und rückt an seinem Pincenez. Einige Leute sehen sich um, manche nicken zustimmend.

»Aber sieh doch, Lawrence, die Bewegung, die darinsteckt. Die Energie.«

»Ein Ei mit einem Schal«, wiederholt Lawrence.

»Nicht Schal. Vielleicht Flügel. Die großen Augen, die Nase – sie hat etwas von einem Vogel, findest du nicht?«

»Vielleicht von einer blinden Eule«, sagt er und wendet sich ungeduldig ab. Jetzt wird er mir gleich sagen, wie viel gelungener der kniende Akt auf dem nächsten Podest ist, denkt Ellen. Sie tritt ans Fenster; der dumpfe Klumpen in ihrer Magengrube rollt sich zu einem schwarzen Ball zusammen. Im matten Licht des Märznachmittags liegt der Lake Michigan grau hinter den Bahngleisen.

»Hier!«, hört sie Lawrences Stimme. Sie dreht sich um. »Siehst du, dieser kniende Akt! Das ist große Kunst, Ellen. Vollkommen originell, dieser lange Körper, aber in jeder Hinsicht klassisch. Die Proportionen, die Eleganz … und außerdem erkennt man, was es sein soll, ohne das Schild zu lesen.« Er rückt wieder am Pincenez und liest nun doch die Beschriftung: »Wilhelm Lehmbruck. Die Deutschen haben offenbar ihre Gotik nicht vergessen.«

Es ist in der Tat eine wohlproportionierte, elegante Figur, die Brancusis kleine kompakte Marmorstatue um ein Mehrfaches überragt. Aber auf der hölzernen Ausstellungsfläche hinter dem großen Frauenakt verstecken sich wiederum einige kleine Arbeiten. Sie sieht genauer hin: eine kleine Holzplastik, die sie an die Skulpturen erinnerte, die sie schon im Palais du Trocadéro in Paris gesehen hat. Und dann – ihr Herz fängt an zu klopfen – noch zwei kleine Skulpturen aus weißem Marmor, eine weitere abstrakte Büste und ein liegender polierter Marmorstein, jedenfalls denkt sie, dass es ein Stein ist, bis sie um das Oval herumgeht und ein Gesicht entdeckt, kaum wahrnehmbare geschlossene Augen, eine längliche Nase, die Züge denen der Mademoiselle Pogany verwandt.

»Schlafende Muse!«, liest Lawrence vor. »Vielleicht wäre es gut, wenn er seine Musen mal aufweckt, damit ihm nicht wieder so etwas passiert wie die Eule dort drüben.« Er zieht sie an sich. »Nun, wir wollen hoffen, dass die Galerien in Paris vielleicht doch noch ein paar Künstler ausstellen, die nicht hoffnungslos verrückt geworden sind, wenn wir im Sommer hinfahren.«

Ellen spürt, wie der schwarze Ball in ihrem Magen sich mit wütender Luft füllt und in ihr hochsteigt. »Lawrence!«, bricht es aus ihr hervor, viel heftiger, als sie es beabsichtigt hat. »Ich fahre nicht mit dir nach Paris.« Sie macht sich los und tritt einen Schritt zurück.

Sein Arm bleibt in der Luft hängen, genau an der Stelle, an der er eben noch Ellen umfasst hat. Um die Stirn runzeln zu können, muss er mit der freien Hand nach dem Pincenez greifen.

»Aber es ist doch alles besprochen. Die Lebenstreppe kommt vor dem nächsten Jahr nicht voran, das weißt du. Der Sommer ist einfach der günstigste Termin, um nach Paris zu fahren.«

»Ich fahre ja nach Paris«, sagt Ellen. »Nur nicht mit dir.«

Er starrt sie an. »Wie meinst du das, nicht mit mir?«

Sie holt tief Luft. Sie hat tagelang nach Worten gesucht, sich überlegt, wie sie es ihm sagen will, ohne seine Gefühle zu verletzen – dass sie ihm keine ebenbürtige Partnerin sein kann, dass sie seine Großzügigkeit nicht verdient, dass sie …

»Was würdest du allein in Paris tun?«, hakt er nach.

Ellen sieht von der Schlafenden Muse wieder zu Mademoiselle Pogany hinüber. »Nicht allein«, sagt sie. »Ich fahre mit Charlotte Overbeck. Du erinnerst dich doch? Die Journalistin, die dich in Boulder interviewt hat.«

»Mit … mit der Journalistin? Dieser drallen, impertinenten Person?« Seine Stimme klingt entgeistert.

Ellen holt noch einmal tief Luft und öffnet den Mund, aber sie bringt kein Wort heraus. Es gibt nichts mehr zu sagen, nichts zu verstehen. Sie sieht den kleinen schwarzen Ball, der in ihr aufgestiegen ist, zwischen den zahllosen Füßen der Ausstellungsbesucher davonrollen. Und mit raschen, leichten Schritten geht sie ihm nach, aus dem Saal heraus, an dem Männerrücken von Matisse vorbei die breite Treppe hinunter zur Eingangshalle des Museums. Sie sieht sich nicht um, aber sie ist sich ziemlich sicher, dass Lawrence ihr nicht folgt.

IX

Rockcliff Isle, Anfang August 1925

Wieder einmal klopfte Ellen an die Tür der Werkstatt, vorsichtig den schweren, mit Schnur umwickelten Packen von Zeitungen balancierend. Die Tür war nur angelehnt, aber der Raum war leer. Sie legte den Stapel auf den Werktisch und sah sich nach einem Stück Papier und Bleistift um, um Crawford Maker eine Notiz zu schreiben, als ein Schatten über den Boden fiel. Im Türrahmen stand eine ältere Frau in einem dunklen, knöchellangen Kleid mit einer weißen Schürze, das graue Haar im Nacken hochgesteckt. Ellen erkannte sie; sie hatte am Herrschaftstag in Deephaven am Tisch des General-Gouverneurs gesessen.

Ellen richtete sich auf. »Bitte entschuldigen Sie«, sagte sie. »Ich wollte nicht einfach so hereinplatzen. Aber Mr. Maker braucht doch so viel Zeitungspapier für seine Arbeit, und wir haben unsere Zeitungen gerade ausgelesen, und da dachte ich …«

»Sie brauchen sich nicht zu entschuldigen«, sagte die Frau. »Sie sind die Künstlerin, oder? Die Bildhauerin. Ich bin Crawfords Mutter, Miriam.« Sie streckte die Hand aus.

Ellen ergriff sie. »Ellen Joy Sinclair. Ich will wirklich nicht stören, ich –«

»Er müsste bald zurück sein. Er ist zu einer Sitzung bei Gaskill, unserem neuen Magistrat. Trinken Sie doch eine Tasse Tee mit mir, bis er kommt.«

Ellen spürte, wie sie etwas errötete. »Sie haben uns neulich schon so nett mit Tee bewirtet, Mrs. Maker, und wir haben uns gar nicht bedankt.«

»Deshalb sind Sie mir jetzt zwanzig Minuten Ihrer Gesellschaft schuldig«, gab die ältere Frau lächelnd zurück. »Und sagen Sie Miriam zu mir. Wir sind hier nicht in der Stadt.«

Ellen folgte ihr ins Haus. Es war nicht sehr hell, vor den Fenstern hingen mit Spitzenmuster durchwirkte weiße Gardinen, aber es war sehr sorgfältig eingerichtet, mit dunklen polierten Möbeln und gewebten Teppichen auf den grau gestrichenen Holzfußböden.

»Setzen Sie sich in die Stube«, rief Miriam Maker, die in die Küche verschwunden war. »Der Tee ist schon fertig, ich hatte gerade eine Kanne aufgegossen, weil ich dachte, Crawford käme gleich zurück.«

Die Stube war ein gemütlicher Raum mit mehreren Sesseln und zwei kleinen Sofas, einer schweren Standuhr und einem schönen Eckschrank, in dem hinter Glas Porzellan- und Silberfigurinen standen. An den vergilbten Streifentapeten hingen Bilder, ein paar Seemotive in Öl, Stiche von Vögeln, aber auch bunte, fremdartige Darstellungen von Tieren, Geistern und Männern beim Fischfang. Neben einem Bücherregal fanden sich in einem hölzernen Blumenständer Töpfe mit üppigen grünen Farnen, und auf einem hohen Wandregal standen ein Globus und das Holzmodell eines Dreimasters neben einem alten Kompass und einer Glasenuhr aus Messing.

Miriam Maker stellte das Tablett mit dem geblümten Teegeschirr auf die Häkeldecke, die den Teetisch zierte. »Sehen Sie sich ruhig um. Die Makers haben das meiste, was Sie hier sehen, zusammengesammelt. Mein Schwiegervater ist auf einem Walfänger herumgekommen, vielleicht hat Crawford das schon erwähnt. Später war er Kapitän auf einem Handelsschiff und oft in England.«

Ellen trat an das Bücherregal. Eine Bibel stand darin, ein Katechismus, ein paar Gebets- und Gesangsbücher. Eine Reihe von Büchern über die Tierwelt des Nordatlantiks, über Walfang und Schiffsbau, Vogelbestimmungsbücher, eine alte Touristenbroschüre über Rockcliff Isle, ein paar Klassiker in billigen Ausgaben, *Moby Dick* darunter, Reiseberichte von Kipling und *Die Geschichte des Untergangs der RMS Titanic*, daneben die Autobiografie eines Baptistenpredigers. Im unteren Regal Charles Darwin, Alfred Russell Wallace und schließlich ein paar fleckige, fast völlig zerfledderte Handbücher über die Praxis der Taxidermie.

Miriams Blick war Ellen gefolgt. »Diese Bücher standen früher in der Werkstatt«, sagte sie. »Aber wir kommen schon lange ohne sie zurecht.«

»Sie stopfen … Sie präparieren auch Vögel?«, fragte Ellen und setzte sich an den Tisch.

»Inzwischen nicht mehr«, antwortete Miriam. »Meine Hände wollen nicht mehr recht. Man braucht viel Kraft und gleichzeitig Fingerspitzengefühl.«

Ellen lächelte. »Das ist in der Bildhauerei genauso. Viel Kraft und gleichzeitig Fingerspitzengefühl.«

»Von guten Fingernägeln gar nicht zu reden«, fügte Miriam hinzu. »Das Abbalgen überlasse ich schon lange Crawford. Aber ich übernehme noch ab und zu das Zunähen für ihn, wenn er Sammelbälge anfertigt oder einen Vogel aufstellen will.«

»Er stellt nicht alle Vögel auf, oder?«, fragte Ellen.

Miriam lachte auf. »Du liebe Zeit, nein. Dann wäre schon die halbe Insel vollgestellt. Viele Bälge verschickt er. Er ist bei den Naturkundemuseen sehr gefragt.« Sie hob den Kopf; das Gartentor unter den Walknochen hatte gequietscht. »Das muss er sein.«

»Deine neue Bekannte unterhält mich ganz wunderbar«, sagte sie, als Crawford Maker hereinkam. »Tee ist auch noch da, wenn auch nicht mehr ganz heiß.«

»Tut mir leid, dass es so lange gedauert hat«, sagte er und nickte Ellen zur Begrüßung zu. Kam es ihr nur so vor oder hellte sich seine düstere Miene etwas auf, als er sie sah? »Unangenehme Sache, das. Wilcox hat natürlich alles abgestritten. Wenn man ihm zuhört, könnte man glauben, sein nichtsnutziger Sohn sei der Messias. Die Eiderente«, fügte er hinzu, als er Ellens fragenden Blick bemerkte. »Im Bürgerrat haben wir heute noch einmal darüber gesprochen. Es ist nicht das erste Mal, dass so etwas passiert.«

»Aber wer würde … ich meine, die Ente war ja nicht mal abgeschossen. Sie war regelrecht massakriert!«, rief Ellen. »Ich habe sie selbst gesehen.«

»Ja, das weiß ich von McEwan«, sagte er. »Es gibt leider ein paar junge Leute auf der Insel, die nicht genug zu tun haben und sich langweilen. Und sich im Zielschießen üben, worin sie auch nicht besonders gut sind, denn sonst könnten sie sich ja ein schwierigeres Ziel suchen als eine nistende Ente.« Er sah Ellen an. »Sie sind schockiert, nicht wahr?«

Sie nickte. »Das ist doch Tierquälerei!«

»Das ist es. Aber kaum mehr, als die Daunen der Ente in Kopfkissen zu stopfen. Ich bin sicher, Sie und Ihre Freundin haben auch ein paar davon. Obendrein schmeckt das Fleisch ausgezeichnet. Die Eier auch. Um ehrlich zu sein, ich habe mich gewundert, dass Sie an diesem Strand überhaupt noch ein Gelege angetroffen haben. Die Eiderente ist von der Insel fast völlig verschwunden. Sind Ihnen die felsigen Inseln vor Deephaven aufgefallen, weiter draußen? Das sind Cabot's Isle und die beiden Shellheaps. Dort nisten die Eider noch, aber es werden jedes Jahr weniger.«

»Aber kann man denn da gar nichts machen?«, fragte Ellen. Sie hatte sich über den Zusammenhang zwischen ihrem Kopfkissen und einer zerschossenen Ente bisher keine Gedanken gemacht.

»Wir werden sehen. In Labrador gibt es seit ein paar Jahren

eine Patrouille, die während des Sommers die Nistplätze vor unbefugten Jägern und Vandalismus schützt. Letztes Jahr war ich dort oben dabei. Und jetzt, wo wir einen eigenen Magistrat auf Rockcliff Isle haben und einen Bürgerrat, können wir hier vielleicht etwas Ähnliches einrichten. Im Prinzip ist es einfacher, das durchzusetzen, seit wir das Gesetz zum Schutz der Zugvögel haben. Aber natürlich ist kein Geld für so etwas da. Und für die Eiderente, fürchte ich, ist es ohnehin schon zu spät.«

»Ein Gesetz zum Schutz von Zugvögeln?«, fragte Ellen.

»Ja, das verdanken wir der Wandertaube. Sie haben in den Vereinigten Staaten auch so etwas, Ihr Kongress hat es ein Jahr nach uns verabschiedet. Auch das war eine Folge von –« Er unterbrach sich und stellte die Teetasse ab. »Mutter, hast du Miss Sinclair noch nichts von deiner Taube erzählt?«

»Nun, ich«, die alte Dame errötete verlegen, »ich wollte nicht aufdringlich sein. Ich wusste doch gar nicht, ob sich Ellen dafür interessiert.«

»Sie ist das beste Stück in unserer Sammlung!«, rief Crawford Maker. »Mutter, die musst du ihr selbst zeigen.«

Er ging ihnen mit großen Schritten zu seiner Werkstatt voran, wo er mit der Hand auf eine der Vitrinen mit den präparierten Vögeln deutete. »Ja, das stimmt«, sagte Miriam zu Ellen. »Da ist meine Wandertaube. Es ist schon fast dreißig Jahre her, dass ich sie aufgestellt habe. Crawford und Douglas waren noch Kinder.«

»Mutter hat damals ein halbes Dutzend präpariert«, sagte er. »Sie hat sie selbst geschossen.«

Ellen trat näher an das Regal. Zwischen all den anderen See- und Küstenvögeln war ihr dieser bei ihren vorigen Besuchen nicht besonders aufgefallen. Eine große, schlanke Taube mit einem gebogenen schwarzen Schnabel. Der Vogel war für eine Taube auffallend bunt, mit einem intensiv roten Gefieder vom Hals bis zum Bauch, einem schieferblauen Rücken und gesprenkelten Flügeln mit einem schwarz-weißen Wellenmuster. Die Füße waren orangerot und auch die Augen. Ein Männchen, dachte Ellen. Sie erinnerte sich dunkel an die Berichterstattung in den Zeitungen über die letzte Wandertaube, die in einem Zoo gestorben war. Das musste ungefähr zu der Zeit gewesen sein, als sie für Lawrence ihre eigenen unbeholfenen Tauben entworfen hatte.

»Wo sind die anderen?«, fragte sie. »Ihre anderen Tauben, meine ich.«

»Es war eine Auftragsarbeit«, sagte Miriam. »Für eine zoologische Sammlung in Winnipeg. So allmählich wurde den Ornithologen damals klar, dass die Wandertaube das Ende des Jahrhunderts kaum überleben würde.«

Ellen hob die Augenbrauen. »Da hilft es dann doch auch nicht, noch mehr von ihnen zu schießen, oder?« Im selben Moment wurde ihr bewusst, dass sie etwas Unbedachtes gesagt hatte. Doch Crawford Maker schien es nicht wahrgenommen zu haben.

»Vögel leben oft nicht sehr lange und vermehren sich deshalb eigentlich immer in ausreichenden Mengen«, griff er ein. »Jedenfalls wenn man sie in Ruhe lässt. Die wenigen Exemplare, die wir sammeln, machen da wirklich keinen Unterschied – unsere Familie hat immer eine Genehmigung zum Sammeln gehabt, für wissenschaftliche Zwecke. Nur dann, wenn wir Vögel sammeln, können wir sie besser kennenlernen und verstehen. Die Wandertaube – davon gab es noch vor fünfzig, sechzig Jahren vier Milliarden Stück, vielleicht sogar noch mehr. Sie wurde massenhaft abgeschossen, in Netzen gefangen, vergiftet, gegessen, die Federn in Matratzen gestopft, und die Wälder, in denen sie nistete, wurden abgeholzt.«

»Die Wandertaube war nicht der erste Vogel, den wir verloren haben«, fügte Miriam hinzu. »Denken Sie nur an die Labradorente, den Riesenalk. Und die Eiderente wird nicht der letzte sein.«

»Wie gesagt, glücklicherweise ändern sich die Zeiten«, sagte der Präparator. »Und es gibt diese neuen Gesetze.«

»Und eine ganze Menge junge Leute, die sich für den Vogelschutz einsetzen.« Miriam deutete auf ein paar Fotos, die zwischen den Vitrinen hingen. Eines zeigte eine Gruppe lachender junger Frauen in altmodischen Sommerkleidern vor dem Schwalbennest-Leuchtturm, links und rechts eingerahmt von Crawford, kaum älter als die Mädchen, und von einer jüngeren Miriam. Darunter hing eine Nahaufnahme einer der jungen Frauen. Sie saß auf einem Felsbrocken und strahlte in die Kamera, ihr entschlossen wirkendes Kinn vorgestreckt. Der Wind hatte ihre aufgesteckte Frisur zerzaust, und in den Händen hielt sie ein Vogelküken, das wie ein kleines Knäuel aus Plüsch mit einem Schnabel aussah.

»Ein Wellenläufer«, sagte Miriam, und Ellen stellte sich einen Moment lang vor, wie die junge Frau in ihrem hellen Kleid graziös den Kieselstrand entlangrannte, bis sie begriff, dass Miriam von dem Daunenknäuel sprach. »Wir haben im Sommer oft Gruppen von Studenten hier, vor allem aus Neuengland, Radcliffe, Smith und so weiter. Es sind fast immer junge Damen, denen die Rettung der Avifauna am Herzen liegt. Sie zählen Vögel, Gelege, Küken, Regentage, machen Notizen, vergleichen die Statistiken der vergangenen Jahre. Neuerdings werden die Vögel auch beringt.«

»Ich kenne sie«, sagte Ellen überrascht. »Diese Frau. Ich glaube es jedenfalls. Lebt sie nicht in Chicago? Sie ist –«

»Achsah St. John«, fiel ihr Crawford Maker ins Wort. »Ja, sie hat dann nach Chicago geheiratet. In die Brooke-Familie.«

Ellen sah eine hochgewachsene, elegante Gestalt vor sich, die auf der Terrasse von Bella Vista stand, ihre Gäste zu einer Sommerparty begrüßend, den glitzernden Lake Geneva unter sich. An ihrer Seite stand ein junger Mann, ein Junge noch, in einem neuen

Sommeranzug, den sie allen stolz als ihren Sohn vorstellte. »Sie ist eine bekannte Philanthropin in Chicago.«

»Und eine passionierte Vogelschützerin«, sagte Crawford. »Ich glaube, sie gibt das gesamte Vermögen ihres Mannes dafür aus.«

»In Chicago hat man sich immer erzählt, dass sie nach ihrer Heirat als Erstes den Plümassier ihrer Schwiegermutter entlassen hat«, sagte Ellen. »Er hatte einen neuen Abendmantel für die alte Dame mit Schwanendaunen ausgefüttert.«

»Die Geschichte kenne ich«, bestätigte er grinsend. »Und angeblich hat sie sämtliche Reiherflügel und Straußenfedern aus den Hüten ihrer Schwägerinnen gezogen und im Kamin verbrannt. Was so entsetzlich gestunken hat, dass sich alle leicht überreden ließen, die Federn durch künstliche Veilchen oder große Schleifen zu ersetzen.«

»Ich bin ihr nur einmal begegnet«, sagte Ellen. »Da trug sie einen Sommerhut, ganz ohne Dekorationen.« Der Hut! Wenn sie nur daran dachte! Er war mit schwarzer und weißer Seide bezogen gewesen und groß wie ein Wagenrad.

Ellen sah wieder auf die Fotos der vogelschützenden Studentinnen. Auf dem Fensterbrett darunter lagen rundgewaschene Strandkiesel, einige Seeglasstücke und dazwischen eine kleine hölzerne Dose. Das Motiv auf dem Deckel war – Ellen beugte sich tiefer über das Fensterbrett, um es genauer sehen zu können – eine Eule. Eine kleine, auf die Konturen des Körpers reduzierte Strichzeichnung einer Eule, die Augen zwei Kreise, die Ohrbüschel seltsam groß, das Brustgefieder nur angedeutet durch unregelmäßige Zickzacklinien. Sie saß auf einem Fichtenzweig, auch er nur eine kräftige Linie, von der einige struppige Striche abführten. Aber alles war da, dachte Ellen, in dieser minimalen Form, der wachsame Blick, die Konzentration auf die Jagd, der nächtliche Wald.

»Sie können die Dose gern in die Hand nehmen, Ellen«, hörte sie Miriams Stimme. »Sie ist stabiler, als sie aussieht.«

Ellen griff nach der Dose. »Aber so leicht. Leichter als Holz.«

»Birkenrinde«, erklärte Miriam.

»Wie die Körbe, die die Frauen am Hafen von Eastport verkaufen!«, rief Ellen. »Aber diese Dose ist viel dunkler.«

»Es ist Winterbarke«, sagte Miriam. »Sommerbarke ist zu hell, um darin Muster einzukratzen.«

Ellen strich mit dem Zeigefinger über die Figur. Es stimmte, die Eule war nicht gezeichnet, sondern eingeritzt. Der Boden und der Deckel der Schachtel waren mit einem polierten Band an die Seitenwände genäht. »Leder?«, fragte sie.

Crawford mischte sich ein. »Fichtenwurzeln«, sagte er. »Sie sind sehr lang und elastisch. Die Passamaquoddy graben sie aus, und dann zerteilen sie sie in dünne Fasern. Die Technik ist seit Hunderten von Jahren dieselbe. Aber jetzt fertigen sie daraus andere Gegenstände: Briefhalter, Handschuhdosen, sogar Schirmständer. Sie verkaufen sie im Sommer an die Touristen.«

»Die Dose war ein Geschenk zu Crawfords Geburt«, fügte Miriam hinzu, und Ellen hörte Stolz in ihrer Stimme schwingen. »Von einem Freund seines Großvaters, der im Frühjahr und Sommer oft mit seinem Kanu herüberkam, zum Fischen oder um Seehunde zu jagen. Der Uhu sollte ihm Glück bringen, er war sein Totem-Tier.«

»*Bubo virginianus*«, sagte Crawford. »Ein mächtiger Uhu.«

»Ko-ko-kas«, ergänzte seine Mutter. »Die Passamaquoddy erzählen, dass er sich in die schönste junge Frau des Dorfes verliebte, aber sie wies alle Männer ab. Ihr Vater hatte versprochen, sie demjenigen zur Frau zu geben, der ins Feuer spucken und es dadurch auflodern lassen könnte, anstatt es zu ersticken. Die Eltern hatten die Hoffnung, dass das niemandem gelingen würde, sie wollten ihrer Tochter ihre Unabhängigkeit lassen.

Aber Ko-ko-kas war der Neffe einer starken Zauberin aus dem Eulen-Clan, die in dem Dorf lebte. Sie verwandelte ihn in einen jungen Krieger und gab ihm einen Geist ein, der die Flammen auflodern ließ, nachdem er auf sie spuckte.«

Ellen drehte die kleine Dose; die Seitenwände waren mit wellen- und zackenförmigen Mustern verziert. An einer Seite war in ungelenken Großbuchstaben eine Inschrift eingeritzt: MIKWID HAMIN. »Und dann?«

»In der Hochzeitsnacht, nachdem Ko-ko-kas eingeschlafen war, sah seine Braut, wer er wirklich war. In jeder Inkarnation, sagen die Passamaquoddy, behält man etwas von sich selbst zurück. Sie erkannte die Augen des Uhus und die Ohrbüschel. Sie rannte ihm davon und ließ sich durch kein Bitten und Flehen überreden, zu ihm zurückzukehren.«

»Das ist eine traurige Geschichte«, sagte Ellen. »Wenn er sie doch wirklich geliebt hat? Was spielt es da für eine Rolle, dass er Ohrbüschel hat?«

»Warten Sie, Miss Sinclair«, sagte der Präparator. »Die Geschichte ist noch nicht zu Ende.«

Durch das offene Fenster hörte man aus dem Haus die Glasenuhr schlagen. Ellen zuckte zusammen und warf einen raschen Blick auf ihre Armbanduhr. »Herrje! Es ist spät geworden. Es tut mir leid, dass ich so viel von Ihrer Zeit in Anspruch genommen habe. Ich wollte eigentlich wirklich nur …« Mit der Hand deutete sie auf den Stapel von Zeitungen.

»Oho!«, rief er. »Vielen Dank. Das ist nett, dass Sie daran gedacht haben.« Mit den Fingern durchblätterte er den Stapel. »Vornehmes Einwickelpapier! Unsere Vögel sind nur den *St. Croix Courier* gewöhnt.«

»Charlotte könnte ohne ihre *Tribune* nicht leben. Es ist schrecklich teuer, sie nachschicken zu lassen. Und die *New York World*.«

»Die *World*!«, rief Miriam. »Dürfte ich die wohl lesen, bevor Crawford sie verwendet?«

»Bitte, gern.« Ellen lachte. »Die Ausgaben sind leider nicht ganz vollständig. Der kleine Beale schneidet sich immer die Comicstrips aus.«

»Soll Crawford Sie zurückfahren? Wir haben einen Wagen.«

Sie schüttelte den Kopf. »Ich gehe einfach zu Fuß zum Hafen, ich bin schon etwas spät dran. Ron Beale bringt Charlotte mit seinem Pferdewagen zur Rose, ich treffe sie dort zum Abendessen. Sie sagt, mindestens zweimal pro Woche muss sie Sarahs Küche entkommen, sonst streikt ihr Magen.«

»Sagt sie das«, sagte Miriam, und Ellen kam es vor, als würfen sie und Crawford einander einen Blick zu.

»Vielen Dank noch einmal für den … den aufschlussreichen Nachmittag«, sagte sie rasch. »Und den Tee.«

»Der Tee!« Miriam schlug sich mit der Hand vor die Stirn. »Das habe ich ganz vergessen. Es ist schon wieder ein Telegramm aus Chicago gekommen, Crawford. Es liegt auf dem Teetisch.«

»Dunphy?«, fragte ihr Sohn. »Ich habe ihm doch gesagt, dass ich kein Interesse habe zu verkaufen.«

»Und nun schreibt er«, gab seine Mutter zurück, »dass du ihm einfach einen Preis nennen sollst. Jeden Preis, um genau zu sein, es sei für das Museum eine Priorität. Du könntest reich werden.«

Zuckte er bei diesen Worten zusammen? »Der Albatros ist nicht zu verkaufen«, sagte er knapp. »Und das ist mein letztes Wort.«

»Sie werden …«, Ellen legte ihm die Hand auf den Arm, »… wir werden ihn wieder zum Fliegen bringen? Versprechen Sie mir das?«

Er zog seinen Arm fort, aber nicht unwirsch. »Ich muss darüber nachdenken. Wir werden sehen, Miss Sinclair.«

»Ellen«, sagte Ellen. »Wir sind hier schließlich nicht in der Stadt.«

Rockcliff Isle, 15. August 1925

Meine Izzy,
wie oft habe ich in diesem Sommer an Dich gedacht – und Dir so selten geschrieben. Ich hatte so viel mit den Fahnen für das neue Buch zu tun! Auch wenn es nur eine kleine Sammlung von Erzählungen ist. Manchmal glaube ich, dass die Setzer weder des Lesens noch des Setzens mächtig sind. Dagegen waren die Abende in Sarahs Kaminzimmer recht angenehm, es ist unter den Gästen in diesem Jahr eigentlich keine einzige richtige Pille, wenn man einmal von Harriet Meriwether absieht, aber Du kennst sie ja selbst.

Ellen und ich sind in diesem Jahr schon Mitte Juni auf unsere Insel gefahren, vor allem deshalb, weil wir unser Sommerhaus einrichten mussten. Ein neues Zuhause, aber natürlich sehr viel Arbeit. Du kannst Dir vorstellen, dass ich nicht so viel zum Schreiben gekommen bin, wie ich es mir vorgestellt hatte! Aber ich konnte Ellen ja auch nicht mit der ganzen Arbeit allein lassen.

Unser Häuschen ist recht primitiv, aber wir haben es so gewollt. Wir haben einen Brunnen bohren lassen (sündhaft teuer bei dem steinigen Boden!), und das junge Mädchen, das Sarah seit ein paar Jahren im Gästehaus zur Hand geht, schleppt uns jeden Tag von dort mehrere Eimer Wasser für Küche und Bad heran. Unser Mann für alles, Ron Beale, hat uns hinter dem Haus in den Hang hinein eine Gartenmauer gebaut, an der wir Kräuter, Rittersporn und Kletterrosen hochziehen können. Auf beiden Seiten der Eingangstür haben wir prachtvolle Malven, die uns schon den ganzen Sommer über Freude machen.

Ach, Izzy, ich wünschte, Du könntest es sehen. Unser Vorgarten ist ein Feld von Margeriten – hier wächst alles so viel später –, das sich mehr als fünfzig Meter weit bis zu der Steilkante des Kliffs zieht. Im Grunde genommen ist das Meer Teil unseres Gartens …

Wir haben erst vor einigen Wochen unsere letzten Kisten ausgepackt – denk Dir, Dein wunderbarer Tizian-Stich war darin, erinnerst Du Dich? Mein »Arbeitszimmer« ist auf dem Dachboden, und dort hat Ellen ihn gleich aufgehängt. Ich sehe von meinem Schreibtisch aus auf den Sund und warte darauf, dass Theseus vielleicht vorbeigesegelt kommt, voller Reue, Ariadne verlassen zu haben. Ellen, mit ihrem Künstlerblick, hat übrigens gleich bemerkt, dass der Stich das Gemälde seitenverkehrt abbildet! Ich hatte immer das Gefühl, dass irgendetwas daran nicht stimmte, aber ich wäre nicht darauf gekommen. Nun, das macht diesen Druck erst recht zu etwas Besonderem, nicht wahr?

Da ich schon von meinem einsiedlerischen Arbeitsraum schreibe: Ellen hat mir zur Feier unseres Einzuges ein wunderbares Geschenk gemacht. Sie hat die gesamte Verschalung des Dachbodens mit dem Rosenmuster meiner kleinen Dachkammer in Sandy Point bemalt! Ihre Aufmerksamkeit rührt mich immer wieder. Ich habe sie nicht verdient.

Denk Dir, Ellen und ich haben beide Verehrer in diesem Sommer! Ihrer ist ein merkwürdiger Kauz, der Vögel seziert. Und er seziert sie nicht nur, er stopft sie auch aus. »Sammeln«, nennt man das offenbar, und »präparieren«. Er hatte, gerade als wir ankamen, einen ganz einmaligen Fund gemacht: einen Albatros, der sich aus dem Südatlantik hierher verflogen hatte. Wenn Du mich fragst, sah der Vogel eigentlich wie eine übergroße Möwe aus. Aber Tatsache ist, dass sich die Naturkundemuseen darum reißen und sogar eine Art Grenzkrieg zwischen Kanada und den Vereinigten Staaten ausgebrochen ist, weil ein Fischer vor der Küste von Maine den Vogel schon ein paar Tage früher gesehen haben will. Wie auch immer es ausgeht – Ellen ist den Sommer über oft in der Werkstatt dieses Präparators gewesen und hat ihm mit seinen toten Vögeln geholfen und Skizzen gemacht. Unser kleiner Haushalt hat unter ihren Abwesenheiten natürlich gelitten, und ich musste oft, wenn sie nicht da war, meine Arbeit unterbrechen, den Bäckerjungen bezahlen, unseren Handwerker anleiten oder das Hausmädchen, das immer zu den unpassendsten Zeiten unser Waschwasser nachfüllt.

Mein Verehrer ist der fast achtjährige Ronnie Beale – der Sohn unseres erwähnten Faktotums. Er ist ein ausgesprochen intelligenter und aufgeweckter junger Mann, mit dem ich mich in den vergangenen Jahren angefreundet habe. Es macht mir besondere Freude, Bücher für Ronnie vom Festland zu bestellen und mich mit ihm zu unterhalten. Ich sehe ihn oft, weil er seinem Vater hilft, unsere Steinmauer zu vollenden (ich gebe ihm ein Taschengeld dafür), und dann lese ich mit ihm, Walter Scott und sogar ein bisschen Shakespeare. Der Arme musste allerdings zu Beginn des Sommers eine schreckliche Erfahrung durchleben. Leider gibt es auf der Insel Rüpel, die auf Gelege und nistende Vögel schießen, und seit Ronnie eines der zerstörten Nester gefunden hat, ist er sehr still geworden. Ihm war sein eigenes Holzgewehr zerbrochen, worauf ihm sein Vater ein neues geschnitzt hat. Als ich fragte, warum er es niemals bei sich trägt, sagte er, er wolle niemals mehr ein Gewehr tragen. Ein beeindruckendes Kind.

Liebste Izzy, wenn Du nur nicht so weit fort wärest! Welch eine Ironie, dass der Krieg, nachdem er endlich vorbei war, Dich noch so weit von uns entfernt hat. Nur weil Johann seine Anstellung in St. Louis nicht zurückbekommen hat! Aber ich kann verstehen, dass er desillusioniert war.

Wie froh bin ich, dass Du im Sommer, außerhalb der Saison, aus München fortkommen konntest. Es klingt nach Deinen Beschreibungen schrecklich provinziell. Kannst Du Dich mit den Einheimischen überhaupt unterhalten? Zumal sie ja wohl einen recht merkwürdigen Dialekt sprechen, wenn ich Deinen letzten Brief richtig verstanden habe. Ich bin niemals dort gewesen, aber ich bin sicher, Du hast recht, wenn Du schreibst, dass das Beste an München seine Nähe zu Italien ist. Wie gerne hätte ich Dich am Comer See getroffen! Und ich freue mich für Dich, dass Johann zusätzlich zu seiner Kammermusik so viele Schüler und auch eine Anstellung im Orchester hat. Er hat dort doch einen rechten Wagnerianer zum Dirigenten, oder?

Bitte adressiere Deinen nächsten Brief nicht mehr nach Rockcliff Isle. Wir werden in ein paar Wochen abreisen, und der Himmel weiß, wo es uns in den nächsten Monaten hinwehen wird. Ich werde Dir telegrafieren.

Immer,

Deine C.

X

Paris, Juli 1913

»Mir ist heiß«, sagt Charlotte. Sie lässt sich auf eine Bank sinken, stellt ihre Handtasche ab und legt das große linierte Schreibheft daneben, in das sie sich Notizen gemacht hat. Sie schickt regelmäßig Artikel an die *Tribune*, Reiseeindrücke und Kulturreportagen. Manchmal schummelt sie und schreibt ein bisschen aus ihrem Baedeker ab. Aber die Pariser Friedhöfe liebt sie. Über die Schriftsteller, die in Montmartre begraben liegen und mit deren Werken sie bestens vertraut ist, hat sie schon geschrieben, den jüngeren Dumas, die Brüder Goncourt. Besonders hat es ihr ein deutscher Poet angetan, dessen Gedichte sie auswendig lernt, Heine, der mit den Franzosen befreundet war und auf dessen Marmorgrab immer Blumen liegen.

Auf dem Père Lachaise hat Charlotte schon Molière verarbeitet, Daudet und Hugo, aber heute sind sie noch einmal hierher zurückgekehrt, weil Charlotte dem Grab der Unbekannten, inspiriert vom Tod der jungen Frau des Bildhauers Albert Bartholomé, eine eigene Kolumne widmen will. »Ein bisschen so wie das, was dein Professor Godefrey mit seiner Lebenstreppe vorhat«, hat Charlotte, die Lawrences Werk verehrt, beim ersten Besuch dort gesagt, und Ellen war sich nicht sicher, ob ihr die Betonung von *dein* Professor gefiel.

»Als könne einem der Tod nichts mehr anhaben, wenn man

sich ihm erst einmal überlassen hat«, flüstert Charlotte jetzt und drückt Ellens Hand. »Er muss sie sehr geliebt haben.«

Die Bank steht im Schatten einer Allee, die auf das Totendenkmal zuführt und in deren Verlängerung, dem Schrecken und Zagen der sterblichen Welt entkommend, ein nacktes, aufrechtes Paar ins Dunkel der Unterwelt schreitet, ihre Hand ermutigend auf seine gramgebeugte Schulter gelegt. Obwohl es erst elf Uhr am Vormittag ist, dringt der Sonnenschein schon drückend durch das Laubdach.

Ellen gibt den Druck der Hand zurück. »Mir ist auch heiß«, sagt sie.

»Wir müssen raus aus Paris«, schlägt Charlotte vor. »Der Sommer hier ist einfach unerträglich. Lass uns irgendwohin ans Meer fahren, in die Provence, nach Hyères vielleicht. Außerdem« – sie klopft sich mit der Hand auf den Bauch – »werde ich zu dick!«

»Madame Sibuts gute Küche!« Ellen muss lächeln, dabei verspürt sie einen Stich. Sie will nicht fort aus Paris, sie möchte hierbleiben und wieder arbeiten. Sie wohnen seit zwei Monaten in einer Pension gleich neben dem Musée de Cluny, die ihnen Izzy empfohlen hat; sie war als junges Mädchen mit ihrer Mutter dort. Seither hat sich bei Madame Sibut offensichtlich nichts verändert, es scheint weder gestrichen noch tapeziert worden zu sein, und die durchgelegenen Matratzen sind sicher auch nicht ausgetauscht. Die Zimmer sind muffig, das Waschgeschirr angeschlagen, das Plumpsklo ist in der Sommerhitze kaum zu ertragen. Die runzlige und ergraute Pensionswirtin macht das jedoch alles durch ihre Kochkünste wett, die man auch ihrer eigenen üppigen Körperfülle ansieht.

Zu MacMonnies' Studio ist es von der Pension nur eine halbe Stunde zu Fuß, und sie sind schon mehrere Male daran vorbeigekommen. Es liegt in einer Sackgasse, die vom Boulevard Edgar Quinet abgeht, ganz in der Nähe des Friedhofes von Montparnasse. Ellen hat verstohlene Blicke auf die Reihe von kleinen, verglasten Hinterhäusern geworfen, die zum Studio gehören, aber sie hat zu Charlotte nichts gesagt.

Vielleicht ist er ohnehin nicht mehr dort? Er verbringt sicher viel Zeit mit seiner Familie in Giverny, wo er ein Haus hat. Doch auch während ihres Ausflugs nach Giverny hat Ellen ihn mit keinem Wort erwähnt. Was hätte sie denn tun sollen, einfach an seine Tür klopfen? Damals war es Lawrence, der ihr die Empfehlung gegeben hat. Was soll sie jetzt sagen? Guten Tag, Sie erinnern sich bestimmt, Sie waren ja mit meiner Arbeit sehr zufrieden, und Professor Godefrey hat mich Ihnen als seine talentierteste Schülerin vorgestellt, dann war ich seine Geliebte, und dann habe ich mit ihm gebrochen und arbeite bestimmt nie wieder in seinem Studio, aber ich möchte gern noch mehr lernen, ich habe zwar keine Kontakte mehr zu möglichen Auftraggebern, aber ich glaube, dass ich eine gute Bildhauerin bin und es schaffen könnte, nur bezahlen müssten Sie mich bitte schon …

»Oder, wenn du lieber magst, fahren wir in die Bretagne«, sagt Charlotte gerade.

Sie seufzt. Der Stich geht noch tiefer. Ellen weiß, dass ihre Zeit in Paris tatsächlich vorbei ist. Sie holt tief Luft. »Charlotte«, sagt sie. »Ich muss zurück nach Chicago. Ich habe gestern einen Brief bekommen.«

Charlottes Redefluss bricht ab, während Ellen in ihrer Tasche kramt und ein Kuvert hervorzieht, das sie ihr hinhält. Charlotte sieht auf die Briefmarken, den Absender. »Von deinem Vater«, sagt sie.

Ellen nickt. »Izzy hat ihn mir nachgeschickt.« Dann vergräbt sie das Gesicht in den Händen und beginnt zu weinen.

Charlotte entfaltet das Blatt, es ist nur einseitig beschrieben in der kleinen, steilen Handschrift ihres Vaters, steif unterschrieben mit »Dein Vater, Peter T. Sinclair«. Eine ganze Weile vergeht, sehr viel mehr Zeit, als jemand zum Lesen dieser einen Seite benötigt.

»Allerhand«, sagt Charlotte schließlich. Sie legt ihr den Arm um die Schultern. »Du weißt, wie sehr mir seine Kunst gefällt, aber im Charakter des Professors habe ich mich offenbar getäuscht. Godefrey hat dich bei deinem Vater verpetzt? Ihm geschrieben, dass du mit einer Frau von zweifelhaftem Lebenswandel nach Paris gefahren bist?«

Ellen schluchzt.

»Glaubst du nicht«, fragt Charlotte behutsam, »dass dein Vater sich umstimmen lässt? Wenn ein bisschen Zeit vergangen ist?«

Ellen schüttelt heftig den Kopf. »Du kennst meinen Vater nicht.«

»Und werde ihn vermutlich auch noch eine ganze Weile nicht kennenlernen«, sagt Charlotte trocken. »Sittenlose Suffragette, die ich offenbar bin. Aber vielleicht lässt er sich trotzdem umstimmen? Du bist immerhin seine einzige Tochter.«

Ellen schüttelt den Kopf noch heftiger. Charlotte sieht wieder auf den Brief. »Nein? Wahrscheinlich hast du recht. Dein bisschen bisherigen Erfolg hast du, scheint's, nur Professor Godefrey zu verdanken. Deine Ästhetik verroht? Ist das jetzt meinetwegen oder wegen der Kubisten? Du hast die Erwartungen, die der Professor in dich gesetzt hat, zutiefst enttäuscht und dann auch noch seine Gefühle verletzt, weil er sich persönlich so sehr für dich verwendet hat? Oh, und du hast ohne ihn keine Zukunft. Und deshalb bist du auch weiterer Zuwendungen deines Vaters und seiner Investitionen in deine ohnehin schon ungewöhnlichen Zukunftsideen nicht wert.«

Ellen zittert vor Weinen, und, das spürt sie, auch ein bisschen vor Wut. Sie fühlt sich etwas besser. Es klingt gut, die Worte des Briefes in Charlottes spöttischem Ton zu hören.

»Liebes, würdest du bitte aufhören zu weinen? Ich bin so

schlecht mit Tränen.« Charlotte fischt aus ihrer Handtasche ein Taschentuch, das nach Lavendelwasser riecht, und Ellen reibt sich damit die Augen und putzt geräuschvoll die Nase. Ein paar Pariser Spatzen flattern verstört aus den Alleebäumen.

»Vielleicht suchen sie bei Sears ja immer noch nach Dekorateuren, die Tapetenmuster entwerfen«, sagt Ellen bitter.

Nun ist es Charlotte, die heftig den Kopf schüttelt. »Du würdest dort todunglücklich, und das weißt du«, sagt sie. »Ich gebe zu, auch ich verstehe deine Leidenschaft für diese seltsamen Kurven und Zacken nicht ganz. Aber zu Sears gehst du nicht!«

»Zumindest muss ich sofort aus meiner Wohnung ausziehen«, sagt Ellen ratlos. »Ich kann sie mir nicht mehr leisten.« Das Wohnzimmer mit der Hängematte, das Esszimmer, die Kamine, die Zugehfrau – all das scheint schon jetzt in weiter Ferne zu liegen.

»Hm«, macht Charlotte. »Es ist nicht viel, aber … aber magst du fürs Erste zu mir ziehen? Es würde ein bisschen eng, aber immerhin sind es zwei Zimmer. Und Frau Schneff mag dich. Du bist viel ordentlicher als ich.«

Ellen muss kichern über Charlottes Betonung des deutschen Wortes. Dann hebt sie abwehrend die Hände, in der einen das zerknitterte Taschentuch. »Ich kann keine Miete zahlen, Charlotte. Wirklich gar keine. Wenn wir die Passage zurück buchen, und –«

»Aber *ich* kann«, fällt ihr Charlotte ins Wort. »Ich habe noch mein Honorar für die Reportagen aus Paris, ich bekomme Tantiemen für meinen ersten Roman, und ich habe einen Vorschuss für den zweiten. Wirklich«, fährt sie rasch fort, »du tust mir einen Gefallen! Ich habe mehr Ideen, zündendere Ideen, wenn ich mich mit dir darüber unterhalten kann. Und wenn du meine Entwürfe Korrektur liest, werden sie immer besser.« Sie sieht Ellens zweifelnden Blick. »Außerdem kann niemand außer dir meine Handschrift lesen«, fügt sie hinzu. »Bitte, Ellen. Ich denke schon eine ganze Weile darüber nach. Bitte sag einfach Ja.«

Ellen zögert. Zu Hause, denkt sie. Charlotte fühlt sich an wie zu Hause. »Bist du dir wirklich sicher?«

»Ganz sicher«, sagt Charlotte. »Ich … ich wollte dich schon lange fragen. Und nicht, weil du meine Handschrift lesen kannst.«

Ellen steht auf. »Ich muss sofort an Izzy und Marjorie schreiben«, sagt sie. »Wegen der Kündigung.«

Charlotte senkt den Kopf. »Ich glaube, das wird nicht nötig sein«, sagt sie. »Ich habe gestern auch einen Brief bekommen. Von Izzy.« Sie gräbt in ihrer bodenlosen Handtasche, und nun ist sie es, die Ellen ein mit amerikanischen Briefmarken beklebtes Kuvert reicht. Ellen zieht den Brief heraus – ebenfalls nur ein einzelnes Blatt, aber beidseitig beschrieben – und lässt sich langsam wieder auf die Bank sinken. Eine Weile ist es ganz still, nur die Spatzen tschilpen ärgerlich.

Schließlich faltet Ellen das Blatt, schiebt es in den Umschlag und gibt ihn Charlotte zurück. »Izzy heiratet«, sagt sie.

Charlotte nickt. Sie sieht nach oben, ins Laub, als suche sie nach den Spatzen. Blinkt sie Tränen fort?

»Diesen dünnen, blassen Deutschen? Johann?«, sagt Ellen. »Der dauernd bei uns in der Wohnung war in den letzten Monaten? Ich hätte es mir denken können. Ich meine«, fügt sie rasch hinzu, als sie Charlottes verletzte Miene bemerkt, »was denkt sie sich nur? Manchmal verstehe ich Izzy wirklich nicht.«

Charlotte nickt schwach und ringt um ein Lächeln. Sie blinzelt in die Sonne, tatsächlich, sie hat wirklich Tränen in den Augen. Ellen sieht auf das umhäkelte Taschentuch, das sie noch immer in der Hand hält. Sie denkt an den Nachmittag in der Hängematte, sie in Izzys rotem Samtkleid, an Charlottes Hand, die über ihren Nacken streicht, sie kitzelt, ihr sanft übers Haar fährt. Charlotte, die plötzlich in der Wohnung stand mit dem Ersatzschlüssel.

Mit einem Ruck erhebt sich Charlotte von der Bank; entschlossen knipst sie ihre Tasche zu. »Lass uns depeschieren, Ellen«, sagt sie. »Izzy und Marjorie können mit dem Packen anfangen, und deine Sachen sollen sie einfach zu den Schneffs schicken. Und lass uns nach Hause fahren, du hast recht.« Sie lacht bitter. »Ich kann ja sowieso kein Französisch.«

Ellen ergreift die Chance und fällt in ihr Lachen ein. Charlotte, die in England und Italien weit gereist ist, Charlotte, die Latein und Griechisch studiert hat und die gesamte französische Literatur im Original liest, hat in den letzten beiden Monaten zu ihrem Leidwesen entdeckt, dass sie kein einziges französisches Wort korrekt aussprechen oder auch nur verstehen kann.

»Sprich mir nach«, sagt Ellen und nimmt die Hände der Freundin in ihre. »*Aujourd'hui, il y'aura le gratin du poisson pour le déjeuner*. Wir schaffen es noch bis dahin.«

Charlotte blickt verwirrt. »O schurdi …«

Ellen schlingt ihre Arme um sie. »Charlotte, es tut mir so leid. So, so leid.«

Charlottes Arme legen sich um sie, und Ellens Sonnenhut fällt zu Boden, als sich die Wange der Freundin an ihre drückt. »Mir auch, Liebes. Alles. Aber du hast mich. Das verspreche ich dir.«

Ellen nickt, das Gesicht an Charlottes Schulter vergraben. Einen Moment lang stehen sie so, dann richtet sich Charlotte wieder auf und wischt eine Träne fort, mit dem Taschentuch, das Ellen ihr zugesteckt hat. »Was hast du eben gesagt?«

»Dass es heute Mittag Fischgratin gibt, dein Lieblingsessen. Madame Sibut hat es mir beim Frühstück zugeflüstert. Und es ist mir vollkommen egal, ob du davon dick wirst. Solange es dir schmeckt.«

Sie könnten tatsächlich noch zum *déjeuner* in der Pension zurechtkommen, wenn sie sich beeilen. Ellen legt Charlotte eine Hand auf die Schulter und leitet sie sanft die Allee hinunter, vom Totendenkmal fort, auf den Ausgang des Friedhofes zu.

Sandy Point, 15. Februar 1915

Meine liebe Charlie,
vielen Dank für Deinen ausführlichen Brief! Ich habe ihn immer wieder vorlesen müssen, erst Mrs. Harris von gegenüber und dann Deiner Tante Frances, als ich sie am Freitag zum Tee besucht habe. Und am Sonntag war Deine Schwester Ellie hier, und auch Carl kam zum Essen und Eric mit Minna, seiner Braut, da haben wir wieder von Dir gesprochen.

Du kannst gar nicht ermessen, was für eine Freude und Erleichterung es mir bereitet, Dich in einer komfortablen, warmen Wohnung zu wissen. Kamine im Wohn- und im Esszimmer und ein Arbeitszimmer, in das Du Dich zurückziehen kannst, wenn die Zugehfrau da ist. Kocht sie anständig?

Wie schön, dass Du Dir einige gute Möbel hast leisten können, und sogar ein paar Perserteppiche! Da kamen die Tantiemen aus London gerade zur rechten Zeit. Deine Tante Frances fing wieder davon an, dass sie den Charakter der Hauptfigur in Deinem Roman von dubioser Moral findet, aber ich habe ihr klipp und klar gesagt, dass sich mit Büchern, deren Helden nur gut und edel sind, nichts verdienen lässt! Ich habe betont, dass ihr die Heldin Deines neuen Buches sicher besser gefallen wird, wie Du versprochen hast. Wir sind alle schon so gespannt darauf!

Natürlich ist so ein Umzug immer eine große Unannehmlichkeit, und Du solltest mehr Hilfe haben! Es kann doch nicht sein, dass Du an Deinen Korrekturen arbeitest, während die Maler buchstäblich um Dich herum Tapeten kleben und Fußleisten malen! Wer ist denn diese Sekretärin, die Du seit ein paar Jahren hast? Hätte sie nicht für die Zeit, in der die Wohnung hergerichtet wurde, einen Arbeitsraum für Dich finden können? Nun, wir werden sie ja kennenlernen, falls Du sie, wie Du schreibst, bei einem Deiner nächsten Besuche mitbringst. Mrs. Harris hat schon ihre Dachkammer angeboten, sie ist ordentlich eingerichtet mit einem

Bett, Waschtisch und Schrank, wie Du weißt. Obwohl es ja netter wäre, Dich ganz für uns allein zu haben.

So, jetzt kommt Dein Vater gerade aus dem Kontor zum Mittagessen, und ich will schließen, damit er den Brief heute Nachmittag mit auf die Post geben kann.

Carl, Eric, Ellie und die anderen »Kleinen« lassen herzlich grüßen, und auch Tante Frances.

Mit all meiner Liebe,

Deine Mutter

ZWEITER TEIL

Der Blaukehl-Breitrachen

Pseudocalyptomena graueri

Abends, wenn die ersten Sterne am Himmel aufblinkten,
saß ich gern am Teich und schaute den heimkehrenden Vögeln zu.
Wasservögel haben eine zielbewusste Art zu fliegen,
anders als die übrigen Vögel: sie sind Wanderer,
die von einem Ort zum anderen ziehen – und welch ein Ferngefühl
sie haben, die wilden wandernden Schwimmer!

Tania Blixen

XI

Rockcliff Isle, Anfang Juli 1926

Gleich am Morgen nach ihrer Ankunft auf Rockcliff Isle machte sie sich auf den Weg zu Crawford. Sie ginge zur Post, um ein paar Briefe abzuschicken, die sie am Vortag an Bord des Postschiffes von Eastport geschrieben hatte, sagte sie Charlotte, ein wenig schuldbewusst, als würde sie lügen.

Es war ein klammer, kühler Morgen, doch die Beales hatten vor ihrer Ankunft das Sommerhaus gut gelüftet und geheizt und ein paar Vasen mit hübschen Bouquets von Kletterrosen und Glockenblumen hingestellt. Charlotte küsste Ellen dankbar auf die Stirn und verschwand mit ein paar Schreibheften unter dem Arm in Richtung ihres Dachbodens. Ellen wusste, dass sie in diesem Sommer unbedingt ihr neues Buch zu Ende bringen wollte. Nach ihrem großen Kriegsepos, *Die Unvergessenen*, schrieb sie wieder etwas in einem kleineren Maßstab, hatte sie gesagt, mit einer Frau als Hauptfigur.

Es seien schon ein paar Magazine und Briefe für Charlotte angekommen, sagte Sherman Larsen, der Postvorsteher, der sie wie eine alte Bekannte begrüßte, und auch ein Päckchen aus New York, das, soweit Ellen das beim Schütteln beurteilen konnte, die erste Sahnebonbon-Sendung des Sommers enthielt. Und auch ein leichter Luftpostumschlag fand sich unter den Briefen, die Adresse in eleganter Handschrift, die deutschen Briefmarken von verschmierten Stempeln fast verdeckt. Sie runzelte die Stirn; natürlich war Izzy über Charlottes exakte Reisepläne wie immer bestens im Bilde.

Sie hatte Crawford im vergangenen Herbst aus Chicago mehrere Male geschrieben, hatte den Briefen Postkarten von den Dioramen des Naturkundemuseums beigelegt und kleine Bleistiftskizzen, die sie dort von den Exponaten angefertigt hatte. Als wolle sie ihm beweisen, dass sie es ernst gemeint hatte mit dem Albatros, dass die Idee, ihn wieder zum Fliegen zu bringen, nicht nur eine Laune gewesen war, die sich mit dem Ende des Sommers verloren hatte.

Er hatte nur einmal geantwortet, wortkarg. Seine Schrift war so ungelenk wie seine Worte. So gut seine Hände jede noch so zarte Feder zurechtstreichen, jedes noch so winzige Glasperlenauge in den Schädel einer Kohlmeise drücken konnten – ein Briefeschreiber war er nicht. Dann kam eine Weihnachtskarte, ein kitschiger rot-weiß gestreifter Leuchtturm mit einer glitzerbesprinkelten Schneemütze. Danach schrieb sie selbst nicht mehr; sie wollte nicht, dass es ihm zur Bürde würde, sich weitere Antworten an sie abzuringen. Aber einen kleinen Brief zu Ostern, gestand sie sich ein, hatte sie doch schreiben müssen, damit er sicher wusste, dass sie in diesem Sommer zurückkäme.

Sie war gut vorbereitet. Aus der Bibliothek hatte sie die Bücher von Hornaday und Montagu über Taxidermie geliehen, die sie in Miriam Makers guter Stube gesehen hatte. Und in der Weihnachtszeit, als Charlotte zu einem ihrer Besuche in Sandy Point gewesen war, war sie fast jeden Tag ins Naturkundemuseum gegangen. Sie hatte etliche der Vögel gezeichnet, die dort aufgestellt waren. Warum war ihr nie aufgefallen, wie natürlich der Strauß seinen langen Hals bog, die Lachmöwe den Schnabel zum Schrei öffnete, der Weißkopfseeadler von seinem Ast mit leicht schiefgelegtem Kopf nach Beute spähte? Nicht – das musste sie zugeben – dass sie überhaupt jemals besonders viel Zeit im Naturkundemuseum verbracht hatte. Kunstmuseen und Galerien, das war immer ihr und Charlottes Revier gewesen.

Warum verheimlichte sie Charlotte das alles? Sie war sich nicht sicher. Vielleicht wollte sie nicht, dass Charlotte sich Sorgen machte, sie könne zu sehr von ihren gemeinsamen Routinen abgelenkt werden. Sie wusste, wie sehr Charlotte auf sie angewiesen war, dass ohne ihre leichte, ordnende Hand weder der Haushalt floss noch Charlotte Ruhe zum Schreiben fand. Zwei Künstler in einem Haushalt, sagte Charlotte immer, sei auf jeden Fall einer zu viel. Und Ellen hatte ihr nie widersprochen. Als sie damals in Charlottes Wohnung gezogen war, hatte sie ja ohnehin nicht recht gewusst, was sie machen wollte, war sich nur sicher gewesen, was sie *nicht* mehr machen wollte: Frösche und plumpe Tauben aus Bronze oder Marmor. Es war so leicht gewesen, sich in Charlottes Leben zu fügen, die Werkzeuge und Arbeitskittel in den Keller zu räumen. Sie hatte höchstens tief in ihrem Innern geahnt, nach welchen Formen sich ihr Herz und ihre Hände sehnten. Warum stieg diese Ahnung jetzt, Jahre später, wieder in ihr auf, wenn sie an Crawford und seine Vögel dachte?

Vielleicht wollte sie auch nicht, dass Charlotte sich über ihre neue Passion lustig machte. Vielleicht war ihr selbst diese neue Passion peinlich. Sie hatte so lange nicht mehr gearbeitet – und jetzt wollte sie plötzlich nichts lieber, als tote Vögel abzubalgen und auszustopfen, anstatt sich in Kunstmuseen inspirieren zu lassen? Sie dachte an Crawford, dem der Unterschied zwischen Kunst und Präparieren sicher völlig egal war, ja, der sich darüber vermutlich noch nie Gedanken gemacht hatte. Er tat einfach, was er tat, und er tat es mit Leidenschaft und mit Stolz. Sie beneidete ihn um diese Sicherheit.

Nein, solange sie sich selbst nicht darüber im Klaren war, warum sie sich plötzlich so sehr für das Präparieren interessierte, wollte sie sich nicht der Meinung anderer darüber aussetzen, nicht einmal Charlottes. Besonders nicht Charlottes. Sicher war sie sich nur, dass sie sich schämte – wenn nicht für ihr Interesse an toten Vögeln, dann für die Heimlichtuerei.

Erst als sie, mit der Post und dem Paket beladen, in die Werkstatt trat, wurde ihr klar, dass sie es kaum hatte erwarten können, Crawford wiederzusehen. Er stand über den großen Werktisch gebeugt und vermaß mit einem kleinen Messschieber zwei winzige blaugesprenkelte Vogeleier.

»Ellen!« Er wandte ihr den Kopf zu, während seine Hände vorsichtig den Messschieber so positionierten, dass die Eier nicht vom Tisch rollen konnten. »Ich habe schon auf Sie gewartet. Ich wusste, dass Sie gestern angekommen sind.«

»Spricht sich das so schnell herum?«

»Ronnie hat mir erzählt, dass sein Vater Sie abgeholt hat.« Er deutete auf die Eier. »Grasammer, nehme ich an. Ronnie hat das Nest gefunden, sie brüten in der Marsch von Arcadia.« Er lächelte. »Der Junge wird mir ein richtiger Gehilfe. Er hat stundenlang auf der Lauer gelegen, um sicherzugehen, dass die Eltern das Gelege wirklich verlassen hatten, bevor er die Eier genommen hat.«

»Er wird sicher bald bei uns in der Moses Cove auftauchen«, sagte Ellen. »Charlotte und er sind dickste Freunde. Sie haben den ganzen Winter korrespondiert.«

Er trat auf sie zu. »Ich freue mich wirklich, Sie zu sehen, Ellen. Sehr. Es war ein langer Winter und – es tut mir leid, dass ich nicht geschrieben habe. Es liegt mir nicht besonders. Vielleicht bin ich deshalb mit vierzehn aus der Schule weg. Ronnie ist da anders.« Er nahm ihr die Post und ihre Tasche ab. »Sie sehen etwas blass aus, Ellen. Aber auch sehr hübsch. Wie immer. Nur so, als bräuchten Sie etwas frische Luft.«

Nun musste auch sie lächeln. »Sie haben recht. Ich verspreche Ihnen, ich werde wieder jeden Morgen schwimmen gehen. Auch in Chicago war es ein langer Winter. Aber ich habe ihn genutzt!« Sie sah sich um. »Darf ich mich setzen? Ich möchte Ihnen etwas zeigen.«

Er zog einen Hocker unter dem Werktisch hervor. »Ich bin gespannt.«

Sie setzte sich und zog ein Skizzenheft aus ihrer Tasche. »Hier. Ich habe den ganzen Winter über gezeichnet. Und nachgedacht. Ich weiß, wie wir den Albatros wieder zum Fliegen bringen können. Ich bin mir ganz sicher, dass wir ihn in einer Flugposition aufstellen können.« Sie deutete auf die Skizzen, die sie von Vögeln gemacht hatte, die im Naturkundemuseum in Flugpositionen von der Decke hingen oder diskret an einer Rückwand befestigt waren.

»Die Flügel – Sie haben doch die großen Flügelknochen nicht entfernt, nicht wahr? Selbst wenn, man könnte sie ersetzen, mit Holz oder Rohr. Ich habe eine Kiste geschickt, sie müsste in ein paar Tagen ankommen«, fuhr sie eifrig fort. »Ich habe einige meiner Werkzeuge eingepackt, neue Materialien besorgt, Modellierton … Ich überlege noch, woraus wir am besten den Körper nachbilden – Holzwolle? Oder doch lieber mit Heu wickeln? Vielleicht –«

Sie brach ab, als Crawford, der ihr über die Schulter gesehen hatte, eine Hand auf ihren Arm legte.

»Ellen«, sagte er leise. »Der Albatros ist nicht mehr hier.«

Sie fuhr herum. »Wie meinen Sie das, nicht mehr hier?«

»Er ist in Chicago, im Naturkundemuseum. Doktor Dunphy, Sie wissen doch, der Chef-Ornithologe dort, wollte ihn unbedingt für die Balgsammlung. Er ist im Mai persönlich hier gewesen, um ihn abzuholen.«

Ellen starrte ihn ungläubig an. Ausgerechnet in Chicago? Während sie dort studiert und gezeichnet hatte, war der Albatros im Keller desselben Gebäudes in einer Schublade gelandet? All ihre Arbeit, ihre ganze Vorfreude – alles das für nichts?

»Sie haben gesagt, der Albatros sei nicht zu verkaufen«, sagte sie bitter.

Crawford nickte. »Ich habe ihn nicht verkauft. Ich habe ihn gestiftet.«

»Was macht denn das für einen Unterschied!«, rief Ellen und sprang auf. »Er ist weg. Sie hätten ihn genauso gut in der Marsch vergraben können.«

»Ich – ich wollte ihn noch einmal fliegen sehen«, sagte Crawford leise. »Da haben Sie ganz recht. Das ist mein größter Wunsch. Aber ich kann nicht so denken wie Sie, Ellen. Ich kann diesen Albatros nicht wieder zum Fliegen bringen.« Er schwieg eine Weile; sein Blick war durch die offene Tür in den blühenden Garten gerichtet. »Ich habe ihn eingetauscht«, sagte er. »Bei der nächsten großen naturkundlichen Expedition, die das Museum ausrichtet, fahre ich als Ornithologe mit. Wenn ich Glück habe, geht es in den Südatlantik. Oder vielleicht nach Tasmanien. Dorthin, wo Albatrosse fliegen.«

»Aber …« Ellen ließ den Kopf hängen. Sie kämpfte mit den Tränen. »Aber was mache dann ich jetzt?«, stieß sie hervor.

Er wandte ihr seinen Blick wieder zu. »Ellen«, fragte er leise und nahm ihre beiden Hände in seine. »Warum ist Ihnen der Albatros so wichtig?«

Jetzt liefen die Tränen. Ja, warum war ihr der Albatros so wichtig? Warum hatte sie sich in diese fixe Idee, einen Vogel mit weiten Schwingen wieder zum Fliegen zu bringen, so verrannt? Sie konnte es sich ja selbst nicht erklären.

»Woher sollte ich wissen«, sagte Crawford und zog sie näher an sich, »dass Sie sich so rasch zur Präparatorin ausbilden?« Er zog ein frisch gebügeltes kariertes Taschentuch aus der Jackentasche und reichte es ihr. »Nicht weinen, Ellen, bitte. Es ist doch nur ein Vogel.« Er stockte. »Wenn auch ein ganz besonderer.«

Sie putzte sich die Nase und wandte sich ab. »Ich habe mich … ich wollte den ganzen Sommer an dem Albatros arbeiten«, flüsterte sie. »Ich hatte mich so darauf gefreut, endlich etwas zu tun zu haben. Und ich wollte auch Ihnen eine Freude bereiten.«

»Ellen!«, sagte er und hob abwehrend die Hände. »Haben Sie überhaupt eine Ahnung, wie schwierig es ist, einen getrockneten Balg später aufzustellen? Allein die Füllung aus dem Balg wieder rauszukriegen ist eine Mordsarbeit, all diese kleinen Baumwollfusseln, und wehe, Sie kratzen dabei ein Loch in die Haut! Die Haut muss wieder feucht gemacht werden, und die Schnittränder sind wahrscheinlich eingerollt und verhärtet, und die Füße auch, und die Federn sind alle verschoben. Ich würde mir das bei einem so großen Vogel nicht zutrauen.«

Sie lächelte schwach. »Also nichts für Anfänger.«

»Nichts für Anfänger«, bestätigte er. »Auch nichts für einen so mutigen und begabten Anfänger wie Sie.« Er sah wieder nach draußen. »Aber ich habe eine Idee!«, rief er plötzlich. »Wie wäre es mit einer Ente?«

»Einer Ente?«, fragte Ellen entgeistert.

»Einem frischen, fetten Stockentenweibchen«, bestätigte er. »Man übersieht leicht, wie schön sie sind, weil sie so häufig vorkommen. Eine Ente ist kein einfacher Vogel, unterschätzen Sie das nicht. All das Fett, die fleischigen Füße. Sie hätten den Sommer über gut zu tun. Und ein frischer Balg ist viel leichter aufzustellen als ein trockener. Ich zeige es Ihnen.«

Eine Stockente statt des Albatros? Aber Crawfords Enthusiasmus war ansteckend, das musste sie zugeben. »Also gut«, sagte sie zögernd. »Eine Stockente. Aber unter einer Bedingung: Sie soll fliegen.«

Er hob die Augenbrauen. »Da spricht die Künstlerin. Meinetwegen, bringen Sie sie zum Fliegen, wenn Sie es können.«

»Aber wo bekomme ich sie her?«, fragte Ellen. »Die frische, fette Ente?«

»Ich fahre heute Nachmittag an den Strand von Arcadia«, versprach er, »und schieße Ihnen eine. Und sobald Sie mit dem Abbalgen fertig sind, sind Sie zum Essen eingeladen. Und Miss Overbeck natürlich auch«, setzte er hastig hinzu. »Meine Mutter macht einen großartigen Entenbraten.«

XII

Chicago, Juli 1917

»Ellen!«

Im Gewirr von Durchsagen, zischenden und pfeifenden Lokomotiven, vom Geschnatter der Reisenden und den Rufen der Gepäckträger, die sich mit ihren Sackkarren einen Weg durch die Mengen zu bahnen suchen, ruft jemand ihren Namen. Sie setzt das Necessaire und den Schreibmaschinenkoffer ab und sieht sich suchend um.

»Ellen! Hier!«, ruft die Stimme wieder, und nun sieht sie eine Hand winken, die in einem hellen, zierlich gehäkelten Sommerhandschuh steckt. Eine schlanke Person in einem dunkelblauen Seidenkleid und mit einem passenden Hütchen auf den hochgesteckten Haaren kommt auf sie zu.

»Izzy?« Ellen muss zweimal hinsehen, aber sie ist es wirklich. In der anderen behandschuhten Hand trägt sie eine kleine Reisetasche.

»Ellen.« Sie stellt die Tasche ab und umarmt sie, herzlicher, als Ellen es erwartet hat. »Wie geht es dir? Euch?«

»Izzy, was machst du denn in Chicago? Du hast gar nicht geschrieben«, sagt Ellen. Charlotte hätte es ihr doch gesagt, wenn sich Izzy gemeldet hätte? »Du siehst wunderbar aus«, fügt sie rasch hinzu.

Sie weiß, dass sie nicht die Wahrheit sagt. Izzy ist immer schon blass gewesen, aber jetzt wirkt ihr Gesicht besonders schmal, und sie hat dunkle Ringe unter den Augen.

»Ach, es war eine ganz kurze Reise, nur ein paar Nächte, ich … ich habe alte Freunde meiner Mutter besucht. Es war … sehr hektisch. Bitte sei nicht böse, dass ich mich nicht bei euch gemeldet habe. Fährst du deine Eltern besuchen?«, fährt sie übergangslos fort.

Ellen senkt den Blick. Natürlich weiß Izzy nicht, dass Ellens Vater seit Jahren nicht mit ihr gesprochen hat, das ist eine Art Geheimnis zwischen ihr und Charlotte. Als hätten sie gemeinsam einen großen Fehler gemacht, den sie vertuschen müssten. »Ich warte auf Charlotte, sie kommt aus New York. Der Zug ist schrecklich verspätet, er sollte schon vor ein paar Stunden hier sein.«

»Ah!« Izzy schaut auf Ellens Tasche und die Schreibmaschine. »Und zum Abholen bringst du ihr die alte Oliver mit an den Bahnhof?«

Ellen spürt, wie sie ein bisschen rot wird. »Nein, ich … wir fahren gleich weiter, nach Colorado.«

»Also doch ein Familienbesuch?«, ruft Izzy aus.

Ellens Wangen fühlen sich noch wärmer an. »Nicht Denver«, sagt sie. »Wir fahren nach Sandy Point.«

Nun sieht Izzy überrascht aus. »Zu Charlottes Familie?«

Ellen nickt. »Es ist mein erster Besuch.«

Eine Pause entsteht, in der Izzy ihren Blick über die Gleise und Anzeigetafeln schweifen lässt. »Was für ein Trubel«, sagt sie schließlich. »Fährt denn wirklich alle Welt in die Sommerfrische? Als gäb's gar keinen Krieg.«

Das stimmt nicht ganz. Eine ganze Reihe zumeist junger Männer in Uniform stehen an den Bahnsteigen, umringt von ebenso jungen Frauen in ihren hübschesten Sommerkleidern, die sich an sie schmiegen, oder von Müttern, jüngeren Geschwistern, Großeltern im Sonntagsstaat. Doch dazwischen drängen sich Familien mit Koffern, Reisetaschen, Schmetterlingsnetzen und Gummibällen. Irgendwo kläfft ein kleiner Hund.

»Ihr fahrt gleich weiter?«, fragt Izzy. »Ohne ein paar Tage zu Hause Pause zu machen?«

Ellen nickt. »Charlotte wollte eigentlich schon vorgestern zurück sein, aber dann hat sich herausgestellt, dass ihre Freundin Elsie Sergeant, du weißt doch, die Journalistin, als Kriegsreporterin nach Frankreich geht, und die musste sie vor ihrer Abreise natürlich noch treffen. Übermorgen werden ihre Neffen ein Jahr alt, die Söhne von ihrem Bruder Eric – sie hat dir sicher geschrieben, dass Eric letztes Jahr Zwillinge bekommen hat?«

»Das hat sie«, sagt Izzy. Sie grinst. »Sie ist immer noch die Alte, was? Kann nie still sitzen. Immer unterwegs, immer voller Energie, wie die Lokomotiven hier.«

Das ist kein sehr vorteilhafter Vergleich, denkt Ellen, aber sie muss unwillkürlich lächeln. »Genau so«, sagt sie. »Du kennst sie ja.«

»Ja, ich kenne sie«, wiederholt Izzy, und dann entsteht wieder eine Pause. Der kleine Hund jault.

»In Sandy Point wird sie etwas zur Ruhe kommen«, sagt Ellen schließlich, um das Gespräch wieder in Gang zu bringen. »Sie ist fast fertig mit dem neuen Buch, es erscheint im Herbst, wir müssen nur noch die Druckfahnen Korrektur lesen. Sie will ein paar kleine Nachrecherchen machen, die Zeit stoppen, die man mit dem Buggy von Doktor Fellingers Haus bis zum Bahnhof braucht, noch einmal nachsehen, wo genau welches Grab auf dem Friedhof ist. Solche Sachen. Aber ansonsten wird sie sicher vor allem Zeit mit den Kindern verbringen.«

»Stimmt«, sagt Izzy. »Das neue Buch spielt ja wieder in Sandy Point. *Die Schwalben über dem Feld*, oder?«

»›Fluss‹«, sagt Ellen. »Es heißt jetzt *Die Schwalben über dem Fluss*. Ihr Lektor fand das besser.«

»Warum schleppst du die Schreibmaschine mit, wenn sie fast fertig ist?«, fragt Izzy.

Ellen sieht wieder zu Boden.

»Nein, lass mich raten!«, ruft Izzy und schlägt sich mit der Hand an die Stirn. »Du musst ihre Korrespondenz tippen, oder?«

Ellen fühlt sich ertappt. »Sie tippt ihre Briefe selbst. Jedenfalls einige«, fügt sie wahrheitsgemäß hinzu. Die Verlagskorrespondenz erledigt zumeist sie für Charlotte. Was gut ist, denkt sie, denn Charlottes Familie wird sie als Sekretärin vorgestellt werden. In so einer kleinen Stadt wird das nicht anders gehen, das weiß sie.

»Lass mich noch mal raten«, fährt Izzy etwas unbarmherzig fort. »Du bist bei Mrs. Harris untergebracht, oder? Bei den Overbecks gegenüber, in der Dachkammer. Wo es im Sommer affenheiß ist, und das Dachfenster so klein, dass du nicht mal abends ordentlich lüften kannst. Und die alte Harris wird dir eine grässliche Haferpampe zum Frühstück machen, mit braunem Zucker und etwas Milch, keine Butter, und Eier gibt's nur zweimal pro Woche, Speck nur sonntags.«

»Die meisten Mahlzeiten nehme ich bei den Overbecks ein«, sagt Ellen steif.

»Wo du auch nur darauf hoffen kannst, dass sie ein Mädchen haben, das besser kocht als Charlottes Mutter«, gibt Izzy zurück. »Ich meine nur … ich finde, ich muss dich warnen. Ich habe es ja selbst erlebt.«

»Ich mache die Reise für Charlotte«, sagt Ellen, immer noch steif. Wo der Zug aus New York nur bleibt? Er ist jetzt schon mehr als zwei Stunden überfällig. »Magst du … willst du nicht mit mir auf sie warten?«, fügt sie sanfter hinzu und räuspert sich. »Sie würde sich sicher sehr freuen, dich so unverhofft zu sehen.«

Izzy sieht hastig auf die große Bahnhofsuhr. Sie schüttelt den

Kopf. »Das geht nicht. Ich muss los, mein Zug geht in zehn Minuten.«

»Du könntest den Abendzug nach St. Louis nehmen«, schlägt Ellen vor und hofft, dass Izzy ablehnen wird. »Der Burlington geht auch erst gegen fünf. Charlotte wollte zwischendurch unbedingt noch im Palmer House zu Mittag essen. Falls sie noch rechtzeitig kommt.«

Izzy schüttelt noch einmal den Kopf. »Ich würde gern, wirklich. Aber es geht nicht. Ich bin schon vor zwei Tagen gekommen, und ich muss zurück. Johann – es geht ihm nicht sehr gut.«

»Ist er krank?« Ellen erschrickt, obwohl sie sich gerade noch über Izzy geärgert hat. Sie denkt wieder, dass Izzy selbst aussieht, als ginge es ihr nicht gut.

Izzy zuckt die Achseln. »Krank, nun, nicht richtig. Eher deprimiert.«

»Charlotte hat mir erzählt, dass es im Orchester nicht leicht für ihn ist seit der Kriegserklärung.«

»Nicht leicht!« Izzy schnaubt verächtlich. »Sie haben ihn am Saisonende entlassen, Ellen. Einfach so. Nachdem es jahrelang immer hieß, er sei eines der größten Talente, die sie je gehabt haben, und wie glücklich sie sich schätzen, ihn nach St. Louis geholt zu haben. Alles nur leeres Gerede.«

»Das tut mir so leid«, stammelt Ellen.

»Wir haben unsere Wohnung aufgeben müssen und sind zu meinen Eltern gezogen«, fährt Izzy fort. »Du kannst dir vorstellen, dass Johann darüber nicht gerade glücklich ist. Wenigstens hat er noch seine Schüler, die meisten jedenfalls.«

Man sieht ihr an, wie aufgewühlt sie ist. Ohne zu überlegen, legt Ellen ihr die Hand auf den Arm. »Könnte Charlotte nicht –«

»Ich habe Charlotte noch nicht davon geschrieben«, unterbricht Izzy sie. »Ich wollte sie nicht beunruhigen. Außerdem geht's uns ja noch gut, und dass Herr Strassburger im Haus des

Richters Clark lebt, schützt ihn ein bisschen. Wirklich, Ellen, wir haben noch Glück gehabt. Den deutschen Konzertmeister in Cincinnati haben sie interniert.«

»Izzy«, sagt Ellen ernst. »Hättest du doch nur etwas gesagt. Oder Charlotte geschrieben. Wie gesagt, mit ihren Verbindungen könnte sie vielleicht –«

Doch Izzy schüttelt heftig den Kopf. »Ich will sie nicht darum bitten, Ellen. Ich will nicht, dass sie da hineingezogen wird, sie muss sich auf das neue Buch konzentrieren, und sie soll ein bisschen Freude an ihrem Familienbesuch haben! Ich hab gar keine Freunde in Chicago besucht, gestern war ich im Konservatorium, um meinen alten Professor zu bitten, ein gutes Wort für Johann einzulegen, aber ich glaube, es ist hoffnungslos. Johann weiß gar nichts davon, es wäre ihm sicher unangenehm. In diesen Zeiten kann man mit fast niemandem mehr ehrlich sein«, fügt sie bitter hinzu. »Jedenfalls habe ich versprochen, heute Abend wieder zu Hause zu sein.«

Sie sieht noch einmal zur Bahnhofsuhr hinauf. »Ich muss gehen, Ellen, wirklich. Sag … sag bitte Charlotte nicht, dass wir uns gesehen haben. Bitte. Ich werde ihr schreiben, und ich werde ihr unsere Situation erklären, nur bitte gib mir ein paar Wochen Zeit, Ellen. Bis ihr aus Sandy Point zurück seid, sieht vielleicht schon alles ganz anders aus. Vielleicht ist sogar dieser elende Krieg bis dahin vorbei, jetzt, wo unsere Truppen in Frankreich sind.«

Ellen nickt. »Natürlich.« Sie sieht Izzys Gesicht an, dass sie das genauso wenig glaubt wie sie selbst.

In einer fast unbedachten Geste zieht Izzy sie an sich und hält sie in einer Umarmung fest. »Und bitte nimm mir nicht übel, was ich über ihre Familie gesagt habe«, flüstert sie in Ellens Haar. »Ich bin wirklich, wirklich froh, dass Charlotte dich hat, dass du sie auf dieser Reise begleitest. Aber sie sind dort alle sehr … nun … sehr altmodisch. Lass dir von ihrer Familie nicht auf der Nase herumtanzen. Vor allem nicht von ihrer Mutter. Sie kann ein wenig besitzergreifend sein.« Sie schnaubt ein bisschen durch die Nase und lässt Ellen los. »Wie gesagt, ich weiß, wovon ich rede.«

Abrupt nimmt sie ihre Reisetasche auf. »Adieu, liebe Ellen. Macht euch keine Sorgen, bitte. Und vergiss nicht, Charlotte *nicht* von mir zu grüßen.« Im Gehen wirft sie Ellen eine Kusshand zu, winkt noch einmal, dann verschwindet sie in der Menge. Ein kleiner Hund, die Leine hinter sich her schleifend, läuft ihr kläffend nach.

St. Louis, 15. Oktober 1918

Liebste Charlie,
entschuldige bitte, dass ich so lange nicht geschrieben habe. Deine Briefe sind meine schönsten Lichtblicke in dieser dunklen Zeit. Obwohl wir ja nun wirklich, wirklich glauben und hoffen dürfen, dass das Elend in Europa bald ein Ende hat. Doch selbst dieses Elend hat zwei Seiten, jedenfalls für uns. Seit unsere Truppen zunehmend in Kampfhandlungen verwickelt sind und es mehr und mehr Opfer gibt, traut sich Johann gar nicht mehr aus dem Haus. Zumal doch im Frühjahr ein deutscher Immigrant gelyncht worden ist, Du erinnerst Dich sicher an die Presse, nur eine halbe Stunde von uns entfernt. Johann verbringt seine Tage in der Dachkammer, in der Du früher immer geschrieben hast, aber ich weiß nicht, was er dort den ganzen Tag tut – ich höre ihn nie spielen, außer wenn er Stunden gibt. Aber Schüler hat er fast keine mehr.

Die Nachbarn am Ende unserer Straße haben ihren Sohn verloren und grüßen meine Eltern nicht mehr, weil ein Deutscher in ihrem Haus lebt. Ich kannte den Jungen, er hat immer unsere Äpfel gestohlen. Er ist an Bord des Truppenschiffes gestorben, an der Grippe, bevor er überhaupt in Europa ankam, und für die Grippe-Epidemie kann Johann ja nun wirklich nichts.

Ich weiß nicht, liebe Charlie, wie es nach dem Krieg für uns weitergehen wird, überhaupt nicht. On verra, n'est-ce pas.

Aber sprechen wir von angenehmeren Dingen: Wie schön, dass Ihr noch einmal nach Boulder zurückkehren konntet! Das hättest Du Dir vor sechs Jahren nicht träumen lassen, dass Du vom Chautauqua dort selbst einmal eingeladen würdest, um über Deine Romane einen Vortrag zu halten? Ich bin so stolz auf Dich. Ich habe Die Schwalben über dem Fluss *gerade noch ein zweites Mal gelesen. Und selbst wenn Du hundertmal behauptest, das*

Buch beschreibe den Werdegang einer Sängerin, nicht einer Schriftstellerin, ich spüre Dich doch auf jeder Seite.

Und wie schön, dass Du Dir am Ende des Sommers Zeit genommen hast, Deine Familie zu besuchen. Als Du die Zwillinge zuletzt gesehen hattest, lernten sie gerade laufen. Und jetzt können sie schon sprechen!

Liebe, nimm es mir nicht übel, aber ich kann recht gut verstehen, dass Ellen in diesem Jahr nicht noch einmal mit zu Deiner Familie fahren wollte. Was soll sie denn in Sandy Point? Bei Eurer Nachbarin im Mansardenzimmer schwitzen und Deine Korrespondenz erledigen? Zum Mittagessen darf sie in Dein Elternhaus kommen, aber abends bringt ihr Mrs. Harris ein Tablett aufs Zimmer, weil Deine Mutter Dich auch einmal für sich haben und nicht immer Deine »Sekretärin« am Familientisch dabeihaben will? Ich kann Ellen gut verstehen. Ich habe Dir vielleicht nie richtig gebeichtet, wie sehr ich in dem Monat gelitten habe, den ich vor fast zehn Jahren mit Dir bei Deiner Familie verbracht habe. In den vergangenen Jahren habe ich oft daran zurückgedacht. Vielleicht war dieser Besuch in Sandy Point der Wendepunkt, der mich damals dazu gebracht hat, St. Louis zu verlassen, ans Konservatorium in Chicago zu gehen und die Lebensentscheidungen zu treffen, die ich in den Jahren danach getroffen habe.

Gleichzeitig kann ich auch Dich verstehen. Gerade in einer kleinen Stadt wie Sandy Point muss eine gewisse Fassade natürlich einfach gewahrt bleiben.

Ich denke, Ihr habt das Richtige getan, dass Ihr von Boulder aus erst einmal in den Südwesten gefahren seid. Wie gut, dass sich Ellen in Taos so wohlgefühlt hat. Und dass Ihr beide die Landschaft dort so liebt. (Und solange Ihr per Zug reist, wird Ellen ja auch nicht seekrank!) Vielleicht findet Ihr in den nächsten Jahren für die Sommerzeiten ein gemeinsames Reiseziel, das Ihr wirklich zu »Eurem« machen könnt. Eine alte Bekannte meiner Mutter, eine Bibliothekarin aus New York, schwärmt von einer abgelegenen Insel vor der kanadischen Küste; ich habe den Namen vergessen, aber ich werde bei ihr nachfragen.

Nein, wirklich, liebste Charlie, Du kannst mich nicht mit Ellen vergleichen. Sie hat eine tiefe Seele, in der ihre Kunst lebt, anders als ich – ich habe keine so eigene, innere Aufgabe, ich begleite lieber am Klavier wie auch im Leben, füge mich mehr in die Menschen, die mich umgeben, als dass ich eine Berufung spüre. Mein Leben mag dadurch leichter sein, aber Ellen, Liebe, ist Dir eine ebenbürtige Partnerin. Und sie wird Dich, anders als ich, nicht verlassen. Also sei nicht so streng mit ihr – wenn der Preis dafür ist, dass Du Deine Familie ohne sie besuchst, ist er gering.

In Gedanken immer in Deiner Nähe und immer Deine

Izzy

XIII

Rockcliff Isle, Juli 1926

»Was ist denn das für ein Lärm?«

Noch bevor sie das Sommerhaus erreichte, hörte Ellen Charlottes Stimme. Sie war schwimmen gewesen und fror. Der Kieselstrand war vom Sommerhaus aus schwierig zu erreichen, er lag unterhalb des Kliffs. Um dorthin zu gelangen, musste sie erst den Pfad zum Gästehaus in der Moses Cove hinabgehen und sich dort zum Strand umwenden. Nach dem Bad in dem eiskalten Wasser der Bay of Fundy fand sie den Rückweg oft endlos, selbst wenn sie sich fest in Charlottes grauen Bademantel wickelte.

»Es ist Freitag, Lotte!«, rief sie zurück.

»Freitag«, wiederholte Charlotte verständnislos.

»Freitag«, bestätigte Ellen und drängte sich an der Freundin vorbei durch die Tür in Richtung Badezimmer. »Freitags, wie du weißt, kommt der Schlachter mit seinem Wagen. Bob Bell.«

»Wie meinst du das – wie ich weiß? Woher soll ich das wissen?«

Ellen wand sich aus ihrem nassen Badeanzug und seufzte. »Bob Bell kommt jeden Freitag«, sagte sie und hoffte, dass es nicht ärgerlich klang. »Wir kommen seit Jahren auf diese Insel, Lotte, und daran hat sich nichts geändert. Jeden Sonntag gibt es bei Sarah einen Braten. Also weißt du es.«

»Nein, eben nicht.« Charlottes Gestalt erschien in der offenen Badezimmertür. »Muss ich jedes Haushaltsdetail erinnern? Was ich weiß, ist, dass draußen ein unbeschreiblicher Krach herrscht und dass ich diese Seiten hier«, sie wedelte mit einem Stapel Papier, den sie in der Hand hielt, »fertig korrigiert haben muss, bevor am Montag das Postschiff wiederkommt.«

Es war immer wieder erstaunlich, dachte Ellen, wie selektiv Charlottes Gedächtnis funktionierte. Sie merkte sich jede Kleinigkeit, die sie vielleicht einmal in einem ihrer Bücher verwenden könnte, jede Gedichtzeile, die ihr gefallen, jede Jahreszahl, die sie je beeindruckt hatte. Die Routinen des Alltags jedoch schienen sie jeden Tag erneut vor Rätsel zu stellen. Ellen musste zugeben, dass sie Charlotte um diese Fähigkeit beneidete. Sie zog sich ein Hemd über den Kopf.

»Ich glaube, Bob Bell hatte im vergangenen Jahr noch keine Hupe«, lenkte sie ein. »Er ist sehr stolz darauf – er hat die alte Glocke abgebaut und durch eine Ballhupe ersetzt. Nur sein Pferd musste sich erst daran gewöhnen, hat er mir erzählt.«

Charlotte seufzte. »Sein Pferd und ich! Ich muss unbedingt bis Montag fertig werden, Liebes. Eigentlich nicht zu fassen, dass es in der dritten Auflage immer noch Korrekturen gibt! Nur gut, dass ich die Abrahams gebeten habe, mir die Seiten mit den Änderungen noch mal zu schicken.«

»Soll ich noch mal drübergehen?«, fragte Ellen. Sie griff nach einem Handtuch, um sich die Haare zu trocknen.

»Ich könnte es vor dem Mittagessen machen. Ich muss nur vorher noch mal rasch runter an den Strand, es ist gleich Ebbe. Vielleicht finde ich ein gutes Stück Treibholz.«

»Treibholz?«, fragte Charlotte.

»Um die Ente aufzustellen«, erklärte Ellen geduldig. Sie sprach schon seit Tagen von ihrem Plan – vielleicht ein bisschen zu viel, das musste sie zugeben –, die Ente an einem Stück Treibholz zu befestigen. Es waren nicht nur Haushaltsangelegenheiten, die Charlotte nicht im Kopf behielt, sondern auch alles andere, was in ihrer eigenen Welt, ihren Büchern und Ideen, keinen Platz hatte.

»Ich dachte, du willst die Ente fliegend darstellen?«, fragte Charlotte.

»Lotte, es heißt aufstellen, auch wenn sie fliegt. Fachjargon. Heute will ich die Füße verdrahten, und vielleicht fange ich auch schon mit den Flügeln an. Mal sehen, wie weit ich komme.«

Sie dachte über den Draht nach, während sie am Nachmittag mit einem vom Wasser gebleichten und gerundeten Stück Treibholz unterm Arm in Richtung der Werkstatt eilte. Sie hatte am Vortag eine Reihe von Drähten in verschiedener Dicke vorbereitet, sie gewissenhaft über einer Kerze mit einer dünnen Wachsschicht überzogen. Rost, hatte Crawford betont, Rost war genauso schlimm für ein Präparat wie Motten.

Sie hatte Tage damit verbracht, die Haut der Ente mit einem kleinen Kratzer von Fett zu befreien, immer mit den Federkielen, hatte ihr Crawford eingeschärft, nie dagegen. Fast hatte sie die Geduld verloren, aber er hatte ihr erklärt, dass sich sonst Fettsäure bilden würde, die den Balg unweigerlich zerstören würde. Dann hatte sie die Flügel reinigen müssen, die zwar nicht so lang waren wie die des Albatros, die aber trotzdem bis zum Handknochen aufgeschnitten werden mussten. Sie hatte sie mit etwas Baumwolle ausgestopft, und Crawford hatte geholfen, die Haut mit Arsentinktur zu vergiften.

Aus den Flügel- und Beinknochen hatte sie in mühsamer Arbeit mit Pfeifenreinigern das Knochenmark entfernt. Und dann erst die Füße! Sie mussten ebenfalls aufgeschnitten werden, um hinten und an den Zehen die Sehnen zu entfernen. Und wiederum hatte Crawford es übernommen, die Haut großzügig mit Arsenik einzupinseln.

Sie hatte auch schon den Körper geformt; das war ihr leichter von der Hand gegangen. Crawford hatte sie angewiesen, die Stockente genau zu vermessen, bevor sie mit dem Abbalgen begonnen hatte, ein großes, schönes Weibchen mit schillernd blauvioletten Flügelspiegeln, schwarz-weiß umrandet. Sie hatte einen starken Draht gewählt, der Größe des Vogels entsprechend, und begonnen, ihn nach ihren Zeichnungen und Messungen mit einer Mischung aus Heu und Holzwolle zu umwickeln. Crawford hatte sie zurückgehalten – der Draht sei zu dick, meinte er. »Es kommt nicht darauf an, wie groß der Vogel ist, sondern wie man ihn darstellen will«, sagte er. »Deine Ente soll doch fliegen.« Sie hatten in den letzten Wochen so viel Zeit miteinander verbracht, dass sie zu einer vertraulicheren Anrede gefunden hatten.

Ja, ihre Ente sollte fliegen. Sie würde auch für die Füße einen dünneren, beweglicheren Draht verwenden, denn die Ente würde nicht auf ihnen stehen, sondern sie im Flug zurückstrecken. Sie sah es genau vor sich, als sie unter den Walknochen hindurch in den Garten trat und den Ziegelweg zur Werkstatt hinaufeilte.

»Ich hatte dich schon heute Vormittag erwartet«, sagte Crawford. Lag eine Spur von Ungeduld in seiner Stimme?

»Ich habe nach einem guten Stück Treibholz gesucht«, gab sie zurück und legte es auf den Werktisch. »Und dann habe ich Charlotte mit den Korrekturen geholfen, sie war ziemlich nervös deswegen.«

Sie ließ sich auf ihren Hocker fallen und deutete auf das Holzstück. »Ich glaube, dieses würde gut funktionieren, oder?«

Er hatte nicht zugehört. »Ich habe einen Brief von Dunphy bekommen. Sherman Larsen hat ihn heute Morgen selbst vorbeigebracht, der neugierige Kerl.« Mit dem Kinn deutete er auf ein zerknülltes Stück Papier, das in einer Ecke auf dem Boden lag.

Sie sah ihn an. »Aber das ist doch großartig! Was ist es denn, Australien oder Südatlantik? Und wann?« Sie verspürte einen kleinen Stich. Wann würde es sein? Wann würde er wegfahren?

»Belgisch-Kongo«, sagte er bitter.

»Belgisch-Kongo?«, fragte sie verständnislos. »In Afrika? Liegt das am Meer?«

»Nur ein ganz kleines bisschen«, gab er zurück. »Der weitaus größte Teil könnte allerdings nicht weiter vom Meer entfernt sein. Und das ist der Teil, in den sie mich schicken wollen.«

»Weshalb wollen sie dich irgendwo hinschicken, wo es keine Meeresvögel gibt?«, fragte Ellen.

»Dunphy schreibt, sie hätten erst vor ein paar Jahren eine Expedition von Patagonien aus Richtung Westafrika geschickt. Sie sind bis nach Tristan da Cunha und Sankt Helena gekommen«, sagte er. »Er meint, es sei völlig ungewiss, wann es wieder Mittel dorthin gibt. Jetzt scheint Zentralafrika in Mode zu sein. Offenbar treten sich die Expeditionen dort geradezu auf die Füße. Zoologen, Ethnologen, was weiß ich.«

»Ich weiß gar nichts über Zentralafrika«, sagte Ellen.

»Glaubst du, ich?«, gab er zurück. »Jedenfalls sehr wenig. Es stimmt schon, dort gibt es einen ungeheuren Artenreichtum an Vögeln. Auch an kleinem Krabbelzeug, Käfer, Frösche, Ratten, Schlangen. Aber es gibt dort noch etwas: Trophäen. Löwen, Leoparden, Elefanten, Zebras, Büffel, Gazellen, Giraffen …«

»Aber du bist doch Ornithologe!«, rief Ellen.

Er lachte bitter. »Ich schon. Aber die großen Wohltäter, die das dicke Scheckheft haben, eine Expedition zu finanzieren, sind es nicht. Das sind begeisterte Großwildjäger, die sich zu Hause ein Löwenfell vor den Kamin legen wollen. Und einen Wasserbüffelkopf an die Wand hängen. Da kann der Südatlantik nicht mithalten.« Er sah sie an. »Verstehst du? Die zoologische Sammlung eines Museums gibt ein Forschungsziel vor. Dann suchen sie jemand Reiches, der die Expedition finanziert. Weil es sich um eine akademische Studie handelt, bekommen sie eine Genehmigung zu sammeln – so ungefähr alles zu sammeln, was ihnen vor die Flinte läuft. Ein paar Wissenschaftler fahren mit, und natürlich der Finanzier selbst. Die Wissenschaftler sammeln Schmetterlinge und Kräuter, und der Finanzier schießt auf Flusspferde.«

»Was ist denn das Forschungsziel?«, fragte Ellen vorsichtig.

»Ein Breitrachen«, antwortete er. »Genau genommen der Blaukehl-Breitrachen. *Pseudocalyptomena graueri.*« Er schüttelte den Kopf. »Ich hatte von ihm auch noch nie etwas gehört.«

»Das klingt eher nach einem Reptil«, sagte Ellen.

»Breitrachen, nicht Drachen.«

»Ein Raubvogel?«, fragte sie. »Blau – oder sagtest du grau?«

»Grün«, sagte er. »Und kein Raubvogel. Breitrachen sind zwar Teil der *Tyranni*, aber so schrecklich sich das auch anhört – *Pseudocalyptomena* ist knapp fünfzehn Zentimeter lang, vom Schnabel bis zur Schwanzspitze. Und wiegt circa dreißig Gramm.«

»Gibt es in Zentralafrika nicht jede Menge kleine grüne Vögel?«, fragte Ellen.

»Das schon. Aber dieser spielt Verstecken. Es gibt bisher nur ein einziges Exemplar in einer naturkundlichen Sammlung, schreibt Dunphy. Und das wurmt die Konkurrenten so sehr, dass sie jetzt unbedingt gleichziehen wollen.«

»So wichtig ist dieser Vogel?«

»Ellen, es ist wichtig, ein akademisches Forschungsziel zu haben, damit man jemanden findet, der das alles bezahlt«, wiederholte Crawford.

Sie nickte. »Und der dann zur Belohnung auf Flusspferde schießen darf.«

»Genau.«

»Wer … wer sind denn die anderen Wissenschaftler auf dieser Expedition?«, fragte sie.

»Es gibt keine.«

»Es gibt keine?«, wiederholte sie erstaunt.

»Ich bin der Einzige.«

»Aber … aber warum du?«

Er lachte wieder. »Erstens traut man mir offenbar zu, auch Vögel zu sammeln, die ich noch nie gesehen habe. Zweitens schuldet mir Dunphy einen Gefallen, und auf diese Weise sind wir quitt. Und drittens –«

»Drittens?« Sie sah ihn erwartungsvoll an.

»Drittens bin ich vorgeschlagen worden. Von einem Mitglied des Museumsvorstandes. Achsah St. John Brooke.«

»Achsah Brooke?« Ellen sprang auf.

Er nickte. »Achsah Brooke, die Vogelschützerin aus Boston. Es scheint, ihr Mann schießt gerne.«

»Ihr Mann …«

»Truesdale Brooke. Er fährt mit. Und ihr Sohn ebenfalls.«

Eine Erinnerung stieg in Ellen auf, ein schmächtiger Junge in einem zu großen Sommeranzug, neben seiner eleganten Mutter. »Newland. Newland Brooke. Er interessiert sich für Vögel«, sagte sie.

»Ja, das stimmt«, sagte er überrascht. »Woher weißt du das? Das hat Dunphy auch geschrieben.«

»Ich habe den Jungen einmal getroffen, erzählte ich das nicht? Im Landhaus der Familie.« Sie sah ihn an. »Wirst du fahren?«

Er zuckte mit den Achseln. »Es kann Jahre dauern, bis mir wieder so ein Angebot gemacht wird. Leitender Präparator, lautet mein offizieller Titel. Von wegen Ornithologe!« Er wandte sich ab und sah über den Garten auf die Bucht hinaus. »Wenn es doch nur … ich wollte doch nur den Albatros noch einmal fliegen sehen.«

»Und dafür hast du ihn weggegeben«, sagte sie, und nun lag auch in ihrer Stimme Bitterkeit.

Sie standen eine Weile schweigend. »Ellen«, sagte er plötzlich und griff nach ihren Händen. »Ellen, bitte komm mit mir.«

»Was?«, sagte sie erschrocken.

»Bitte komm mit mir«, wiederholte er. »Ich brauche dich. Ich meine es ernst«, fuhr er fort. »Die Expedition ist für den kommenden Sommer geplant. Ich brauche jemanden, der für mich skizziert, zeichnet – die Landschaft, die Vögel, alles, was wir sammeln. Und einen guten Präparator. Ich brauche – dich«, sagte er. »Bitte. Es würde alles verändern.«

Nun sah auch sie über die Bucht. Auf der Fensterbank stand das Kästchen aus Birkenholz. Sie hob es auf und drehte es nachdenklich in den Händen. »Wie ging es eigentlich weiter?«, fragte sie schließlich. »Mit dem spuckenden Uhu und seiner schönen Braut?«

»Der Uhu versuchte mit allen Mitteln, sie zurückzugewinnen«, sagte Crawford. »Als er sah, dass sie nicht umzustimmen war, verließ er das Dorf und zog in den Wald, um nachzudenken. Er veränderte wiederum seine Gestalt, und als er auf eine Herde von Elchen stieß, erlegte er einen von ihnen, und kurz darauf einen Bären. Er schleppte beide Tiere in das Dorf zurück und lud alle Bewohner zu einem großen Festmahl ein. Die junge Braut und ihre Eltern wollten erst nicht kommen, denn sie waren misstrauisch dem Fremden gegenüber – zu oft schon hatte Ko-ko-kas sich verkleidet, um sie zurückzubekommen. Aber schließlich willigten sie ein, denn alle Nachbarn hatten versprochen, Geschichten zu erzählen. Als das junge Mädchen an der Reihe war, verlangte sie, dass alle Gäste ihren Kopfschmuck abnehmen sollten, um sie besser hören zu können. Der Gastgeber weigerte sich natürlich und entschuldigte sich damit, dass er seinen Federputz nicht durcheinanderbringen wollte. Aber schließlich musste er nachgeben, und als die Gäste seine Uhu-Ohren sahen, stoben sie entsetzt auseinander – und er flog kreischend und erniedrigt in den Wald zurück.«

Ellen hatte den Blick nicht vom Fenster fortgewandt, während er erzählte. »Es geht nicht«, sagte sie schließlich. »Ich kann nicht so lange fort, Crawford. Ich kann Charlotte nicht so lange allein lassen. Sie braucht mich. Mehr als du.« Sie waren, von ein paar Reisen und den Familienbesuchen abgesehen, eigentlich nie getrennt, dachte sie, schon so viele Jahre lang.

»Aber …«, rief er aus. Er ging auf und ab, kratzte sich am Kopf, hob den zusammengeballten Brief auf und strich ihn auf dem Werktisch glatt.

»Und außerdem …«, fuhr Ellen fort. »Nein, kein außerdem. Es geht einfach nicht. Sie wäre todunglücklich. Sie hat es nicht gern, wenn … sie ist es gewohnt, im Vordergrund zu stehen.«

Er lächelte. »Ja, das habe ich schon bemerkt. Ellen, ich habe eine Idee. Wie wäre es, wenn ich Charlotte frage, ob *sie* mitkommen will? Als Dokumentaristin der Expedition? Alle Kosten würden natürlich von den Ausrüstern getragen. Und sie könnte Material sammeln für ein neues Buch. Und dann würdest du doch auch mitkommen, Ellen, oder? Denn sie braucht dich doch.«

»Aber … aber Afrika«, sagte sie. »Ich habe überhaupt keine Vorstellung von Afrika.« Das stimmte nicht ganz, dachte sie. Wenn sie versuchte, sich Afrika vorzustellen, fiel ihr das Museum in Paris ein, in dem sie damals gezeichnet hatte, auf ihrer ersten Reise, allein.

»Du hättest eine Aufgabe«, betonte er. »Eine ganz neue, eigene Aufgabe.«

»Afrika«, wiederholte Ellen murmelnd. »So weit fort.«

»Nicht für Schwalben. Sie kehren jedes Jahr dorthin zurück.«

Nun musste auch Ellen lächeln. Sie stellte das Kästchen auf die Fensterbank zurück. »Du kannst ja versuchen, Charlotte zu überreden. Aber sei dir nicht zu sicher, dass es klappt. Sie wird einwenden, dass ich immer seekrank werde.«

»Ich hatte heute Morgen ganz unerwarteten Besuch«, sagte Charlotte ein paar Tage später, während sie misstrauisch den Fischeintopf beäugte, den Sarahs Mädchen vor sie hingestellt hatte. »Von unserem Freund Crawford.« Nach dem Entenbraten vor ein paar Wochen hatten auch Charlotte und Crawford begonnen, einander beim Vornamen zu nennen. »Da warst du gerade unterwegs zur Bank.«

Ellen senkte den Blick auf den Teller. Sie war auf der Bank gewesen, doch dann hatte sie einen langen Spaziergang durch die Marsch von Arcadia gemacht, während Crawford – das wusste sie – Charlotte besuchte. Eines war ihr in den letzten Tagen klar geworden: Sie wollte nach Afrika fahren. Sie wollte etwas Neues. Crawford hatte recht. Aber sie wusste auch, dass sie das Charlotte nicht würde erklären können. Für Charlotte war das Leben, ihrer beider Leben, gut so, wie es war. Nein, sie brauchte Crawford, wenn sie Charlotte zu dieser Reise bewegen wollte.

»Ach, du Arme«, sagte sie. »Crawford weiß doch, dass du morgens nicht gestört werden darfst.«

Charlotte winkte ab. »Ist schon gut. Er hatte einen wirklich wichtigen Grund zu kommen.« Sie nahm einen Schluck aus ihrem Weinglas. »Er hat mich gebeten, ihn im kommenden Jahr als Chronistin auf eine Forschungsreise nach Belgisch-Kongo zu begleiten.« Klang eine Spur von Enthusiasmus in ihrer Stimme?

»Afrika!«, rief Ellen, so erstaunt sie konnte. »Wie kommt er auf Afrika?«

»Nun, er selbst wird die Forschung leiten«, sagte Charlotte. »Und er meint, dass ich aufgrund meiner vielen Reiseerfahrungen und meiner früheren Arbeit als Journalistin die ideale Dokumentaristin für die Expedition wäre. Und gleichzeitig natürlich Material für ein neues Buch sammeln könnte.«

»Da hat er vollkommen recht!«, rief Ellen – eine Spur zu

schnell, dachte sie sofort. Gleichzeitig merkte sie, wie fadenscheinig Crawfords Argument war. Es gab sicher zahllose reiseerfahrene Journalisten, die mehr von Afrika oder von Zoologie verstanden als Charlotte.

»Das hat er«, bestätigte Charlotte, der dieser Gedanke nicht gekommen zu sein schien. »Ehrlich gesagt, mir könnte ein Wechsel in der Szenerie guttun. Chicago, Mittlerer Westen, weite Felder und kleine Städte an einer Eisenbahnlinie – das habe ich, glaube ich, erst einmal ausgereizt.«

Ellen nickte und schwieg; sie zupfte eine Gräte aus einem Stück Dorsch.

»Trotzdem bin ich nicht sicher, dass es eine gute Idee ist«, fuhr Charlotte fort. »Das Klima ist sicher ganz anders dort, und ich vertrage doch die Hitze nicht gut. Und dann – es wäre eine lange Reise, viele Monate. Ich will dich natürlich nicht so lange allein lassen.«

Ellen legte den Löffel hin und holte tief Luft. »Ich könnte ja mitkommen.«

Charlotte nickte. »Das hat Crawford auch vorgeschlagen. Er meinte, du könntest die Vögel, die er sammelt, zeichnen. Und er betonte auch, wie gut du inzwischen das Abbalgen gelernt hast.« Sie schüttelte sich ein bisschen. »Du könntest sozusagen seine Assistentin sein und gleichzeitig meine.«

Ellen nickte wieder.

»Aber, Liebes, denk nur an die Überfahrt. Erst die lange Reise nach Europa. Und dann durchs Mittelmeer, ums Horn herum und die ostafrikanische Küste hinunter.« Sie legte ihre Hand auf Ellens. »Wochenlang auf See, Liebes. Wie würdest du das überstehen?«

»Vielleicht ist es in den letzten Jahren besser geworden mit meiner Seekrankheit«, gab Ellen vorsichtig zurück. »Von Eastport nach North Landing geht es doch eigentlich immer gut. Und es ist schon eine Weile her, seit wir das letzte Mal nach Europa gefahren sind. Legt sich so etwas nicht mit der Zeit?«

»Ich habe ihm jedenfalls gesagt, wir müssten uns das gut überlegen, bevor wir ihm eine verbindliche Antwort geben«, sagte Charlotte. Dann schwieg sie eine Weile und dachte nach. »Es stimmt, ich komme immer sehr viel schneller voran, wenn du meine Texte abtippst.«

»Die Oliver nehmen wir natürlich mit«, sagte Ellen ergeben.

XIV

Lake Geneva, Wisconsin, Juli 1921

Ellen steigt die Stufen zum Eingang hinauf. Die der Auffahrt zugewandte Fassade der Villa ist eher unauffällig, ein blassgelb gestrichenes Gebäude im italienischen Landhausstil, zwei Stockwerke hoch zwar, aber fast völlig verborgen unter hohen, alten Laubbäumen, die in der Sommerbrise rauschen. Sie hat den Mittagszug von Chicago bis zur Endstation an der Williams Bay genommen, und von dort hat sie sich zu Fuß nach Bella Vista auf den Weg gemacht, doch die Entfernung unterschätzt. Die Straße windet sich durch endlose Vorgärten, hin und wieder erhascht sie zwischen Buchsbaumhecken und schmiedeeisernen Zäunen einen Blick auf den See. Zudem führt die Straße stetig aufwärts, und sie wird ständig von blank polierten Autos überholt, sodass sie verschwitzt und staubig ist, als sie nach weit mehr als einer Stunde Fußmarsch endlich am Sommerdomizil der Brookes ankommt.

An der Adresse kann schon deshalb kein Zweifel bestehen, weil dieselben Autos nun links und rechts die kiesbestreute, halbrunde Auffahrt und sogar den Straßenrand säumen. Und zu beiden Seiten der offenen Portaltür stehen altmodisch gekleidete Diener, die sich steif verbeugen, als sie eintritt.

Ellen hat sich über die Einladung zum Sommerfest der Familie Brooke ein wenig gewundert; sie ist ihnen schließlich nie begegnet. Für gewöhnlich erhält Charlotte dieser Art Einladungen, deren Name inzwischen so bekannt ist, dass sich die gute Gesellschaft von Chicago gern mit ihrer Anwesenheit schmückt. Aber der Umschlag, auf dickem, teurem Papier, trug ihren Namen, und Charlotte hätte sie nicht einmal begleiten können, denn sie war im Aufbruch zu einem ihrer Besuche in Sandy Point. Ellen hat jedes Mal, wenn sie Charlotte allein nach Sandy Point fahren lässt, ein schlechtes Gewissen, aber bei dem Gedanken an Mrs. Harris' stickige Dachkammer und ihr schreckliches Frühstück schaudert ihr noch immer.

»Natürlich gehst du auf die Party!«, hat Charlotte gesagt, es hat ein bisschen wie ein Befehl geklungen. »Du kommst viel zu wenig unter Leute.« Und Ellens Einwand, dass sie nichts anzuziehen habe, hat sie mit einem Handwinken abgetan: »Lass dir endlich einmal wieder ein paar schöne Sommerkleider machen.« Was Ellen getan hat, aber weil es ihr unangenehm ist, Charlottes Geld auszugeben, hat sie dann diesen elenden Fußweg unternommen, um wenigstens das Geld für eine Droschke zu sparen. Die Füße, die in neuen hellen Lederstiefeln stecken, tun ihr weh, und sie klopft sich den Staub von ihrem hellgrünen Seidenkleid.

In der Eingangshalle ist es angenehm kühl, und sie versucht, vor einem goldgerahmten Spiegel ihre Haare unter dem kleinen grünweißen Sommerhut in Ordnung zu bringen. Sie hat rote Hitzeflecken auf den Wangen und würde sich am liebsten in einem der leeren Salons abkühlen, die links und rechts der Halle liegen, doch nun tritt ein dritter Mann in Livrée auf sie zu und weist sie zur Veranda auf der Rückseite des Hauses. Zum Glück balanciert er ein Tablett auf der linken Hand, von dem er ihr ein Glas kalte Limonade anbietet.

Als sie hinaustritt, stockt ihr der Atem. Unter ihr liegt Lake Geneva ausgebreitet, sonnenglitzernd und von unzähligen Segelschiffen, Ausflugsdampfern und kleinen Ruder- und Tretbooten besetzt. Die Ufer sind von Bäumen bestanden, hier und da von einem kleinen Hafen oder Bootsstegen durchbrochen. Weiß gestrichene Gartenlauben schimmern durch die Hecken, und am oberen Ende der Grünflächen liegen breite Terrassen, hinter denen sich von griechischen Säulen umstellte Backsteinschlösser erheben, viktorianische Holzvillen mit Aussichtstürmen und mittelalterlich anmutende Feldsteinburgen. Das hier, versteht Ellen, ist die Prunkseite der Häuser, nicht der Straße, sondern dem Wasser und einander, zugewandt.

Sie steht auf einer breiten Veranda unter einer Markise aus weißem Segeltuch. Zum Seeufer hinab zieht sich ein in Terrassenstufen unterteilter Garten, durch dessen Mitte eine breite Treppe aus Terrakottaziegeln führt. Am oberen Ende dieser Treppe liegt eine halbrunde Aussichtsplattform mit einem Brunnen in der Mitte, den Ellen sofort erkennt. Auf einem Bronzepodest steht ein bärtiger Poseidon mit einem Dreizack, und vom Rand der Brunnenschale darunter sprühen vier kleine Bronzefrösche munter Wasserstrahlen auf seine Füße. Der Gott schaut etwas angestrengt über den See, mit der freien Hand die Augen beschirmend – was auch nötig ist, denn der Ausblick von Bella Vista führt nach Süden, und die Sonne scheint direkt auf den Garten. Der plätschernde Brunnen jedoch macht die Terrasse angenehm kühl.

Ellen nimmt einen Schluck aus ihrem Limonadenglas und sieht sich genauer um. Die Veranda ist gefüllt mit elegant gekleideten Menschen, und auch auf den anderen Terrassen des Gartens stehen Grüppchen, gehen Paare auf und ab. Die Damen tragen üppig garnierte Seiden- oder Strohhüte, und Ellen tun die Männer ein bisschen leid, die in ihren Morgenanzügen die Wärme ertragen müssen. Dabei gibt es auch unter ihnen einige, besonders jüngere, die in legeren hellen Leinenanzügen erschienen sind und einen Strohhut tragen. Überall entdeckt sie jetzt livrierte Bedienstete, die Tabletts mit Getränken und kleinen Häppchen herumtragen. Von einer Seite der Villa weht Musik heran, und sie spürt eine Brise, die selbst an diesem heißen Sommertag vom See heraufstreicht.

Gerade als Ellen an die Brüstung der Brunnenterrasse herantreten will, spürt sie eine Hand auf ihrem Arm. »Und Sie sind …?«, fragt eine gedehnte Stimme. Vor ihr steht eine hochgewachsene Frau und schaut sie forschend, aber nicht unfreundlich an. Sie mag etwa zehn Jahre älter sein als Ellen, und sie ist nicht hübsch, jedenfalls nicht im konventionellen Sinn. Sie hat ein entschlossenes Kinn, und ihre Haut ist ein bisschen zu sonnenverbrannt. Doch sie wirkt ungemein sympathisch, mit einem unbefangenen Lächeln und neugierigen, großen braunen Augen, die unter einem riesigen Sonnenhut hervorsehen.

Der Hut! Er hat das Format eines Wagenrades, unter dem dickes kastanienrotes Haar hervordringt. Er ist, das sieht Ellen sofort, aus kostbarer, genoppter Rohseide, schwarz auf der Unterseite, und darüber ganz weiß mit einer schwarzen Seidenschleife, aus demselben Material gefertigt wie ihr Kleid, in einem komplizierten schwarz-weißen Streifenmuster.

»Ellen …«, bringt Ellen heraus und muss sich räuspern. »Ellen Joy Sinclair.«

»Miss Sinclair!«, ruft ihr Gegenüber und schlägt sich leicht an die Stirn. »Natürlich. Ich bin so froh, dass Sie kommen konnten.« Sie streckt einen schwarz-weiß bestickten Seidenhandschuh aus. »Haben Sie Ihre Vögel schon gesehen?«

»Die Vögel?«, stottert Ellen und sieht verwirrt auf die Frösche.

»Ich zeige sie Ihnen, kommen Sie!« Mit leichtem Druck fasst die Frau Ellen am Arm und leitet sie ein paar Schritte die Ziegeltreppe hinunter. »Da … und hier … und da …«

Da sind ihre plumpen Tauben; sie hat jahrelang nicht an sie gedacht. Sie sitzen links und rechts von den Treppenstufen, umgeben von Petunien und Bartnelken. Sodass man sie gar nicht richtig sehen kann, denkt Ellen erleichtert.

»Sie haben besonders meiner Schwiegermutter solche Freude bereitet!«, sagt die Frau. »Noch in den Wochen vor ihrem Tod haben wir sie immer hierher in den Garten gebracht, bis sie die Stufen nicht mehr gehen konnte.« Sie wendet sich ab und winkt. »Newland!«

Ein dünner, blasser Junge kommt zögernd heran. Er trägt einen neuen Leinenanzug, in dem er zu ertrinken scheint. Ellen hat begriffen, dass sie sich ihrer Gastgeberin gegenüber befindet, der sagenumwobenen Achsah St. John Brooke. Kein Wunder, dass sie es nicht für nötig befunden hat, sich vorzustellen.

»Newland, das ist die wunderbare Bildhauerin, die die Vögel und die Frösche für Großmutters Brunnen gemacht hat. Miss Sinclair.« Sie zwinkert Ellen zu. »Und das hier ist mein Sohn, Newland Brooke. Er interessiert sich genauso sehr für Vögel wie Sie.«

Eine Röte überzieht das blasse Gesicht des Jungen, der ihr schüchtern die Hand gibt. »Mr. Brooke, wahrscheinlich verstehen Sie viel mehr von Vögeln als ich«, sagt Ellen rasch.

»Ah, Ms. Sinclair, sagen Sie Newland zu ihm! Obwohl wir dieses Fest ja eigentlich zu seinen Ehren geben.« Nun zwinkert sie dem Jungen zu. »Heute ist sein sechzehnter Geburtstag! Und wir freuen uns immer, wenn er im Sommer nach Hause kommt.«

Ellen erinnert sich – der einzige Sohn der Brookes ist auf irgendeinem renommierten Internat in Neuengland.

»Es tut mir so leid, dass wir uns nicht schon vor Jahren kennengelernt haben«, fährt Mrs. Brooke fort. »Wir hätten Sie längst einmal herausbitten sollen. Aber dann kam der Krieg, und dann starb meine Schwiegermutter, und –« Sie schüttelt den Kopf und legt dem Jungen einen Arm um die Schultern. »Nun, es war in den vergangenen Jahren einfach nie die richtige Zeit, etwas zu feiern. Aber jetzt!« Sie lacht, es klingt ein bisschen bitter. »Wenigstens ist der Garten in all den Jahren gut angewachsen.«

Sie unterbricht sich. »Aber genug von mir. Erzählen Sie etwas von sich. Woran arbeiten Sie gerade?«

»Nun, ich …« Ja, woran arbeitet sie gerade? Da ist das Gedicht für *Poetry*, das sie von Charlottes Handschrift auf die Maschine übertragen muss, die Herausgeberin hat schon zweimal danach gefragt. Die Fahnen für eine Kurzgeschichte sind von *The American Magazine* zurückgekommen und müssen von ihr mit den Korrekturen verglichen werden, die Charlotte gerade aus Sandy Point geschickt hat. Der Abfluss vom Waschbecken in der Mädchenkammer hat ein Leck; die Zugehfrau hat sich beschwert, und Ellen hat vergessen, dem Hausmeister Bescheid zu geben. Und auf ihrem Schreibtisch liegen zwei Abrechnungen von Charlottes Verlag, ein paar Übersetzungen ihrer Bücher betreffend, von denen Charlotte meint, dass sie nicht mit den Auszügen vom Vorjahr übereinstimmen.

»Onkel Larry!«, ruft Newland, bevor Ellen eine Antwort einfällt.

Ein großer, bärtiger Mann tritt auf sie zu, und Ellens Herz bleibt fast stehen: Lawrence. Sein Haar und sein Bart sind von Silber durchzogen. Wie viele Jahre sind vergangen, seit sie an jenem Nachmittag mit ihm im Kunstmuseum gewesen ist?

»Lawrence, wie schön, dich zu sehen«, sagt Achsah Brooke warm und küsst ihn flüchtig auf die Wange. »Und wie gut, dass du Miss Sinclair endlich einmal mitgebracht hast. Wir unterhalten uns gerade ganz wunderbar, und ich habe ihr gesagt, welch große Freude uns ihre Skulpturen jeden Tag machen.«

»Ellen«, sagt Lawrence und sieht ihr kurz ins Gesicht. Dann

wendet er sich wieder an die Gastgeberin. »Ja, sie war immer das größte Talent in meinem Studio. Sie fehlt uns dort sehr. Und die Kriegsjahre waren nicht leicht.«

Achsah Brooke nickt. »Wir haben alle nicht viel an Kunst denken können, nicht wahr? Aber jetzt haben wir wieder angefangen, ein bisschen zu sammeln, falls es neue Arbeiten aus deinem Studio gibt? Und man kann jetzt auch endlich ein paar der neuen Europäer sehen, Truesdale hat einige interessante Entdeckungen gemacht. Wollen wir eine kleine Tour durch den Garten machen? Mein Mann liebt es, in allen möglichen Winkeln Skulpturen zu verstecken«, fügt sie, an Ellen gewandt, erklärend hinzu. »Wir haben eine wunderbare Arbeit von diesem Rumänen gefunden, der –«

Eine Gruppe von neuen Gästen kommt auf die Veranda und stößt laute Begrüßungsrufe aus. Achsah hebt mit einem kleinen Lachen die Arme. »Die Pflicht ruft! Ihr müsst den Garten vorläufig ohne mich anschauen. Ich komme euch später nach.« Und fort ist sie.

»Ellen«, sagt Lawrence noch einmal, und sein Blick verweilt diesmal länger auf ihr. »Wie schön, dich zu sehen. Wie hübsch du bist. Grün steht dir sehr gut.«

Ellen spürt ein Gefühl ihr Rückgrat hochkriechen, Zorn und noch irgendetwas anderes. Sie hat diese Einladung Lawrence Godefrey zu verdanken? Oder vielmehr Onkel Larry, wie man ihn in diesem Haus zu nennen scheint? Sie bringt kein Wort heraus. Seit sie Achsah Brooke begegnet ist, hat sie, wenn sie richtig gezählt hat, noch keine zehn Worte gesprochen.

»Wollen wir?«, fragt Lawrence. Schon nimmt er ihren Arm und fischt geschickt ein Champagnerglas von einem vorbeikommenden Tablett. »Für dich auch eines? Nein? Nur die Limonade? Was für einen sagenhaften Hut sie wieder aufhat«, fährt er fort, während er Ellen die Treppe hinabsteuert. »Du hast gut daran getan, dich an ihre Regeln zu halten. Sehr hübsch.« Er deutet auf ihr grünweißes Hütchen.

»Regeln?«, fragt Ellen.

»Keine Federn«, sagt Lawrence. »Sind in diesem Haus nicht erlaubt. Und sie trägt immer besonders extravagante Hüte, um all den alten Schachteln in Chicagos Gesellschaft zu beweisen, dass es auch ohne geht.«

Sie folgen einem kleinen Pfad, der zu weiteren Treppen an der Seite des Gartens führt, und Ellen muss zugeben, dass Achsah Brooke nicht zu viel versprochen hat. Zwischen den Zypressen, in kleinen Nischen in den Gartenmauern, unter von Wisteria oder Geißblatt überwachsenen Lauben, neben einer Bank – überall stehen Faune, Tänzerinnen, Ringer, Bacchen, Leoparden, Pferde, spielende Kinder und ein paar Porträtbüsten. Ellen ist sich sicher, einige der Arbeiten zu erkennen, von MacMonnies, von Saint-Gaudens, von Enid Yandell und Janet Scudder aus der Chicagoer Schule.

»Ellen«, unterbricht Lawrence ihre Gedanken. »Können wir uns einen Moment setzen? Ich muss mit dir reden.«

»Lass uns einfach weitergehen, Lawrence«, sagt sie, obwohl ihre Füße in den neuen Stiefeln schmerzen. »Ich bin nicht müde.«

»Ellen!«, ruft er und drückt heftig ihren Arm. »Ich *muss* mit dir reden!«

Etwas in seiner Stimme rührt sie, etwas, das sie nicht kennt. Eine Spur von Dringlichkeit? Vielleicht sogar Verzweiflung? Doch gleichzeitig erinnert sie sich daran, dass dies der Mann ist, der sie verraten hat. Ihren eigenen Eltern gegenüber. Der um Haaresbreite ihr Leben zerstört hätte, wenn Charlotte nicht gewesen wäre. Sie legt ihre Hand auf seine, diejenige, die ihren Arm hält, und schiebt sie ruhig fort. »Schau, wir sind fast am Bootssteg. Lass uns runtergehen, und dann nehmen wir den Pfad auf der anderen Seite wieder hinauf.«

Er fügt sich, auch das kennt sie nicht. Sie stehen am Steg, an dem reger Verkehr herrscht – die jungen Leute springen in Segel- und Ruderboote hinein und wieder heraus, stoßen ab, vertäuen wieder, machen Kopfsprünge ins kühle Wasser. Auch Mädchen sind dabei, in einteiligen dunklen Badeanzügen, und Ellen erkennt den schmächtigen weißen Körper des jungen Newland Brooke, der mit Anlauf ins Wasser springt.

Sie stehen am Ufer und sehen über den funkelnden See hinaus. Kein See der Welt könnte an einem Julinachmittag wie diesem schöner sein. Nicht einmal der echte Genfer See, an dem sie mit Charlotte im vergangenen Sommer gewesen ist. Das wird sie ihr schreiben müssen, gleich heute Abend. Charlotte macht sich immer lustig über die »falschen« Genfer und Comer Seen in Wisconsin.

»Ellen«, sagt Lawrence. »Geht es dir gut?«

Sie schrickt etwas zurück.

»Ich frage nur …«, sagt er. »Ich frage nur, weil ich in den letzten Jahren gar keine Arbeiten von dir gesehen habe. Gewiss, es war Krieg, und wir hatten alle andere Sorgen. Aber … du hast doch nicht aufgehört zu arbeiten?«

Dieser Mistkerl, denkt sie. Dieser Mistkerl, Mistkerl, Mistkerl. Er trifft sie an ihrer schwächsten Stelle. Ihre Werkzeuge, ihre Skizzenbücher, sogar ihr unförmiger Arbeitskittel aus dickem Kattun – all das ist ja weggepackt, schon seit vielen Jahren, seit sie mit Charlotte in Paris war. Zuerst hat sie noch versucht, ein Studio hinter der Backstube der Schneffs einzurichten, aber jeden Tag war alles von einer feinen Schicht von Mehlstaub überzogen, und dann von einer dickeren Schicht von Mehlstaub, weil sie sich immer mehr um Charlottes Arbeiten gekümmert hat. Und seit sie und Charlotte in die schicke neue Wohnung gezogen sind, liegen ihre Sachen im Keller in ein paar Kisten, die sie seit Jahren nicht geöffnet hat. Bestimmt haben sich die Skizzenblöcke mit

Feuchtigkeit verzogen, sind die Werkzeuge stumpf und rostig geworden.

Sie wenden sich vom Wasser ab und steigen auf der anderen Seite des Grundstücks langsam wieder aufwärts, auf Ziegel- und Kiespfaden. Je weiter sie in den Garten vordringen, desto mehr ist Ellen gefangen von der Art und Weise, wie diese Kunst präsentiert und ja, tatsächlich, versteckt wird. Halbgötter und Nymphen säumen die zentrale Terrakotta-Treppe, doch je weiter man sich auf den Gartenterrassen von diesem Zentrum entfernt, desto weniger klassisch, desto eigenwilliger werden die Skulpturen. Genauso, wie der Garten selbst nach außen hin seine formalen Elemente abwirft, die Buchsbaumhecken und abgezirkelten Beete. Zumindest scheinbar sich selbst überlassen geht er in üppige Hangwiesen über.

»Ellen«, sagt Lawrence plötzlich, und wieder spürt sie seine Hand auf ihrem Arm. »Ellen. Bitte komm zurück.«

Sein Appell kommt so unvermittelt, dass ihr Tränen in die Augen steigen. Weshalb? Ist es Mitleid mit ihm? Oder ihr Zorn, ihre Ohnmacht, Scham?

»Es geht nicht ohne dich!«, ruft er aus. Jetzt ist er nicht mehr neben ihr, sondern vor sie gesprungen, hat seine Hände auf ihre Schultern gelegt: »Die Lebenstreppe! Ellen, ich kann sie nicht vollenden ohne dich. Deine Ideen, deine Begabung, und dann die Vögel …«

Die *Vögel*? Er will sie zurück um ihrer Vögel willen? Ellen erinnert sich an Zeichnungen, an Gipsmodelle von Spatzen und Schwalben und Tauben und Adlern und Raben und Eulen, die sie angefertigt hat und die die verschiedenen Lebensstadien repräsentieren sollten, an den Stufen der Lebenstreppe entlangflatternd.

»Ellen!«, ruft Lawrence und schüttelt ihre Schultern. »Ellen, sie zerstören meinen Entwurf! Es gibt keine Mittel, jetzt, nach dem Krieg. Sie haben nur Beton bewilligt, keinen Marmor!«

Schluchzt dieser große Bildhauer? Kann sie jemand sehen? Oder hören? »Lawrence«, sagt sie. »Lawrence, bitte.«

Er atmet schwer, wie ein alter Mann, denkt Ellen. »Beton«, sagt er. »Beton!«

»Aber du hast doch selbst gesagt –« Ellen bricht ab, zum Glück hat er sie nicht gehört. Beton, meine Damen. Beton ist das Material der Zukunft, hat er an jenem Nachmittag gesagt im Chautauqua in Boulder. An jenem Nachmittag, an dem er sie mit Charlotte beim Vogelimitator zurückgelassen hat.

Wieder legt sie ihre Hand auf seine und streift sie behutsam, aber bestimmt, von ihrer Schulter. Ja, er hat sie verraten. Aber was ändert es, wenn sie ihm das jetzt vorwirft? Er hat es wahrscheinlich nicht einmal gemerkt. »Ich bin ganz aus der Übung. Ich habe seit Jahren nicht gearbeitet, nicht einmal gezeichnet. Charlotte ist so bekannt geworden, wir müssen uns beide um ihr Werk kümmern. Und – und es tut mir leid, dass es solche Verzögerungen für die Lebenstreppe gegeben hat.«

Sie klingt wie eine Automate, denkt sie, aber alles, was sie will, ist Lawrence auf der Terrasse loswerden, mit all den anderen Gästen, und zur Bahnstation in Williams Bay zurückfliehen.

Sie steigen weiter einen kleinen geziegelten Pfad hinauf; vor ihnen eine herrliche kleine Wiese, überstanden mit Phlox in allen Farben – weiß, rosa, hellblau, lila. In der Mitte der Wiese erhebt sich ein roh gehauener, breiter Holzsockel, der sich nach unten verjüngt, und darauf steht eine schmale bronzene Statue, nicht breiter als der Sockel selbst, aufgereckt, stolz, schimmernd im Nachmittagslicht. Ellen schwindelt.

»Lawrence«, sagt sie, »*das* ist ein Vogel. Aber du siehst ihn nicht.«

Er blickt verständnislos.

»Aber ich sehe ihn«, sagt sie. »Und deshalb könnte ich nie mehr in dein Studio zurückkommen. Niemals.«

XV

Rockcliff Isle, Ende August 1926

Ron Beale brachte Ellen und Charlotte mit dem Pferdewagen bis zu der kleinen Straße, die entlang des Kirchhofs aufwärts führte. Im Garten der Makers blühten noch Margeriten und Kletterrosen, sogar ein paar späte Malven. Ronnie, der hinten auf dem Wagen gesessen hatte, sprang ab und lief hinter ihnen her den Hügel hinauf.

Crawford hatte die Werkstatt aufgeräumt und gefegt, das sah Ellen sofort. Während sie an der Stockente gearbeitet hatten, war der Werktisch oft übersät gewesen von Maismehlkrümeln und Sand, Fetzen von Werg, Moos oder Baumwolle. Aber jetzt waren alle Werkzeuge ordentlich in ihre Dosen und Gläser geräumt oder hingen an ihren Nägeln und Haken.

Crawford hatte das Treibholzstück, von dem die Ente aufflog, an einem prominenten Platz zwischen zwei Fenstern aufgehängt. Auf dem hellgeschrubbten Werktisch war das zierliche Teeservice aufgebaut, daneben lagen Landkarten, Zeichnungen und Bücher, und darübergebeugt stand ein großer, sehr dünner Mann, der sich mit den Händen auf der Tischplatte abstützte. Als die beiden Frauen eintraten, drehte er sich um und streckte ihnen eine lange Hand entgegen.

»Mr. Brooke!«, sagte Charlotte und gab ihm die Hand. »Wie gut, Sie endlich kennenzulernen.«

Er schüttelte den Kopf. »Robert Dunphy, Zoologe vom Naturkundemuseum in Chicago«, sagte er freundlich. »Es freut mich sehr, Chicagos berühmteste Autorin endlich persönlich zu treffen. Und noch dazu an einem so außergewöhnlichen Ort!«

»Die Brookes müssten gleich hier sein«, mischte sich Crawford ein. »Sie sind erst vor ein paar Stunden angekommen und machen sich im Marathon Inn etwas frisch.«

»Das Schiff kommt doch erst morgen wieder«, wandte Charlotte ein.

Dunphy nickte. »Sie sind gesegelt«, erklärte er. »Die Familie hat eine Yacht im Hafen von Camden liegen. Die Familie von Mrs. Brooke, um genau zu sein, die St. Johns.«

Einen Moment lang war es still. Dunphy räusperte sich. »Nun, vielleicht könnten wir uns schon einmal die Landkarten ansehen. Sehen Sie, das ist die vorgesehene Route der Expedition. Und hier – das ist unser eigentliches Ziel.« Er zeigte auf ein Blatt Papier mit ein paar Zeichnungen darauf.

Ein Schatten fiel durch die Tür, doch Ellen sah gleich, dass es nicht die erwarteten Gäste waren.

»Ronnie!«, rief Crawford.

»Mr. Maker, ich …«, stammelte der Junge.

Crawford wandte sich an Dunphy. »Ich habe ihm gesagt, dass wir uns hier heute zur Reisebesprechung treffen. Es ist Ihnen doch recht, Doktor Dunphy, wenn er hierbleibt? Er ist mein bester Gehilfe.« Das Kind wurde rot vor Stolz.

»Meinetwegen«, sagte Dunphy. »Aber ich muss gleich ausdrücklich betonen, dass das Ziel der Expedition streng geheim ist. Das gilt auch für dich, junger Mann! Ich weiß, Miss Overbeck, Sie werden darüber schreiben. Aber Ihre Reportagen oder Geschichten oder was auch immer es sein wird, dürfen erst nach dem Ende der Expedition veröffentlicht oder auch nur bekannt werden. Erst wenn –«

»Erst wenn wir das Vögelchen gefunden haben!«, rief eine Stimme hinter ihnen, und ein junger Mann trat ein, kaum über zwanzig, dachte Ellen. Der blasse Junge, den sie von der Terrasse der Villa Bella Vista erinnerte, war zwar gewachsen, aber immer noch recht schmächtig, doch sein Gesicht war vom Segeln gebräunt. Er trug einen blauen Pullover über einem offenen Hemdkragen. Mit seinem von See und Sonne gebleichten, etwas verstrubbelten blonden Haarschopf sah er aus wie eine erwachsenere Version von Ronnie. Sie sah sich um. Das Kind hatte sich mucksmäuschenstill in eine Ecke gesetzt, Augen und Ohren aufgesperrt.

»Erst dann, wenn das Ergebnis der Expedition von der Familie Brooke in einer wissenschaftlichen Abhandlung bekannt gemacht worden ist«, bestätigte der Zoologe. »Darf ich vorstellen: Mr. Newland Brooke.«

»Mein Vater kommt gleich«, sagte der junge Mann, während er allen die Hand gab und sich vor Charlotte und Ellen leicht verbeugte. »Er ist noch kurz zum Hafen runter, er muss jemanden finden, der sich um das Boot kümmert. Wir haben gestern ordentlich Wasser genommen.«

»Nun, es herrscht hier kein Mangel an Männern, die sich mit Booten auskennen«, sagte Crawford trocken.

»Darf ich Ihnen gratulieren?«, sagte Charlotte zu dem jungen Brooke. »Sie haben gerade Ihren Abschluss gemacht, nicht wahr?«

Newland schüttelte den Kopf. »Ich habe noch ein Jahr vor mir, nächste Woche fängt das Semester wieder an. Yale. Wie mein Vater.«

»Und dann treten Sie in die Familienfirma ein?«

»Ich … ich bin mir noch nicht sicher.« Er stockte. »Mein Vater würde es natürlich gern sehen. Aber ich interessiere mich eben auch für Vögel. Deshalb organisieren wir ja diesen Ausflug … diese Expedition.«

»Wofür wir außerordentlich dankbar sind«, sagte Dunphy. »Dafür, dass Sie dem Naturkundemuseum derartige Ressourcen zur Verfügung stellen. Gerade als Sie hereinkamen, wollte ich Miss Overbeck und Miss Sinclair unseren Vogel zeigen, sehen Sie, hier …« Er wies auf das Blatt mit den kleinen Buntstiftzeichnungen. Sie zeigten, wie Ellen jetzt unschwer erkannte, einen Studienbalg aus drei verschiedenen Perspektiven.

»Das ist *Pseudocalyptomena graueri*. Der Blaukehl-Breitrachen.«

Charlotte beugte sich über das Blatt. »Wieso heißt der Vogel Breitrachen? Er ist winzig.«

Crawford nickte. »Ungefähr so groß wie ein Spatz. Der Schwanz ist etwas kürzer, die Flügel sind etwas länger.«

»Breitrachen ist eine Genus-Bezeichnung«, fügte Dunphy hinzu. »Für –«

Charlotte beugte sich tiefer über die Zeichnung. »Und wieso blau? Er ist grün.«

Crawford seufzte. »Wie Dutzende andere Singvögel im zentralafrikanischen Urwald auch, fürchte ich.«

Ellen musste sich ein Lächeln verbeißen. Hatte sie nicht einige Wochen zuvor Crawford genau diese Fragen gestellt? Und nun war ein wichtiger Ornithologe eigens aus Chicago nach Rockcliff Isle gereist und ein Finanzier mit einem Scheckbuch hergesegelt, um aus diesem Projekt Realität werden zu lassen.

»Warum ist es dann so wichtig, ausgerechnet diesen zu finden?« Charlotte blickte erwartungsvoll in die Runde.

»Nun«, Dunphy räusperte sich wieder, »vor allem deshalb, weil wir ihn noch nicht haben. Nicht nur in Chicago – auch in keiner anderen nordamerikanischen Sammlung gibt es ein einziges Exemplar.«

»Woher wissen Sie dann überhaupt, wie er aussieht?«, rief Charlotte. »Oder dass es ihn überhaupt gibt?«

»Es gibt ein Exemplar, in der Rothschild-Sammlung in Tring«, erklärte Dunphy. »Ich war vor ein paar Jahren dort und habe diese Zeichnungen angefertigt. Es ist ein ganz besonders schöner Vogel.« Er zeigte mit dem Finger auf das Blatt. »Sie haben recht, er ist überwiegend grün, aber hier, auf der Brust und auf der Kehle hat er hellblaue Flecken. Dann die schönen braunen Streifen auf dem Kopf, und die Wangen haben dunkle Punkte.«

Charlotte deutete auf die Karten, die auf dem Tisch ausgebreitet waren. »Und wir fahren genau dorthin, wo er gefunden worden ist.«

Dunphy nickte. »Sie werden die sprichwörtliche Nadel im Heuhaufen suchen. Zumal dieser einzige Fund schon fast zwanzig Jahre zurückliegt.«

Charlotte lächelte. »Es war ein Herr Grauer, nehme ich an, der das erste Exemplar gesammelt hat?«

»Ein Österreicher!«, rief Newland. »Und er hat ihn nicht einmal selbst gesammelt. Ein Mann aus einem Dorf hat den Vogel tot auf einem Elefantenpfad gefunden, und Grauer hat ihn ihm abgekauft.«

»Sie kennen sich aus, junger Mann«, sagte Charlotte. Sie hatte ein liniertes Schreibheft aus ihrer großen Handtasche geholt und fing an, sich Notizen zu machen.

»Die Fundstätte war offenbar ein Bambusgehölz am westlichen Ufer des Kiwusees«, fuhr Dunphy fort. »In mehr als zweitausend Meter Höhe. Wir vermuten, dass *Pseudocalyptomena* vor allem in diesem ganz bestimmten Habitat vorkommt. Was den Heuhaufen etwas verkleinert.«

»Auf einem Elefantenpfad werden wir unseren Breitrachen jedenfalls nicht finden«, sagte Newland dumpf. »Ich habe in einem Artikel von Carl Akeley gelesen, dass es im Kongo keine Elefantenpfade mehr gibt.«

»Weil den Elefanten Flügel gewachsen sind?«, witzelte Charlotte.

Der junge Mann schüttelte den Kopf. »Weil die Elefanten in den letzten zwanzig Jahre alle abgeschossen worden sind.«

Alle schwiegen betreten.

»Und warum *pseudo*?«, fragte Charlotte, bemüht, dem Gespräch wieder eine andere Wende zu geben. »Ist es jetzt ein Breitrachen oder ist es keiner?«

»Genau da war man sich zunächst nicht sicher, Miss Overbeck«, nahm Dunphy den Faden wieder auf. »Breitrachen, *Calyptomena*, waren bis dato nur aus Südostasien bekannt, aus Borneo, Malaysien, den Philippinen. Lord Rothschild dachte zunächst, unser afrikanischer Vogel habe zwar Ähnlichkeit mit den Breitrachen, sei aber vielleicht keiner. Deshalb fügte er *pseudo* hinzu, Vorsicht ist besser als Nachsicht. Aber schon wenige Jahre später ordnete Professor Reichenow, ein deutscher Ornithologe, der zur selben Zeit in der Kiwuregion gewesen war wie Grauer, den kleinen Afrikanern den *Calyptomena* zu.«

»Diese peniblen Deutschen!«, sagte Charlotte kopfschüttelnd, und Ellen war klar, dass sie bei der Bemerkung nicht an Professor Reichenow dachte.

»Wie sollen wir den Vogel überhaupt erkennen«, lenkte sie rasch ab, »wenn es keine Fotos und nur diese wenigen Zeichnungen von ihm gibt? Natürlich sind die Zeichnungen sehr gut«, fügte sie diplomatisch hinzu.

»Keine Angst, meine Zeichnungen brauchen Ihnen nicht zu genügen«, erwiderte Dunphy schmunzelnd. »Ich werde sie Ihnen nicht einmal mitgeben, sondern sie ins Museumsarchiv zurückbringen. Wenn Sie in Southampton ankommen, werden Sie als Erstes einen Ausflug nach Tring machen. Und hier kommen Sie ins Spiel, Miss Sinclair: Sie werden in der Balgsammlung neue Zeichnungen anfertigen, sowohl von unserem kleinen *graueri* als auch von anderen Spezies, mit denen man ihn leicht verwechseln könnte. Selbstverständlich werden Sie auch Fotografien machen können, die Firma Kodak stellt uns großzügigerweise ein paar ihrer neuesten Modelle zur Verfügung. Und auch Material, das Sie zur Einrichtung eines Fotolabors benötigen. Mr. Brooke hier hat sich schon ausgiebig mit der Materie befasst.«

»Ich richte eine Dunkelkammer in einem Zelt ein!«, erklärte Newland begeistert. »Ich kann dann unterwegs sogar Farbfotografien entwickeln.«

»Wir sind noch gar nicht sicher«, warf Charlotte ein, »ob Miss Sinclair überhaupt mitkommen kann. Sie wird leider sehr schwer seekrank.«

Ellen bemerkte einen raschen Blick, den Crawford und Dunphy einander zuwarfen. »Nun«, sagte Dunphy, »das wäre sehr schade. Es ist bei jeder Expedition unerlässlich, die gesammelten Präparate sofort zeichnerisch zu dokumentieren, Farne, Gräser, Blätter, Käfer. Und dann ist es natürlich gerade bei dieser Expedition von größter Bedeutung, Mr. Maker einen erfahrenen Präparator an die Seite zu stellen. Ihre *Anas platyrhynchos* da drüben«, mit dem Kinn deutete er auf Ellens Stockente, »ist eine ganz vorzügliche Arbeit. Sehr originell, diese Aufstellung. Und was die Seekrankheit betrifft, es scheint, es gibt da jetzt ein Mittel, das ein deutscher Arzt entwickelt hat –«

Ellen hoffte, dass Charlotte nicht noch eine abfällige Bemerkung über die Deutschen machen würde, aber dazu kam es nicht.

»Hullo?«, klang eine kräftige Stimme vom Kirchweg.

»Das ist mein Vater.« Newland lief zur Tür und winkte.

»Habe ich etwas verpasst?«, fragte der kräftige Mann, der jetzt eintrat, die Hand schon zum Gruß ausgestreckt. Auch er trug einen dunkelblauen Pullover, und dazu hatte er weiße Seglerhosen an. Sein breites Gesicht war stärker von der Sonne verbrannt als das seines Sohnes, um seine grauen Augen zeichneten sich deutlich kleine weiße Fältchen ab.

»Sie sind schon beim Pützen«, sagte er zu Newland, während er reihum kräftige Händedrucke verteilte und einen misstrauischen Blick auf Charlottes Notizheft warf. »Ist doch was anderes, der Atlantik, als unser hübscher See zu Hause. Und dann die Tide hier und all diese Felsen! Ihr Kanadier macht es einem wirklich nicht leicht. Kein Wunder, dass in der Bay of Fundy so viele Leuchttürme rumstehen!« Er schlug Crawford auf die Schulter.

»Ich nehme an, Sie haben sich am Leuchtturm auf der Zacharias-Klippe orientiert?«, sagte Crawford. Es klang bissig. »Und sich dann östlich von Cabot's Island gehalten? Das ist ja im Grunde die einzige Route, jedenfalls, wenn man sich im Archipel nicht auskennt.«

Ellen musterte den Industriellen. Wie würde Crawford mit diesem grobschlächtigen Mann zurechtkommen? Und wie war Truesdale Brooke an diesen schmalen, ernsthaften Sohn geraten? Er musste mehr seiner Mutter nachschlagen, dachte sie. Er hatte dasselbe Kinn.

Dunphy klatschte in die Hände. »Meine Herren – und meine Damen, natürlich, wenn wir dann wieder zur Sache kommen könnten. Also, der Plan ist, dass Sie im Mai des kommenden Jahres abreisen. Sie werden etwa vier Wochen nach Dar-es-Salaam brauchen. Dann erreichen Sie Ihr Ziel genau zwischen den Regenzeiten und haben mehrere Monate Zeit, in einem angenehmen Klima zu sammeln. Etwa im Oktober dürften dann die Regenfälle wieder einsetzen.«

»Wie lange werden wir denn überhaupt unterwegs sein?«, unterbrach ihn Charlotte. »Fahren wir zurück, wenn die Regenzeit einsetzt?«

Dunphy lächelte höflich. »Das glaube ich kaum, Miss Overbeck«, sagte er. »Das würde den Aufwand kaum lohnen. Und erfahrungsgemäß geht in Afrika ohnehin alles etwas langsamer als anderswo. Man verbringt sehr viel Zeit damit, auf irgendetwas oder irgendjemanden zu warten.«

»Aber zu Weihnachten wären wir doch spätestens wieder zurück?«, fragte Charlotte entgeistert. »Ich besuche jedes Jahr meine Familie über Weihnachten, sie leben in Colorado. Meine Eltern werden recht alt und gebrechlich. Und einer meiner Brüder hat Kinder.«

»Nun, Miss Overbeck«, sagte Dunphy. »Das scheint mir sehr unwahrscheinlich, zumal –«

»Zumal wir die Expedition nach Tanganjika ausdehnen!«, warf der ältere Brooke ein. »Es ist ganz ausgeschlossen, dass wir weniger als zwölf Monate in Afrika verbringen. Ganz ausgeschlossen.«

Dunphy blickte verwirrt. »Britisch-Tanganjika? Aber *Pseudocalyptomena* ist bisher wirklich nur in den Bambusgehölzen im Hochland von –«

»Papperlapapp!«, rief Truesdale. »Dann sammeln wir im Tanganjika-Distrikt eben etwas anderes für Sie. Löwen, Elefanten, Leoparden. Na, Sie wissen schon.«

»Nun«, sagte Dunphy, »diese Pläne für eine Erweiterung der Expedition sind mir neu. Das Museum verfügt, wie Sie sicherlich wissen, über eine recht umfangreiche Sammlung afrikanischer Säugetiere. Natürlich ist das nicht meine Abteilung, aber –«

»Ach, wenn wir schon mal da sind, alter Freund«, sagte Brooke. Nun schlug er Dunphy auf die Schulter. »Und wenn wir von Dar-es-Salaam kommen, liegt der Tanganjika-Distrikt doch sowieso auf dem Weg.«

Das fing nicht gut an, dachte Ellen, obwohl sie sich eingestehen musste, dass sie selbst Herzklopfen verspürte bei der Aussicht, in Afrika nicht nur ein paar Bambusgehölzer zu durchstöbern. Sie musste Truesdale insgeheim recht geben, wenn sie schon einmal dort waren ... Sie versuchte, Charlotte einen aufmunternden Blick zuzuwerfen, doch die sah finster zu Boden.

Der Ornithologe räusperte sich wieder. »Da wäre noch die Frage nach der Ausrüstung. Mr. Brooke«, er deutete mit der Hand auf Newland, »hat sich freundlicherweise bereit erklärt, in Koordination mit meiner Sekretärin Listen zu erstellen und Bestellungen vorzunehmen. Mr. Maker, lassen Sie uns bitte wissen, was Sie zum Sammeln brauchen, insbesondere natürlich, welche Ihre bevorzugten Waffen sind.«

»Ich nehme meine eigene Winchester mit«, knurrte Crawford. »Den Lauf kann ich austauschen. Für Tanganjika allerdings …« Er schoss einen vernichtenden Blick in Truesdale Brookes Richtung. »Für Tanganjika bräuchte ich vielleicht ein größeres Kaliber.«

»Also, ich empfehle da die Maynard, Kaliber vierzig, mit der kann man –«, fing Brooke an.

»Und die Damen?«, unterbrach Dunphy ihn rasch. »Sie sollten sich gut vorbereiten, was Ihre Garderobe betrifft.« Ellen sah auf Charlottes blau-weiß gestreiften Sommerrock, ihr Lieblingsstück, das sie seit Jahren auf Rockcliff Isle im Schrank hängen ließ.

Charlotte schüttelte heftig den Kopf. »Wir sind bestens ausgerüstet, vielen Dank. Wir haben Khakikleidung, lange Hosen, Regenponchos und feste Segeltuchschuhe mit Gummisohlen, wir haben da einen guten Lieferanten in Boston. Wir sind mehrere Jahre lang im Südwesten gereist und in allen möglichen Canyons herumgekraxelt. Einmal sind wir sogar –«

»Aber die Hochebene in dem alten Krater von Engora ist von einem recht zackigen Rand aus Vulkangestein umgeben«, gab Truesdale zu bedenken.

Charlotte schenkte ihm ihr entwaffnendstes Lächeln, und Ellen atmete auf. »Der Vulkanrand vom Engora kann unmöglich eine größere Herausforderung bieten als die Klippen von Rockcliff Isle. Nicht wahr, Crawford?«

Dunphy sah auf die Uhr. »Ich sollte … ich müsste noch zur Post, ein paar Telegramme aufgeben. Und dann im Marathon Inn meine Korrespondenz erledigen. Ein sehr angenehmes Hotel, übrigens. Und so günstig gelegen.« Er gab Charlotte und Ellen die Hand. »Und morgen fahre ich mit dem Postschiff zurück. Die Zeichnungen, wenn Sie erlauben, nehme ich wieder mit. Sie werden ja selbst bald bessere haben. Aber betrachten Sie die Bestimmungsbücher als Dauerleihgabe unserer Forschungsbibliothek. Es war mir eine Freude, wirklich. Bis circa«, er verbeugte sich noch einmal leicht in Richtung der Damen, »circa Herbst 1928.«

XVI

Juni 1927, Europa

Schon kurz nach dem Auslaufen aus dem Hafen von New York hatte Newland Bonapartemöwen gesichtet und am nächsten Morgen zu seinem Entzücken einen großen Schwarm Seeschwalben und einige Sturmtaucher. Gewissenhaft notierte er in sein Oktavheft die Anzahl der Vögel, das Wetter und die Tageszeit, zu der er sie gesehen hatte. Seite an Seite hatten Ellen und er während der Überfahrt auf der »Mauretania« geschrieben und gezeichnet – der »Maury«, wie Truesdale Brooke das Schiff nannte, mit dem er schon öfter nach Europa gefahren war und dessen Komfort und Ausstattung ihm von allen Ozeandampfern, die Europa und Amerika verbanden, am meisten behagte. Ellen gab sich große Mühe, alle Vögel zu unterscheiden, doch sie war oft von Newland belehrt worden: »Nein, Miss Sinclair, *junge* Basstölpel sind doch noch ganz grau gescheckt!«

Der Salon der Suite, die die beiden Brookes bewohnten, war ihr Hauptquartier, der Tisch mit Büchern und Papieren übersät. Truesdale saß zumeist daneben und las Zeitung; ihm war anzumerken, dass er nicht sehr viel Interesse für eine Jagdtrophäe aufbrachte, die kleiner war als ein Dikdik. Nach ein paar Tagen allerdings warf er die Zeitung ungeduldig auf den Boden. »Miss Overbeck!«, sagte er heftig. »Ich glaube nicht, dass es angemessen ist, dass Sie sich die ganze Zeit Notizen machen.«

Charlotte hob den Blick von ihrem linierten Schreibheft. »Dafür bin ich hier«, sagte sie, fast ebenso heftig.

Truesdale schüttelte unwillig den Kopf. »Ich halte das für sehr verfrüht. Sie wissen, dass das Ziel der Expedition unter allen Umständen geheim bleiben muss, bis mein Sohn und ich es veröffentlichen.«

Charlotte sah ihn an. »Nun, wenn das so ist …« Sie klappte entschlossen ihr Heft zu. Mit einem Kopfnicken in Ellens Richtung rauschte sie zur Tür. »Du findest mich in der Bibliothek.«

Nach ein paar Tagen wurde das Wetter rauer; der Wind nahm zu. Ellen flüchtete an Deck. Dunphy hatte nicht zu viel versprochen, das neue deutsche Mittel wirkte tatsächlich recht gut gegen ihre Seekrankheit, aber sie fühlte sich draußen wohler als in der Kabine. Sie saß am liebsten in einer windgeschützten Ecke im Verandah Café auf dem Bootsdeck. Sie hatte sich in ein paar Decken gewickelt und arbeitete an einer Reihe von Flugsilhouetten verschiedener Möwen.

Ein Schatten fiel auf ihr Skizzenbuch; es war Crawford mit einem Exemplar der wissenschaftlichen Zeitschrift *The Auk* unter dem Arm.

»Schon zurück?«, fragte sie. Er machte jeden Tag mit Newland einen Spaziergang, mehrere Male um das Deck herum.

»Es gibt so weit vom Land entfernt nicht viel zu sehen«, antwortete er und ließ sich mit einem Seufzen in den hölzernen Armstuhl neben ihrem fallen. »Ich fürchte, der junge Mr. Brooke langweilt sich etwas.« Sein Blick fiel auf ihre Skizzen, und er streckte die Hand aus. »Darf ich?«

Sie nickte und sah ihn schweigend an, während er langsam die Seiten des Skizzenbuches umblätterte. »Du verstehst wirklich etwas davon«, sagte er schließlich.

»Vom Zeichnen?« Sie lachte. »Das habe ich jahrelang studiert.«

»Nicht nur vom Zeichnen. Auch von Vögeln. Vom Flug. Von … von ihrem Wesen. In Fotografien könnte man das nie so gut einfangen. Aber mit deinen Zeichnungen gelingt es.«

Sie senkte den Kopf; sie wollte nicht, dass er sah, wie sie vor Freude über sein Kompliment rot wurde. Eine Pause entstand.

»Es tut mir leid, dass ich den Albatros weggegeben habe«, sagte er schließlich. »Ich habe … ich habe einfach nicht begriffen, wie ernst es dir mit ihm war. Ich hatte nicht gedacht, dass du dich tatsächlich für das Präparieren interessieren würdest. Und auch jetzt kann ich es noch nicht recht glauben.« Er deutete auf das Skizzenbuch. »Du bist eine Künstlerin, Ellen. Nicht so ein Handwerker wie ich.«

Sie hielt den Kopf noch immer gesenkt. »Aber meine Stockente hat dir doch gefallen, oder?«

»Eine großartige Stockente«, bestätigte er und griff nach ihrer Hand. »Ellen«, fuhr er fort. »Es ist ein großes Glück, dass du zugestimmt hast, mit auf diese Reise zu kommen. Ein unfassbar großes Glück.«

Nun sah sie ihn an. »Vielleicht hatte es doch etwas Gutes, dass du den Albatros weggeben hast«, sagte sie.

Er nickte nachdenklich. »Ohne den Albatros … ohne den Albatros wären wir nicht hier, nicht wahr?«

»Was höre ich da?«, rief Charlottes Stimme. »Ihr habt schon wieder einen Albatros gesehen?« Rasch zog Crawford seine Hand zurück. Charlotte winkte einem Steward, der ihr einen weiteren Stuhl an den Tisch heranschob. »Und Tee, bitte. Rauchtee. Sehr heiß.« Sie griff nach einer Wolldecke und schüttelte den Kopf. »Die Bibliothek an Bord könnte besser sortiert sein, ich finde dort wirklich nichts mehr, was mich interessiert. Ich werde in London erst einmal Bücher kaufen gehen.«

»Lotte, warum vergräbst du dich seit Tagen in der Bibliothek?

Ich glaube, Truesdale meint es gar nicht so«, sagte Ellen. »Ich glaube, er versteht einfach nicht, dass du dir über viele verschiedene Dinge Notizen machst. Dass du keineswegs nur über *Pseudo* schreibst.«

Charlotte sah sie an. »Du hast recht, es gibt so vieles, worüber ich schreiben könnte.« Unvermittelt wandte sie sich Crawford zu. »Vielleicht sollte ich stattdessen über dich schreiben.«

»Da gibt es nicht viel zu schreiben«, antwortete er ruhig. »Ich interessiere mich für Vögel. Ich bin ein Fischer. Ich bin mein Leben lang kaum von Rockcliff Isle weggekommen. Nach Halifax ein paarmal, nach Neufundland und nach Labrador mit der Patrouille. Einmal nach Québec.«

»Bestimmt hast du ein interessantes Innenleben«, insistierte Charlotte.

»Ich glaube kaum. Ich bin eher ein Einsiedlerkrebs.«

»Oder ein Albatros. Vielleicht ist das die bessere Metapher.« Ein sarkastisches Lächeln erschien in Charlottes Mundwinkeln, so fein, dachte Ellen, dass vielleicht nur sie es wahrnahm.

Ein windzerzauster Newland kam um die Ecke, sein Fernglas um den Hals. »Kein einziger Vogel heute!«, rief er enttäuscht und plumpste auf die Wandbank des Cafés. »Miss Sinclair, hat Ihnen Mr. Maker schon erzählt, was wir heute beim Spaziergang auf dem Achterdeck gesehen haben? Eine Ratte! Sie war bestimmt zwanzig Zentimeter lang. Sie war grau. Ich war eben noch mal in der Kabine, Mr. Maker, und habe nachgeschlagen …« Er konsultierte sein Oktavheft. »Ich glaube, Sie hatten recht. Es handelte sich wegen der grauen Farbe des Fells vermutlich um ein adultes männliches Exemplar von *Rattus rattus*. Und nicht um *Rattus norvegicus*. Miss Sinclair, würden Sie gleich noch mal mit mir aufs Achterdeck kommen? Wenn wir die Ratte noch mal sehen, könnten Sie sie zeichnen.«

Ellen schüttelte sich, und Crawford sah Newland tadelnd an.

»Ich glaube, Miss Sinclair sollte sich auf das Zeichnen von Vögeln konzentrieren«, sagte er.

Zu Ellens Erleichterung fand sich am Tag danach, als sie die Scilly Isles passierten, ein sich stetig vergrößernder Schwarm von Heringsmöwen ein, der den jungen Forscher von den Nagern an Bord ablenkte.

Sie waren in London erheblich komfortabler untergebracht als bei ihren vorherigen Reisen. Trotz der Erfolge von Charlottes Büchern wäre Brown's Hotel meilenweit entfernt von ihrem eigenen Budget gewesen. Sie hatten bei ihrer letzten Reise nach London nur ein einziges Mal Tee im Brown's getrunken, nachdem sie Charlottes britischen Verlag besucht hatten, der gleich um die Ecke lag. Charlotte hatte sehnlichst gehofft, in der Lobby des Hotels Rudyard Kipling zu begegnen, der angeblich regelmäßig dort abstieg, doch weder damals noch jetzt hatte er sich blicken lassen.

»So lasse ich mir Afrika gefallen«, seufzte sie beim Frühstück glücklich, während sie Orangenmarmelade auf ihren Toast kleckste. »Was machen wir heute? Ich dachte, wir könnten endlich wieder einmal in die Nationalgalerie gehen. Es sieht nach Regen aus.«

Ellen schüttelte den Kopf. »Ich weiß nicht, Lotte. Ich sollte wirklich noch einmal nach Tring fahren.«

»Tring! Du bist doch schon dreimal dort gewesen!«

»Das stimmt«, sagte Ellen. »Aber es gibt ein paar Fliegenschnäpper, die ich noch nicht gezeichnet habe, jedenfalls nicht die Jungvögel. Wir brauchen sie zum Vergleich, sie sehen *Pseudo* ziemlich ähnlich.«

»Ellen«, sagte Charlotte, »du wirst im Laufe der nächsten Monate Hunderte von Fliegenschnäppern sehen. Wenn ihr zum Vergleichen welche braucht, kann Crawford doch einfach ein paar davon schießen, oder? Du musst doch wirklich nicht noch mehr kleine grüne Vogelbälge in einer Schublade herumrollen sehen.« Charlotte selbst hatte nach dem ersten Besuch in Tring erklärt, für ihre literarischen Zwecke genügend Impressionen von einer Balgsammlung beieinanderzuhaben. Während Truesdale seine Londoner Geschäftspartner traf, war sie bei ihrem Verlag gewesen und hatte alte Freunde besucht.

Ellen zögerte. Sie, Crawford und Newland hatten in den vergangenen Tagen immer wieder den Vorortzug zum Anwesen der Rothschilds genommen, wenn sie nicht im Hotel die Gebrauchsanweisungen für die neuesten Modelle der Kodak-Kameras, der Ferngläser und des Teleskops konsultiert und sich in Cambridges Naturgeschichte und die schweren Bände der Enzyklopädie des Deutschen Alfred Brehm vertieft hatten. Newland war gestern in Tring mit dem Fotografieren fertig geworden und Crawford mit seinen Messungen, aber sie hatte das Gefühl, dass ihre eigene Arbeit noch nicht getan war. Die Männer hatten schon früh gefrühstückt, weil sie einen ersten Termin mit einem Verkäufer in der Exportabteilung der Army & Navy Kooperative in der Victoria Street hatten. Sie würden mehrere Tage brauchen, um die Bestellungen, die für die Expedition nach Dar-es-Salaam versandt werden sollten, noch einmal genau durchzugehen, von der Munition, den Präparationsinstrumenten und Filmmaterialien bis zu den Schlafzelten, Feldmöbeln, Kochgeräten und der Tischwäsche.

»Ellen«, sagte Charlotte noch einmal. »Bitte. Du hast seit Wochen nur noch tote Vögel im Kopf. Lass uns einmal etwas anderes sehen. Etwas … etwas Schönes.«

Ein paar Stunden später musste Ellen zugeben, dass Charlotte recht gehabt hatte. Anstatt sich durch die verrußte Euston Station drängen zu müssen, hatte sie mit Charlotte einen Spaziergang über Piccadilly gemacht. Sie waren im Museum durch die Galerien geschlendert, in denen sie während ihrer letzten Reise so viel Zeit verbracht hatte. Sie standen lange vor Tizians *Bacchus und Ariadne*, das seltsame Bild bewundernd, die Leoparden und den Spaniel, den sportlichen Bacchus im Seitensprung. »Was für ein dummer Streit das war, als wir in unser Sommerhaus eingezogen sind«, sagte Charlotte und drückte Ellens Hand.

Ellen nickte. »Ein ganz und gar seitenverkehrter Streit«, stimmte sie zu. Doch er hatte sie beide genug geschmerzt, dachte sie, dass sie sich immer noch daran erinnerten.

»Wollen wir nicht noch einen Spaziergang nach Millbank machen?«, schlug Ellen vor, während Charlotte vor dem Eingang des Museums den Postkartenständer eines Kiosks durchging. »Wir haben den Anbau der Tate ja noch gar nicht gesehen. Und wir könnten dort im neuen Restaurant zu Mittag essen.«

Charlotte verzog das Gesicht. »Aber so viel Sargent? Den haben wir doch auch zu Hause in Hülle und Fülle.«

»Die Bilder sollen sehr schön gehängt sein«, sagte Ellen.

»Und all die verhuschten Franzosen?«

»Die Impressionisten«, sagte Ellen. »Aber sie haben auch Ingres, Daumier … Und dann die Engländer, Constable, Turner, die haben dich doch so begeistert?«

»Aber ich habe sie bei unserer letzten Reise schon gesehen!«, sagte Charlotte.

Ellen war ein wenig enttäuscht. »Du hast gar keine Lust, oder?«

Charlotte schüttelte schuldbewusst den Kopf. »Kannst du allein gehen? Ich will noch ein paar Briefe schreiben, bevor wir weiterreisen, unterwegs kommt man ja zu nichts. Und du weißt, dass ich mir nicht so richtig etwas aus diesen neumodischen Sachen mache.«

Ellen nickte. »Ich weiß«, sagte sie. »Und ein paar Postkarten an Ronnie musst du auch noch schreiben, oder?« Sie wies auf den Stapel von Karten, die Charlotte in der Hand hielt; sie hatte Ronnie versprochen, ihm pro Woche mindestens zwei zu schicken, solange sie in der Nähe von Städten und Briefkästen waren.

»Wir nehmen ein Taxi zum Hotel«, schlug Charlotte vor. »Dann können wir dort zu Mittag essen, und du kannst zu Fuß zur Tate gehen, das ist kürzer.«

»Ja, lass uns –« Ellen hielt inne. Nein, sie wollte nicht mit dem Taxi zum Hotel zurückfahren. Und sie wollte Charlotte auch nicht immer nachgeben. »Lotte, weißt du was? Würde es dir etwas ausmachen, allein mit dem Taxi zum Hotel zurückzufahren? Ich würde … ich würde wirklich gern von hier bis zum Themseufer laufen. Wo wir doch in den nächsten Tagen wieder so viel im Zug sitzen werden«, fügte sie hinzu. »Die Bewegung wird mir guttun.«

»Bist du sicher?«, fragte Charlotte, die schon nach einem Taxi winkte, das sich im Verkehr vom Trafalgar Square die Pall Mall hinunterschob. »Und was machst du, wenn es zu regnen beginnt?«

Ellen hob ihren Regenschirm. »Wozu haben wir vorgestern diese Dinger gekauft?« Sie hielt Charlottes Arm, während diese einstieg. »Zum Tee bin ich zurück.«

Sie ging mit schnellen Schritten, aber sie nahm nicht den direkten Weg, sondern bog in kleine Straßen ab, mal rechts, mal links, ungefähr in Richtung der Themse, kam an Big Ben vorbei, am Westminster Palace. Es war leicht, sich am Fluss zu orientieren. Inmitten all der Menschen, all des Verkehrs, fühlte sie sich zum ersten Mal seit Wochen vollkommen allein, und sie spürte, wie eine Spannung von ihr abfiel. Sie rannte fast vor Erleichterung und Vorfreude, die Tate zu besuchen. Niemand verlangte ihre Nähe, ihre Aufmerksamkeit, ihre Hilfe bei einer Zeichnung oder einem Brief. Niemand würde ihr hineinreden in die Bilder, die sie in der Tate sehen würde, niemand würde sie abwägen, beurteilen oder schlechtmachen. Die Wolken hingen schwer am Junihimmel, vielleicht würde es doch regnen?

Zum Eingang hinauf nahm sie zwei Stufen auf einmal. Doch dann ließ sie sich Zeit. Sie spürte, wie hungrig sie nach dem Morgen in der Nationalgalerie und dem langen Spaziergang war. Im Keller des neuen Flügels war ein Restaurant, und sie saß dort wie in einem Garten, dachte sie, umgeben von Rex Whistlers Wandmalereien, fröhlichen Land- und Jagdpartien, Spaziergängern, römischen Statuen und romantischen Ruinen, Wäldchen, Bächen mit zierlichen Brücken vor Hügeln und fernen Bergketten. Um die Türen und sogar Fenster zogen sich formale Portale und felsige Grottenöffnungen im Trompe l'Œil. Sie bestellte Austern, Steack à l'Americaine und ein Glas Wein und vertiefte sich in die Landschaft.

Dann die neuen Galerien. Von außen hatte sie sie als solche kaum erkennen können, der Anbau war im Stil fast völlig dem älteren Gebäude angepasst. Aber das Innere nahm ihr den Atem – mit blassgrauer Seide verkleidete Wände, nicht zu hoch, sodass kein Bild außer der Sichthöhe des Betrachters hing. Durch die matt verglasten Decken floss gedämpftes Tageslicht in die Räume. Da war Sargents Porträt von Monet, wie er in seinem Garten saß und malte, und dann die Bilder der Impressionisten selbst, Degas, Manet, Renoir, Pissarro. Ellen versank in Seurats Bild der Badegäste an der Seine, und erst die Sonnenblumen von van Gogh, herrliche Sonnenblumen! So kann man, so muss man malen, dachte sie, das Leben selbst, und nicht all die braunen Bilder in der Nationalgalerie. Sie trank die Bilder in sich hinein und war überrascht, wie uneingeschränkt glücklich sie sich plötzlich fühlte.

Nur ein wenig enttäuscht war sie, dass kaum Skulpturen da waren. Ein Skulpturenhof sei in der Planung, versicherte ihr ein ehrwürdig aussehender, älterer Wächter mit tressenbesetzter Mütze und einem weißen Schnauzbart, doch das würde sicher noch ein paar Jahre dauern. »Er wird fertig sein, wenn ich das nächste Mal hier bin!«, rief sie in einem Anfall von Übermut und winkte ihm, während sie auf den Ausgang zusteuerte. Sie war nicht müde und beschloss, auch zum Hotel zu Fuß zurückzugehen, obwohl sie sich beeilen musste, um zum Tee mit Charlotte zurecht zu kommen. Es tröpfelte nun doch, und als sie den St. James Park erreichte, begann es, heftiger zu regnen. Sie bemerkte, dass sie ihren Schirm im Garderobenraum der Tate hatte stehen lassen. Kurz entschlossen nahm sie den Hut ab, legte den Kopf in den Nacken, breitete die Arme aus und wandte das Gesicht dem sommergrauen Londoner Himmel zu.

»Sie werden schon das ganze Heft vollgeschrieben haben, bevor wir überhaupt in Afrika ankommen«, sagte Charlotte und deutete auf Newlands dickes Oktavheft.

»Ich habe zwei Dutzend dabei!«, gab Newland zurück.

»Ich auch«, entgegnete Charlotte. »Obwohl ich meine auf Anweisung Ihres Vaters«, ein Seitenblick auf Truesdale, »ja nicht benutzen darf. Ich mache mir erst mal im Kopf Notizen. Im Moment notiere ich mir da gerade die Okapis.«

»Alle vier?«, fragte Newland.

Sie nickte. »Alle vier. Und die beiden Skelette auch.«

Sie waren vor ein paar Tagen in Brüssel angekommen, wo sie ihre Visa und Jagdlizenzen in Ordnung gebracht hatten. Und nachdem der Papierkrieg erledigt war, stand ihre kleine Gruppe jetzt in dem palastartigen Musée de Congo Belge.

»Sind sie nicht eigentlich Einzelgänger?«, fragte Ellen. »Warum so viele?«

»Ah, damit die Belgier zeigen können, was sie alles gesammelt haben! Es ist doch erstaunlich, was mit den heutigen Konservierungsmethoden alles möglich ist«, sagte Truesdale. »Allerdings nicht so gut präsentiert wie die Dioramen bei uns in Chicago. Zu dumm, dass sie diesen Akeley nach New York haben gehen lassen.«

Man sah ihm an, dass er zum Leben erwachte, wenn es um Säugetiere ging, möglichst große. Und möglichst grimmige, dachte Ellen. Er ging schon von den elchgroßen Okapis mit ihren weichen Mäulern zu den Raubkatzen weiter.

Newland konnte ebenfalls nicht so recht etwas mit den Okapis anfangen. Und besonders enttäuscht war er von der Vogelsammlung im Museum; in Tring hatte es viel mehr zu sehen gegeben. »Ich gehe in den Park«, sagte er. »Ich habe vorhin, als wir reinkamen, einen Grünspecht gesehen.«

Der Zoo von Antwerpen war mehr nach seinem Geschmack, denn dort fand sich eine außergewöhnlich große Sammlung von Vögeln, und lebenden noch dazu – alle in großzügigen Freiluftkäfigen untergebracht. Er hatte endlose Zeit bei den Raubvögeln verbracht, einem Junger Gaukler, einem Kondor-Pärchen mit einem Jungvogel und einem Schakalbussard. Es gab einen Brillenkauz, einen Milchuhu und eine Schneeeule, und ein Schreiseeadler erschien ihm wie ein großer, stummer Botschafter Afrikas, der ihn ebenso willkommen hieß wie die Gruppe flinker Webervögel in einer eigenen Voliere.

»Du wirst in den kommenden Monaten viel Freude an Newland haben«, sagte Ellen, die mit Crawford etwas abseits stand und auf eine Gruppe von Kranichen sah.

»Würdest du den Milchuhu für uns zeichnen?«, bat Crawford. »Das ist auch ein Afrikaner.«

»Ein Glück, dass ich mein Skizzenbuch mitgenommen habe«, sagte Ellen und kramte nach einem Stift.

»Ein Glück, dass ich *dich* mitgenommen habe«, sagte Crawford leise.

Ellen wagte keine Antwort.

»Der Uhu – Ko-ko-kas – trauerte im Wald um seine verlorene Liebe«, fuhr Crawford unvermittelt fort. »Doch seine Tante, die im Dorf lebte und eine noch stärkere Zauberin war als er, wollte es nicht hinnehmen, dass ein sterbliches Mädchen ihm so stolz widerstehen konnte. Sie konzentrierte sich vollkommen auf ihre Zauberkräfte, und nachdem sie viele Tage lang gefastet hatte, schnitzte sie eine Flöte, in die sie all die Kräfte steckte, die sie gesammelt hatte. Vollkommen erschöpft gab sie die Flöte ihrem Neffen, doch die Anstrengung hatte sich gelohnt, dachte sie: Wer diese Flöte spielte, würde jedes Herz gewinnen können. Doch selbst das nützte nichts. Nach dem Fest, das der Uhu für die Dorfbewohner gegeben hatte, hatte sich seine Braut vollkommen von allen Menschen zurückgezogen, um sicherzugehen, dass er sie nie wieder würde überlisten können. Er konnte ihr nie nah genug kommen, um sie sein Lied hören zu lassen.«

»Die Geschichte wird immer trauriger.« Ellen beugte sich über ihr Papier. »Hat ein afrikanischer Uhu auch Zauberkräfte?«, fragte sie schließlich.

»Wir werden es herausfinden, Ellen«, sagte Crawford. »Bald werden wir es wissen.«

»Drei verschiedene Zebras!« Truesdale rettete sie aus ihrer Verlegenheit. »Das Burchell, das Grévy und das Hartmann. Welches davon uns wohl zuerst vor die Flinte läuft? Vor die Büchse, sollte ich wohl sagen. Bin froh, Maker, dass Sie sich doch noch entschlossen haben, eine Maynard mitzunehmen.«

Auf dem Weg zum Ausgang des Zoos blieb Newland plötzlich stehen und legte einen Finger an die Lippen. »Pssst!«, zischte er. Aus einem Rhododendrongebüsch hinter einer Bank, die am Weg aufgestellt war, erklang Vogelgesang.

Crawford verzog das Gesicht zu einem breiten Grinsen. »Ihre erste europäische Amsel, Newland«, sagte er.

»*Turdus merula*«, buchstabierte Newland laut in der Straßenbahn auf dem Weg zurück ins Hotel. »Der Gesang ist dem unserer Wanderdrossel nicht unähnlich, aber lauter und variantenreicher.«

»Ellen«, erklang Charlottes Stimme leise vom unteren Bett. »Warum sind wir eigentlich hier?«

Ellen richtete sich in ihrer Schlafwagenkoje auf. »Wie meinst du das, Lotte? Wir sind auf dem Weg nach Marseille.«

»Das ist mir schon klar, Liebes.« Sie hörte Charlotte seufzen. »Aber müssen wir wirklich nach Afrika?«

Eine Pause entstand.

»Großartig, was wir von Paris alles gesehen haben«, fuhr Charlotte bitter fort. »All diese interessanten Boulevards aus dem Taxifenster zwischen dem Gare du Nord und dem Gare de Lyon. Wirklich faszinierend.«

Ellen schwieg weiter. Sie musste zugeben, dass sie das Umsteigen in Paris ähnlich empfunden hatte. Nachdem Truesdale telegrafisch Bescheid erhalten hatte, dass ihre Ausrüstung auf dem Weg war, konnte es ihm gar nicht schnell genug gehen. Die Idee, ein paar Tage in Paris zu verbringen, wäre ihm nie gekommen, zumal er herausgefunden hatte, dass sie das Linienschiff, das vom Mittelmeer aus die afrikanische Ostküste hinabfuhr, in Marseille noch erreichen würden, wenn sie sich beeilten.

»Warum sind wir nicht einfach dageblieben, du und ich? Haben die Männer nicht allein weiterfahren lassen auf ihre verrückte Mission?«

Ellen suchte nach Worten. Wie sollte sie sagen, dass sie von Anfang an Teil dieser verrückten Mission gewesen war, sie und nicht Charlotte? Dass Crawford ihr gesagt hatte, ohne ihre Zeichnungen, ohne ihre Hilfe, ja ohne *sie* könne er den Vogel nicht finden? Es war längst zu spät, Charlotte das zu erklären.

»Lotte«, sagte Ellen. Sie ließ ihre Hand von der Bettkante herunterhängen. »Das geht doch nicht. Wir haben uns doch verpflichtet.« Das klang hohl; sie fühlte es selbst. Dann dachte sie an die Bilder in der Tate, die Eule auf dem Birkenholzkästchen, den herrlichen Bronzevogel im Garten von Bella Vista. Wie konnte sie Charlotte erklären, dass sie etwas ganz Neues sehen wollte? Etwas Eigenes schaffen?

Es war eine Weile still; der Zug fuhr ratternd über eine Weiche, die den Schlafwagen schüttelte.

»Vielleicht bleiben wir stattdessen einfach in Marseille«, sagte Charlotte wieder. »Wir sind damals gar nicht in den Süden gekommen, dabei hatten wir uns so darauf gefreut. Wir könnten am Mittelmeer entlangfahren, nach Carcassonne, und dann hinüber nach Biarritz und Hendaye. Wir hätten den ganzen Sommer Zeit.«

»Dafür haben wir später doch immer noch Zeit, Lotte«, gab Ellen zurück. »Wir können doch jederzeit wiederkommen. Aber diese … diese Chance werden wir nie wieder haben. Es wird uns beiden guttun«, fuhr sie fort, nicht sehr überzeugend, wie sie selbst fand. Aber sie konnte Charlotte nicht nachgeben, nicht jetzt, nicht dieses Mal.

Wieder entstand ein Schweigen. Sie spürte, wie Charlottes Hand ihre fand. »Ich hatte das auch gedacht, Liebes. Ich kann nicht immer nur über die weiten Felder des Mittleren Westens schreiben. Aber jetzt …«, Charlotte drückte ihre Hand, »es sind nicht Truesdales dumme Bemerkungen, darum schere ich mich nicht. Aber weißt du, ich fürchte, er könnte recht haben. Ich bin nicht sicher, ob ich dort schreiben kann.« Es klang kläglich.

»Lotte.« Ellen setzte sich auf und kletterte von ihrem Bett herunter. »Lotte«, sagte sie noch einmal, flüsternd, den Mund dicht am Ohr der Freundin. »Wo ist dein Mut? Dein Abenteuergeist? Denk an die Mesa, die Canyons. Die Klippen auf der Insel. All die Landschaften, in denen du so gern herumkraxelst. Und jetzt kommt ein Vulkankrater hinzu. Und ein Wald aus Bambus.«

Ellen spürte, wie Charlotte sich gegen die Wand presste, um ihr auf dem schmalen Bett Platz zu machen. Sie drängte sich nah an ihren Rücken und schlang die Arme um sie. »Wo ist dein Mut, Lotte?«, flüsterte sie noch einmal.

Wieder ein Seufzen. »Mein Mut«, hörte sie Charlotte gegen die Wand murmeln. »Vielleicht werde ich einfach zu alt fürs Herumkraxeln. Für solche Abenteuer. Vielleicht … vielleicht bist jetzt du es, die den Mut hat.«

»Und wenn du es versuchst, Lotte? Wenn du versuchst, deinen Abenteuergeist wiederzufinden?«

Schwerfällig drehte sich Charlotte auf dem Bett herum. »Ich werde es versuchen, Liebes, wirklich. Wenn nur die Verpflegung nicht zu schrecklich ist.«

XVII

Britisch-Tanganjika, 1927

Dar-es-Salaam war Ellen vom Wasser aus wie ein Trugbild erschienen; seiner Silhouette nach war es eine nette europäische Stadt mittlerer Größe, mit einer zuckerbäckrigen Kathedrale und ein paar weiteren Kirchtürmen, offiziell wirkenden hellen Gebäuden mit von Säulen getragenen Veranden und geschäftigen, weiten Hafenanlagen, die von Trägern, Schubkarren, Eselsgespannen und Lastwagen wimmelten. Zwei belgische Brüder nahmen sie in Empfang, Guy und Georges LeMurier, die ihre Expedition vor Ort organisieren und als Jäger daran teilnehmen würden. Sie sprachen nur leidlich Englisch, aber gut Suaheli. Auch Hindi; sie hatten mehr als zehn Jahre in Indien gelebt und konnten, so sagten sie, mit den zahlreichen indischen Importeuren und Händlern in Ostafrika besser verhandeln.

Vielleicht war Dar-es-Salaam tatsächlich nur ein Trugbild gewesen, dachte Ellen. Sie hatte das Gefühl, ihre ganze erste Woche in Afrika in abgedunkelten Hotelhallen verbracht zu haben, unterbrochen nur von einer zwölfstündigen Fahrt mit einer ruckelnden altmodischen Bahn, deren Holztender alle paar Stunden neu beladen werden musste. Bei der Ausfahrt aus Dar-es-Salaam waren sie durch die Wohnviertel der Stadt gerollt: das der Araber, der Inder, der Somalis und, am Rand der Stadt, die unzähligen Hütten der Afrikaner und ihre provisorischen Lager aus Planen und Planken. Die Menschen kamen oft von weit her, erklärte ein LeMurier, um sich am Hafen, auf der Bahn oder bei den Karawanen und Expeditionen zu verdingen. Und nach den Stunden im Zug, in denen sie durch endloses, von struppigem Gebüsch bewachsenes Land gefahren waren, mit einer Hügelkette am Horizont, wiederholte sich das Bild in umgekehrter Reihenfolge. Der Zug fuhr im Schritttempo in die Provinzstadt Dodoma ein, erst durch die schattenlose Ansammlung der Hütten und Zelte der Tagelöhner und Wanderarbeiter, dann die Viertel der Somalis, der Inder, der Araber, der Europäer. Die offiziellen Gebäude waren vor dem Krieg von den Deutschen angelegt worden, die offenbar nur einen einzigen Architekten beschäftigt hatten – der Sitz der Regionalverwaltung, der Bahnhof, das inzwischen von einem griechischen Ehepaar geführte Hotel, die Post, die Bank waren alle nüchterne, weiß getünchte Kästen mit abgeflachten Dächern und Veranden, die von Pfeilern getragen wurden.

»Scheußlich«, befand Charlotte. »Es lohnt sich wirklich nicht, hier das Hotel zu verlassen.«

Ellen wusste keine Antwort. Obwohl die Belgier ihnen eingeschärft hatten, nicht allein auszugehen, war sie sich sicher, dass es sich gelohnt hätte, das Hotel zu verlassen. Sie hatte das Gefühl, noch nicht richtig angekommen zu sein, und verspürte nach der langen Reise noch immer tiefe Müdigkeit. Wo war Afrika?

Die Belgier wollten hier in Dodoma die erste Expedition zusammenstellen. Es sei ein Eisenbahnknotenpunkt, erklärten sie, und man finde hier problemlos erfahrene Träger. Sie besaßen einen Lagerraum, in dem sie ein paar Kleinlaster parkten und einen neuen viertürigen Chevrolet K, auf den sie sehr stolz waren.

»*Mesdames?*« Am Nachmittag vor ihrer Weiterreise trat einer der Belgier an ihren Tisch. »Sie ist hier. Sie wartet auf der Veranda.«

Charlotte legte seufzend die Zeitung fort; sie hatte im Speiseraum eine Ausgabe der *Times* gefunden, die erst nach ihrer Abreise aus London erschienen war. Draußen auf der Veranda stand eine junge Frau in einem abgetragenen Kattunkleid. Um die Hüften hatte sie darüber ein breites dunkles Fransentuch gebunden, und auch um den Kopf trug sie ein buntes Tuch gewickelt. Sie war barfuß.

»Das ist Marie«, sagte der Belgier. »Sie kann heute Abend Ihr Gepäck zurechtmachen, wir werden morgen gegen sechs Uhr aufbrechen. Sie wird uns in einem der Lastwagen folgen und Ihnen für die Dauer der Expedition zur Verfügung stehen.« Er wandte sich an die Frau und sagte rasch etwas zu ihr.

Marie trug ein Band um den Knöchel, auf dem Kugeln aus Palmfasern aufgezogen waren, ein Lederband um den Hals mit Perlen und Scheiben aus Knochen und Horn daran, und am Oberarm einen eisernen Reifen. Ellen deutete darauf. »Der ist schön«, sagte sie in betontem und langsamem Englisch.

Die junge Frau nickte. »Mein Vater hat ihn geschmiedet.« Ihr Englisch war fließend, auch wenn sie einen eigenartigen Akzent hatte.

Der Belgier unterbrach sie. »Ich habe ihr gesagt, dass ich sie zu Ihren Zimmern bringen werde, über den Dienstbotenaufgang. Wenn Sie Anweisungen zum Packen geben wollen, können wir uns in ein paar Minuten oben treffen.«

Charlotte warf einen sehnsüchtigen Blick auf ihre Zeitung und das Teetablett, das die griechische Wirtin gerade gebracht hatte. »Brauchst du mich, Ellen? Ich bin in diesen Dingen so unpraktisch.«

Ellen lächelte. »Ich mach das schon, Lotte.«

Dankbar klopfte Charlotte ihr auf den Arm. »Nur die Schreibmaschine will ich mit im Auto haben. Sag ihr bitte, dass die auf keinen Fall in den Laster kommt.«

In den Tagen, in denen sie jetzt gen Norden fuhren, auf den Engora-Krater zu, spürte Ellen endlich eine Spannung in sich aufsteigen. Es ging stetig aufwärts, und jede Nacht war kühler als die vorherige. Sie konnte die Berge erahnen, sie schließlich immer klarer sehen.

Etwa fünfzig Meilen von ihrem eigentlichen Ziel entfernt, den Tokitokiquellen im Engorakrater, schliefen sie zum letzten Mal in einem Gasthaus. Es gab undefinierbares Schmorfleisch zum Abendessen, Kassaven, Fladenbrot und weich gekochtes grünes Gemüse. Truesdale schob es auf dem Teller herum; dann sah er auf und räusperte sich.

»Und Sie sind sicher …«, fing er an. Wenn er nur nicht wieder ›meine Damen‹ sagt, dachte Ellen. »… Sie sind sicher, meine Damen«, fuhr Truesdale fort, »dass Sie sich der Safari gewachsen fühlen? Wenn man diesen Vulkan aus der Nähe sieht, bekommt man doch eine ganz andere Vorstellung von der Macht der Natur, nicht wahr? Selbst der große Carl Akeley hat seine Damen ja oft im Basislager zurückgelassen.«

»Papa, du kannst Carl Akeley doch gar nicht leiden!«, unterbrach Newland ihn. »Du sagst immer, er sei aus Chicago desertiert.«

»Und man kann den großen Carl Akeley ja leider nicht mehr selber fragen, warum er seine *Damen*« – Charlotte schnaubte hörbar – »immer im Lager zurückgelassen hat. Weil er tot ist, wie ich gelesen habe. Einem Fieber erlegen, übrigens mit seinen Damen an seiner Seite. Ziemlich genau an der Stelle, an der wir nach dem kleinen grünen Vogel suchen sollen. Mehr als tausend Kilometer von hier.« Sie blickte triumphierend in die Runde. »Wenn ich schon nicht schreiben darf, Zeitung lesen werde ich wohl noch dürfen? Und eine Landkarte aufschlagen?«

Ellen sah auf ihren Teller, um sich ein Lachen zu verbeißen. Fast tat ihr Truesdale leid. Während sie sich mit einer recht vergilbten Serviette den Mund abtupfte, fing sie Crawfords Blick auf, und sie hatte das Gefühl, dass auch er ein Schmunzeln unterdrücken musste.

Am nächsten Morgen verwandelte sich ihr kleiner Konvoi in eine Karawane. Der große Berg von Gepäck löste sich auf in einzelne Ballen, Kisten und Rollen, und jedes Stück machte sich auf dem Kopf eines Trägers den Weg zum Rand des Vulkankraters hinauf. Es war eine Schlange von fünfzig, vielleicht sechzig Männern und Frauen, die sich in zügigem Tempo den schmalen Pfad hinaufwand, Träger, Wachpersonal, Köche und die Zeltdiener, die jedem von ihnen zugeteilt waren. Das Ganze ging mit routinierter Ruhe und Effizienz vor sich; die LeMuriers hatten erklärt, dass sich längst eine blühende Wirtschaft um die zahlreichen Expeditionen entwickelt hatte.

»Freust du dich?«, fragte Ellen Charlotte. »Endlich beginnt das Abenteuer.« Sie trugen beide ihre Khakiausrüstung und feste Wanderschuhe, und aus dem schmalen Fenster ihres Zimmers sahen sie dem Menschenzug nach, der in den Morgennebel verschwand. Auf der Veranda unter ihnen standen Truesdale und Newland, dampfende Kaffeebecher in den Händen. Mit einem Führer, einem der belgischen Brüder und ein paar Trägern, die alles Notwendige für das Mittagessen dabeihatten, würden sie der Karawane eine Stunde später folgen. Wenn sie dann am Nachmittag das Etappenziel erreichten, würden ihre Zelte für die Übernachtung schon aufgebaut sein. Sie würden vier, womöglich fünf Tage bis zum Lager an den Tokitokiquellen brauchen, hatte Guy gemeint. Es hing davon ab, wie tief die Wolken über dem Engora hingen, dessen Rand sie in den ersten Tagen erklimmen mussten. Es waren weniger als tausend Meter Höhenunterschied, aber der Pfad war steinig und schroff.

Charlotte sah der Expedition stirnrunzelnd nach. »Ich habe Marie noch einmal eingeschärft, die Schreibmaschine jeden

Abend in mein Zelt bringen zu lassen. Hoffentlich hat sie mich verstanden.«

Ellen musterte sie. Charlotte wirkte nicht so, als würde sie sich auf die Safari freuen. Sie wirkte nicht so, als würde sie sich gerade überhaupt auf etwas freuen, auch nicht auf die Schreibmaschine am Abend in ihrem Zelt. »Lotte«, sagte sie, »Mut. Lass uns nach unten gehen.«

Charlotte schüttelte den Kopf. »Ich weiß, ich weiß. Mut.« Doch sie rührte sich nicht von der Stelle.

Ellen sah sie einen Moment lang an, dann legte sie ihr die Hand auf den Arm. »Vielleicht hat Truesdale doch nicht unrecht«, sagte sie sanft. »Wie wäre es, wenn …«

Das genügte, um Charlottes Kampfgeist zu wecken; nie, dachte Ellen, würde sie Truesdale gegenüber zugeben, dass sie vielleicht doch lieber im Lager geblieben wäre, selbst wenn das Lager ein Gasthaus mit Wanzen und ohne fließendes Wasser war. Charlotte griff nach ihrem Hut und deutete auf Ellens noch von Bügelfalten durchzogenes Safarihemd. »Du siehst aus wie die Kurt vor zehn Jahren in *Fidelio*«, sagte sie und zog sie an sich. »Weißt du noch, meine mutige Leonore?«

Ellen schmiegte sich an sie. Und ob sie es noch wusste. Charlotte hatte damals in New York wieder irgendeinen Preis gewonnen. Und der Opernbesuch mit der Kurt als Leonore war ohne Zweifel der Höhepunkt ihres Aufenthalts gewesen.

Noch schwerer als das Klettern fiel Ellen in den ersten Tagen der Safari nur, ihre Sachen auf Maries Kopf zu laden: ihr zweites Paar Hosen, den Regenponcho, die dicke Khakijacke, zwei Pullover, die festen Hemden, einen Rock und eine Bluse, die Extra-Schuhe, Unterwäsche und Strümpfe, die Skizzenblöcke und die Zeichenutensilien, das Waschzeug, ein paar Bücher. Zehn Pfund, zwanzig, dreißig. »Das ist doch zu viel«, sagte sie zu Marie und schämte sich.

Marie lachte. »Fünfzig Pfund sind die Grenze.« Außer Ellens Gepäck trug sie ihr eigenes, doch das war nicht viel: ihr zweites Kleid, ein Kamm, ein hölzerner Becher, eine Wolldecke, eine aus Palmfasern gewebte Matte mit einem schönen geometrischen Muster, auf der sie nachts schlief. Sie wusch ihre Kleider abends abwechselnd sorgsam aus. Um ihr kurz geschorenes Haar wickelte sie jeden Morgen eines ihrer bunt gemusterten Tücher, und sie ging trotz des spitzen Vulkangesteins und der feuchten Kälte noch immer barfuß.

Jeden Abend machte sie Ellens Zelt zurecht. Ellen fand bald heraus, woher ihr singender Akzent kam: nicht aus dem Bantu-Dialekt, der in ihrem Dorf gesprochen wurde, sondern aus der Schule der schottischen Mission, in der die Frau des presbyterianischen Pfarrers ihr auf Englisch Lesen und Schreiben beigebracht hatte. Die Kinder – und sie war eines der wenigen Mädchen gewesen – hatten sich christliche Namen wählen dürfen.

»Und wie heißt du wirklich?«, fragte Ellen.

»Ngalula«, erklärte sie Ellen. »Bei uns zu Hause bin ich Ngalula. Hier, bei euch, bin ich Marie.«

»Wenn es dir recht ist, nenne ich dich Ngalula«, sagte Ellen und stolperte über den Klicklaut. »Bedeutet der Name etwas?«

Auf Ngalulas Gesicht breitete sich ein Lächeln aus. »Er bedeutet bei uns zu Hause, dass ich vier ältere Brüder habe«, sagte sie. »Und ja, es ist mir recht.«

Sie kam aus einem Dorf vom mittleren Lauf eines Flusses, der Sankuru hieß, es war sehr weit entfernt, sagte sie, viele Hundert Meilen. Ihr Vater war Schmied gewesen, sie hatten Ziegen gehabt. Ihre Mutter hatte darauf bestanden, dass dasjenige der Kinder zur Schule gehen sollte, das am begabtesten schien, und das war sie gewesen, nicht die Brüder. Die Eltern hatten Ngalula hundert

Meilen von zu Hause fortgeschickt, denn die Mutter wollte, dass sie Englisch lernte und nicht das verhasste Französisch in der katholischen Mission, die bei ihnen in der Nähe lag. Ngalula hatte davon geträumt, selbst Lehrerin zu werden. Doch dann war ihr Vater den Fluss hinuntergefahren.

»Den Fluss hinuntergefahren?«, fragte Ellen erstaunt. Ja, zurück zu den Ahnen, und dann sei ihm auch einer der Brüder gefolgt, auch er sei gestorben. Dann hatten sie zwei der Ziegen verloren, und ihre anderen Brüder, anstatt die Schmiede fortzuführen, hatten das Dorf verlassen, weil sie hofften, als Jäger oder Träger mehr Geld zu verdienen; sie arbeiteten irgendwo flussabwärts am Kongo, in Coquilhatville oder sogar Boma, oder vielleicht waren sie auch schon lange nicht mehr dort. Ngalula hatte schließlich ebenfalls das Dorf verlassen, um sich am Fluss oder in Albertville zu verdingen. Mit den Belgiern hatte sie schon öfter gearbeitet, die beiden nahmen sie gern, weil sie Englisch sprach, und so verdiente sie gutes Geld, das sie gewissenhaft nach Hause trug, wenn sie einmal in der Nähe war. Die LeMuriers wussten, dass Ngalula – Marie, wie sie sie nannten – am liebsten mit kleinen englischen oder amerikanischen Jagdgesellschaften unterwegs war, an denen auch Frauen teilnahmen; dort fühlte sie sich sicher, und es gab für sie keinen Grund, sich dem sogenannten Schutz eines Trägers oder Wachmannes auszusetzen. Auch vor den Jägern selbst war sie sicher, erklärte sie Ellen, zumindest wenn diese ihre Ehefrauen mitbrachten. Ellen spürte, dass in dieser Feststellung eine Frage lag.

»Miss Charlotte und ich arbeiten beide an dem Forschungsauftrag unserer Expedition mit«, sagte sie. »Und die Frau von Mr. Brooke ist in Chicago.«

Ngalula nickte langsam. »Und Mr. Maker?«

»Er ist der wissenschaftliche Leiter der Expedition«, sagte Ellen.

Ngalula sah Ellen an. »Ich meine, wo ist seine Frau?«, fragte sie.

Sie hatten drei Tage für den Aufstieg gebraucht, hatten nachts zwischen ihren Zeltwänden in voller Montur geschlafen, unter sämtlichen Wolldecken, die sie mitgenommen hatten, überrascht von der schneidenden Kälte. Doch der Blick, der sich Ellen vom Kraterrand in die fast kreisrunde, von hellgrünem Gras bestandene Hochebene bot, ließ das alles vergessen. Herden von Gnus und Zebras grasten unter ihnen, Antilopen und Gazellen, so weit das Auge reichte. Sie alle hatten in fassungslosem, feierlichem Schweigen auf dieses herrliche Land herabgesehen.

Der Abstieg war weit weniger beschwerlich, und am Rand der Tokitokiquellen bezogen sie ihr erstes richtiges Quartier. Die Träger errichteten nicht nur die Schlafzelte, sondern auch das große Zelt mit dem Vordach, das ihnen als Speiseraum, Besprechungszimmer und Salon dienen sollte.

Newland überwachte glücklich den Aufbau seiner Dunkelkammer, er überprüfte wieder und wieder die Säume und Reißverschlüsse, damit auch ja kein Licht ins Zelt fiel. Und ein langer Werktisch wurde unter einem Zeltdach aufgestellt; die Präparatorenwerkstatt. Schon am nächsten Morgen häutete Crawford sein erstes Tier ab: eine fast fünf Meter lange Python, die von drei Männern unter das große Zeltdach geschleppt wurde. Die Träger hatten sie beim Abstieg erschlagen, erklärte Ngalula Ellen. Sie brachten oft Tiere, um sie den Weißen zu verkaufen, für ein Tütchen Salz oder einige Messingnägel.

Crawford hatte bald alle Hände voll zu tun, denn auch Truesdale machte seine erste Beute: eine Grant-Gazelle mit dramatisch gewundenen Hörnern. Mit den Belgiern und ein paar Waffenträgern verließen die Männer das Lager fast jeden Tag schon vor Sonnenaufgang, und Newland machte es sich zur Aufgabe, Ellen mit einem kleinkalibrigen Gewehr im Schießen zu unterweisen. In den ersten Wochen hatte sich Charlotte ihnen einige Male angeschlossen, doch bald blieb sie in ihrem Zelt zurück.

»Du weißt, eine Frühaufsteherin bin ich nie gewesen«, sagte sie zu Ellen, die sie nach der Rückkehr von einer Pirsch eines Morgens bei einem späten Frühstück unter dem Vordach des großen Zeltes antraf. »Und außerdem möchte ich mich lieber auf das Schreiben konzentrieren, wie zu Hause. Ich brauche meine Routine.«

Ellen verbiss sich eine Antwort. Das Klappern der Schreibmaschine war aus Charlottes Zelt nur sehr selten zu hören.

Crawford lernte Newland an und auch seinen Zeltdiener, Cetambo, ihm beim Präparieren zu helfen. Ellen zeichnete; sie hatte unter dem Vordach ihres Zeltes eine Staffelei aufgestellt. Und immer wieder half sie Crawford mit dem Abbalgen der kleineren Vögel, die sie sammelten. Es ging ihr inzwischen so leicht von der Hand, dass sie kaum mehr hinzusehen brauchte. Starke Hände und sensible Fingerspitzen, hatte Miriam gesagt. Die Hände eines Bildhauers.

Es gab nicht viele kleine Vögel. An einem Tag waren es elf, an den meisten nur drei oder vier. Dies war das Land der großen Tiere, umgeben von dem kreisrunden, vulkanischen Wall.

Nachts war der Himmel voller Sterne. Ellen hatte erwartet, keinen einzigen von ihnen zu kennen, aber so nah am Äquator waren sowohl die Sternbilder der nördlichen wie der südlichen Hemisphäre zu sehen. Sie stellte ihr Feldbett so, dass sie durch das Insektennetz im Zelteingang zu ihnen hinaufsehen konnte, bis ihr die Augen zufielen.

Eines Nachts erklang ein durchdringendes Kreischen, das Ellen aus dem Schlaf riss. Sie sprang von ihrem Feldbett auf. Was für ein Nachtvogel mochte das gewesen sein? Die anderen Zelte waren längst dunkel; sie gingen alle früh schlafen. Sie trat aus ihrem Zelt; im Licht der Sterne konnte sie die Silhouette des einsamen Feigenbaums ausmachen, der am Ufer des Tokitokisees stand.

Ein weiterer Schatten erschien neben ihrem. Crawford schmunzelte hörbar. »Das war eine Meerkatze«, sagte er.

»Ich dachte, eine Eule«, flüsterte sie und griff unwillkürlich nach seiner Hand.

»Keine Eule«, sagte er und zog sie näher. »Da ist die Schlange, siehst du«, sagte er und deutete in den Himmel. »Da der Schlangenträger. Der Skorpion.«

Sie standen lange dort. »Die Geschichte von Ko-ko-kas war noch nicht zu Ende«, sagte Crawford leise. »Er hatte sich tief in den Wald zurückgezogen und lebte allein und ohne Hoffnung auf einem hohen Baum. Doch eines Tages kam, auf der Suche nach einem einsamen und versteckten Platz, seine junge Frau in den Wald. Auch sie hatte eine Flöte, und sie setzte sich genau unter seinen Baum und begann zu spielen. Sie spielte eine zarte, weiche Melodie, und nach einer Weile merkte sie, dass sich ein zweites Lied in das ihre gemischt hatte, traurig und voller Sehnsucht. Ein Lied, das sie zutiefst anrührte, bis sie schließlich zu den hohen Ästen des Baumes aufsah. Und da kam Ko-ko-kas auf seinen lautlosen Schwingen zu ihr herabgesegelt, hob sie auf und trug sie weit fort, und sie lebten ihr Leben lang glücklich miteinander.«

Ende September trieb der Regen die Tiere aus dem Krater fort. Ellen spürte Crawfords Erleichterung. »Sonst würden wir Truesdale überhaupt nicht aus seinem Jagdrevier wegbekommen«, sagte er leise, damit Georges LeMurier, der ihnen gegenüber am Werktisch stand, es nicht verstand. Sie waren damit beschäftigt, Etiketten zu beschriften und sie an den Füßen der letzten Bälge zu befestigen; sobald sie damit fertig waren, würden die Träger die Werkstatt abbauen. »Ein einziger Sportausflug war das bisher.«

»Du hast die Riesentrappe«, erinnerte ihn Ellen. Er war mit dem Abbalgen und Trocknen eine ganze Woche lang beschäftigt gewesen. »Und die beiden Zwergflamingos.« Tagelang hatte sie im Lager am Magadisee die riesigen Flamingoschwärme skizziert, bis ihr die roten und weißen Pastellkreiden ausgegangen waren.

»Ich kann keine Zwergflamingos mehr sehen, Ellen!«, rief Crawford ärgerlich. »Wir haben einen wissenschaftlichen Auftrag. Hast du in den letzten Monaten vielleicht irgendwo ein Bambusgehölz gesehen?«

Sie schwieg und beugte sich über den kleinen Specht, den sie gerade beschriftete. Sie spürte seinen Blick.

»Entschuldige, Ellen«, murmelte er. »Ich wollte nicht –«

»Wir sind alle etwas gereizt, Crawford«, sagte sie. »Und außerdem«, jetzt murmelte auch sie, mit einem Blick auf den Belgier, »ist Truesdale ganz einfach eifersüchtig. Du bist der weitaus bessere Schütze.«

Ein Lächeln zog über sein Gesicht. »Das stimmt.«

Truesdale war in der Tat gereizt, das war auf der holprigen Fahrt Richtung Mbulu deutlich zu merken. Trotz all der Zebras, Gnus und Antilopen hatte er in den beiden Monaten im Engorakrater noch keine der Trophäen ergattert, die er am meisten ersehnte: einen Elefanten, einen Löwen oder einen Leoparden. Außerdem konnte er die Regenzeit nicht, wie er beabsichtigt hatte, in dem Hotel in Arusha verbringen, das ein befreundeter Bankier aus Chicago gekauft hatte. Es wurde gerade komplett umgebaut in Erwartung eines Besuches des Prinzen von Wales und Herzogs von Gloucester.

»Wir machen weiter!«, entschied er, und es klang wie ein Befehl. »Wir haben noch so viel zu sammeln!«

Am Manyarasee gab es endlich Vögel. Crawford hatte Tauben gesehen, Enten und jede Menge Singvögel, erklärte er, als er am ersten Morgen des Lagers von einer Entdeckungstour zurückkam. Über der Schulter trug er ein paar Nilgänse. »Für Fleisch ist jedenfalls gesorgt«, sagte er, während er dem Koch die Gänse aushändigte. »Ach, übrigens, Brooke, einen Leoparden habe ich auch gesehen.«

»Was?«, rief Truesdale und sprang so rasch auf, dass sein Feldstuhl umkippte.

»Näher, als mir lieb war«, sagte Crawford. »Zumal ich nur die kleine Winchester dabeihatte. Er war keine fünfzig Schritte entfernt, lag unter einem Dornbusch. Vielleicht eine halbe Meile von hier.«

Am nächsten Morgen begleitete Ellen ihn; sie machten sich vor Sonnenaufgang auf den Weg. Im Geäst des Wäldchens, das sie durchquerten, sangen Hunderte von Vögeln. Plötzlich blieb Crawford stehen. »Hörst du das?«, flüsterte er.

Es dauerte einen Moment, bis sie durch das Vogelkonzert ein weiteres Geräusch ausmachen konnte: ein Schnauben und Prusten, dann ein Ton wie aus einem tiefen Blasinstrument.

»Wale«, flüsterte sie erstaunt, obwohl ihr sofort klar war, dass sie Unsinn redete.

Er lächelte. »Komm.« Er zog sie an der Hand vorwärts, darauf bedacht, nicht auf die Äste am Boden zu treten. Vor ihnen öffnete sich das Gehölz auf den See. Im Uferschlamm standen vier Flusspferde. »Keine Wale«, sagte Crawford.

Ellen musterte ihn. »Du hast an Rockcliff Isle gedacht.«

Er nickte. »Du doch auch, oder?«

»Fehlt es dir?«

Er zuckte mit den Schultern. »Manchmal. Da ist so ein seltsames Ziehen …« Er lachte verlegen. »Es würde mir weniger fehlen, wenn ich wüsste, wie lange unser kleiner Ausflug hier noch dauert. Und dir, Ellen? Fehlt es dir?«

Sie sah auf die Flusspferde, die gemächlich durchs flache Wasser wateten. »Manchmal. Nein, das stimmt nicht. Eigentlich immer. Wo auch immer ich bin, Crawford, ich denke oft –« Sie brach ab.

»Könntest du …« Er räusperte sich. »Könntest du dir vorstellen, dort zu leben? Nicht nur im Sommer, meine ich.«

»Nun, ich glaube, wir Städter träumen alle davon, auf einer Insel zu leben.« Sie wich ihm aus, obwohl sie seine Frage genau verstanden hatte.

Er ließ ihre Hand los und richtete sich abrupt auf. »Ich wollte auf jeden Fall, dass du die Flusspferde siehst, bevor Brooke sie entdeckt und anfängt, hier herumzuballern«, sagte er, ohne sich mit dem Flüstern weiter Mühe zu machen. Die Tiere merkten auf und stürzten sich ins Wasser.

»Ich glaube, er ist ganz auf den Leoparden konzentriert«, sagte Ellen rasch, als müsse sie etwas wiedergutmachen.

»Er wird ihn nicht bekommen, Ellen«, sagte Crawford. »Er ist nicht schnell genug. Er wird ihn nicht bekommen. Aber er will ihn ja unbedingt selbst schießen.« Er nahm seine Flinte von der Schulter. »Lass uns die Vorräte etwas aufbessern. Ich habe gestern außer den Nilgänsen auch Frankolinen gesehen. Und Perlhühner.«

Die Afrikaner im Lager wurden von Tag zu Tag unruhiger. Die Regenzeit hatte mit voller Wucht eingesetzt, und sie fürchteten die Nähe des Sees mit seinen zunehmenden Insektenschwärmen. Die Träger waren verschreckt und ein paar von ihnen sogar fortgelaufen, seit ein alter Löwe nachts um das Lager herumstrich; sie hörten ihn jeden Abend und hatten ihn schon ein paarmal gesehen. Truesdale und Newland verbrachten seither die Nächte in einem Ansitz, den sie am Waldrand errichtet hatten. Als Köder legten sie die Reste der Tiere aus, die sie für ihre Verpflegung schossen: Geflügel, manchmal ein Dikdik oder einen Buschbock. Doch der Alte war misstrauisch und gewitzt; er nahm sich seinen

Teil und verschwand damit so rasch, dass sie keinen guten Schuss auf ihn abbekamen. Den Rest holten sich die Hyänen.

Charlotte saß meist vor ihrem Zelt und las; wenn es windig war oder regnete, zog sie sich mit einer Sturmlampe ins Innere zurück. Sie übersetzte sich zum Zeitvertreib Passagen aus einer Horaz-Anthologie und nahm schon lange nicht mehr an den Wanderungen und Erkundungen teil.

Ellen brachte ihr Tee. »Shakespeare?«, sagte sie und nahm das Bändchen mit Sonetten auf. »Die kannst du doch längst alle auswendig, Lotte.«

»Nun, groß ist die Auswahl in unserer Reisebibliothek nicht gerade. All diese Forschungsberichte. Ein sehr unsympathischer Mann, dieser Stanley.«

»Aber Mungo Park?«, sagte Ellen. »Ein Klassiker. Oder der New Yorker Ethnologe, der –«

»Liebes, ich brauche wirklich nicht noch mehr über Afrika zu lesen«, unterbrach Charlotte sie ungeduldig. »Ich stecke doch mittendrin.«

Nach ein paar Wochen bekam Truesdale den alten Löwen, auch wenn er drei Schüsse brauchte, um ihn zur Strecke zu bringen – die Werkstatt in Chicago, der sie ihre Trophäen zum Präparieren schickten, würde die Löcher im Fell leicht reparieren können, behauptete er. Aber er blieb rastlos; den Leoparden hatten sie nicht wieder gesehen.

Seit sie in den Salzmarschen am Enyasisee gewesen waren, verbrachte auch Ellen viel Zeit in ihrem Zelt. Crawford hatte einen Malariaanfall erlitten, den er zuerst vor ihnen zu verheimlichen versucht hatte. Er ging mehrere Tage lang nicht mit auf die Jagd und überließ Cetambo fast vollständig das Abbalgen. Ellen bemerkte bei den Mahlzeiten seine Appetitlosigkeit. Als sie sah, dass die Apothekenkiste aus dem Lagerzelt verschwunden war, stellte sie ihn zur Rede.

»Es ist ein ganz leichter Anfall, Ellen«, wehrte er ab. »Cetambo sagt das auch, er kennt sich aus. Das Chinin wirkt prächtig, es geht mir schon wieder viel besser.«

»Cetambo hätte uns etwas sagen müssen«, sagte sie und schlug fast zornig mit der Hand auf den hölzernen Deckel der Apotheke, die auf dem Feldtisch in seinem Zelt stand. Es fühlte sich an wie Verrat. Und sie wusste, dass es nicht Cetambo war, dem ihr Zorn galt.

Es dauerte etliche Tage, bis es Crawford besser ging, und Ellen hatte wenig zu tun, denn ohne ihn sammelten sie keine Vögel. Sie hatte schon im Engorakrater begonnen, ein Tagebuch zu führen. Sie schrieb nur wenig, eigentlich nur Stichworte, aber sie machte jeden Tag Zeichnungen von Dingen, die ihr nicht von Interesse schienen für die Skizzenbücher, die sie für das Museum führte: von Kochgeräten und Haushaltsgegenständen, Früchten, den geheimnisvollen Masken, die sie in Dörfern sahen, von dem Schmuck der Träger und kleinen Totems aus Federn, Palmstroh oder Steinen. Aus der Erinnerung zeichnete sie rasche Porträts der Träger und Köche und ihrer Familien, der indischen und arabischen Händler, der Missionare, Heizer und Bauern, denen sie unterwegs begegneten. Sie wusste, dass sie Newland gegenüber im Vorteil war. Die Menschen ließen sich meist ungern fotografieren, und auch ihre Masken und Fetische setzten sie nur widerwillig der Magie der Kamera aus.

Anfang Dezember, gegen Ende der Regenzeit, waren sie in Kilosa, südlich von Dodoma, wo sie, wie die Belgier sagten, eine gute Chance hatten, einen der scheuen Kuduböcke zu bekommen. Crawford war zu geschwächt von seinem Malariaanfall, um zu protestieren. Aber Ellen merkte, dass er besorgt war, weil sie sich noch weiter vom Kiwusee entfernten.

Einen Kudu bekam Truesdale nicht, dafür erreichte ihn im Hotel ein Telegramm, das seine Laune schlagartig verbesserte. »Aus Arusha!«, rief er und schwenkte das Papier in der Hand. »Prinz George und seine Leute reisen noch vor Weihnachten ab. Das heißt, dass danach dort für uns Platz ist.«

Crawford schüttelte ärgerlich den Kopf. »Zurück nach Arusha?«, knurrte er. »Was sollen wir dort herumsitzen? Wir haben noch so viel zu sammeln, Brooke, das haben Sie doch selbst gesagt.«

»Aber ein paar Tage Ruhe würden uns allen gut tun, nicht wahr? Ihnen, Maker, Sie sind immer noch ganz grün um die Nase. Und vor allem«, mit einer kleinen Verbeugung in Ellens und Charlottes Richtung, »den Damen.«

XVIII

Arusha, Britisch-Tanganjika, 31. Dezember 1927

Crawford stapfte Ellen voran durch das im Regen mannshoch gewachsene Elefantengras. Sie konnte ihm sogar von hinten ansehen, wie übel gelaunt er war. Mit dem hölzernen Schaft seiner Vogelflinte schlug er auf das nasse Gras, um einen Pfad zu bahnen.

»Crawford«, sagte sie. »Wenn du weiter solchen Krach machst, können wir ebenso gut wieder umkehren. Du verscheuchst ja ohnehin alle Vögel.«

Er blieb stehen und drehte sich um. Sein Gesicht war noch immer sehr schmal; sie hatte es vor ein paar Tagen in ihr Tagebuch gezeichnet und sich dabei selbst erschrocken.

»Selbst wenn es Vögel gäbe, wären es aller Wahrscheinlichkeit nach welche, von denen wir schon ein Dutzend gesammelt haben«, sagte er ärgerlich. »Ganz zu schweigen von all denen, die wir sowieso nie wiederfinden werden.«

Crawford war, wann immer es das Wetter zuließ, an Bachrändern oder in den Gärten der Schamben unterwegs, um nach Vögeln zu suchen. Aber in dem hohen Gras und den überwachsenen Mais- und Kassavenfeldern waren sie nicht leicht zu sammeln, und Ellen hörte nach einem Flintenschuss oft leise Flüche, weil er den Körper des Vogels, den er geschossen hatte, nicht finden konnte. Das Gras war so hoch, dass sie manchmal sogar ihn aus den Augen verlor.

»Wir haben schon sechzig verschiedene Arten gesammelt«, erinnerte sie ihn. »Mehr als dreihundert Exemplare.«

»In mehr als einem halben Jahr!«, schnaubte Crawford. »Diese verdammten Viecher.«

Mit den »Viechern«, das wusste Ellen, meinte Crawford nicht die Vögel, sondern Truesdales Vierbeiner. Das Verhältnis zwischen den beiden war in den Wochen in Kilosa nicht besser geworden. Truesdale hatte dort zwar schließlich einen Elefanten erlegt, dessen Stoßzähne jedoch, zu seiner Enttäuschung, jeder nicht einmal fünfzig Pfund wogen. Alle hatten aufgeatmet, als er sich entschlossen hatte, Anfang Dezember nach Dar-es-Salaam zu fahren, um ihre Post abzuholen. Erst am Tag vor Weihnachten war er in Arusha wieder zu ihnen gestoßen, sehr viel besser gelaunt.

Er rühmte das in neuem Glanz erstrahlende Hotel, den Wein und die Zigarren im örtlichen Offiziersclub, den Blick auf den Berg Meru und sogar den Kilimandscharo, der sich jetzt, am Ende der Regenzeit, häufiger zeigte. Und während Charlotte sich mit neuer Energie durch Berge von Post arbeitete und den Komfort eines frisch gekachelten Badezimmers sichtlich genoss, unternahm Crawford jeden Tag seine nassen Wanderungen, als müsse er beweisen, dass er sich aus derartigem Komfort nichts mache.

»Du bist nun einmal der einzige Wissenschaftler auf dieser Expedition«, sagte Ellen, nicht zum ersten Mal.

Crawford schüttelte unwillig den Kopf, was einen Sprühregen von seiner Hutkrempe auslöste. »Ich hatte gedacht, der Junge würde sich besser machen.«

Es fiel Newland überraschend schwer, die ihm unbekannten Arten zu bestimmen, all die verschiedenen Schwirle, Halmsänger, Grasmücken, Honigsauger. Am meisten Aufmerksamkeit schenkte er den Vögeln, die man essen konnte: Perlhühnern, Frankolinen, Nilgänsen und den zarten Reiherenten. Er hatte ständig Hunger. Er schien noch zu wachsen; sein schmaler Körper war in der frischen Luft und im Verlauf der langen Märsche und der ständigen Jagdausflüge kräftiger und muskulöser geworden, sehr zum Gefallen seines Vaters. Im Moment allerdings lag er meist auf einem Sofa im Rauchsalon des Hotels und las sich durch Stapel alter Ausgaben von *Punch* und anderen Magazinen, die der britische Kronprinz und sein Gefolge dort zurückgelassen hatten.

»Nächste Woche geht es weiter«, erinnerte Ellen ihn sanft.

»Nach Marungu, nicht an den Kiwusee!«, rief Crawford.

»Aber immerhin sind wir dann schon auf mehr als tausend Meter Höhe, und Bambusgehölze wird es dort auch geben«, sagte Ellen. »Warum nicht auch unseren Vogel? Es ist dieselbe Gebirgskette.« Sie hatte inzwischen viel Zeit damit verbracht, sich mit der Geografie Zentralafrikas vertraut zu machen.

»Du hast recht, Ellen«, gab er zu. »Und immer bist du es, die meine schlechte Laune abbekommt.«

Sie lächelte. »Ist das nicht besser so? Ich kann deine schlechte Laune am besten ertragen.«

Er fasste sie unter und bugsierte sie vorsichtig über den provisorischen Pfad in Richtung des Ortes zurück. Das Gras, das sie auf dem Hinweg niedergetreten hatten, hatte sich schon beinahe vollständig wieder aufgerichtet.

Charlotte saß auf der Veranda, einen Bleistift in der Hand und ein Sherrygläschen neben sich. Ellen warf einen raschen Blick auf den großen Uhrturm, der in der Mitte des Platzes vor dem Hotel stand; es war gerade zwölf Uhr mittags.

»Du schreibst«, sagte Ellen und blieb stehen.

»Es ist so angenehm hier draußen«, sagte Charlotte. »Möchtet ihr einen kleinen Aperitif vor dem Mittagessen? Nur ein paar Briefentwürfe«, fuhr sie fort, während Ellen abwinkte. »An Ferguson, und ein paar Leser haben geschrieben, die Abrahams hat alles nachgeschickt. Ellen, würdest du die Briefe nach dem Essen für mich abtippen?«

Crawford räusperte sich. »Das wird nicht gehen, Charlotte. Ellen und ich müssen die Liste für unsere Sendung nächste Woche fertigstellen. Bevor wir nach Marungu aufbrechen.«

Ellen warf ihm einen überraschten Blick zu, den er nicht erwiderte. Sie war mit der Liste schon vor zwei Tagen fertig geworden, und seither hatten sie keine neuen Exemplare mehr gesammelt.

»Nun, selbstverständlich muss auch die Post fertig sein, um mit der Sendung nächste Woche abzugehen«, gab Charlotte zurück. »Es ist nicht so, Crawford, dass nur deine Arbeit hier zählt. Zumal du ja«, sie lehnte sich mit einem Lächeln in ihrem Korbstuhl zurück, »weit davon entfernt bist, deinen eigentlichen Auftrag zu erfüllen. Weit entfernt.«

Ellen hätte sich am liebsten die Ohren zugehalten. An Charlottes Sticheleien war sie gewöhnt, aber Crawford schien sie in den letzten Wochen immer mehr herauszufordern. »Es wird nicht sehr schwierig sein, neben ein paar Briefen auch noch eine Liste zu tippen«, sagte sie knapp und nickte ihm zu. Sie wusste nicht, über wen von den beiden sie sich mehr ärgerte.

Er nickte ebenso knapp zurück. »Wenn du meinst«, sagte er und verschwand in die Eingangshalle.

Ellen setzte sich in einen Korbstuhl neben Charlottes. »Es ist gut, dich mit einem Stift in der Hand zu sehen, Lotte.«

»Ach, es ist nichts«, gab Charlotte zurück. »Kein richtiges Schreiben.«

»Auch wenn es kein richtiges Schreiben ist. Du kommst doch wieder hinein, du wirst sehen. Die Briefe sind wie eine Fingerübung.«

Charlotte trank einen Schluck. »Ich glaube nicht, Liebes. Ich glaube es wirklich nicht. Die Briefe …« Sie stellte das Glas heftig zurück. »Die Briefe machen alles nur noch schlimmer.«

Ellen sah über den Platz. »Du hast Heimweh, stimmt's?«

Charlotte nickte. »Um ganz ehrlich zu sein – ja. Ich hätte es selbst nicht gedacht. Jedenfalls nicht, dass es so stark sein würde.«

»Ich hatte es schon geahnt, als all die Post von deiner Familie kam«, sagte Ellen.

»Und die Briefe sind schon so alt! Vom Sommer und ein paar vom September. Ich mache mir Sorgen, wie es meinem Vater geht.«

»Seitdem ist die Post bestimmt schon nach Albertville gegangen«, sagte Ellen tröstend. »Da hätten wir ja eigentlich auch längst sein sollen. All dieses Hin und Her in Tanganjika!«

»Und die Briefe von Ronnie«, sagte Charlotte. »Vor allem fehlen mir Briefe von Ronnie. Ich habe Heimweh nach ihm. Nach Rockcliff Isle. Nach mir selbst. Hier bin ich nicht ich.«

»Ich verstehe, Lotte.« Ellen legte ihre Hand auf Charlottes Arm, aber sie zog ihn fort.

»Nein, ich glaube, du verstehst nicht. Du bist dauernd unterwegs, du hast sogar gelernt zu schießen, du rupfst an diesen kleinen Vögeln herum, und du zeichnest ununterbrochen. Ich ...« Sie flüsterte fast. »Ich kann nicht schreiben. Nicht ein Wort. Ich hatte es ja geahnt.« Aus der Karaffe füllte sie ihr Glas nach.

»Charlotte, möchtest du nicht –«, Ellen schluckte den Rest des Satzes herunter. Zum Mittagessen würde es Wein geben, das wusste sie. Und abends, zur Neujahrsfeier, Champagner.

»Wir hätten in Paris bleiben sollen, Ellen«, sagte Charlotte heftig. »Ich habe es gewusst. Wir hätten die Brookes allein fahren lassen sollen. Dies ist nicht meine Welt. Ich habe hier niemanden, wirklich niemanden, mit dem ich reden kann.«

»Du hast mich, Lotte«, sagte Ellen, erschrocken über den Ausbruch. »Du hast doch immer mich!«

Charlotte nickte. »Das stimmt, Liebes«, sagte sie einlenkend. »Ich habe immer dich, aber das meine ich nicht. Ich habe – ich habe wirklich niemanden hier, mit dem ich neue Ideen austauschen kann, von dem ich Anregungen bekomme. Für dich ist das anders.«

Ellen sah zu Boden. Sie hatte ein schlechtes Gewissen, weil sie so viel Zeit mit Crawford verbrachte. Und weil sie – auch das musste sie sich eingestehen – in den letzten Monaten sehr viel lieber Zeit mit ihm verbrachte als mit Charlotte.

»Für dich ist es wirklich anders«, wiederholte Charlotte, und nun klang ihre Stimme wieder bitter. »Du hast Marie.«

Diese Antwort hatte sie nicht erwartet. »Aber sie ist doch … Sie dient doch …«, stotterte sie. Warum, dachte Ellen, interessierte Charlotte sich so wenig für Ngalula? Die Neugierde, mit der sie Menschen für gewöhnlich begegnete, mit der sie sie ausfragte, um Material und neue Ideen zu sammeln, schien ihr völlig abhandengekommen zu sein.

Charlotte schüttelte den Kopf. »Du hast Marie«, wiederholte sie fest. Nun war sie es, die einen Blick auf den Uhrturm warf. »Du musst dich zum Essen umziehen«, sagte sie.

Am oberen Treppenabsatz wandte Ellen sich Charlottes Zimmer zu, um die Schreibmaschine zu holen. Die Zimmer lagen auch tagsüber in einem Dämmerlicht; die Fensteröffnungen mit den Insektengittern befanden sich direkt unter der niedrigen Decke, und das Dach, das allen anderen deutschen Dächern der Region mit ihren abgeflachten Schrägen ähnelte, ragte noch ein Stück darüber hinaus, vor Sonne und Regen gleichermaßen schützend. Neben dem Waschtisch hatte Charlotte den kleinen Feldtisch aufgestellt, den sie auf den Safaris in ihrem Zelt hatte. Er war übersät von Briefen, Verlagsprospekten und einem Stapel nicht mehr neuer Magazine, die ihr die Verlagssekretärin geschickt hatte. Newland würde sich darüber freuen, dachte Ellen. Zwischen den Papieren stand eine halb leere Karaffe mit Scotch.

»Miss Ellen?« Lautlos war Ngalula hinter ihr ins Zimmer getreten. »Ich wusste nicht, dass Sie hier sind. Miss Charlotte schickt mich, ich soll die Schreibmaschine in Ihr Zimmer bringen.«

Ellen musste lächeln. »Das mache ich gerade schon selber, Ngalula. Danke.«

Du hast Marie, hatte Charlotte gesagt. Sie hatte nicht unrecht. Ellen verbrachte auch mit Ngalula mehr Zeit als mit Charlotte, führte lange Gespräche mit ihr, ließ sich von ihr den Markt, die Läden, die Kirche in Arusha zeigen. Dabei überwachten die Belgier den Personalbedarf der Expeditionen sehr genau. Die Träger wurden entlassen, wenn man mit den Lastwagen zur nächsten Etappe weiterreisen konnte. Und für kleinere Expeditionen, die nur ein paar Wochen oder gar ein paar Tage dauerten, wurde ein Großteil der Ausrüstung eingelagert und nur das, was wirklich nötig war, von einer kleinen Gruppe von Trägern befördert. Die beiden einzigen Afrikaner, die die gesamte Zeit über bei ihnen blieben, waren Ngalula und Crawfords Zeltdiener Cetambo, der inzwischen auch sein Waffenträger war und sich im Abbalgen sehr geschickt anstellte.

Ob sie nicht ihre Mutter besuchen wolle, während die Expedition in Arusha war, hatte Ellen Ngalula gefragt. Sie könne sie dann in Marungu wiedertreffen. Ngalula hatte gelacht. »Miss Ellen, ich sagte Ihnen doch schon, mein Dorf ist sehr weit entfernt von hier. Ich würde niemals rechtzeitig wieder in Marungu ankommen. Außerdem ist das Dorf vielleicht gar nicht mehr dort. Ich müsste es erst finden.«

»Wie meinst du das, du müsstest es erst finden?«, hatte Ellen verständnislos gefragt.

»Wie ich es sage, Miss Ellen.« Ngalula lachte wieder. »In Afrika sind wir immer unterwegs. Schon als ich das letzte Mal meine Mutter besuchte, war mein Dorf nicht mehr dort, wo ich aufgewachsen bin. Wir lassen die alten Felder brachliegen. Wir roden neues Land. Es ist einfach. Wir können unsere Häuser an einem einzigen Tag neu errichten. Nur die Europäer benutzen all diese schweren Steine.«

»Aber wie – woher weißt du dann, wo deine Mutter ist?«, fragte Ellen.

»Wir wissen doch immer, wo alle sind.« Ihre Miene hatte sich verdüstert. »Jedenfalls wissen die alten Leute immer, wo die anderen sind. Meine Brüder – das wissen wir nicht immer.«

Es war Ellen peinlich, dass sie die Distanz zu Ngalulas Heimat derart unterschätzt hatte. Sie komme vom Fluss Sankuru, hatte sie bei ihrer ersten Begegnung gesagt. Ellen begann, Landkarten zu studieren. Ngalula hatte nicht untertrieben – es waren viele Hunderte von Meilen, über tausend, um genau zu sein.

»Hast du nie Angst, allein?«, fragte Ellen. »Auf all deinen Reisen.«

Ngalula lachte. »Angst, Miss Ellen? Ich habe das hier.«

Aus der Kleidertasche zog sie einen weichen Tuchfetzen, aus dem sie ein kleines, dunkles Stück Holz wickelte. Ein Schnitzwerk mit einfachen Formen, an den Ecken rundgerieben vom langen Gebrauch.

Alle Afrikaner, die Träger auf den Expeditionen, aber auch die Angestellten in den Hotels und die Händler auf den Straßen der kleinen Städte, sogar Polizisten und Postbeamte brachten den Weißen dauernd Masken und Skulpturen, die in Europa mit steigendem Enthusiasmus gesammelt wurden und immer höhere Preise einbrachten. Also schnitzten, das hatte Ellen längst gelernt, die Familienmitglieder der Träger und Hotelportiers in den Dörfern emsig neue Figuren und rubbelten sie im lehmigen Erdboden ab, schmirgelten sie mit Steinen, rieben dunkle Öle darüber, um sie wie Antiquitäten aussehen zu lassen. Schön waren viele der Figuren trotzdem, dachte Ellen, und was war schon alt in einem Kontinent, wo fast alles aus Lehm und Gras bestand, aus Bambus und Laub, wo ein ganzes Dorf binnen Stunden verschwinden und an einer anderen Stelle wieder aufgebaut werden konnte?

Aber diese Skulptur war anders, das spürte Ellen daran, wie ihr Herz zu pochen begann. Es war eine kleine Holzfigur, kaum länger als ein Daumen, mehr eckig als rund, und dennoch war auf den ersten Blick zu erkennen, dass es sich um einen Vogel handelte.

Sie streckte zögernd die Hand aus. »Ngalula«, fragte sie, »was ist das?«

»Die Ahnin meiner Mutter«, sagte Ngalula. Ellen war sich nicht sicher, was sie meinte. Steckte der Geist von Ngalulas Großmutter in dieser Figur? War sie die Vorbesitzerin gewesen? Und wer vor ihr? »Wir sind nur zwischen ihnen«, fuhr Ngalula fort. »Den Ahnen und den Kindern.«

»Darf ich …?« Vorsichtig hob Ellen den Vogel aus dem Tuch und drehte ihn im Licht, das durch das hohe Fenster hereinfiel. Man sah, dass er von vielen Händen gedrückt, zwischen vielen Fingern gerieben worden war; die Kanten waren wie die eines Strandkiesels, eines Stücks Seeglas.

»Die Ahnen schützen uns«, sagte Ngalula. »Und die Kinder, die nach uns kommen. Sie sind Teil von uns und wir von ihnen.«

»Die Figur ist wunderschön, Ngalula«, flüsterte Ellen. Sie umschloss das Holz mit der Hand, fühlte die Konturen. Es war warm, fast weich, ein bisschen feucht von der Regenluft. »Bewahrst du sie auf für deine Kinder?«

Wieder lief ein Schatten über Ngalulas Gesicht. »Wer weiß, Miss Ellen, ob die Kinder in dieser Zeit noch zu uns finden werden«, antwortete sie.

»Aber wenn du Kinder doch liebst?«

»Miss Charlotte schreibt immer an diesen Jungen auf der Insel. Auch sie liebt Kinder«, sagte Ngalula.

»Ja, das tut sie«, bestätigte Ellen.

»Warum hat sie dann keine?«

»Nun, sie … wir …«, stammelte Ellen. Sie legte den Vogel wieder auf das Tuch.

»Miss Charlotte hat nur Sie, Miss Ellen«, sagte Ngalula.

Ellen sah betreten zu Boden. »Darf … darf ich die Figur zeichnen?«, fragte sie schließlich.

»Ja, Sie dürfen sie zeichnen. Aber bitte zeigen Sie sie nicht Mr. Newland. Er darf sie nicht fotografieren.« Sie nahm die Schreibmaschine auf. »Ich nehme die Maschine mit nach unten, während Sie zu Mittag essen«, sagte Ngalula. »Ein paar der Hebel klemmen, und sie sind auch etwas rostig geworden. Miss Charlotte meint, das liegt an der feuchten Luft. Aber ich denke, es liegt daran, dass sie die Maschine überhaupt nicht mehr benutzt! Cetambo kann sie ölen.«

Ellen zeichnete den ganzen Nachmittag den eckigen Vogel. Sie saß in ihrem Zimmer, auf ihrem Bett, in den schlammbespritzten Khakihosen, den Skizzenblock auf den Knien, und vergaß, zum Mittagessen zu gehen. Immer wieder drehte sie die kleine Skulptur um, zeichnete sie aus jedem Winkel, jeder Perspektive. Die Schreibmaschine, Charlottes handgeschriebene Briefentwürfe und Crawfords Listen waren vergessen. Sie hielt die kleine Holzfigur in der Hand, mit geschlossenen Augen. Was hatte Charlotte gesagt – sie sei hier nicht sie selbst? Aber sie, Ellen, war hier sie selbst. Endlich. Dieser Vogel sang für sie.

Als es dunkel wurde – Ellen konnte sich nicht daran gewöhnen, wie rasch das immer geschah –, klopfte es. »Miss Ellen? Ich habe Ihr Kleid gebügelt. Vielleicht möchten Sie noch ein Bad nehmen vor dem Abendessen? Miss Charlotte ist gerade fertig geworden, das Badezimmer ist frei.« Ngalula trat in ihr Zimmer, hängte den

Bügel mit dem Kleid an einen Haken und entzündete die Lampe. »Miss Charlotte lässt sich für den Abend entschuldigen, sie hat Kopfschmerzen. Sie möchte heute nicht mehr gestört werden, sie hat eine Tablette genommen und lässt Ihnen ausrichten –« Ngalula brach ab; sie schien nach Worten zu suchen in dem Englisch, das ihr sonst so geläufig war.

»Soll ich nicht doch noch einmal nach ihr sehen, Ngalula?« Ellen ahnte, woher Charlottes Kopfschmerzen kamen, und sie ahnte, dass auch Ngalula es wusste.

Ngalula schüttelte den Kopf. »Ich glaube, es ist wirklich besser, wenn Sie sie heute Abend einfach schlafen lassen, Miss Ellen. Morgen früh geht es ihr bestimmt besser.«

Ellen seufzte. Sie konnte es nicht erwarten, wieder in einem Zeltlager zu schlafen. Sie wusste zwar, dass Charlotte sich dort erst recht einsam fühlte, abgeschnitten von jeder Post, aber sie führten dann sehr begrenzte Mengen von Wein und Whisky mit, die vom Koch verwahrt wurden. In den Hotels gab es ständig Nachschub, und Truesdale, der die Rechnungen beglich, schien entweder nichts aufzufallen oder es machte ihm nichts aus, dass ein stetiger Alkoholkonsum eine der »Damen« seiner Expedition bei einigermaßen guter Laune hielt.

Ngalula sah sie prüfend an. »Es ist gut, Miss Ellen. Geben Sie Miss Charlotte etwas Zeit. Sie ist sehr einsam hier.«

Ellen nickte. »Ja, das hat sie selbst auch schon gesagt«, sagte sie zögernd. Sie sah auf das blassblaue lange Seidenkleid. Es wirkte völlig fehl am Platz, hier, an einem Haken an der kahlen Wand eines afrikanischen Provinzhotels. Sie hatte es zuletzt an Bord des Schiffes zum Kapitänsdiner getragen, irgendwo zwischen dem Suezkanal und dem Horn von Afrika. Dann sah sie wieder an sich selbst herab, auf die dreckbespritzten Khakis.

»Ich glaube, ich gehe auch nicht hinunter, Ngalula«, sagte sie. »Mir ist nicht recht nach einer Silvesterparty. Kannst du mir ein

Tablett mit irgendetwas zu essen bringen lassen? Ich würde lieber noch …«, sie wies auf das von Zeichnungen übersäte Bett. »Schau. Da ist dein Vogel.«

Ngalula warf nur einen raschen Blick auf die Zeichnungen. Ihre Finger schlossen sich um die kleine Holzplastik, die Ellen ihr wieder in die Hand gedrückt hatte, und sie ließ sie in die Tasche ihres Schürzenkleides gleiten.

»Sie sollten gehen, Miss Ellen«, sagte sie. »Die Herren wären sehr enttäuscht, wenn Sie und Miss Charlotte beide nicht kämen. Ich lasse Ihnen ein Bad ein.«

Ellen seufzte noch einmal. »Ich fürchte, du hast recht. Es wäre sehr unhöflich, nicht wahr?«

»Mister Crawford ist ein feiner Mensch, Miss Ellen«, sagte Ngalula und schloss sachte die Tür hinter sich.

Ellen war schweigsam bei Tisch, und sie spürte Crawfords prüfenden Blick auf sich. Es war keine Frage, dass auch er wusste, weshalb Charlotte nicht zum Essen heruntergekommen war. Truesdale entrüstete sich über den unerhört hohen Ausfuhrzoll, den er für seine minderwertigen Elfenbeinzähne hatte zahlen müssen, und er erzählte eine Anekdote von einem frisch aus Amerika angekommenen Missionar und einem Dokumentarfilmer, die er im Haus eines Eisenbahnbeamten in Dar-es-Salaam getroffen hatte. Newland nahm sich schon zum zweiten Mal von der großen Platte mit Wildbret nach.

Sobald nach dem Dessert der Champagner gereicht wurde, entschuldigte Ellen sich und trat auf die Veranda. Von all den Kerzen war es drinnen stickig geworden, und sie hatte das Gefühl, in dem ungewohnt engen Kleid keine Luft zu bekommen. Die weißen Zifferblätter des Uhrturms schimmerten im Sternenlicht.

»Du siehst sehr hübsch aus heute Abend, Ellen«, sagte Crawford. Er trug in jeder Hand ein Champagnerglas. »Ich hatte ganz vergessen, dass du auch Kleider besitzt.«

Sie schüttelte den Kopf, als Crawford ihr ein Glas reichen wollte.

»Ellen«, sagte er ernst. »Es ist schon gut. Du darfst ein Glas Champagner trinken. Du machst es für Charlotte nicht besser, indem du dir selbst alles versagst.«

Sie schwieg. »Bist du mir noch böse wegen der Liste?«, fragte er. »Wo warst du den ganzen Nachmittag? Bitte sag jetzt nicht, dass du tatsächlich all diese albernen Briefe für Charlotte getippt hast.«

»Ich habe … ich habe gezeichnet«, gestand sie, und plötzlich fühlte sie, wie sich etwas in ihr löste. »Crawford, ich habe … würdest du einen Moment warten?«

Sie rannte, so schnell das Kleid es zuließ, durch die Halle die Treppe hinauf. Er stand noch an derselben Stelle, als sie mit dem Skizzenbuch in der Hand wieder auf die Veranda kam. Sie legte es auf das Tischchen, an dem Charlotte mittags ihre Korrespondenz erledigt hatte, und schlug die Seiten für ihn um. Die Geschichte von Ngalulas Ahnen sprudelte aus ihr heraus.

»Sieh, hier … Und hier … Das ist ein Vogel, Crawford.«

Crawford sah nachdenklich auf die Zeichnungen. »Es ist sehr fremd«, sagte er.

»Ja … nein, das ist es nicht«, widersprach sie. »Ich habe so einen Vogel schon einmal gesehen, Crawford, es ist Jahre her. Und damals habe ich ihn noch nicht richtig begriffen. Aber jetzt, jetzt verstehe ich ihn. So, genau so, will ich arbeiten!«

Er blickte sie lange an. »Ellen«, sagte er. »Du versagst dir ja doch nicht alles. So habe ich dich noch nie gesehen.«

Sie nahm das Glas, das er ihr wieder hinhielt, und dann ließ sie es zu, dass er sie in seine Arme nahm. Irgendwo verpafften ein paar Knallkörper. Die bleichen Zifferblätter zeigten Mitternacht.

»Dieser Uhrturm ist absurd«, murmelte sie. »All diese schweren Feldsteine, und das Dach obendrauf. Die Zeit in Afrika funktioniert nicht so, wie die Deutschen es wollen. Oder wir.«

»Weißt du, dass die Deutschen diese Türme eine Normaluhr nennen? Der Concierge hat es mir erzählt.« Sie spürte seinen Mund auf ihrem Haar.

»Eine normale Uhr?« Sie lachte leise. »Was ist denn dann, bitte schön, eine unnormale Uhr?«

Er hielt sie fester. »Vielleicht diese, Ellen, vielleicht diese.« Sie hob das Gesicht, und er küsste ihre Stirn, dann ihren Mund. »Vielleicht zeigt diese Uhr eine afrikanische Zeit. Oder vielleicht kann sie für einen Moment stehen bleiben.«

Jetzt war sie es, die ihn küsste. »Vielleicht«, flüsterte sie. »Vielleicht. Aber vielleicht zeigt sie auch nur geborgte Zeit.«

Sandy Point, 20. Januar 1928

Meine liebe Charlie,
ich war überglücklich, einen Brief von Dir zu bekommen. Es scheint, unsere Briefe nach Dar-es-Salaam haben Dich endlich erreicht, aber wir haben dann ab Oktober postlagernd nach Belgisch-Kongo geschrieben, wie Du gesagt hattest, wohin ich auch diesen Brief richte. Bist Du denn noch immer nicht dort? Ich hatte mir ja gleich gedacht, dass die Post in Afrika nicht funktioniert.

Wir danken Dir sehr für das Zebrafell, das wir von der Taxidermie-Firma in Chicago weitergeleitet bekamen. Dein Vater findet es sehr dramatisch, sagt er. Nun liegt es vor dem Kamin in unserem Wohnzimmer, Du weißt ja. Er hat sich auch sehr über das hölzerne Gefäß gefreut, es ist genau der richtige Behälter für seine Pfeifen. Und Mrs. Harris war hier und hat auch schon alles bewundert.

Aber wir waren uns alle einig: So schön die Sachen auch sind, wir hätten doch lieber Dich wieder bei uns. Du schreibst so wenig über das, was da eigentlich vorgeht in Afrika und bei diesen »Safaris«, die ihr offenbar dauernd unternehmt.

Du hast uns Weihnachten sehr gefehlt. Eric war mit Minna und den Zwillingen zu Besuch. Du würdest sie gar nicht wiedererkennen, die Jungen sind so sehr gewachsen! Sie gleichen einander wie das sprichwörtliche Ei dem anderen, obgleich sie sich inzwischen weigern, sich von Minna immer gleich anziehen zu lassen. Wir haben oft von Dir gesprochen, so gut es eben ging, denn viel wissen wir ja nicht. Wozu hast Du denn Deine Sekretärin mitgenommen? Wenn Du zu viel zu tun hast, kannst Du nicht Miss Sinclair bitten, uns etwas öfter und detaillierter über Dein Wohlergehen zu unterrichten? Bist Du gesund? Schreibst Du? Achtest Du auf Deine Ernährung?

Bist Du dort wirklich ganz unentbehrlich?

Liebe Charlie, schreib mir doch bitte, wann Du zurückkommst. Ich will ganz ehrlich sein: Deinem Vater geht es leider gesundheitlich wirklich noch immer nicht gut, er hat es doch dauernd mehr am Herzen. Er ist oft kurzatmig und schnauft viel. Wirst Du wenigstens Ostern wieder hier sein?

Alle senden ihre wärmsten und herzlichsten Grüße von hier, besonders auch Carl und Eric & Familie.

Deine Mutter

North Landing, 20. Januar 1928

Sehr geehrte Miss Overbeck!
Ein frohes neues Jahr wünsche ich Ihnen aus North Landing! Und meine Eltern schließen sich an.

Ich wollte mich schon so lange zu all den Postkarten bedanken, die Sie mir geschickt haben. Aber Mr. Larsen vom Postamt sagt, dass das Porto sehr teuer ist. Außerdem wussten meine Eltern nicht, wohin ich schreiben soll. Jetzt hat uns Mrs. Maker gesagt, wir sollen nach dem Kongo schreiben, in die Stadt Albertville.

Die Postkarten aus Afrika haben meine Mutter und ich alle in meinem Zimmer an die Wand geheftet, die mit dem Schiff und die mit den Palmen und den Bergen und die mit den schwarzen Kindern, die im Fluss baden, und die mit den Zebras. Nur die mit dem toten Löwen nicht. Ich mag keine toten Tiere an meiner Wand.

In der Schule haben wir einen Globus. Mrs. Maker kam neulich in unsere Klasse und hat uns gezeigt, wo Sie gerade sind. Sie musste erst selbst suchen, denn Sie sind ja fast genau auf der Naht vom Globus. Sie sagte, Sie haben schon eine große Trappe geschossen und Reiher und kleine Vögel, und auch Löwen und Gazellen und einen Elefanten. Bitte schießen Sie nicht zu viele Tiere! Bitte sagen Sie das auch Mr. Maker.

Miss Overbeck, es war eine große Aufregung, als vor Weihnachten das Päckchen aus New York kam, an mich! Von dort bekommen doch eigentlich nur Sommergäste Post und manchmal Mr. Maker. Mr. Larsen hat es persönlich bei uns vorbeigebracht. Mein Vater sagt, das hat er nur gemacht, weil er neugierig war und wissen wollte, was in dem Päckchen drin ist. Aber meine Eltern haben es versteckt, bis Weihnachten war, damit ich es nicht vorher auspacke.

Ich hatte ja schon gedacht, dass es ein Buch ist, weil es von Ihrem Verlag kam. Und es war sehr schön eingewickelt, in

Weihnachtspapier mit einem Seidenband (meine Mutter hat es aufbewahrt). Eine Miss Abrahams hat dazugeschrieben, dass es von Ihnen ist, und ich bedanke mich herzlichst. Ich habe das Buch sofort angefangen, und so ein elendes Leben, wie es dieser arme Waisenjunge Pip hat, mag man sich ja gar nicht vorstellen. Ich habe ein paarmal schlecht davon geträumt, und dann hat meine Mutter mir das Buch weggenommen und es in den Schrank hinter die Bettwäsche geräumt. Sie hat gesagt, ich bekomme es zurück, wenn Sie im Sommer hier sind, Miss Overbeck. Falls Sie dann Zeit haben, es mit mir zusammen zu lesen. Meine Mutter hat gesagt, ich darf Sie nicht stören, wenn Sie arbeiten.

Ich hoffe, dass Mr. Maker wieder hier ist, wenn im Frühjahr die Brutzeit beginnt. Mr. Gaskill, unser Magistrat, hat neulich selbst gesagt, dass die Vogelgesetze besser eingehalten werden, wenn er hier ist. Er sagt, Mr. Maker ist eine A-U-T-O-R-I-T-Ä-T (meine Mutter hat mir geholfen, das Wort zu buchstabieren). Bitte richten Sie ihm das aus, Miss Overbeck.

Noch einmal herzlichsten Dank für die Postkarten und das schöne Weihnachtsgeschenk.

Viele Grüße, auch von meinen Eltern,
sendet Ihnen Ihr Ronald Beale (junior)

XIX

Albertville, Belgisch-Kongo, Ende Mai 1928

Anfang Mai erreichten sie Albertville zum zweiten Mal. Sie waren im Januar von hier ins Hochland von Marungu aufgebrochen, am Südwestufer des Tanganjika, einer Sammelstelle, von der sich der Ornithologe Dunphy viel versprochen hatte. Doch auch hier hatte Crawford fast nur Exemplare der dem Museum schon bekannten Arten gesammelt, bis auf ein paar Geier, um die Dunphy ausdrücklich gebeten hatte und die er geduldig mit Ködern anlockte. Er war erleichtert, nach der endlosen Großwildjagd in den Hochsteppen von Britisch-Tanganjika endlich Vögel gesammelt zu haben, die in Dunphys zoologischer Sammlung eine echte Lücke füllen würden. Dass er nach all den Monaten in Afrika fast keine für das Museum neue Spezies gefunden hatte, so viel Zeit mit dem Gehörn von Antilopen, den Zähnen von Elefanten, dem Horn und der Haut eines Rhinozerosses vertrödelt hatte, war ihm fast peinlich. Er präparierte deshalb mit größter Sorgfalt jegliche Exemplare von Vögeln, die er sammelte, auch wenn ihm klar war, dass sie in der Sammlung schon vorhanden waren. »Vielleicht sind unsere Bälge besser«, sagte er zu Ellen. »Vielleicht können sie in Chicago das eine oder andere mottenzerfressene Präparat durch unsere ersetzen. Außerdem haben wir eine ganze Reihe von den Burschen im Prachtkleid erwischt.«

Die Regenzeit war heftig gewesen; im Februar hatte es fast jeden Tag in Strömen gegossen. Sie hatten wieder einen Leoparden gesehen, und Truesdale war ihm mit einem der Belgier mehrere Tage lang nachgepirscht; er wollte auf keinen Fall das Lager abbrechen.

Ellen fiel auf, dass sich Newland seinem Vater jetzt seltener anschloss. Er hatte auf der Marungu-Safari täglich nach *Pseudo* gesucht; andauernd hatte er kleine Langschnabelsänger und Würger angeschleppt, doch Crawford hatte immer nur den Kopf geschüttelt: Nein, sie sahen ihm zwar ähnlich, aber sie waren zu groß, zu klein, der Schnabel war zu lang oder der Schwanz, die Schwungfedern nicht von der rechten Farbe. Newland zeigte Ellen seine Oktavhefte; fast verbissen notierte er dort die Daten aller Vögel, die er sammelte. Beim Abbalgen sezierte er den Mageninhalt jedes einzelnen Exemplars: »Palmenmark«, notierte er, »Fruchtfleisch«, »Mücken oder ähnliche Insekten«, oder, bei einem Reiher, »eine grünliche Masse der örtlichen Vegetation, zusätzlich zwei Libellenflügel.« Er war ganz verzweifelt gewesen, als er einen schwarzköpfigen Webervogel fand, der sich von den ihm schon bekannten Arten zu unterscheiden schien und der ihm bei dem Versuch, ihn bei Licht genauer zu untersuchen, ins abendliche Lagerfeuer gefallen war. Jede Woche hatte er ihr und Crawford geholfen, die Etiketten aller Bälge zu vervollständigen: Ort und Datum des Fundes, den Namen des Finders, die Maße des Vogels.

Crawford war oft genauso ungeduldig mit Newland wie mit der Welt im Allgemeinen, dachte Ellen. »Am Beginn der Reise hat er sich so gut angestellt«, beklagte er sich bei ihr.

»Am Beginn der Reise kannte er auch noch alle Vögel, Crawford«, wandte sie ein. »All die Seevögel hat er doch jahrelang beobachtet und studiert, wenn er bei seinen Großeltern in Maine zu Besuch war.«

»In den Museen in England und in Belgien hat er auch noch alle Arten bestimmen können.«

»Die waren tot und saßen still! Das ist uns allen leichtgefallen, Crawford, sogar seinem Vater.« Sie sah zu Newland hinüber, der im Küchenzelt eine Ente rupfte. »Hab ein bisschen Nachsicht mit dem Jungen, Crawford. Er ist sehr gut geworden im Abbalgen. Und du hast selbst gesagt, hier könnte sogar dir ein kleiner grüner Vogel im Gebüsch vor der Nase sitzen, und du würdest ihn womöglich nicht mal sehen, geschweige denn bestimmen können.«

Eines Morgens Ende April, als der Regen sie wieder im Lager festhielt, fehlte Crawford beim Frühstück.

»Cetambo sagt, er ist noch im Dunkeln in den Wald gegangen«, sagte Newland, der geschickt worden war, um nach ihm zu sehen. »Er hat beide Gewehre dabeigehabt.«

»Das hat er mir gar nicht gesagt!«, rief Ellen.

»Vielleicht darf Crawford hin und wieder etwas tun, ohne dich um Erlaubnis zu fragen«, sagte Charlotte spitz.

Ein paar Stunden später kam Crawford auf dem Pfad aus dem Wald. Er ging langsam und gebeugt. Über seinen Schultern lag ein Leopard.

»Da haben Sie ihn, Brooke«, sagte er und warf das Tier vor dem Zelt auf den nassen Boden. Keuchend zog er sein blutbeflecktes Hemd zurecht. »Können wir vielleicht jetzt zum Kiwusee fahren? Oder gibt es noch irgendetwas, das brüllt oder Hörner hat, was in Ihrer Sammlung fehlt?«

Crawford verbrachte mit Newland, Cetambo und den Belgiern die letzten Tage im Lager damit, sämtliche Häute, Felle und Studienbälge noch ein weiteres Mal gründlich mit einer Tinktur einzupinseln, die er selbst in den vergangenen Monaten entwickelt hatte und deren Rezeptur er streng geheim hielt. Obwohl die Regenfälle fast vorbei waren, wimmelte es noch immer von kleinen

Käfern, Wanzen, Mücken und Motten, und es war fast unmöglich, die Ladekisten von dem Krabbelzeug freizuhalten. Sie konnten nur hoffen, dass alles wohlbehalten in der Werkstatt in Chicago ankommen würde. Von dort würde auch eine Sendung nach Rockcliff Isle abgehen, an Crawfords Mutter. Er hatte ein wenig von der Jagdbeute der Brookes profitiert, und sie würde das Fell einer Antilope erhalten, groß genug, um damit die Ottomane in der guten Stube neu zu beziehen, ein Kopfpräparat von einem Buschbock und eine Flusspferdpeitsche, ein Überbleibsel aus der Zeit der deutschen Kolonie, die einer der Träger ihm verkauft hatte.

Mit besonderer Sorgfalt hatte Crawford einen kleinen, bunt schillernden Honigsauger präpariert und in einer mit Holzwolle ausgestopften Zigarrenkiste der Sendung an seine Mutter beigefügt. Nach der Rückkehr von der Marungu-Expedition hatte er von ihr in Albertville nicht nur einen ganzen Stapel Briefe vorgefunden, die leider zum Teil arg zerfleddert waren, sondern auch ein Dutzend zerbeulter Konserven mit Fischklopsen aus der Herstellung von Maker & Söhne – um etwas Abwechslung in die Lagerküche zu bringen, wie Miriam schrieb. Selten hatte ihn Ellen auf dieser Reise so begeistert gesehen. Wieder spürte sie sein Heimweh, und sie empfand etwas Ähnliches. Sie war ihre Skizzenbücher leid, ihre Hände sehnten sich nach Ton, nach Gips, nach ihren Werkzeugen.

Doch vorerst würde sie in Albertville festsitzen, einer aufgeblasenen Provinzstadt, die sich anstrengte, europäisch auszusehen, dachte Ellen, umgeben von Grashütten. Der überdimensionierte Bahnhof mit seiner Feldsteinfassade war viel zu groß für die wenigen Züge, die dort fuhren, und vor der Präfektur reckte sich ein pathetisches Denkmal, umgeben von einem eisernen Kettenzaun. Das Hotel, so vornehm es sich geben mochte, war überrannt von großen weißen Ameisen. Charlotte war glücklich, dass es ein Postamt gab, auf dem sie jede Woche nach Briefen fragen konnten. Truesdale frequentierte den obligatorischen Offiziersclub mit seinen Tennisplätzen; die Brookes waren auch auf dem Tanganjikasee segeln gewesen.

»Ellen«, sagte Crawford, »bitte komm mit. Komm mit mir.« Sie saßen auf einer Bank am Schiffsanleger; sie waren im Büro der Great Lakes Company gewesen, um die letzten Formalitäten für die Verladung der Trophäen nach Britisch-Tanganjika zu erledigen. Am nächsten Morgen würden Crawford und die Brookes mit den Belgiern nach Kigoma übersetzen und den Transport per Bahn bis zur Umladung in Dodoma überwachen. Die Belgier würden nicht zurückkehren, sondern die Kisten bis zur Verschiffung nach Dar-es-Salaam begleiten, wo sie am Ende der Regenzeit ihre nächste Reisegruppe erwarteten. Die letzte Safari, das Ruzizital hinauf ins hoch gelegene Bambusgehölz, in dem der österreichische Ornithologe Grauer einem Einheimischen den ersten *Pseudocalyptomena* abgekauft hatte, würden sie ohne die bewährten Jäger bewältigen müssen.

»Es ist unmöglich«, sagte Ellen. »Ich traue mich nicht, Charlotte zurückzulassen. Wir treffen uns in Kigoma, wenn ihr zurückkommt.«

»Marie kann bei ihr bleiben«, wandte er ein.

»Wir haben doch schon so oft darüber gesprochen, Crawford. Marie ist ihr fremd. Sie fühlt sich allein.«

»Verstehst du eigentlich nicht …«, er stockte, »verstehst du eigentlich nicht, wie … wie allein ich mich fühle, Ellen? Seit dem Abend in Arusha?«

Sie senkte den Blick ab. »Das war …«

»In all den Monaten hast du getan, als sei nichts gewesen«, fuhr er fort.

»Crawford«, sagte sie. »Ich war wütend auf Charlotte. Wenn sie trinkt, wenn sie sich so zurückzieht, dann …« Sie blickte ihn wieder an. »Aber sie war immer für mich da, viele Jahre lang. Auch wenn es auf dieser Reise anders aussieht. Sie ist so unglücklich hier.«

Er sah sie lange an. »Du traust dich nicht, Ellen«, sagte er. »Du traust dich wirklich nicht.«

Sie schwieg.

Er stand von der Bank auf. »Es ist deine Entscheidung«, sagte er. »Das Schiff geht morgen früh um zehn.«

Sie sagte ihm nicht, wie ihr vor den Wochen des Nichtstuns im Hotel in Albertville graute, doch Charlotte schien sich endlich etwas wohler zu fühlen. Albertville war die Postanschrift, an die ihre Familie, Ronnie, ihr Lektor und Izzy alle Korrespondenz richteten. Charlotte fand das Hotel trotz der Ameisen komfortabel, freute sich auf ihre täglichen Spaziergänge am Seeufer, hatte nicht nur ein griechisches, sondern sogar ein indisches Restaurant entdeckt und verbrachte zumindest einen Teil ihrer Tage an dem Schreibtisch in ihrem Zimmer, obwohl sie nach wie vor keinen Hehl daraus machte, dass sie lieber heute als morgen aus Afrika abreisen würde.

»Seit fast einem Jahr sind wir jetzt unterwegs!«, klagte sie beim Abendessen. »Ein ganzes Jahr! Für nichts und wieder nichts.«

»Nur noch ein paar Monate«, sagte Ellen. Es stimmte. Wenn sie den Breitrachen nicht bis Ende Juli auftrieben, war die Expedition vorbei. Truesdale hatte unmissverständlich zum Ausdruck gebracht, dass er sich wieder um seine Geschäfte kümmern müsse und auch von Newland erwarte, sich mit Leib und Seele in die Firma einzubringen.

»Wir werden den Vogel nicht finden, Ellen, und was macht das schon für einen Unterschied? Was für eine alberne Unternehmung.«

»Du hast ihn doch gar nicht gesucht, Lotte«, sagte Ellen heftig.

»Das war auch nicht meine Aufgabe«, gab Charlotte zurück. »Meine Aufgabe war, über die Suche zu schreiben.«

»Was du auch nicht getan hast!«, sagte Ellen. Sie fühlte, wie sich ihre Kehle zusammenzog.

Charlotte lachte hohl. »Wie denn auch? Die Reise ist, Gott sei Dank, fast vorbei, und die Suche hat noch nicht mal richtig angefangen.«

Ellen schluckte. »Die ganze Zeit haben wir uns auf die Suche vorbereitet, Lotte, ein ganzes Jahr lang. Schon auf dem Schiff, schon in Tring, aber das war dir ja zu langweilig. Du hättest das ganze Jahr über –«

»Hätte ich nicht!«, rief Charlotte. »Ich habe schon auf der Überfahrt von Brooke einen Maulkorb verpasst bekommen. Nichts, gar nichts konnte ich schreiben. Während du –«

»Lotte, du hättest dir doch die ganze Zeit Notizen machen können. Die Träger interviewen, die Belgier, dir die Städte ansehen, was weiß ich. Material sammeln.«

»So wie du?« Charlotte beugte sich über den Tisch, ein dunkles Funkeln in ihren grauen Augen. »Notizen machen, Material sammeln. Du und deine ganzen Skizzenbücher, dein Tagebuch, glaubst du, ich habe nicht bemerkt, wie viel du in all diesen Monaten geschrieben und gezeichnet hast? Obwohl du die Hefte immer vor mir versteckt hast?«

Ellen senkte den Blick. »Ich wollte nicht, dass du dir noch mehr Sorgen machst ums Schreiben. Mir bereitet es einfach Freude, die Menschen hier zu beobachten, die Tiere …«

Charlotte lehnte sich in ihrem Stuhl zurück. »Man könnte meinen, Liebes, dass du die Expertin bist, die gebeten worden ist, mit auf diese Expedition zu kommen, nicht ich. Du mit deinen kleinen Skalpellen und der Baumwollwatte und dem Schießgewehr und den endlosen Skizzen von toten Vögeln und kleinen Steinhaufen. Man könnte meinen –«, sie unterbrach sich und lehnte sich wieder vor. »Ellen«, sagte sie eindringlich, »ist es das? Habt ihr mir etwas vorgemacht, Brooke und dieser Doktor Dunphy und – und Crawford?«

Ellen warf ihre Gabel auf den Tisch. »Du gönnst es mir nicht, Lotte!«, rief sie. »Du gönnst mir einfach nicht, dass ich etwas gefunden habe, was mir etwas bedeutet. Nein, nicht etwas bedeutet, was mich erfüllt. Ja, erfüllt, verdammt noch mal.«

»Was, diese dummen Holzstücke? Und diese Federbälge? Die erfüllen dich?« Charlotte schlug so heftig auf die Tischkante, dass die Gläser sprangen. »Ellen, wir haben die Elgin-Friese gesehen und den Isenheimer Altar!«

»Du gönnst es mir nicht«, wiederholte Ellen. Sie fühlte sich ruhiger, aber sie wusste, dass sie nicht zurückkonnte. »Du bist eifersüchtig. Du bist eifersüchtig darauf, dass ich hier etwas gefunden habe, nur für mich selbst.«

»Du hast alles hier. Du steckst die ganze Zeit mit Marie zusammen, mit Newland, und mit … mit Crawford. Ich habe nichts. Nicht einmal Briefe, nicht von Ronnie, nicht von Izzy, und wenn ich welche bekomme, sind sie Monate alt! Wer weiß, ob mein Vater überhaupt noch lebt!«

Ellen griff über den Tisch nach ihrer Hand.

»Habt ihr mir etwas vorgemacht?«, wiederholte Charlotte leise und zog ihre Hand zurück. »Du und … und dein Crawford?«

Ellen stand auf. »Du trinkst, Lotte. Schon das ganze Jahr über. Du weißt nicht, was du sagst.«

XX

Schwedische Mission in Lemera,
Belgisch-Kongo, Ende Juni 1928

»Miss Ellen?« Ngalula stand in der Tür. »Mrs. Eriksson lässt Ihnen ausrichten, dass morgen um halb zehn Gottesdienst ist.«

Ellen sah von ihrem Tagebuch auf. »Hast du Miss Charlotte schon Bescheid gesagt?«

Ngalula nickte. »Aber sie wird nicht da sein. Sie geht Golf spielen.«

»*Golf* spielen?« Charlotte spielte nicht Golf.

»Ja«, sagte Ngalula. »Mit den beiden Mr. Brooke. Sie fahren nach dem Mittagessen nach Uvira hinunter.«

»Aber da kommen wir doch gerade erst her!« Ellen sah aus dem Fenster auf den üppigen Garten der schwedischen Mission, wo Mangobäume und Bougainvilleen, Thumbergien und Poinsettien wuchsen. Dahinter erhob sich die Flanke des Kandaschomwa, der ihr eigentliches Ziel war, bambusbestanden und mehr als dreitausend Meter hoch. Die schwedische Mission war von Uvira, am Ufer des Kiwusees, zwei Tagesreisen entfernt.

»Uvira«, wiederholte Ellen. »Na gut. Und du?«

»Natürlich gehe ich zum Gottesdienst«, sagte Ngalula. Sie sah Ellen über die Schulter und deutete auf eine Zeichnung, die Ellen am Vortag gemacht hatte. »Das gehört Mr. Eriksson«, sagte sie. Ellen nickte. Es war eine hölzerne Maske, die im Arbeitszimmer des Pastors hing. Er hatte Ellen und Charlotte gegenüber keinen Hehl daraus gemacht, dass er als Mann der Kirche zwischen christlichem und lokalem Brauchtum geschickt navigieren musste, um in diesem Teil der Welt neue Gläubige zu gewinnen.

»Die Maske ist viel getanzt worden«, sagte Ngalula. Es war eine abgenutzte, kreisrunde Holzmaske, ringsum von Stroh eingefasst, in die konzentrische Rillen eingeschnitzt waren, geteilt in der Mitte von einem schmalen, hohen Grat, vielleicht eine Nase, vielleicht ein Schnabel. Es war eine durch und durch geometrische Figur, aber mit einem zutiefst lebendigen Ausdruck.

»Du kennst dich aus«, sagte Ellen.

Ngalula lachte ihr Lachen. »Pastor Eriksson kennt sich auch aus, Miss Ellen. Und Sie sich inzwischen auch.«

Ellen stand auf. »Ngalula, natürlich gehen wir morgen in die Kirche. Lass mich vor dem Mittagessen nur kurz noch mit Miss Charlotte reden.«

Mit einem holzbefeuerten Dampfschiff waren sie von Albertville in einer Tagesreise nach Kigoma übergesetzt und dann gemeinsam mit Crawford und den Brookes zum Nordende des Tanganjikasees gefahren. Sie hatten ein paar Tage lang in Uvira warten müssen, weil die Steueranlage eines der Jeeps ausgefallen war, mit denen sie in die Berge hatten fahren wollen – wieder in einem von Griechen geführten Gasthaus, worüber sich Crawford beschwert hatte; sein Magen vertrug das schwere, von Olivenöl getränkte Essen nicht. Vorsichtshalber hatte er in Albertville die Apothekenkiste noch einmal aufgestockt, und seit seinem Malaria-Anfall trug er ständig ein Röhrchen mit Chinin in der Jackentasche. Auch der Rauch machte ihm zu schaffen: überall im Ruzizital brannten die Einwohner nach der Regenzeit das übermannshohe Gras herunter, um daraus neue, saftige Wiesen für ihre Rinder zu gewinnen, Insekten und Schlangen zu vernichten. Aus Baumkakteen erneuerten sie ihre Einfriedungen, um Vieh und Häuser vor Leoparden zu schützen. Die Höhe des Kandaschomwa hatte sich, selbst als sie endlich in ihren Jeeps seine Flanke zu erklimmen begannen, kaum schätzen lassen, weil der Berg in Rauch eingehüllt war. Sie hatten in Lemera neue Träger anwerben wollen für ihre letzte Expedition, aber selbst am Markttag war es vergeblich gewesen. Nach der Regenzeit wollten alle ihre eigenen Felder bestellen und sich um ihr Vieh kümmern, hatte Ngalula Ellen erklärt. Truesdale hatte den Dorfältesten und seinen Polizeichef bestochen, und die beiden hatten versprochen, bis zum nächsten Markttag ein Dutzend Männer aufzutreiben. Aber der Markt würde erst in zehn Tagen wieder stattfinden, und ganz offensichtlich langweilte sich Truesdale zu sehr, um in der Mission darauf zu warten.

Ellen klopfte an Charlottes Zimmertür, bevor sie eintrat. Seit dem Streit in Albertville gingen sie vorsichtig, fast förmlich miteinander um. »Du hast ein neues Hobby?«

Charlotte sah von ihrem Buch auf. »Du hast es schon gehört, ich wollte es dir selbst sagen. Willst du nicht auch mitkommen? Es dauert doch noch fast zwei Wochen, bis der ganze Nachschub zusammen ist und wir die Träger haben. Ich habe keine Lust, so lange hier herumzusitzen.«

»Seit wann spielst du Golf?«

»Tue ich ja gar nicht. Ich habe nur nach einem Vorwand gesucht, mit in die Stadt zu fahren. Obwohl ich es vielleicht versuchen werde, es wäre eine Abwechslung. Truesdale Brooke sagt, die Anlage in Uvira ist sehr hübsch, mit Blick auf den Kiwusee.«

»Wir können Crawford fairerweise hier nicht ganz allein lassen«, meinte Ellen.

»Er kann doch auch mitkommen«, schlug Charlotte vor. »Im ›Papadokoulos‹ ist es bequemer.«

»Jemand muss doch hier sein und die Lieferungen entgegennehmen, prüfen, ob alles stimmt. Das kannst du nicht allein Cetambo überlassen. Und außerdem«, Ellen musste lächeln, »kann Crawford kein griechisches Essen mehr sehen.«

Crawford war gleich nach dem Frühstück mit Pastor Eriksson in dessen Kleinlaster fortgefahren. Der Methodist kannte eine gute Stelle für Buschschweine, und sie hofften auf einen Sonntagsbraten. Ellen hatte der ältesten Tochter des Pastors geholfen, in dem neuen, frischen Gras nach Pilzen zu suchen, die es als Beilage geben sollte, und die Mission verfügte über einen großen Gemüsegarten.

Ellen deutete auf den Feldtisch, den sich Charlotte wieder als Arbeitsplatz hergerichtet hatte. Ein paar Notizhefte lagen darauf, ein paar Zeitungen aus Albertville, wo sie die Schreibmaschine mit dem großen Gepäck zurückgelassen hatte. »Willst du nicht doch versuchen, etwas zu schreiben?«

Charlotte zuckte die Achseln. »Was gibt es denn Neues, Ellen? Wenn mir etwas einfällt, kann ich das ja auch im Hotel schreiben. Mit einem Whisky Soda daneben. Oder einem Glas Retsina. Ich werde über die Vergeblichkeit schreiben.«

In der Mission gab es keinen Alkohol, dachte Ellen. Wollte Charlotte deshalb nach Uvira zurück? »Nun, ich bleibe hier«, sagte sie. »Außerdem habe ich Svenja Eriksson versprochen, morgen mit zur Kirche zu kommen. Ihre Tochter übersetzt die Predigt ins Suaheli.«

»Wie du willst«, sagte Charlotte. »Nur lass dich bitte nicht von Crawfords schlechter Laune anstecken. Er ist in den letzten Tagen wieder so knurrig. Ich glaube, Truesdale ist ganz froh, mal eine Weile von ihm wegzukommen.« Die drei Männer waren gemeinsam in einem der beiden Klassenräume der Missionsschule untergebracht, und es stimmte, Crawfords Ungeduld hatte, seit sie in der Mission angekommen waren, wieder sehr zugenommen. Dass sie noch zehn Tage auf Träger warten mussten, erschien ihm ein nicht wiedergutzumachender Zeitverlust.

»Du wärst auch knurrig, wenn du solchen Druck hättest, einen kleinen Vogel zu finden.« Ellen hatte das Gefühl, sie müsse Crawford verteidigen.

»Nun, Hauptsache, dass Crawford nicht wieder Malaria bekommt, da war er letztes Mal auch so unleidlich«, sagte Charlotte, und es klang ein bisschen unbarmherzig.

»Ich würde mich freuen, wenn du bleibst, Lotte«, sagte Ellen leise. Und ich fürchte mich, mit Crawford allein zu sein, fügte sie in Gedanken hinzu.

»Liebes«, sagte Charlotte und klopfte ihr mit der Hand auf den Arm. »Wenn ich noch länger hier herumsitze, werde ich verrückt. Du kannst dich doch mit dem Pfarrer austauschen, über all seine Masken, auf die er so stolz ist. Aber noch zehn Tage hier! Das halte ich nicht aus. So leid es mir tut.«

Am Sonntagabend saß Ellen in ihrem Zimmer. In den letzten Tagen waren im Garten ein paar Glühwürmchen aufgeblitzt, doch heute war es, als sei ein ganzes Heer tanzender und springender Elfen dort unterwegs; es mussten Hunderte sein, die zwischen den Stauden und Bäumen blinkten und funkelten. Ihr Tanz wurde begleitet vom Geschrei der Nachtvögel, dem Rufen eines Kauzes, dem Knarren eines Ziegenmelkers.

Aus einem Fenster des Schulgebäudes, das auf der gegenüberliegenden Seite des Gartens lag, fiel ein schwacher Lichtschein. Crawford. Er war nicht zum Sonntagsessen erschienen, obwohl er den Braten selbst geschossen hatte. Zuletzt hatte sie ihn vormittags in der Kirche gesehen.

Fast hundert Menschen waren dort gewesen. Der Gottesdienst hatte lange gedauert; neben der suahelischen Version hatte ein etwa zwölfjähriger Junge die Predigt, die Eriksson auf Schwedisch hielt, auch noch in die lokale Bantusprache übersetzt. Crawford hatte sich die Schläfen gerieben, als sie hinterher ins Sonnenlicht hinaustraten, als habe er Kopfschmerzen.

»Das war mir zu viel Gerede, und ich habe kein Wort verstanden. Ich brauche frische Luft. Kommst du mit auf einen Spaziergang?«, hatte er Ellen gefragt.

Sie hatte gezögert. »Ich habe Svenja versprochen, in der Küche mit den Vorbereitungen zu helfen. Geh nur.«

Hatte Enttäuschung in seinem Blick gelegen, als er sich umwandte? Fast hoffte sie es. Wann hatte sie diesen Wunsch, dieses Verlangen, mit ihr Zeit zu verbringen, zuletzt in Charlottes Gesicht gesehen?

Sollte sie nach ihm sehen? Ellen zögerte. Wenn sie jetzt zu ihm ging, würde sie es vielleicht bereuen. Aber wenn sie nicht ging – würde sie das nicht auch bereuen? Und was, überlegte sie, wenn es ihm wirklich nicht gut ging? Mit einem Ruck schob sie ihren Stuhl zurück und stand auf.

Als sie an die Tür des Schulzimmers klopfte und eintrat, saß er auf seinem Feldbett und stopfte im Schein einer Petroleumlampe ein Paar Socken.

»Wir haben dich beim Essen vermisst«, sagte sie.

Er sah auf. »Ich hatte keinen rechten Appetit«, sagte er und klopfte mit der Hand auf die ordentlich gefaltete, wollene Decke neben sich, dass sie sich setzen solle. Im Lampenschein sah er blass aus.

Ellen sah sich in dem Raum um; gekalkte Wände, eine Tafel an einer Seite, das Fenster zum Garten auf der anderen, festgestampfter Lehmboden. Zwei weitere Feldbetten waren gegen die Wände geschoben, und man konnte unschwer erkennen, welches davon Newland benutzte; ein Durcheinander von Hemden, Hosen, Stiefeln und seinem Tropenhelm lag davor auf dem Boden.

Nur die Kamera, ein Blitzgerät und seine Filmmaterialien waren ordentlich in eine Kiste gestapelt, die ihm als Betttisch diente.

Crawford war ihrem Blick gefolgt. »Ich bin etwas enttäuscht von ihm«, sagte er.

»Weil er mit seinem Vater Golf spielen gefahren ist?«

Crawford schnaubte verächtlich. »Was für ein aufgeblasener Idiot.«

»Ich glaube, Newland fühlt sich hin- und hergerissen«, sagte Ellen. »Er will dich beeindrucken, aber auch seinen Vater.« Zitterten seine Hände? Sie nahm ihm den Stopfpilz aus der Hand. »Crawford«, sagte sie leise. »Sind wir nicht eigentlich seinetwegen hier?« Die Stelle, an der er den Strumpf gestopft hatte, war dick und zu fest von dem Faden durchwoben; er würde Blasen bekommen, wenn er die Strümpfe wieder anzog. Dabei konnte niemand, nicht einmal seine Mutter, mit Nadel und Faden besser umgehen als er, mit den winzigsten Stichen noch das feinste Brustgefieder so vernähen, dass niemand eine Naht sehen konnte.

»Newlands wegen? Vielleicht, wenn du es so sehen willst. Er interessiert sich für Vögel, und seine Familie ist reich.«

»Wir sind hier«, beharrte Ellen, »weil seine Mutter uns geschickt hat. Weil *sie* sich für Vögel interessiert. Und weil sie will, dass er es auch tut. Während sein Vater andere Pläne für ihn hat.«

Crawford sah sie an und lächelte. »Miss Ellen Joy Sinclair, die große Analytikerin. Du hast nicht unrecht.« Er schüttelte den Kopf. »Aber ich würde trotzdem gern den Blaukehl-Breitrachen finden.«

Sie sah auf ihre Finger, die versuchten, die festgezogenen Wollfäden mit der Stopfnadel wieder zu lockern. »Wir sind ihm so nah, Crawford. Das wissen wir.«

Pastor Eriksson war sich, nachdem er Ellens Zeichnungen aus Tring gesehen hatte, sicher, den Vogel selbst schon gesehen zu haben, nicht oft, nur ein paarmal. Und der österreichische Ornithologe Grauer, der dem Vogel seinen Namen gegeben hatte, war vor zwanzig Jahren ebenfalls in Lemera gewesen; die alte Köchin der Mission erinnerte sich noch an ihn. Ein lebensfroher Mann sei das gewesen, der lieber Pombe trank als mitgebrachten Scotch und abends gern Karten spielte. Dass er Ornithologe gewesen sein sollte, erstaunte sie indes; nach ihrer Erinnerung war er auf dem Weg zu den Vulkanen am Nordrand des Kiwusees gewesen, um Gorillas zu schießen.

Crawford lachte hohl. »Es wäre sicher der größte Dienst, den ich in meinem Leben der Wissenschaft erweisen könnte. Falls wir *Pseudo* je finden. Jetzt geht uns wegen der verdammten Träger noch mehr Zeit verloren.«

»Unsinn«, sagte Ellen. »Du wirst in deinem Leben der Wissenschaft noch ganz andere Dienste erweisen. Du wirst –«

»Ellen«, unterbrach er sie und griff ihre Arme mit beiden Händen. »Jetzt will ich dir etwas sagen, und ich will, dass du mir endlich einmal zuhörst, nicht ablenkst und nicht so tust, als würdest du mich nicht verstehen: Wir sind deinetwegen hier. Wir sind hier, damit *du* neue Dinge siehst, neue Eindrücke gewinnst. Von all dem Präparieren, all dem Zeichnen, ist es doch nur noch ein kleiner Schritt, bis du wieder deine eigenen Arbeiten machst. Deine eigenen Vögel, wie den, den du in Arusha gezeichnet hast. Du hast es selbst gesagt.«

Von draußen drang wieder der Ruf des Kauzes herein. »Ngalula hat mir viel gezeigt«, sagte Ellen schließlich. »Ich habe viel von ihr gelernt. Und von dir, in den letzten Jahren. Vor allem von dir.« Sie wandte den Blick von ihm fort zum Fenster. »Es sind Hunderte von Glühwürmchen da draußen unterwegs heute Abend, hast du sie bemerkt?«

Er nickte. »Niemand wird ihren Glanz je einfangen können, nicht einmal du mit deinen Skizzen oder Newland mit seinen Fotografien. Und schon gar nicht ich. Wenn ich sie mit einer Nadel auf eine Pappe spieße, sind sie nur unscheinbare schwarze Knöpfe. Sie sind nur hier, nur jetzt.«

Er beugte sich zu der Kiste neben seinem Bett, um die Lampe auszublasen. Sie saßen dicht nebeneinander und sahen auf den funkelnden Reigen vor dem Fenster hinaus.

»Und du weißt auch, warum *ich* hier bin, Ellen«, sagte Crawford leise. »Ich will dabei sein, wenn du einlöst, was du so lange in dir aufgehoben hast. Wenn du dich nicht mehr darum scherst, Manuskripte für Charlotte durchzusehen oder Vögel für mich abzubalgen. Ich will auch meinen Teil beigetragen haben, nicht nur zur Wissenschaft, sondern auch zu deiner Kunst. Und außerdem«, er holte Luft, so lange hatte Ellen ihn selten reden hören, »außerdem bin ich hier, weil ich dich nicht mehr aus den Augen lassen wollte, aber das weißt du ja auch schon längst. Ich will dich nicht mehr am Ende des Sommers wieder gehen sehen, zurück in die Stadt, zurück in dein anderes Leben. Hier habe ich dich zumindest auf Zeit in meiner Nähe. Auch wenn es vielleicht nur geborgte Zeit ist, wie du in Arusha gesagt hast.«

Eine große Wärme durchflutete sie. Natürlich hatte sie das alles gewusst, aber sie hätte nie gewagt, es auszusprechen, so wie er es gerade getan hatte. Sie hatte es gewollt und gleichzeitig nicht gewollt, sich schuldig Charlotte gegenüber gefühlt und auch Crawford gegenüber, sich nicht entscheiden können. Doch jetzt hatte Charlotte sie zurückgelassen, und Crawford war hier. Sie musste nichts entscheiden, es genügte dieser Moment. Sie ließ die Socke zu Boden fallen und wandte sich ihm zu. »Lass mich einfach heute hier sein«, flüsterte sie und schloss die Augen gegen die funkelnde Nacht.

»Bleib bei mir, Ellen«, flüsterte er ins Dunkel, die Arme um sie geschlungen; die Glühwürmchen hatten ihren Tanz längst beendet. »Nicht nur heute Nacht. Bleib einfach bei mir. Du könntest arbeiten. Du hättest die Natur um dich, die Vögel, das Meer, du hättest die Werkstatt. Wir könnten … wir könnten eine Familie sein. Wir …«, er stockte. »Wir könnten ein Kind haben.«

Sie stieß unwillkürlich ein kleines Lachen aus. »Ich könnte arbeiten, sagst du? Wer würde sich um das Kind kümmern?«

»Meine Mutter«, sagte er sachlich.

Nun lächelte sie wirklich, obwohl er es nicht sehen konnte. »Da hast du recht.« Draußen rief irgendein anderes Tier, vielleicht eine Hyäne vom Dorfrand. Es würde bald hell werden. Sie machte sich vorsichtig aus seinen Armen los und richtete sich auf. »Ich muss gehen.«

»Ich weiß«, sagte er, und jetzt klang seine Stimme bekümmert.

Sie strich ihm übers Haar und tastete am Boden nach ihrem Kleid, fast stach sie sich an der Stopfnadel. Ihre Schuhe hielt sie in der Hand; auf Zehenspitzen tastete sie sich durch das dunkle Gebäude in ihr Zimmer zurück.

XXI

Im Lager beim Wabembe-Dorf Luvumba,
Belgisch-Kongo, Ende Juli 1928

Es hatte tatsächlich bis zum nächsten Markttag gedauert, bis der Dorfälteste von Lemera ihnen zehn missmutig dreinblickende neue Träger präsentierte, und Truesdale hatte, das vorausahnend, eine ganze Woche in Uvira verbracht. Ein ganz ordentliches Städtchen sei das, meinte er, nicht nur der Golfplatz annehmbar, sondern auch der Seeblick recht beeindruckend.

Crawford hatte dem Pastorenpaar zum Abschied einen schönen ausgestopften Vogel geschenkt und im Gegenzug dafür einen großen Korb Gemüse für die Weiterreise erhalten, auch ein Körbchen mit Pilzen, die die Erikssons nach jeder Regenzeit mit Leidenschaft zu sammeln schienen. Er war schweigsam, dachte Ellen, ebenso wie sie selbst.

In den Tagen in der Mission, ihren geborgten Tagen, war sie jeden Abend heimlich in das Schulzimmer hinübergeschlichen und hatte die Nacht in seinen Armen auf dem schmalen Feldbett verbracht. Jetzt vermieden sie es fast, einander auch nur anzusehen.

Konnte es wirklich sein, dass Charlotte das nicht bemerkte? Doch sie schien anderweitig beschäftigt. Sie hatte in Uvira tatsächlich noch einmal Post vorgefunden; Ida Tarbell hatte sie um einen Reisebericht für *The American Magazine* gebeten, und das schien ihre Lebensgeister geweckt zu haben. Ellen sah sie oft unter dem Vordach ihres Zeltes in ihr Oktavheft schreiben.

»Ida schreibt, sie will ein Abendessen für uns geben, wir sollen ihr nur telegrafieren, wann genau unser Schiff in New York ankommt«, sagte sie zu Ellen. »Sie fragt, wen sie einladen soll. Ferguson natürlich, und vielleicht Steichen, den haben wir schon lange nicht mehr gesehen, obwohl ich seine neue Frau ziemlich unmöglich finde. Und ob Elsie Sergeant wohl im Herbst in New York ist, oder Zoe? Ich habe ihnen beiden gleich geschrieben.«

Wie lange waren sie nicht mehr unter ihresgleichen gewesen? In einer richtigen Stadt? Ellen sah auf die grüne Bergflanke, die vor ihnen lag. Es fiel ihr schwer, sich ein gesetztes Essen in New York vorzustellen.

Jede Woche stiegen sie nun höher: von sechzehnhundert Metern auf neunzehnhundert und von dort auf zweitausenddreihundert. Im ersten Lager hatte Crawford in der Astgabelung einer Schlingpflanze, die über einem Bach hing, einen seltenen Fliegenschnäpper samt Nest gesammelt. Ein Nest, das der Vogel sorgsam aus dünnen Luftwurzeln gewebt und mit dicken Lagen von Moos gepolstert hatte. Der Bach, an dem sich ihr Pfad aufwärtszog, stürzte an dieser Stelle durch eine schmale Schlucht, die Luft war kühl und schattig.

»Das ist ein gutes Omen für die letzte Safari!«, sagte Crawford mit Nachdruck, als er ihnen vor dem Abendessen das Präparat zeigte. Ellen senkte den Blick.

Wie ganz zu Beginn ihrer Expeditionen brachen sie wieder täglich vor Sonnenaufgang auf, Ellen und Newland von neuem Sammelfieber gepackt, und selbst Charlotte folgte ihnen manchmal. Jeder Tag zählte, und auch Truesdale, der viele Monate lang so wenig Interesse an ihrem eigentlichen Auftrag gezeigt hatte, schien plötzlich voller Ehrgeiz, doch noch als Wiederentdecker des Blaukehl-Breitrachens in die Annalen der Zoologie einzugehen. Aber von der hoffnungsvollen Aufbruchsstimmung war bald nicht mehr viel übrig. Jeden Abend balgten sie mit Cetambo die Vögel ab, die sie im Laufe des Tages gesammelt hatten. Es waren nicht viele; die Tiere waren scheu und versteckten sich. Die Brookes hatten ein paar Grasmücken gesammelt, und Crawford hatte einen kleinen Würger gefunden, den er noch nicht kannte und der nur im Hochland vorzukommen schien, mit einem grüngelben Rücken und einer halbmondförmigen schwarzen Markierung seitlich des roten Brustgefieders. Newland notierte in sein Notizbuch die Vögel, deren Bälge sie zurück in die Mission nach Lemera schickten, dreißig in einer Woche, nur zwölf in der nächsten. Von *Pseudo* fehlte nach wie vor jede Spur. Und obwohl es gut möglich schien, im intensiven Grün dieser Landschaft den richtigen Vogel einfach nicht zu erkennen, hatte Crawford längst begonnen, an dem ornithologischen Sachverstand des schwedischen Pastors zu zweifeln – ob er den Vogel wirklich je gesehen hatte?

Auf gut zweitausendsiebenhundert Metern Höhe, knapp dreihundert unter dem Gipfel, an der Ostflanke des bambusbestandenen Kandaschomwa, schlugen sie ihr höchstes und letztes Lager auf. Am nächsten Morgen erschien Crawford nicht zum Abmarsch, was ganz uncharakteristisch für ihn war. Bald würden die Sonnenstrahlen den Kiwusee erglitzern lassen, der weit unter ihnen lag, und die Vögel würden sich tiefer ins Gehölz zurückziehen.

»Du zitterst ja, Crawford«, sagte Ellen erschrocken, die in sein Zelt getreten war, um nach ihm zu sehen. Nein, er zitterte nicht; er bebte am ganzen Körper. »Was ist los?«

»Mir ist … m-mir …«, sogar seine Lippen zitterten, und seine Stimme war heiser. »Als w-w-würde ich von innen verbrennen. Als st-stünden alle meine K-knochen in Flammen.«

Sie ließ die Staffelei fallen, die sie unter dem Arm getragen hatte, und packte ihn bei den Schultern. »Du bist krank«, rief sie. »Du hast ja Fieber.«

»N-n-nein!«, rief er krächzend. »Ich b-bin … Ich habe doch … k-k-kann doch nicht … habe d-doch extra die D-d-dosis noch m-m-mal raufges-s-setzt …« Dann entglitt er ihren Händen und stürzte zu Boden.

Sie brachte keinen Ton heraus, um nach Hilfe zu rufen, doch in diesem Moment kam Cetambo ins Zelt gelaufen, gleichfalls geschickt, um zu sehen, wo Crawford blieb, denn die Sonne ging schon auf, und Truesdale war ungeduldig.

»Mir ist kalt«, wisperte Crawford. »Ich erfr-fr-friere.« Kalt? Hatte er nicht eben noch gesagt, er verbrenne? Und wo war Cetambo, war er nicht gerade noch im Zelt gewesen? Doch da erschien er schon wieder, rennend, mit einem Stapel Decken.

»Helfen Sie mir, Miss Ellen!«, rief er, während er schon dabei war, Crawford auf dem Boden in die Decken einzurollen. Sie stand noch immer vor Schreck wie gelähmt, und nun erschien auch noch Truesdale Brooke im Eingang zum Zelt.

»Los!«, schrie Cetambo in einer Mischung aus seinem rudimentären Englisch und heftigen Gesten. »Mehr Decken! Wir müssen ihn auf sein Bett heben!« Truesdale bellte etwas aus dem Zelt heraus, und im Nu erschienen einige Männer, die den stöhnenden und wimmernden Crawford auf das Feldbett hoben.

Truesdale schien verstört und doch auch verärgert. »Was machen wir ohne ihn? Wie soll das gehen? Wir haben nur noch drei Tage.«

Nur noch drei Tage, Ellen war das nur zu klar. Leise trat Ngalula an ihre Seite. »Gehen Sie nur«, sagte sie zu Truesdale. »Sie wissen doch, was Sie suchen. Wir kümmern uns um ihn.« Sie drückte Ellens Hand.

Den ganzen Vormittag über lagen sie zu dritt auf den Decken, in die er gewickelt war, Ngalula, Cetambo, Ellen, um Crawfords von Konvulsionen geschüttelten Körper ruhig zu halten.

Warum hatte sie nicht besser auf ihn Acht gegeben? Warum hatte sie die Signale in der Mission ignoriert, seine Kopfschmerzen, seine Appetitlosigkeit, seinen leeren Blick? Ellen hatte geahnt, dass seine Malaria zurückgekehrt war. Doch sie hatten es beide nicht wahrhaben wollen. Sie hatte ihm so gewünscht, dass er seinen Vogel finden würde, und einfach die aufgerissenen Chinin-Päckchen ignoriert, die unter seinem Feldbett lagen. Und die Einzige, dachte sie bitter, die das Herannahen eines neuen Anfalls früh erkannt hatte, war Charlotte gewesen. Charlotte, die, ein Vogelnetz in der Hand, mit den Führern und den Brookes am frühen Morgen in das Bambusgehölz aufgebrochen war. Die sich in die Charlotte zurückzuverwandeln begann, die sie so gut kannte und die sie liebte, voller Energie und Neugierde, unaufhaltbar.

Irgendwann hatte Ngalula Ellen bedeutet, sie solle sich in ihrem eigenen Zelt ein paar Stunden ausruhen; als sie erwachte, war die Sonne schon hinter dem Berg verschwunden. Bald würde es dunkel werden, und die Brookes und Charlotte waren noch nicht zurück. Sie stand auf und ging wieder zu Crawfords Zelt hinüber. Das Chinin musste gewirkt haben; Crawford schlief. Er atmete ruhig, die heißen und kalten Fieberwellen schienen seinen Körper verlassen zu haben. Er war allein, auch Cetambo schien sich zu einer Pause zurückgezogen zu haben.

Crawfords Hand, zu einer Faust geballt, hing vom Rand seines Feldbetts herunter, aber – sah daraus nicht eine Handvoll Federn hervor?

Vorsichtig bog sie seine Finger auseinander. Da war der Vogel. Ein kleines, von Crawfords Griff zerzaustes grünes Ding. Mit hellblauen Flecken auf der Brust und der Kehle, braunen Streifen auf dem Kopf und dunklen Punkten auf den Wangen. Es gab keinen Zweifel.

»Crawford«, sagte sie leise und strich ihm das Haar aus der Stirn. »Du hast ihn gefunden, Crawford.«

Behutsam nahm sie ihm *Pseudocalyptomena* ab und legte den Vogel auf die Apothekenkiste. Dann schob sie sich neben Crawfords erschöpften Körper auf das schmale Feldbett und schlang über all den Decken den Arm um ihn. »Bitte verzeih mir, mein Crawford«, wisperte sie in sein Ohr. »Bitte verzeih.«

»Erzählen Sie noch einmal, wie Sie ihn gefunden haben!«, rief Newland am letzten Abend im Lager. Er war so aufgeregt, dass er kaum essen konnte, und so begeistert, als habe er den Vogel selbst von dem anstrengenden Marsch durch Bambus und mannshohe Farne mitgebracht. Immerhin hatten sie in den beiden auf Crawfords Fund folgenden Tagen sieben weitere Exemplare des Blaukehl-Breitrachens gesammelt, darunter zwei ausgewachsene Weibchen und einen weiblichen Jungvogel. Sie hatten die kostbare Beute abgebalgt und für den Transport in Papier geschlagen, bis auf zwei Exemplare, die sie in einer Alkohollösung konserviert hatten.

Nun gab es ein richtiges Festessen, das schon den ganzen Tag über vorbereitet worden war, zumal es Newlands Geburtstag war. In einem blechernen alten Benzinkanister hatte der Koch frisches Brot gebacken, und statt des ewigen Ziegenfleisches gab es die letzten Konserven mit Fischklopsen von Rockcliff Isle. Die Erikssons hatten zudem erst vor ein paar Tagen einen neuen Korb mit Gemüse den Berg heraufgeschickt, und Truesdale kramte vom letzten Ausflug nach Uvira noch ein paar Flaschen Louis Roederer aus seinem Gepäck.

Crawford saß auf dem Boden, an einen Baumstamm gelehnt,

wieder in Decken gehüllt zum Schutz gegen Kälte und weiße Ameisen, neben sich Cetambo, der ihm aus einem Becher kleine Schlucke von Bovril einflößte. Wann immer die Flammen des Feuers sein Gesicht erhellten, konnte Ellen sehen, welche Mühe er hatte, die Augen offen zu halten.

»Er saß einfach da«, sagte er, und es lag eine Spur von Vergnügtheit in seiner müden Stimme. »Genau auf dem Baum, unter dem wir jetzt sitzen. Ich war aufgewacht, und ich wollte eigentlich nur raus aus dem Zelt, frische Luft schnappen. Und da war er. Ich bin wieder ins Zelt, die Vogelflinte holen, und genau in dem Moment, wo ich anlegte, flog er weg. Aber ich konnte sehen, wohin er flog, und ich bin ihm nach.« Er grinste. »Glücklicherweise ist er nicht weit geflogen, sondern hat sich gleich wieder hingesetzt.«

»Auf den Erfolg unserer Mission«, sagte Truesdale und hob seinen Becher. »Und auf Sie, Maker. Ohne Sie hätten wir niemals diesen kleinen Grünling bekommen. Und den Leoparden auch nicht«, fügte er großzügig hinzu. »Ich werde Dunphy gleich kabeln, wenn wir wieder unten sind.« Er kratzte sich im Nacken.

»Und ich kann auf der Flussfahrt meine Notizen der letzten Wochen ins Reine schreiben«, sagte Charlotte. »Ellen, ist das Farbband in der Schreibmaschine noch in Ordnung? Ida Tarbell hat nach einem Reisebericht für *The American Magazine* gefragt.«

»Kommt nicht infrage!«, rief Truesdale. »Selbstverständlich wird der Reisebericht erscheinen«, fügte er hastig hinzu, als er Charlottes irritiertes Gesicht sah. »Aber, liebe, liebe Miss Overbeck, bitte denken Sie an unsere Abmachung. Unsere wissenschaftliche Veröffentlichung erscheint zuerst. So ist es nun einmal üblich.«

»Sie kennen sich sicher bestens damit aus, was in der Forschung üblich ist«, sagte Charlotte sarkastisch, doch auch sie schien in ungewöhnlich großzügiger Stimmung. »Aber Sie haben natürlich recht. Eine Abmachung ist eine Abmachung.« Sie nahm einen Schluck Champagner.

»Das Farbband habe ich in Albertville noch einmal ausgewechselt«, sagte Ellen beschwichtigend. Niemand außer ihr würde Charlottes neue Notizen abtippen können, denn nur sie konnte ihre Handschrift lesen. Sie dachte an Ngalulas kleinen Vogel, eingeschlagen in sein weiches Tuch. Würden sich ihre Hände noch an ihn erinnern, wenn sie wieder in Amerika war? Wo würde sie die Zeit, den Raum finden, ihre Zeichnungen in Ton zu übersetzen? Sie dachte an Crawfords Appell, an seine lichtdurchflutete Werkstatt, und dann versuchte sie, sich die dunklen Winter auf der Insel vorzustellen. Es gelang ihr nicht. Sie sah wieder zu Charlotte hinüber, deren Gesicht im Licht der Flammen neue Farbe gewonnen hatte. Sie saß in ihren Feldstuhl zurückgelehnt, in ihren Khakis, und gestikulierte mit dem Champagnerglas.

»Was kratzen Sie denn da herum, Brooke?«, fragte Crawford, der dem Schlagabtausch zwischen Truesdale und Charlotte nicht zugehört zu haben schien.

Truesdale nahm die Hand vom Nacken. »Ach, tue ich das? Ich habe es gar nicht bemerkt. Ein Insektenstich, vom Golfspielen. Das lästige Ding juckt immer noch.«

»Lassen Sie das ansehen, wenn wir wieder unten sind«, sagte Crawford fast scharf. »Und nehmen Sie vorsichtshalber von dem Chinin. Mit Malaria ist wirklich nicht zu spaßen, das kann ich Ihnen sagen.«

»Ach was.« Truesdale winkte ab. »Keine Sorge. Es war nicht mal eine Mücke, nur eine lästige Fliege, ich hab sie erwischt. Aufdringliche Biester.«

»Wird es eine Feier geben?«, fragte Newland dazwischen.

»Aber natürlich«, sagte Ellen und stieß ihn freundschaftlich in die Seite. »Es wird bestimmt noch ein großes Fest geben, wenn Sie wieder in Chicago sind, das wird sich Ihre Mutter nicht nehmen lassen. Fischklopse an einem Lagerfeuer, das reicht doch nicht aus, um einen Geburtstag zu feiern!«

»Ich ... ich dachte eigentlich mehr an den Vogel«, stotterte Newland und wurde rot. »Ich meine, wird das Museum eine Feier veranstalten – einen Festakt oder so etwas, um die Wiederentdeckung von *Pseudocalyptomena* zu begehen?«

Crawford schüttelte nachdenklich den Kopf. »Schwer zu sagen. Auch wenn es uns eine große Entdeckung scheint, und Zoologen wie Doktor Dunphy, aber am Ende interessiert sich doch nur eine Handvoll Wissenschaftler für den Vogel.«

»Nun«, rief Truesdale und hob wieder seinen mit Roederer gefüllten Blechbecher. »Heute Abend jedenfalls *ist* der Vogel eine große Entdeckung. Und auch wenn es Newlands Geburtstag ist, haben Sie, Maker, dafür jetzt einen Wunsch frei.«

»Vater hat mir schon ein Auto versprochen«, sagte Newland.

»Jeden Wunsch, Maker«, betonte Truesdale.

Ein paar Minuten lang ertönte nur das gelegentliche Knacken des Feuers. Schließlich richtete sich Crawford an seinem Baumstamm mit einem leisen Ächzen auf. »*Somateria mollissima*«, sagte er fast unhörbar, aber bestimmt.

Alle starrten ihn an. »Eiderente«, übersetzte Newland zögernd.

Crawford nickte. »Die gewöhnliche Eiderente. Das ist mein Wunsch, Brooke.«

»Die *Eiderente*?« Truesdale schien aus dem Konzept gebracht.

»Die Eiderente. Sie ist fast ausgestorben.«

»Aber ist das nicht ... sagten Sie nicht gerade selber, dass sie *gewöhnlich* ist?«

»Man benutzt sie doch für alles Mögliche«, mischte sich Charlotte ein. »Kissen, zum Beispiel, und –«

»Genau«, bestätigte Crawford. »Kissen, zum Beispiel. Haben Sie eine Ahnung, wie viele Eiderdaunen man braucht, um ein paar Sofakissen zu stopfen? Es ist fast ein Wunder, dass es überhaupt noch ein paar von ihnen gibt. Gewöhnlich …«, nun wandte er sich wieder an Truesdale, »›gewöhnlich‹ ist nur Teil der Artenbezeichnung.«

»Aber eine Ente«, murmelte Truesdale, den ein Wasservogel noch weniger zu interessieren schien als ein kaum fünfzehn Zentimeter langer Sperlingsvogel in einem Bambusgehölz.

»Auf Cabot's Island brüten noch etwa dreißig Paare«, fuhr Crawford fort, und seine Stimme wurde stärker, je mehr er sich für sein Thema erwärmte. »Jedenfalls taten sie das vor zwei Jahren noch. Vielleicht sind es in diesem Jahr nur noch fünfundzwanzig. Das sind die letzten an der gesamten Nordostatlantikküste, soweit ich weiß. Es sind insgesamt drei Inseln – Cabot's, Big Shellheap und Lesser Shellheap. Drei Felsbrocken mit etwas Heide darauf, Krüppelkiefern, ein paar Wiesen. Wenn Sie die kaufen, Brooke, diese drei Felsen vor Rockcliff Isle, und sie zum Naturschutzgebiet erklären – dann könnte sich die Population dort erholen und sich wieder über die Küste ausbreiten.«

»Ein Naturschutzgebiet!«, rief Newland begeistert, und nach einem Blick auf seinen zögernden Vater: »Vielleicht könnten wir es nach Mutter nennen. Das Achsah St. John Brooke Vogelschutzgebiet.«

Truesdales Miene hellte sich auf. Er schien im Kopf zu überschlagen, was ihn dieses Unterfangen kosten würde. Drei Felsen vor einer abgelegenen Insel in der Bay of Fundy? Wahrscheinlich war es billiger als das Auto für Newland. Es hätte schlimmer kommen können. Er grinste. »Meinen Segen haben Sie. Aber vielleicht sollte ich erst meine Frau fragen.«

Crawford gab das Grinsen zurück. »Ich habe das Gefühl, ich weiß, wie ihre Antwort ausfallen wird.«

XXII

Auf dem Kongo, Anfang September 1928

Sie saßen beim Mittagessen unter einem großen Sonnensegel an Deck; die Hitze war unerträglich und wurde durch die langsame Fortbewegung des Schiffes kaum gemildert. Das Essen war schrecklich, das Gemüse verkocht, das Fleisch an Bord stets alt und zäh, und der Fisch schien schon faulig zu sein, wenn er aus dem trägen Wasser des Flusses gezogen wurde. Alle trauerten dem Koch der Marungu- und Ruzizi-Expeditionen nach, dem frisch erlegten Geflügel und dem Brot, dessen Duft sie abends im Lager nach ihren Expeditionen so oft erwartet hatte. Ellen hatte das Gefühl, sich ernsthaft den Magen verdorben zu haben; sie konnte schon seit Tagen nichts bei sich behalten, was sie vor Ngalula, die hinter ihrem Stuhl stand, um sie zu bedienen, vergebens zu verbergen versuchte. Auch Truesdale war etwas bleich um die Nase, und nur Newlands Appetit schien unvermindert.

Das Gespräch drehte sich, wie seit ein paar Wochen fast jeden Tag, um ihre Rückreise. Es war schon lange ausgemacht, dass Ellen und Charlotte von Boma einen Überseedampfer nach Amerika nehmen würden. Crawford und die Brookes hingegen würden in Léopoldville auf die Kisten warten, die nach ihnen langsam den Fluss hinabgeschippert kamen. Sie wollten deren weitere Verladung überwachen, was gut und gern ein paar Wochen dauern konnte; erst dann würden sie mit dem Liniendienst von Boma nach Antwerpen reisen. Truesdale wollte Newland seinen Geschäftspartnern in London als Junior-Chef vorstellen und dort den nächsten Abreisetermin der »Maury« abwarten, um die Atlantiküberquerung in gewohntem Komfort zu verbringen. Crawford hingegen konnte es nicht erwarten, das nächstbeste Schiff nach Halifax zu nehmen. Sein großes Gepäck – seine Safari-Ausrüstung und ein paar weitere Mitbringsel für seine Mutter und seine Sammlung – würde ihn über den New Yorker Hafen erreichen. Nur seine kleine Seekiste wollte er mitnehmen.

»Jetzt mal im Ernst, Maker«, steuerte Truesdale wieder einmal auf sein neues Lieblingsthema zu. Gleichzeitig winkte er den Steward fort, der ihm Wein nachschenken wollte; auch sein Magen schien verstimmt. »Wenn diese Felsen wirklich zu verkaufen sind, dann habe ich eine Bedingung. Finden Sie jemanden, der da als Strohmann fungiert. Wenn Sie selber als Käufer auftreten, riechen die Leute sofort Lunte. Sobald mein Name in irgendeiner Form mit dem Kauf in Verbindung gebracht wird, verzehnfacht sich der Preis. Und das wäre ganz unnötig.«

Crawford nickte bedächtig, während er mit der Gabel etwas auf dem Teller herumschob, das Ähnlichkeit mit einem Stück Kassave hatte. »Nun, ich …«

Den Rest hörte Ellen nicht mehr; der Anblick des Wurzelgemüses veranlasste sie, so schnell sie konnte die Treppe zum unteren Deck hinunterzustürzen und sich außer Sichtweite der Mittagsgesellschaft über die Reling zu übergeben.

»Miss Ellen, Sie müssen etwas essen«, hörte sie Ngalulas besorgte Stimme hinter sich, doch sie fühlte sich zu elend für eine Antwort. »Oder zumindest trinken«, sagte Ngalula und tupfte ihr mit einem Taschentuch den Schweiß von der Stirn.

»Später«, murmelte Ellen. Bei dem Gedanken an das laue Wasser, das es auf dem Schiff zu trinken gab und das direkt aus dem brackigen Fluss geschöpft zu werden schien, wurde ihr noch unwohler. »Es wird schon wieder vorbeigehen, Ngalula, ich glaube, ich habe mir nur den Magen verdorben.«

»Sie haben schon seit Tagen fast nichts mehr gegessen«, sagte Ngalula streng. »So lange verdirbt man sich nicht den Magen.«

»Bei dem Essen …« Ellen missriet ein Lächeln. »Oh, Ngalula, ich kann doch nicht wieder seekrank sein? Auf einem lächerlichen Flussdampfer?« Zur Sicherheit hatte sie jeden Morgen eine ihrer deutschen Tabletten geschluckt.

Ngalula brachte sie in ihre Kabine und zog ihr die Schuhe aus. Eine Weile später kam sie auf Zehenspitzen zurück mit einem Teetablett, das sie leise auf dem einzigen Wandbrett der winzigen Kammer abstellte.

»Du brauchst nicht extra leise zu sein«, sagte Ellen und öffnete die Augen. »Ich schlafe nicht. Und es geht mir schon etwas besser.« Sie setzte sich in der schmalen Koje auf. »Stimmt es? Du gehst morgen von Bord?«

Ngalula nickte. Ellen wusste, dass Charlotte versucht hatte, sie zu überreden, bis Boma bei ihnen zu bleiben und sich um Ellen zu kümmern, doch sie hatte abgelehnt. Sie hatte gehört, dass einer ihrer Brüder in Coquilhatville sei, und sie wollte ihn suchen. Außerdem hoffte sie, hier eine neue Expedition zu finden, bei der sie sich als Trägerin verdingen könnte, zurück ins Innere des Kontinents.

»Willst du es dir nicht doch noch einmal überlegen, Ngalula?«, fragte Ellen. »Du wirst mir fehlen.«

Sie schüttelte den Kopf. »Es ist besser so, Miss Ellen.«

»Besser? Aber was ist, wenn du deinen Bruder nicht findest?«

»Nicht besser für mich, Miss Ellen. Für Sie. Sie müssen jetzt allein sein.«

Ellen widersprach nicht. Ihr war klar, dass Ngalula mehr über sie wusste, als sie je hatte sichtbar werden lassen. Vielleicht hatte sie Ellen in der Mission gesehen, in den Nächten, in denen sie in das Schulzimmer gehuscht war. Vielleicht ahnte sie, dass Ellen die Entscheidung, die sie würde treffen müssen, auf den Magen schlug.

»Mister Crawford ist ein feiner Mensch, Miss Ellen«, sagte Ngalula ernsthaft.

Ellen nickte. »Ja, das hast du schon öfter gesagt.«

»Und Miss Charlotte braucht Sie. Sie hat sonst niemanden.«

Ellen senkte den Blick. »Nun, sie hat ihre Familie, und –«

Ngalula schüttelte heftig den Kopf. »Miss Charlottes Familie ist weit fort. Die Familie kennt sie gar nicht richtig. Das tun nur Sie, Miss Ellen. Sie sind Miss Charlottes Familie.«

Ellen nickte nachdenklich. Dann fiel ihr etwas ein. »Der Vogel, Ngalula. Darf ich ihn noch einmal sehen?«

Ngalula zog den weichen Stofffetzen aus der Kleidertasche und wickelte die kleine Holzfigur aus. Vorsichtig strich Ellen mit dem Zeigefinger darüber. »Ich werde diesen Vogel vor mir sehen, so lange ich lebe«, sagte sie. »Ich werde ihn nie vergessen. Und dich auch nicht, Ngalula.«

Sie nickte. »Ich weiß«, sagte sie einfach. »Gott behüte Ihren Weg, Miss Ellen.«

Am nächsten Nachmittag erreichten sie Coquilhatville, das vom Oberdeck wie ein schmuckes belgisches Städtchen irgendwo an der Bahnlinie zwischen Antwerpen und Brüssel aussah, bestehend aus würfelförmigen, weiß getünchten Häuschen, und nicht, als verliefe der Äquator mitten durch den Ort. Wie immer sprangen ein paar Schiffsjungen einfach über die Reling ins Wasser, die dicken Drahtschlaufen der Taue um den Hals gelegt. Sie gingen damit sofort unter, doch sobald sie Grund unter den Füßen hatten, tauchten sie wieder auf und wateten mit ihrer schweren Fracht an Land, wo sie die Stahlseile um die Poller des Landungsstegs schlangen und das fast kiellose Schiff einfach seitwärts an Land zogen.

Ngalula ging wortlos, der eigentliche Abschied hatte ja am Tag zuvor stattgefunden. Ellen sah ihr nach, wie sie über den schmalen Landesteg balancierte, diesmal nur ein kleines Bündel auf dem Kopf, das ihre eigenen wenigen Habseligkeiten enthielt. Hinter ihr folgte Cetambo, und nach ihm Crawford, seine Vogelflinte über der Schulter. Er hoffte, in der Uferböschung ein paar Perlhühner oder Enten aufzutreiben, um die nächsten Abendessen an Bord zu verbessern.

Sie sah auf seinen hohen, schmalen Rücken; er ging leicht gebeugt, als trüge er eine Last. Sie hatte das Gefühl, sie müsse ihm nachlaufen, ihn schützen vor einem Schmerz, einem Unrecht, das ihn drückte. Aber gleichzeitig wusste sie, dass sie das nicht konnte, weil es ja sie war, die ihm diesen Schmerz würde zufügen müssen. Sie sah ihm nach, wie er den Hafenplatz erreichte, in das Durcheinander der Händler, der Hafenjungen, der Frauen mit ihren Körben von Gemüse eintauchte. Sie würde ihn gehen lassen müssen.

In einer Gasse, die vom Hafen fortführte, verschwand Ngalulas Gestalt, klein und doch hoch aufgerichtet unter der Last auf ihrem Kopf.

Spät in der Nacht schreckte Ellen aus dem Schlaf hoch, ohne dass sie hätte sagen können, was sie geweckt hatte, ein Traum oder der Schrei eines Vogels. Die Abendhitze stand noch immer stickig in ihrer winzigen Kammer, und das Schiff lag völlig reglos am Landeplatz von Coquilhatville vertäut. Es musste spät sein, von den belgischen Passagieren, die am Abend an Bord gekommen und mit Gepolter und unter starkem Bierkonsum ihr Gepäck verstaut und ihre Kabinen bezogen hatten, war kein Mucks mehr zu hören.

Und endlich sah sie ganz klar. Lag es daran, dass sie sich allmählich wieder einer Küste näherten, heraus aus dem dicht bewachsenen Land? Oder daran, dass sie wieder an Ngalula denken musste? Solange sie da gewesen war, schien es Ellen, als habe sie eine Entscheidung hinauszögern können. Es war, als habe sie sich hinter Ngalula versteckt. Und noch etwas gestand sie sich ein. Sie war nicht seekrank, sie war schwanger. Sie lag still in der dichten Dunkelheit, als fürchte sie, durch eine einzige Bewegung diese Klarheit wieder zu verlieren. Aber was für eine Klarheit war das? Was sollte sie damit anfangen? Sie hatte nie an ein Kind gedacht, hatte es wie selbstverständlich immer ausgeschlossen. Wie hätten sie auch ein Kind haben können, sie und Charlotte? Und es war immer Charlotte gewesen, der eines fehlte. Sie lag ganz still, lange. Und dann begriff sie: Sie musste es Charlotte sagen.

Barfuß tappte sie zur Nachbarkabine, die Charlotte glücklicherweise nicht verriegelt hatte. Sie schlich leise hinein und setzte sich ans Fußende des schmalen Bettes. Lange saß sie dort, hörte auf Charlottes regelmäßige Atemzüge, ihre kleinen Schnarchlaute. Dann holte sie tief Luft, legte eine Hand auf die nur mit einem Laken bedeckte Schulter der Freundin und flüsterte ihren Namen.

Sie war froh, es nicht hinausgezögert zu haben; vielleicht hätte sie es sich anders überlegt. Doch jetzt brachen die Worte aus ihr heraus, ein wilder Strom von Geständnissen, Entschuldigungen und Anklagen, ihr Gefühl, allein zu sein, ihr Wunsch, ihren eigenen Weg zu gehen, ihre Freude an den neuen Formen und Farben, Crawfords Ermutigungen und seine Nähe in all den Monaten, in denen Charlotte sich zurückgezogen hatte, ihr Trinken, die Nächte in der Mission, während Charlotte in Uvira war.

»Du kannst mir jetzt einfach sagen, dass ich gehen soll, Lotte. Dass du mich niemals mehr wiedersehen willst.«

Charlotte schwieg.

»Du kannst mir in Chicago die Koffer vor die Tür stellen. Wenn du willst, gehe ich hier in Coquilhatville von Bord und warte auf das nächste Schiff.«

Immer noch Schweigen. Wie lange saßen sie hier schon, in der Nachtschwärze, in Charlottes Koje? War es das Ende?

Plötzlich hörte sie etwas anderes. Es klang fast wie das Bellen eines kleinen Hundes, eher eines Seehundes, wie auf den Klippen vor Rockcliff Isle. Es war ein Geräusch, das sie noch nie gehört hatte. Charlotte weinte.

»Es ist meine Schuld«, klang ein heiseres Wispern aus dem Dunkeln. »Ich konnte ... ich kann hier einfach nicht arbeiten, Ellen. Mir fehlen die Worte für diese Landschaft, für diese Menschen, für diese Welt. Es war verschenkte Zeit für mich, und deshalb habe ich manchmal ein bisschen zu viel getrunken, das gebe ich zu. Aber ich habe nie gemerkt, wirklich nie gemerkt, wie allein du warst.«

»Aber du hast doch ... du hast mir doch die ganze Zeit vorgeworfen, dass du es bist, die allein ist«, gab Ellen zurück. »Dass ich dauernd mit Ngalula unterwegs war, mit –«

»Das meine ich nicht«, hörte sie aus der Dunkelheit. »Ich meine nicht nur Afrika. Ich meine all die Jahre vorher. Ich habe nie an etwas anderes gedacht als an meine Bücher. Ich habe nie daran gedacht, dass du vielleicht etwas anderes wolltest.«

Wieder entstand eine lange Pause. Wie gut, dass es dunkel war, dachte Ellen, dass sie einander nicht anzusehen brauchten.

»Was wirst du jetzt tun?«, erklang Charlottes Flüstern wieder, und in die heiseren Laute mischte sich ein Aufschluchzen. Ellen spürte, wie eine Hand nach ihrer tastete. »Du? Mit deinem Leben?«

Ellen suchte nach Worten.

»Ich bin eine eitle, alternde Autorin«, hörte sie Charlotte. »Ich habe es dir nicht leicht gemacht, Ellen. Aber bitte bleib bei mir. Bitte, bitte verlass mich nicht.«

»Aber was ist …«, fragte Ellen zaghaft. »Lotte, was ist mit dem Kind?«

»Wir werden das Kind aufziehen«, sagte Charlotte mit festerer Stimme. Selbst im Dunkeln riss Ellen die Augen auf.

»Ich meine es ernst. Wir werden das Kind aufziehen«, wiederholte Charlotte. »Ich liebe Kinder. Und du hast immer darunter gelitten, dass du keine Familie mehr hast. Außer mir«, fügte sie rasch hinzu. »Und es ist ja in gewisser Weise meine Schuld, dass du deiner Familie entfremdet bist. Hörst du mich, Ellen? Ich habe dir damals versprochen, dass ich deine Familie sein werde. Ich *bin* deine Familie. Und mit … mit dem Kind werden wir auch eine Familie sein. Erst recht mit dem Kind.«

Ein Kind, dachte Ellen. Sie hatte noch nie darüber nachgedacht. Und nun war es plötzlich zu spät, bloß darüber nachzudenken. Vielleicht war es das Kind, mit dem sie Charlotte um Verzeihung bitten konnte? Musste sie sich zwischen Charlotte und Crawford entscheiden? Oder nicht vielmehr zwischen ihrer eigenen Arbeit und der Abbitte, die sie Charlotte leisten musste? »Lass mir meine Kunst, Lotte«, sagte sie fast unwillkürlich. »Bitte, lass mir meine Kunst.«

Wieder entstand eine lange Pause. Eine leichte Brise brachte etwas Kühlung durch das vergitterte kleine Fenster, ein Zeichen dafür, dass der Morgen nicht mehr fern war. Charlottes Hand drückte ihre.

»Er weiß es nicht«, sagte Ellen schließlich, auch ihre Stimme heiser von all den Tränen.

»Wirst du es ihm sagen?«

»Ich muss es ihm sagen, Lotte. Es wäre Verrat.«

»So definierst du Verrat?«

So kannte sie ihre Charlotte, in diesem wohl platzierten Hieb. Zum ersten Mal in dieser Nacht musste sie lächeln, und sie war froh, dass Charlotte es nicht sehen konnte. Gerade begann die Schwärze der Nacht sich zu einem dunklen Grau zu heben. Sie gab den Händedruck zurück. »Ich sage es ihm, wenn wir nach Léopoldville kommen«, sagte sie. »Am Ende der Fahrt.«

Als Ellen am Abend ihrer Ankunft in Léopoldville an die Tür von Crawfords Kabine klopfte, riss er sie sofort auf.

»Ich hatte gehofft, dass du es bist«, sagte er und zog sie in die kleine Kammer, noch bevor sie ein Wort hatte sagen können. »Du hast mir so gefehlt. Ich habe … wir haben schon so lange keine Möglichkeit gehabt zu sprechen. Auf dem engen Schiff erst recht nicht, natürlich. Das verstehe ich ja. Aber ich wollte – hier, ich wollte dir etwas geben.«

Unter seiner Koje kramte er ein Paket hervor, das in Öltuch eingeschlagen war. Er hielt es ihr hin.

»Was ist das, Crawford?« Sie zögerte, das Geschenk anzunehmen.

»Mach es auf, Ellen«, drängte er.

Langsam löste sie das Band und öffnete das Papier. Ein großes Stück gestreiftes Fell rutschte heraus; es wäre zu Boden gefallen, hätte Crawford es nicht aufgefangen. Er breitete es aus und hielt es vor ihr in die Höhe.

»Ein Stück Zebra?«, fragte sie ratlos. »Ein Bein von einem Zebra?« Das gestreifte Fell hatte ganz eindeutig die Form eines großen Schenkels, der sich nach unten zu einem schmalen Bein verjüngte. Es musste ein ungewöhnlich großes Zebra gewesen sein.

»Kein Zebra«, sagte er, und Stolz schwang in seiner Stimme. »Es ist von einem Okapi.«

»Okapi?«, fragte sie. Sie erinnerte sich an die Ansammlung von Okapis im Museum in Brüssel, aber in ihrer ganzen Zeit in Afrika hatten sie keines zu Gesicht bekommen.

»Sie sind sehr scheu«, erklärte Crawford. »Und sehr selten. Westlich der Berge, in denen wir den Vogel gefunden haben, gibt es große Wälder, in denen sie leben. Ngalula hat mir davon erzählt. Sie hat mir geholfen, in Coquilhatville das Fell von einem Händler aus Medje zu erwerben.« Er holte tief Luft. »Ellen«, fuhr er fort, »das Okapi ist so schwer zu jagen, dass in den Dörfern der großen Wälder das Fell eines Okapibeines einen ganzen Brautpreis ausmacht. Ich wollte … ich dachte, ich sollte dir …«

Sie begriff. Da stand er, das gestreifte Fell in seinen Händen und bot es ihr an. Für einen Moment spürte sie, wie sehr sich ihr Körper danach sehnte nachzugeben, wieder in seine Arme zu sinken wie in den Nächten in der Missionsschule. »Crawford«, fragte sie langsam, »machst du mir einen Heiratsantrag?«

Er sah zu Boden. »Nun, ich –«

»Crawford«, unterbrach sie ihn, und jetzt sprach sie schnell, entschlossen. »Crawford, ich bekomme ein Kind.«

Er starrte sie an. Dann legte er behutsam das Fell zur Seite und zog sie an sich. Sie ließ es geschehen, doch sie hielt sich sehr aufrecht in seinen Armen.

»Ein Kind«, murmelte er. »Bist du sicher? Nein, warte, was für eine dumme Frage. Ein Kind!« Er trat einen Schritt zurück, ohne sie loszulassen. Seine Augen glänzten. »Ja, dann müssen wir –«

»Crawford«, unterbrach sie ihn, »ich komme nicht mit dir nach Rockcliff Isle.«

Er blickte verwirrt. »Ja, natürlich, das habe ich schon verstanden, es braucht seine Zeit. Ich weiß, du musst natürlich erst nach Chicago. Und du musst ja auch erst mit Charlotte reden. Obwohl jetzt die Sache natürlich anders liegt. Sollte ich dich nicht begleiten? Und selbstverständlich würde ich dich von Chicago abholen, wenn ich in ein paar Monaten wieder in Kanada bin.«

»Nein«, unterbrach sie ihn. »Du verstehst nicht. Ich habe schon mit Charlotte geredet.«

Er schwieg betroffen.

»Ich komme nicht mit nach Rockcliff Isle«, wiederholte Ellen. »Ich bleibe in Chicago, mit dem Kind.«

»Aber dann komme ich nach Chicago, wenn du lieber dort bleiben möchtest …«

»Crawford«, sagte sie sanft. »Was würdest du in Chicago tun? Du gehörst auf deine Insel, du hast es selbst immer wieder gesagt. Und ich –«

»Bitte komm mit mir zurück nach Rockcliff Isle, Ellen«, sagte er fast flehentlich. »Bitte. Du weißt doch, du könntest dort arbeiten. Und mit dem Kind ist es doch noch einmal etwas anderes, wir würden …«

Sie schüttelte den Kopf. »Ich war noch nie im Winter auf der Insel, Crawford«, sagte sie. »Ich glaube nicht, dass ich das könnte. Auch nicht mit einem Kind. Vielleicht gerade nicht mit einem Kind.« Sie sah die Verletzung in seinem Blick.

Er schüttelte den Kopf. »Du musst es nicht jetzt entscheiden, Ellen. Und nächsten Sommer …« Nun schlich sich ein Ton von Verzweiflung in seine Stimme.

»Ich weiß es wirklich noch nicht, Crawford«, sagte sie leise und sah zu Boden. »Ich weiß nicht, ob ich im nächsten Sommer wiederkommen werde. Ob ich überhaupt wiederkommen werde. Es hängt von Charlotte ab.«

»Ellen!« Er versuchte, sie wieder an sich zu ziehen.

»Es geht nicht, Crawford. Mein ganzes Leben, es ist alles mit Charlotte verwoben, verstehst du? All diese Jahre. Sicher, es waren ein paar schlechte dabei. Aber auch viele gute.« Sie sah zu Boden. »Ich kann es nicht. Bitte verzeih mir.«

»Was haben wir falsch gemacht, Ellen?«, flüsterte er. »Was?«

Sie schüttelte den Kopf. »Vielleicht haben wir uns einfach getäuscht. Man kann eben keinen verlorenen Albatros wieder zum Fliegen bringen. Auch wenn wir uns das vielleicht gewünscht haben.« Sie nahm sein Gesicht zwischen ihre Hände und küsste ihn. Dann machte sie sich los und lief ohne ein weiteres Wort aus seiner Kabine. Den Tränen ließ sie erst freien Lauf, als sie die Tür ihrer eigenen Kammer hinter sich zuschlug.

DRITTER TEIL

Die Eiderente

Somateria mollissima

Warum, zum Teufel, sollte ein guter Bildhauer
sein Talent darauf verschwenden, eine Lüge nachzubilden?

Carl Akeley

XXIII

Rockcliff Isle, Juli 1931

Alles war anders. Nur der Schwalbennest-Leuchtturm nicht, dachte Ellen erleichtert, der sie auf seiner Klippe erwartete, als sie die hohen Kliffs im Norden der Insel umrundeten. Schon das Schiff war ein anderes gewesen, es hatte noch nach frischer Farbe gerochen. Ein Kran hatte ein paar Autos an Deck gehoben, sogar einen Kleinlaster. Ellen hatte streng auf den Schiffsjungen geachtet, der in Eastport ihr Gepäck an Bord gebracht hatte, und im Stillen die Gepäckstücke nachgezählt, eine Seekiste, die Koffer, ein paar Hutschachteln. Die Schreibmaschine hatte Charlotte wie gewohnt selbst getragen.

Am Anleger stand der alte Pferdewagen; Lucy, das Kaltblut, schnaubte schwer, ihr Fell war verblichen. Ein magerer Junge hielt die Zügel. Als er sie sah, schwenkte er seine Mütze.

»Miss Overbeck! Miss Sinclair!«, rief der Junge mit kieksender, heiserer Stimmbruchstimme. »Miss Sinclair, wenn Sie Lucy kurz halten könnten, hole ich Ihr Gepäck.«

»Ronnie«, sagte Charlotte. »Meine Güte, Ronnie, ich weiß, es klingt schrecklich, das zu sagen – aber wie groß du geworden bist!« Sie sah sich suchend um. »Wo ist denn dein Vater?«

»Ich fahre Sie, Miss Overbeck. Mein Vater hat eine Sitzung. Sie wissen doch, er ist jetzt der Steuerinspektor.«

Nein, das hatten sie nicht gewusst. Genauso wenig wie sie

gewusst hatten, dass es jetzt entlang des Hafens mehrere neue Gebäude gab, ein aus Backstein errichtetes Postamt und eine pompöse Bank mit vier weiß gestrichenen hölzernen Säulen, die einen schmalen Portikus trugen. Und die Uferstraße, die sie entlangfuhren, war jetzt bis zu Dillon's Kaufmannsladen asphaltiert. Kam es Ellen nur so vor, oder versuchte auch Charlotte, nicht zum Kirchhügel und zum gelben Haus hinaufzusehen? Sie saßen schweigend auf dem Kutschbock, während Ronnie versuchte, mit Schnalzen und leichten Zügelschlägen die alte Lucy anzutreiben.

»Ich habe dir einen ganzen Stapel Bücher mitgebracht, Ronnie«, sagte Charlotte schließlich. »Deshalb war der kleine Koffer so schwer.«

Sie hatten lange gezögert, waren sich nicht sicher gewesen, ob sie in ihr früheres Leben, in ihre Sommer auf Rockcliff Isle würden zurückkehren können. »Es ist deine Entscheidung«, hatte Ellen sehr bestimmt zu Charlotte gesagt. »Einzig und allein deine Entscheidung.«

Im Winter hatte Charlotte sich entschieden. »Warum sollten wir nicht in unser Sommerhaus zurückkehren können? Ich kann wirklich nirgendwo besser schreiben als dort. Ich glaube, ich bringe das verflixte Afrika-Buch sonst überhaupt nicht zu Ende. Und wir vermissen die Insel doch beide.«

Ja, die Insel fehlte ihnen. Aber Ellen wusste auch, was Charlotte nicht aussprach: dass sie sich beide erst jetzt vorstellen konnten, wieder in Crawfords Nähe zu sein. Dass er es war, der ihre Rückkehr nach Rockcliff Isle verzögert hatte.

Doch sie hatte lächeln müssen. »Und du vermisst Ronnie.«

Charlotte nickte. »Ja, das stimmt, ich vermisse Ronnie. Er … er ist mir fast wie ein Kind. Das weißt du.«

Ellen hatte einen Stich verspürt. Es würde in ihrem Leben kein Kind geben, das ihnen näher sein würde als Ronnie.

Der flüchtige Moment, in dem sie sich eine Zukunft mit einem Kind vorgestellt hatten, war längst vorüber, verweht von den Herbststürmen des Atlantik. Von der Überfahrt von Afrika zurück nach Amerika wusste sie nur, was Charlotte ihr erzählt hatte, die Schmerzen, die Krämpfe, die Blutungen, die den alten Schiffsarzt und seine Ausstattung an Bord des miserablen Überseedampfers völlig überfordert hatten. »Um ein Haar hätten wir dich verloren«, sagte Charlotte. Sie sagte es oft, und es klang auch Jahre später immer noch erschrocken. »Um ein Haar.«

Sie erinnerte sich auch kaum an die Wochen im Hospital, die langen, bitterkalten Wintermonate in Chicago, die sie, in Wolldecken eingehüllt, auf einem Sofa in der Nähe des Kamins verbracht hatte. Noch nie hatte sie sich so schwer gefühlt, so müde und taub; die Blutungen hatten ihr jedes letzte Bisschen der Kräfte geraubt, die sie durch die körperlichen Anstrengungen der Monate in Afrika erworben hatte. Charlotte hatte sie nicht aus den Augen gelassen, hatte in den Sommermonaten ein kleines Häuschen am Lake Michigan gemietet – »die Sonne wird dir guttun«. Sie war selbst kaum gereist, nur zur Beerdigung ihres Vaters nach Sandy Point, ein Jahr später zu der ihrer Mutter, und sie hatte wenig geschrieben. Es war, als habe Charlotte ihre Trauer um das verlorene Kind in die Sorgfalt übertragen, mit der sie nun Ellen pflegte.

Doch Charlotte hatte recht gehabt – jetzt, nach fast drei Jahren, spürte auch Ellen die Kraft, in das Sommerhaus in der Moses Cove zurückzukehren. Sie hatten Fahrkarten reserviert, Listen gemacht, angefangen zu packen, Rotwein und Pol Roger vom Weinhändler in St. John bestellt und das Olivenöl und die Pasta, Knoblauch und harten Parmesankäse von Charlottes Lieblingsgeschäft in New York.

Das Sommerhaus hatte darunter gelitten, dass Ron Beale jetzt der Steuerinspektor von Rockcliff Isle war, und auch der Garten.

Er hatte ganz offensichtlich wenig Zeit gehabt, sich darum zu kümmern. Ronnie, der nacheinander ihre Koffer den schmalen Trampelpfad vom Gästehaus zu ihrem Häuschen trug, zeigte stolz auf das Meer unter ihrem Kliff: Das Heringwehr gehörte seinem Vater jetzt allein, er hatte im vergangenen Herbst seinen Partnern ihre Anteile abgekauft.

Als Ronnie die von Feuchtigkeit verzogene Tür aufstieß, rieselten Staubflocken auf sie herab. Es würde Tage dauern, alles zu lüften, herzurichten und zu putzen, dachte Ellen, fast erleichtert. Es würde ihr etwas zu tun geben. Immerhin hatten die Beales einen großen Stapel Holz im Schuppen aufgestapelt, und Ronnie hatte schon einige Scheite in dem großen Küchenherd angerichtet.

Während sich Charlotte im Dachboden mit ihren Papieren und Bücher einrichtete und von dort das Klappern der Schreibmaschine nach unten zu dringen begann, entfernte sie Spinnweben, wusch im Spülbecken der Küche muffige Gardinen und Bettwäsche, putzte Fenster, wachste die Möbel und Böden, polierte rostiges Besteck, klopfte die angeschimmelten Polster aus und spielte sogar mit dem Gedanken, die Wände neu zu streichen, aber dafür hätte sie Farbe vom Festland bestellen müssen. Dann nahm sie sich den Garten vor, band die Malven hoch, knipste die verdorrten Blüten der Heckenrosen ab, zupfte Unkraut, passte die Steine, die aus der Gartenmauer herauszusacken drohten, wieder richtig ein, versuchte, von den Kräutern zu retten, was zu retten war, Rosmarin, Thymian, Salbei und Petersilie. Die Schwarzpappel wirkte etwas kümmerlich, und sie lieh sich von Sarah Davidson eine Säge, um ein paar verdorrte Äste auszuschneiden.

Nachts schlief sie tief und erschöpft, umgeben von Stille und Dunkelheit. Jeden Morgen zog sie Charlottes alten grauen Bademantel über ihren Badeanzug, nahm den Pfad zum Gästehaus, bog dann ab zu dem steinigen Strand und ging schwimmen; das Wasser der Bay of Fundy so kalt, dass es alle Gedanken und alle Schmerzen aus ihr herauszog.

Eines Nachmittags legte sie die Rosenschere weg, zog die Gartenhandschuhe aus und band die Schürze ab. Sie konnte es nicht länger hinauszögern.

Sie sagte Charlotte nicht, was sie vorhatte, genauso wenig, wie sie ihr erzählt hatte, dass sie Crawford im Mai aus Chicago geschrieben hatte, dass sie im Sommer nach Rockcliff Isle zurückkehren würden. Aber sie wusste, dass sie ihn noch einmal sehen, ihn noch einmal um Verzeihung bitten musste. Dass sie ihm mehr schuldete als den Brief, mit dem Charlotte ihn, wie sie wusste, von ihrer Fehlgeburt unterrichtet hatte; selbst wenn er auf diesen Brief nie geantwortet hatte.

Zu Fuß machte sie sich auf den Weg, die sandige Straße hinunter bis zu Dillon's Laden, dann nach links auf die asphaltierte Straße und dann den Kirchhügel hinauf, durch das Tor aus Walknochen, das aus dem wie immer frisch geweißten Gartenzaun herausragte, den backsteinernen Weg zur gelben Holzvilla hinauf. Die Tür ging auf, noch bevor sie den Messingklopfer heben konnte.

»Ellen, Kindchen, wie schön, Sie zu sehen!«, rief Miriam Maker. »Was für eine Überraschung!« Sie drückte Ellen an sich.

»Ich hatte Crawford geschrieben, dass wir kommen«, murmelte Ellen. »Charlotte und ich.«

»Und jetzt ist er gar nicht da!«, rief Miriam.

»Oh«, sagte Ellen und löste sich vorsichtig aus der herzhaften Umarmung. »Nun, wenn das so ist – ich kann ja auch morgen noch einmal wiederkommen.«

»Morgen?«, sagte Miriam überrascht. »Aber … ja, haben Sie

denn nichts davon gehört? Er ist doch auf Cabot's. Den ganzen Sommer.«

»Auf Cabot's?«

»Ja, er richtet das neue Naturschutzgebiet ein. Sie haben davon wirklich nicht gehört? Mrs. Brooke aus Chicago hat doch Cabot's und die beiden Shellheap-Inseln letzten Sommer von Ron Beale gekauft, nur ein paar Monate, nachdem ihr Mann gestorben war. Nun ist es ein Schutzgebiet für Eiderenten. Der junge Mister Brooke ist einer von Crawfords Assistenten und dann noch ein paar junge Leute aus Maine, vom Bowdoin College.«

»Er ist den ganzen Sommer auf Cabot's?«, wiederholte Ellen ungläubig.

»Ja, mit ein paar Studenten. Und mit Newland Brooke«, bestätigte Miriam noch einmal. »Der arme Junge! So früh den Vater zu verlieren. Wer hätte das gedacht, er war doch in der Blüte seiner Jahre! Dabei kann man heutzutage die Schlafkrankheit doch sehr gut behandeln, hat mir Crawford gesagt? Was für ein absurder, überflüssiger Tod!«

Ellen nickte. In Chicago war Truesdale Brookes plötzlicher Tod wochenlang Stadtgespräch gewesen. Ein Bild war immer wieder in ihr aufgestiegen, eine Erinnerung an den letzten Abend im Lager, am Feuer unter dem Gipfel des Kandaschomwa, als sie Newlands Geburtstag gefeiert hatten und den Blaukehl-Breitrachen, den Crawford ein paar Tage zuvor gesammelt hatte. Der Hautausschlag auf Truesdales Nacken. »Lassen Sie das ansehen, Brooke«, hatte Crawford gesagt.

»Geht es Ihnen nicht gut? Kindchen, Sie sind ja ganz blass«, hörte sie Miriams besorgte Stimme. »Was stehen wir hier im Eingang, kommen Sie herein, ich mache Ihnen eine Tasse Tee.« Sie hakte Ellen unter. »Ich nehme Sie mit in die Küche, während ich das Wasser koche, damit ich Sie im Auge habe. Sonst kippen Sie mir womöglich noch um.«

»Er war schon im April und Mai dort, zur Nistzeit«, fuhr Miriam fort, während sie die Gasflamme unter der Herdplatte entzündete. »Aber da ist er zwischendurch immer noch mal hier gewesen. Von Deephaven kommt man rasch hinüber, sie haben ein eigenes Boot an der Vogelwarte, die ›Cetambo‹. Dann ist er Anfang Juni ziemlich überstürzt wieder abgereist, ich musste die letzten Sendungen für ihn fertig machen. Und die Rechnungen tippen. Er hat so viel gesammelt in den letzten Jahren, er kam gar nicht mehr hinterher!«

Ellen hörte ihr entgeistert zu. Anfang Juni? Sie hatte ihm doch Ende Mai geschrieben. Hatte er ihren Brief noch bekommen? Wäre er so rasch abgefahren, wenn er gewusst hätte, dass sie kam? Oder war er womöglich genau deshalb so schnell nach Cabot's Island gefahren, *weil* er wusste, dass sie in diesem Sommer auf Rockcliff Isle wäre?

»Die Brooke-Stiftung zahlt ihm ein kleines Vermögen«, sagte Miriam, während sie mit einem Löffel Tee in die Kanne abmaß. »Fast mehr als sonst irgendjemand hier auf Rockcliff Isle bekommt. Die Zeiten sind nicht gut, Ellen, seit dem Börsenkrach importiert niemand mehr Heringe. Wir haben auch die Hälfte unserer Arbeiter entlassen müssen, und mein Mann nimmt sich das sehr zu Herzen. Aber Crawford bekommt mehr als unsere Lehrer und der neue Bankdirektor, der in seinem unnützen Prachtbau herumsitzt. Nur für einige Monate Arbeit im Sommer! Und außerdem ist Crawford auch wirklich gut im Geschäft mit den Museen. Schauen Sie nur, all die Post, die er dauernd bekommt!«

Sie nahm ein halbes Dutzend Briefumschläge vom Küchenbüffet und legte sie vor Ellen auf den Tisch. Sie waren von Museen und wissenschaftlichen Sammlungen; der Brief von Ellen war nicht darunter. Seine Mutter hatte mit einem Bleistift auf jeden Umschlag ordentlich das Eingangsdatum notiert. Sie zog ein Blatt heraus und reichte es Ellen.

»Nun, Sie sind ja jetzt sozusagen eine Berühmtheit«, schrieb der Direktor des Museums für vergleichende Zoologie an der Harvard-Universität. Er habe gehört, las Ellen weiter, dass Mr. Maker aus Afrika zurück sei und im Archipel von Rockcliff Isle ein Naturschutzgebiet einrichte. Würde er die Freundlichkeit haben, für das Museum, wann immer es ihm möglich sei, eine Ohrenscharbe zu sammeln, ein paar Trottellummen, einen Tordalk, eine Kumlienmöwe sowie einige Meerstrandläufer, aber bitte im Prachtkleid, um Lücken in der Sammlung zu schließen?

»Im Prachtkleid!«, schnaubte Miriam. »Damit ist er doch bis ins nächste Frühjahr beschäftigt!«

»Und er kommt wirklich gar nicht mehr zurück?«, fragte Ellen.

Miriam schüttelte den Kopf. »Nicht vor dem Ende des Sommers. Die Lebensmittel bringt ihnen Dillons Boot. Crawford war nur letzte Woche noch einmal kurz hier, um eine Sendung von Instrumenten und Werkzeugen zu holen, die sie brauchen. Und Alice.«

»Alice?«, fragte Ellen entgeistert.

»Ja, Alice, eine der beiden Kühe vom Pastor unten in Deephaven. Sie haben sie für den Sommer von ihm gemietet, damit sie Milch und Butter haben. Newland hat auch einen Garten angelegt, hat Crawford mir erzählt, mit Kartoffeln, Gurken, Bohnen, sogar Tomaten. Und natürlich Kräutern.«

»Das klingt ja fast luxuriös.« Ellen versuchte ein Lächeln.

»Ja, nicht wahr?«, sagte Miriam strahlend. »Ich freue mich so für ihn. Die Eider hat ihm immer so sehr am Herzen gelegen.« Sie hielt inne. »Was rede ich denn! Unser Tee wird ja ganz bitter!« Sie zog das Teesieb aus der Kanne. »Kommen Sie, liebe Ellen, setzen wir uns in die gute Stube.«

In der guten Stube hatte sich nichts verändert, da waren der Eckschrank mit seinen Porzellanfiguren, die kleinen Sofas und Sessel. Die weißen Musselingardinen bewegten sich ein wenig in der Sommerbrise, und die Glasenuhr schlug die halbe Stunde. An der Wand hingen die Seestücke, die Stiche von Vögeln und fernen Stränden, und daneben, über dem Blumenständer mit den Farnen darin – ein gestreiftes Fell. Ellen erstarrte.

»Schön, nicht?« Miriam war ihrem Blick gefolgt. »Das hat er mir aus Afrika mitgebracht. Ich dachte, es sei ein Zebra, aber es ist ein ganz besonderes Tier, ein Okapi. Ellen, wären Sie so nett, die Teetassen aus dem Eckschrank zu nehmen? Und die Zuckerschale?«

Vorsichtig holte Ellen das zarte, geblümte Geschirr hervor. In dem Eckschrank, auf einem extra freigeräumten Regal, saß auf seinem kleinen Ast der bunte Honigsauger, den Crawford in Albertville so sorgsam in eine Zigarrenkiste gepackt hatte. Hatte sie wirklich gedacht, in Miriams guter Stube habe sich nichts verändert? Auch hier, selbst hier, war alles anders.

»Vielleicht haben Sie dort einmal ein Okapi gesehen?«, fuhr Miriam fort. »Sie sollen ja sehr scheu sein.« Sie goss Tee in zwei Tassen. »Und er war so enttäuscht!«

Ellen zuckte zusammen. Was wusste Miriam?

»Er hatte ja gedacht, dass die Kisten schon vor ihm hier sein würden«, fuhr Miriam unbeirrt fort. »Aber dann gab es ja solchen Ärger mit dem Zoll in Boma! Er hatte mir das Okapifell gleich bei seiner Ankunft zu Hause schenken wollen, und dann kam es erst Monate später an! Auch ein riesiger Stoßzahn, fast fünfzig Pfund Elfenbein! Er hängt in seinem Schuppen. Nun, die Hauptsache war ja schließlich, dass er wieder hier war. Er war ganz blass und richtig bedrückt, monatelang rührte er sich kaum aus dem Haus, saß immer nur an seinem Tisch in der Werkstatt und guckte Löcher in die Luft. Sprach nicht, aß kaum, und nachts rumorte er dauernd herum, anstatt zu schlafen. Ich musste ihn erst einmal aufpäppeln. Diese schreckliche Malaria!«

Ellen nickte. »Geht … geht es ihm jetzt wieder gut? Ist er wieder ganz gesund?«

»Ich glaube schon, Kindchen«, sagte Miriam. »Aber da ist ein Schatten, seit er zurück ist. Ich kann es nicht richtig beschreiben, aber es ist, als hätte Afrika ihn betrübt. Vielleicht all die herrlichen Tiere, die dort geschossen werden.«

Wieder nickte Ellen. »Ja, all die Tiere …« Sie sah auf. »Miriam, dürfte ich … vielleicht könnte ich ihn einmal besuchen? Ich meine, wo er doch so viel Post bekommen hat. Ich könnte mit Dillons Boot mitfahren und ihm seine Briefe bringen.«

Miriam sah ihr forschend ins Gesicht. »Ich glaube nicht, dass das geht, Ellen«, sagte sie leise und legte die Hand auf ihre. »Es ist ja ein Schutzgebiet. Er hat ausdrücklich Anweisung hinterlassen, dass niemand außer seinen jungen Forschern dort Zutritt hat. Nicht einmal Achsah Brooke darf zurückkommen.«

»Achsah Brooke?«

Miriam nickte. »Sie hat Newland begleitet und sich Cabot's Island dabei einmal angesehen, schließlich gehört ihr ja die Insel. Aber das Boot hat sie noch am selben Abend zurückgebracht. Sie ist dann auch gleich wieder abgereist, ich glaube, sie ist dabei, die gesamte Firma zu verkaufen. Die Leute sagen, sie will nicht in Chicago bleiben.«

»Ich werde den ganzen Sommer über lesen.« Ronnie sah auf den Bücherstapel, den er vor sich aufgebaut hatte. Der Nachmittag war noch schön; sie saßen auf wackligen Gartenstühlen vor der Tür des Sommerhauses, und vom Gästehaus hatten sie sich einen Glaskrug mit Limonade mitgenommen. »Das hier kenne ich schon«, sagte er, und zog *Robinson Crusoe* heraus. »Meine Mutter hat es in der Bibliothek. Und *Huckleberry Finn* natürlich auch. Aber jetzt sind es meine eigenen Bücher.«

»Weißt du, dass Miss Overbeck zur siebzigsten Geburtstagsfeier von Mark Twain eingeladen war?«, sagte Ellen.

Die Augen des Jungen wurden kugelrund. »So alt ist Miss Overbeck schon?«

»Danke für das Kompliment, Ronnie«, sagte Charlotte und verdrehte die Augen. »Ich war damals wirklich noch ziemlich jung. Ich hatte ein unmöglich aufgepufftes weißes Kleid an, und auf den Fotos von dem Abend sehe ich sehr, sehr grimmig aus.«

Ellen musste lächeln. »Der blau-weiß gestreifte Rock steht dir eindeutig besser, Lotte.«

Ronnie schien sie nicht gehört zu haben. Er grub sich weiter durch den Stapel, die Wangen rot vor Aufregung: *Lord Jim*, *Der Glöckner von Notre Dame*, Scotts *Ivanhoe*. Charlotte hatte diesmal gut gewählt. Besser, als ihm mit *Große Erwartungen* Angst einzujagen, so wie damals.

»Gedichte!«, jammerte Ronnie plötzlich.

»Nun, ich glaube, Ronnie, deine Erziehung wäre unzureichend, würdest du nicht auch ein paar Gedichte lesen«, sagte Charlotte streng. »Lass mal sehen. Ich habe schon wieder vergessen, was ich alles ausgesucht habe.« Sie griff nach den schmalen Bänden, die er ihr hinhielt. »Shakespeares Sonette, ich habe selbst mindestens ein halbes Dutzend Exemplare davon, eines trage ich immer bei mir. Und eine Übersetzung von Heine-Gedichten – du weißt wahrscheinlich gar nicht, wer das ist? – und, ah, Robert Frost. Hast du schon einmal von Frost gehört, Ronnie?«

Er schien sie wieder nicht zu hören. »*Der Graf von Monte Christo*!«, rief er begeistert. »Und *Kim* von Rudyard Kipling. Sie haben schon so oft von ihm gesprochen.«

»Das stimmt, Ronnie. Ich verehre ihn sehr.«

Der Junge blickte enttäuscht auf. »Es ist gar kein neues Buch von Ihnen dabei, Miss Overbeck.«

»Ich habe lange für mein neues Buch gebraucht, Ronnie. Aber

ich bin sicher, dass ich in diesem Sommer damit fertig werde. Es spielt in Afrika.«

»In Afrika?« Ronnies Augen funkelten. »Dort, wo Sie waren, Miss Overbeck?«

»Ungefähr dort«, sagte Charlotte vage. Natürlich spielte Charlottes Roman genau dort, wo sie gewesen waren, dachte Ellen. Charlotte hatte sich lange mit einem Stoff für das Buch abgemüht, und es war Izzy gewesen, die schließlich die richtige Idee gehabt hatte, und der Titel stammte auch von ihr: *Der lange Schlaf*. Es handelte von einem reichen Vater und Sohn, die ihre schwierige Beziehung durch eine Expedition nach Afrika verbessern wollten. Am Ende starb der Vater und hinterließ alle Verantwortung seinem Sohn.

»Ich möchte auch Bücher schreiben, Miss Overbeck, wie Sie«, sagte Ronnie. »Oder Vögel erforschen, wie Mr. Maker.«

Im Licht der Nachmittagssonne blitzten die Netze des Heringwehrs. Ein kleines Boot bewegte sich darauf zu. »Sind das die Passamaquoddy?«, rief Ellen. Sie beschirmte die Augen mit der Hand.

Ronnie schüttelte den Kopf. »Ich glaube, das ist mein Vater mit seinem Ruderboot. Die Passamaquoddy kommen nicht mehr. Schon seit ein paar Jahren nicht.« Er sah finster übers Wasser.

»Ronnie«, sagte Ellen rasch, »das ist doch ein Glück, dass dein Vater seine Partner auskaufen konnte.«

»Mit Heringen lässt sich nicht mehr viel Geld verdienen«, sagte Ronnie nicht weniger düster. »Auch wenn ihm jetzt das ganze Wehr gehört.«

»Aber er ist doch obendrein noch Steuerinspektor?«, warf Charlotte ein.

»Aber wer zahlt denn jetzt noch Steuern, Miss Overbeck? Niemand hat Geld.« Er rupfte ein bisschen Unkraut zwischen den Steinplatten vor der Eingangstür. »Nächsten Sommer darf ich nach Cabot's Island. Wenn ich mit der Schule fertig bin. Meine Eltern haben es mir versprochen.«

»Du bist schon nächsten Sommer mit der Schule fertig, Ronnie?«, rief Charlotte aus. »Aber doch erst mit der Mittelschule. Was wirst du dann machen?«

»Nun«, wiederholte Ronnie geduldig. »Ich werde mit Mr. Maker nach Cabot's gehen, für den Sommer. Wenn er mich mitnimmt, natürlich. Und dann«, sein Blick schweifte über die Bucht, »dann werde ich meinem Vater helfen. Mit dem Wehr. Und wenn Hummersaison ist, kann ich ja immer als Decksmann fahren.«

»Ronnie«, sagte Charlotte, »möchtest du nicht weiter zur Schule gehen?«

Der Junge nickte bedächtig. »Ich möchte schon, Miss Overbeck. Aber ich glaube nicht, dass das geht. Das können wir uns nicht leisten. Ich müsste aufs Festland gehen, und dann bräuchte ich auch eine Unterkunft.«

Ellen sah wieder übers Wasser; die Sonne bewegte sich langsam auf den Horizont zu, die felsige Küste von Maine.

»Ronnie!«, hörte sie Charlotte sagen. »Als ich so alt war wie du, konnte sich meine Familie auch kaum leisten, mich zur Schule zu schicken. Und aufs College. Und trotzdem wusste ich genau, was ich tun wollte: schreiben. Und genau das tue ich.«

Der Junge nickte. »Mr. Maker tut auch genau das, was er tun will. Er rettet Vögel.«

Charlotte machte eine unwirsche Handbewegung. »Genau. Das tut er. Also warum …«

Ja, dachte Ellen, warum sollte Ronnie nicht werden können, was er wollte? Warum konnte sie selbst es nicht, immer noch nicht?

»Ronnie«, sagte Charlotte und richtete sich in ihrem Gartenstuhl auf. Ellen spürte ihren Blick auf sich. »Ich hätte vielleicht Arbeit für dich in diesem Sommer. Du könntest etwas Geld sparen, wie damals, als du dir das Fahrrad gewünscht hast, und dann können wir weitersehen mit der Schule auf dem Festland. Meine Neffen, die Zwillinge, gehen auch aufs Internat, in Massachusetts, es gefällt ihnen sehr gut, und ich helfe ihrem Vater mit den Studiengebühren. Sie kommen im Herbst in die zehnte Klasse. Sie könnten dich herumführen, dir alles zeigen, wenn du nächstes Jahr anfängst.«

Die Augen des Jungen weiteten sich.

»Unser Holzschuppen«, fuhr Charlotte fort. »Du bist doch ganz geschickt mit Tischlerarbeiten, oder?«

Ronnie nickte eifrig. »Ich habe ja meinem Vater immerzu geholfen.«

Charlotte griff nach Ellens Hand. »Können wir an den Holzschuppen einen Anbau machen, so einen Verschlag? Und dann das Holz dort stapeln? Und in den Schuppen ein Oberlicht einsetzen, ein großes Dachfenster? Dein Vater hat vielleicht Zeit, mit dem Fenster zu helfen.«

Ronnie runzelte die Stirn. »Wieso wollen Sie das Holz nicht mehr im Holzschuppen lagern, Miss Overbeck? Und wozu braucht ein Schuppen ein Dachfenster?«

Ellen beugte den Kopf. Sie ahnte, was Charlotte vorhatte. »Lotte«, sagte sie leise. »Ich habe doch seit dem Unfall gar keine Kraft mehr zu arbeiten.«

Charlotte drückte ihre Hand. »Es hat lange gedauert, Liebes. Aber du wirst doch wieder zu Kräften kommen, vor allem jetzt, wo wir wieder hier sind. Hier kann man so gut arbeiten.«

Ellen sah auf. »Bei all dem Nebel, meinst du?«

»Genau«, bestätigte Charlotte. »Bei all dem Nebel.«

Ellen versuchte, ihre Tränen zu verbergen. »Ronnie«, sagte sie. »Ich werde einige Sachen aus Chicago schicken lassen. Meine Werkzeuge. Und Material bestellen, Gips, Ton … du weißt doch, ich habe früher einmal Skulpturen gemacht.«

Sein Gesicht hellte sich auf. »Der Holzschuppen wird eine Werkstatt, Miss Sinclair! Miss Overbeck! Wie die von Mr. Maker. Nur kleiner.«

Ellen nickte bedächtig. »Genau. Nur kleiner.«

New York, 20. August 1933

Sehr geehrte Miss Overbeck,
Ihr Schreiben vom 15. d. M. habe ich dankend erhalten. Ich war heute Vormittag persönlich bei Carlo & Söhne im Laden und habe eine Sendung für Sie nach Rockcliff Isle in Auftrag gegeben, bestehend aus

2 Dosen italienisches Tomatenmark
6 kleine Gläser Kaviar, à 65 Cent
2 Knoblauchknollen
1 Pfund Wildreis

Gemäß Ihren Anweisungen wird Mr. Carlo auf der Rechnung nur die Hälfte der tatsächlichen Ladenpreise angeben, damit Ihre Ausgaben für den kanadischen Einfuhrzoll nicht so hoch ausfallen. Bitte lassen Sie es mich wissen, ob Sie in den nächsten Wochen noch Nachschub brauchen. Wenn Sie tatsächlich, wie Sie schreiben, bis Ende September auf Rockcliff Isle bleiben wollen, werden doch diese Vorräte sicher nicht ausreichen.

Mr. Ferguson sagt, Sie brauchen sich um die Rückerstattung der Auslagen für die Lebensmittel keine Sorgen zu machen; wir werden uns stattdessen erlauben, die Summe bei Ihrer nächsten Honorarabrechnung in Abzug zu bringen.
Mr. Ferguson hat sich außerdem erlaubt, auf seine Kosten bei Ihrem Weinhändler in der kanadischen Stadt St. John ein halbes Dutzend Flaschen Ihres bevorzugten Pol Roger (Jahrgang 1919) für Sie zu bestellen, zur Feier der vierten Auflage von Der lange Schlaf *und vor allem natürlich der Bekanntgabe der Akademie für Literatur und Künste, dass Sie in diesem Herbst den Preis für den besten Roman erhalten werden. Er wird Ihnen selbst baldmöglichst schreiben, befindet sich allerdings zur Zeit geschäftlich auf Reisen.*

Ich schließe mich den Gratulationen an und bin
mit vorzüglicher Hochachtung
Ihre Amanda Abrahams
Sekretariat von Albert H. Ferguson, Cheflektor
Millerton & Company

Chicago, 20. Oktober 1933

Sehr verehrte Miss Overbeck,
ich bedanke mich recht herzlich für Ihre Glückwünsche zu der mir vor ein paar Wochen verliehenen Goldmedaille für Bildhauerei – meine Gratulation an Sie ist nicht minder herzlich! Über Ihr kleines Geständnis musste ich lächeln. Selbstverständlich hatte ich Sie in dem Raum, den man uns vor der Veranstaltung zur Vorbereitung zugewiesen hatte, ebenfalls bemerkt. Und ich war, genau wie Sie, davon ausgegangen, dass Sie die Notizen für Ihre Ansprache durchsehen und nicht gestört werden wollten, und aus genau diesem Grund habe auch ich davon abgesehen, Sie anzusprechen. Ich war etwas enttäuscht, dass Sie nach der Preisverleihung so rasch das Podium verließen und ich auf Nachfrage erfuhr, dass Sie noch am selben Abend wieder aus New York abreisen mussten und deshalb nicht an dem Essen zu Ehren der Preisträger teilnehmen konnten.

Umso mehr haben mich Ihre Zeilen erfreut, die ich gestern erhielt. Wie schön, dass Sie Ihre Sonntagsspaziergänge in Chicago immer wieder einmal zu meiner Lebenstreppe führen. Seien Sie versichert, dass ich meinerseits ein großer Verehrer Ihres Schaffens bin, zu dessen Höhepunkten zweifelsohne Ihr großer Roman über Afrika zählt.

Mir geht es mit der Literatur ganz ähnlich wie Ihnen mit der Bildhauerei. Ich verstehe zu wenig davon, um erklären zu können, welche Bücher mir gefallen und warum. Aber das Vergnügen und der Gewinn, mit dem ich ein gutes Buch lese, sind mir genug, um ein großes literarisches Werk als das zu erkennen, was es ist.

Ist es nicht seltsam, dass uns beiden all diese Ehrungen jetzt zuteil werden, wo wir (oder zumindest ich) den Zenit unseres Lebens und Schaffens überschritten haben und wo »Kunst« – und darin schließe ich die Literatur ein – von jenen betrieben wird, in deren sogenannten Werken zumindest ich zumeist keinerlei Kunst zu entdecken vermag.

Bitte grüßen Sie unsere gemeinsame Freundin von mir. Es hat mich erfreut, neulich in der neuen Ausstellung im Kunstmuseum ein paar prominent platzierte Arbeiten von ihr zu sehen, nachdem es doch schien, als habe sie sich viele Jahre lang ganz aus dem Schaffensprozess zurückgezogen. Was ihre neuen Werke betrifft, so bestätigen sie mir einmal mehr die durchaus eigenwilligen Vorstellungen, die Ellen ja immer schon von Skulpturen hatte. Aber ich freue mich sehr für sie, dass sie mit ihren von Afrika beeinflussten Figuren in den letzten Jahren so außerordentliche Erfolge erzielt hat.

Ich hoffe, dieser Brief trifft Sie beide bei bester Gesundheit an.

Mit vorzüglicher Hochachtung,

Ihr Lawrence Godefrey

Maison Toffani, 9. Juli 1935

Meine liebe Ellen,

Ronnie und ich sind vorgestern gut in Sorrent angekommen. Es ist deutlich angenehmer hier als in Rom; wir sind der Hitze dort schon nach weniger Tagen entflohen. Eigentlich, wie Du ja weißt, hatten wir vorgehabt, zumindest noch eine weitere Woche dort zu verbringen, aber uns beiden ist die Freude an der Stadt rasch vergangen. Ich fand dort im Hotel leider schlechte Nachrichten von Johann Strassburger vor; Izzys Zustand hat sich weiter verschlechtert. Und gleich am Tag nach unserer Ankunft, auf dem Weg zum Forum, wurden Ronnie und ich Zeugen einer Militärparade oder etwas Ähnlichem, mehrere Trupps finster gekleideter und bewaffneter Soldaten marschierten im Stechschritt auf die Piazza Venezia zu. Es heißt, Mussolini bereite eine Kriegsaktion vor, um sich wichtigzumachen.

Du kannst Dir vorstellen, dass der Aufzug nicht nach Ronnies Geschmack war. Er hat sofort eingewilligt, schon nach ein paar Tagen weiterzufahren, zumal mich Johanns Nachricht doch recht erschüttert hatte, obwohl das bedeutete, dass er die antiken Sehenswürdigkeiten nicht richtig erforschen konnte.

Und denk Dir, selbst hier in Sorrent gab es am Sonntag einen kleinen Aufmarsch einer örtlichen Bürgerwehr. Überall in Italien scheint man nur noch an tumben Demonstrationen militärischer Stärke interessiert.

Izzys Zustand hat sich, Gott sei Dank, stabilisiert, aber Du wärst erschrocken, sie jetzt zu sehen, Ellen. Sie hat viel Gewicht verloren, und ihr Gesicht ist von einer gelblichen Blässe. Sie hat oft Schmerzen und kann nicht jeden Tag zum Essen herunterkommen. Nachmittags bringt Johann sie in ihrem Rollstuhl auf die Terrasse hinaus. Sie erträgt ihr Leiden mit großer Würde und ist nie ungeduldig mit ihm oder dem Personal, und sie freut sich immer noch sehr an der schönen Aussicht. Sie und Johann senden Dir herzliche Grüße.

Ronnie lässt Dich ebenfalls grüßen. Er sitzt in einem Gartenstuhl neben mir, ganz vertieft in den Roman eines deutschen Autors, Erich Maria Remarque. Johann hat ihm das Buch empfohlen, und in der Bibliothek des Hotels haben wir eine Ausgabe der englischen Übersetzung gefunden. Er ist recht schweigsam und nachdenklich, das Buch scheint ihn sehr zu beeindrucken. Ich habe ihm versprechen müssen, es ebenfalls zu lesen.

Du fehlst mir, mein Liebes. Aber ich weiß ja, dass Dir das Alleinsein nichts ausmacht. Ich wünsche Dir so viel Nebel, wie Du brauchen kannst.

Deine Lotte

XXIV

Rockcliff Isle, August 1935

Draußen füllte sich der Himmel mit Wolken; es sah zum ersten Mal seit Wochen nach Regen aus. Aus dem Dachfenster, an Charlottes Schreibtisch sitzend, konnte Ellen unterhalb des Kliffs die Schemen des Heringwehrs erkennen, von kabbeligen grauen Wellen umgeben.

»Meine liebste Charlotte«, schrieb sie, »ich habe gestern Deine beiden letzten Briefe aus Sorrent erhalten. Ich hoffe, es geht Izzy besser, zumindest den Umständen entsprechend. Wie gut, dass Johann die Möglichkeit hat, den ganzen Sommer mit ihr in Italien zu sein. Du schreibst, sie gehen jetzt gar nicht nach Deutschland zurück? Ich bin ganz durcheinander. Erst durfte Johann nicht mehr in St. Louis im Orchester spielen, weil er Deutscher ist, und sie mussten nach Deutschland gehen. Und nun darf er nicht mehr in einem deutschen Orchester spielen, weil er Jude ist? Was für eine verrückte Welt.«

Sie legte den Federhalter fort. Es war so lange her, seit sie Izzy zum letzten Mal gesehen hatte, auf einem Bahnsteig in Chicago, fast zwanzig Jahre. Izzy, auf die sie immer so eifersüchtig gewesen war. Und die seit Langem an einem unheilbaren Nierenleiden litt. Vielleicht waren schon damals die dunklen Schatten unter ihren Augen nicht nur Ausdruck ihrer Sorge um Johann Strassburger gewesen. Charlotte sprach es in ihren Briefen aus Italien nicht deutlich aus, aber Ellen las zwischen den Zeilen, dass Izzy nicht mehr lange zu leben hatte.

Sie fehlte ihr, Charlotte in ihrem blau-weiß gestreiften Rock. Die nie im Kopf behalten konnte, wann der laut hupende Wagen des Schlachters erschien, die jedes Komma im Blick hatte, das für die dritte Auflage eines Romans korrigiert werden musste, und die schließlich darauf bestanden hatte, ihr, Ellen, eine eigene Werkstatt einzurichten. Am nächsten fühlte sie sich ihr hier, in Charlottes spartanisch eingerichtetem Dachboden, auf ihrem Stuhl, an ihrem Schreibtisch.

»Vor ein paar Wochen habe ich Miriam Maker besucht. Ich schrieb Dir ja, dass ihr Mann im Frühjahr verstorben ist. Jetzt war der Grabstein fertig, und ich habe ihr geholfen, Blumen aus ihrem Garten zum Grab zu bringen. Sie wirkt leider sehr gealtert, fast gebrechlich. Unter den Fischern in North Landing, sogar in Deephaven, herrscht große Unruhe, weil niemand weiß, was aus der Fischfabrik der Makers wird. Crawford wird sie jedenfalls nicht übernehmen; er ist gar nicht mehr auf der Insel. Er lebt jetzt in Boston.«

Sie hatte Crawford nicht erwähnen wollen, und jetzt hatte sie es doch getan.

Miriam hatte ihr wie beiläufig davon erzählt, während sie ein Bündel Gladiolen in einem mit Wasser gefüllten Einmachglas anordnete. Crawford regele auf Cabot's Island alles so, dass die jungen Leute für den Rest des Sommers die Verantwortung für das Schutzgebiet allein tragen konnten. Am Beginn der nächsten Woche würde er abreisen, zusammen mit Achsah Brooke, die ihn und Newland in diesem Jahr nach Cabot's begleitet hatte. Sie planten, in Boston in einer stillen Zeremonie zu heiraten; einen großen Teil ihrer Zeit würden sie in Camden in Maine verbringen. Der Gram über den Verlust ihres Sohnes stand Miriam ins Gesicht geschrieben.

An dem Tag, an dem das Postschiff ankommen sollte, war Ellen ihren Gewohnheiten entgegen zum Mittagessen ausgegangen. Sie ging zu Fuß, nicht schnell; es war noch einer der trockenen, fast heißen Tage gewesen. Sie hatte sich in den etwas schäbigen Speisesaal der Rose gesetzt, des Restaurants, das direkt oberhalb der Bucht an der Straße lag, an einen kleinen Ecktisch am Fenster zur Hafenseite.

»Miss Sinclair, wie schön, Sie zu sehen. Sie sind solch ein seltener Gast in diesem Sommer! Wie geht es Miss Overbeck?«

Madeline Kent, die Wirtin, zupfte das Tischtuch zurecht, brachte ihr Besteck und ein Wasserglas. »Wir haben ganz frische Muschelsuppe, ich habe sie gerade heute Morgen gemacht«, sagte sie stolz. »Obwohl das Wetter ja eigentlich ein bisschen zu warm dafür ist. Wir könnten dringend mal Regen gebrauchen. Ich habe auch frisches Dorschfilet mit Dill, Brechbohnen und neuen Kartoffeln. Oder wenn Sie lieber –«

Das Tuten des Postschiffs ertönte, und draußen vor der Hafenmole schob es sich langsam in Sicht.

»Ich nehme die Muschelsuppe«, sagte Ellen. »Bitte«, fügte sie hinzu, gewärtig, dass es ruppiger geklungen hatte, als sie beabsichtigt hatte. Madeline Kent trippelte in die Küche zurück.

Sie hatte in all den Jahren nicht gewagt, ihm zu schreiben, vielleicht weil sie zu verletzt gewesen war, weil er sich nach ihrer Fehlgeburt nicht ein einziges Mal nach ihrem Ergehen erkundigt hatte. Vielleicht auch aus Furcht, Miriam würde ihren Brief aufmachen, so wie die Briefe der Museen. Oder dass er ihre Briefe lesen und wieder nicht beantworten würde. Oder sie ungeöffnet fortwerfen könnte. Besonders dieser Gedanke war ihr so unerträglich, dass es ihr leichter gefallen war, ihm gar nicht zu schreiben. So wusste sie zumindest, warum er nicht antwortete.

Auf der Hafenstraße entstand Bewegung; einige Wagen fuhren zum Hafen, dem Schiff entgegen, der Leiterwagen von Dillon, dann Bäcker Cossaboom in seinem neuen Lieferwagen.

Eine schwere schwarze Limousine hielt an der Pier. Ein schlaksiger junger Mann sprang auf der Beifahrerseite heraus, in Arbeitsstiefeln, Khakihosen und offenem Hemd: Newland. Er machte sich mit dem Gepäck zu schaffen, lud ein paar Koffer aus und eine alte, abgeschabte Seekiste. Crawfords Seekiste, die sie aus Afrika noch so gut kannte. Viel Gepäck hatte er nicht.

Auf der anderen Seite war inzwischen der Fahrer ausgestiegen, in einem dunklen Anzug, und hielt den Schlag auf. Eine hohe, schlanke Gestalt erschien, elegant in grauen Hosen. Auch das rötliche Haar, das unter einem grauen Hut hervorquoll, war etwas angegraut.

Und da war Crawford; Ellen war so in Achsahs Anblick versunken, dass sie kaum bemerkt hatte, wie er ausgestiegen war. Er ging etwas gebeugt, sein Anzug hing leicht schief von seinen Schultern – hatte sie ihn je in einem Anzug gesehen? –, er wirkte älter. Sie sah ihn wieder vor sich, wie er in Coquilhatville vom Steg des Flussdampfers ging, Ngalula nach, die Flinte über der Schulter. Perlhühner wollte er schießen zum Abendessen, oder ein paar Enten, und für sie hatte er das Fell eines Okapischenkels erhandelt. Sie sah ihn vor sich, wie sie ihn zum ersten Mal gesehen hatte, an derselben Stelle, an der er jetzt stand, am Ende der Pier, den Albatros an den Füßen gefasst, mit einer Flinte über der Schulter, auch damals vielleicht schon ein bisschen gebeugt, und sie sah sich selbst und Charlotte, mit ihren lachhaften Mengen von Koffern und Truhen, ihm gegenüber, und Charlotte fragte, ob der Vogel schlafe oder krank sei.

Crawford ging um den Wagen herum und reichte Achsah den Arm, ein Schiffsjunge kam mit einer Sackkarre gerannt. Newland umarmte seine Mutter, schüttelte Crawford lange die Hand, gab dem Fahrer ein Zeichen, und schon rollte die schwarze Limousine unter den Hebekran, und ein paar Hafenarbeiter legten Ketten um die Räder. Auf der hölzernen Gangway hielt Achsah plötzlich inne; sie deutete mit der freien Hand voraus, auf etwas, das die über der Reling des Oberdecks eingehängten Rettungsboote Ellens Blick verbargen, vielleicht einen Vogel. Achsahs Gesicht war Crawford zugewandt, sonnenverbrannt, das starke Kinn ein bisschen vorgereckt, während sie lebhaft auf ihn einsprach und er zur Antwort nickte.

»Schmeckt Ihnen die Suppe nicht, Miss Sinclair?«, fragte Madeline Kent besorgt. »Sie ist wirklich ganz frisch, ich habe die Muscheln selbst heute Morgen von Elmer Greenlaws Boot geholt.«

Ellen zwang sich zu einem Lächeln. »Ich glaube, ich habe heute einfach keinen rechten Appetit.«

»Soll ich sie Ihnen noch einmal warm machen? Sie ist ja ganz kalt geworden.« Sie sah auf das Salzgebäck, das Ellen auf dem Tischtuch zerbröselt hatte, und griff nach ihrem Suppenteller.

Ellen war nicht die Einzige, die der Fähre nachsah. Da stand Newland, am Ende der Mole, und winkte mit einem Taschentuch. Das Schiff verbarg ihn eine Weile vor ihren Blicken, während es sich unter beflissenem Tuten aus der Hafeneinfahrt herauswand; als es die Mole passiert hatte, steckte Newland das Tuch wieder ein und ging rasch in den Hafen zurück. Auf einem kleinen Motorboot, an dessen Bug der Name »Cetambo« gepinselt war, erwartete ihn ein weiterer junger Mann, und die beiden hantierten mit Kisten, Körben und Proviantsäcken, bevor sie den Motor anließen und aus dem Hafen in die dem Postschiff entgegengesetzte Richtung verschwanden.

Ellens Blick war dem Postschiff gefolgt, bis es Angler's End umrundet hatte und hinter den hohen Klippen verschwunden war. Nein, all das würde sie Charlotte nicht schreiben, dachte sie.

»Wie gut, dass Ronnie Dir mit den Fahnenkorrekturen für *Winterfels* helfen kann. Und nimm es ihm nicht übel, wenn er sich lieber in Bowdoin bewerben möchte als in Yale. Bitte grüße unseren künftigen Ornithologen recht herzlich von mir.«

Sie nagte am Federhalter und sah auf den Sund. Der Himmel hatte sich verdunkelt; bleigraue Wolken verbargen das Festland, und erste schwere Regentropfen fielen.

»Ich werde in diesem Jahr nicht so lange auf Rockcliff Isle bleiben, wie wir es sonst tun«, schrieb sie. »Auf jeden Fall nicht länger als Ende August. Du fehlst mir.

Immer Deine

Ellen«

XXV

Chicago, Februar 1936

Ein eiskalter Wind pfiff vom Lake Michigan herüber, als Ellen die lange Treppe zum Eingang des Naturkundemuseums hinaufstieg. Sie sah konzentriert auf die Stufen; unter dem Schnee der vergangenen Nacht konnte sich gut und gern eine Eisschicht verbergen. Es war später Nachmittag, und es dämmerte schon. Die üblichen Schulklassen waren längst wieder verschwunden, Touristen gab es um diese Jahreszeit kaum, und die meisten Chicagoer zog es bei diesem Wetter auch nicht ins Museum. Ellen fand sich mit dem trompetenden Elefanten und seiner Gespielin fast allein in der weiten, säulenumstandenen Eingangshalle. Ein Wärter an der Tür, mit betresster Mütze, in einem langen Mantel und mit Handschuhen, wies ihr den Weg ins Untergeschoss, als sie nach den Büroräumen fragte.

Ein weiterer Aufseher führte sie durch eine Tür, auf der »Zutritt nur für Personal« stand, durch schwach beleuchtete Gänge mit holzvertäfelten Wänden. Er klopfte an eine Tür, hinter der eine ältere Dame im Kostüm an einem Schreibtisch saß.

»Ah, Miss Sinclair, nehme ich an«, sagte sie, während sie sich erhob und Ellen die Hand reichte. »Sehr gut. Geben Sie mir Ihren Mantel; Doktor Dunphy erwartet Sie schon. Ich koche Ihnen einen Tee.«

Sie schob Ellen durch eine weitere Tür in ein geräumiges, aber unsäglich vollgestopftes Büro. Die Wände waren von Bücherregalen gesäumt, und statt Bildern hingen an jeder freien Fläche Landkarten voller Stecknadeln. In einer Ecke stand ein großer Globus in einem Holzständer, auf ein paar Tischen und auch auf dem Boden lagen Nachschlage- und Bestimmungsbücher, Skizzenblöcke und Stifte, und zwischen einigen Kästen mit Studienbälgen standen ausgestopfte Vögel der unterschiedlichsten Größe und Art, einige in gläsernen Schutzkästen, andere saßen auf kleinen Sockeln oder waren auf Ästen oder Steinen aufgestellt.

»Dreimal pro Woche, wenn Doktor Dunphy zu Tisch ist, mache ich sie alle mit einem Staubwedel sauber«, wisperte die Sekretärin Ellen zu. »Wegen der Motten.«

»Miss Sinclair!«, rief der Ornithologe hinter einem schweren, bücherbeladenen Schreibtisch hervor. »Wie gut, dass Sie kommen konnten. Und dann noch bei diesem Wetter. Setzen Sie sich doch.« Er wies auf einen ledergepolsterten Stuhl seinem Schreibtisch gegenüber, von dem die Sekretärin hastig einen weißen Kakadu hochnahm und ihn in ein Regal räumte.

Gehorsam setzte Ellen sich. Dunphy war ihr noch genauso sympathisch wie bei ihrer ersten Begegnung. Er war grauer geworden, und vielleicht noch etwas dünner.

»Also, die neue Halle der Vögel des Nordatlantik«, kam er ohne Umschweife zur Sache. »Deshalb habe ich Sie gebeten zu kommen.«

»Wegen der neuen Halle?«, fragte Ellen erstaunt. »Ich habe davon gehört, natürlich.«

»Ein großes Projekt für uns«, bestätigte Dunphy. »Im ersten Stock. Wir werden die bisherigen Bestände in die neuen integrieren, aber die Exponate sollen zum Teil neu aufgestellt werden. Und es sind Entwürfe für neue Dioramen in Auftrag.«

Ellen wartete; sie dachte nicht, dass eine Antwort von ihr erwartet wurde.

»Eine ganz große Sache, wirklich«, wiederholte Dunphy. »Sie haben sicher auch gehört oder gelesen, dass die Brookes eine beträchtliche Summe Geld dafür zur Verfügung stellen. Für die«, und nun betonte er jede Silbe, »Truesdale-Brooke-Halle der nordatlantischen Vögel. Niemand hat eine vollständigere Sammlung als wir. Doktor Brooke ist persönlich sehr involviert.«

»Doktor Brooke?«

Dunphy nickte. »Ja, der junge Brooke hat im Herbst seine Dissertation verteidigt. Über das Nistverhalten von *Oceanodroma leucorhoa*, unter besonderer Berücksichtigung der Küsten von New Brunswick und Nova Scotia. Wellenläufer«, fügte er erklärend hinzu, als er Ellens verwirrten Blick bemerkte. »Das wussten Sie nicht?«

»Wir –«, fing Ellen an. »Es hat sich in den letzten Jahren nicht oft ein Kontakt mit den Brookes ergeben«, sagte sie vage.

Dunphy nickte. »Verständlich. Zumal die Familie ja nach Boston zurückgezogen ist, nach dem … schrecklicher Schlag, das. Na, jedenfalls wird das bei uns hier eine ganz große Sache, das sagte ich ja schon. Wir verdanken es nicht zuletzt Ihrem Mr. Maker, dass wir über eine derart umfangreiche Sammlung nordatlantischer Vögel verfügen.«

»Womit kann ich Ihnen helfen, Doktor Dunphy?«, fragte Ellen etwas steif. Bei der Erwähnung *ihres* Mr. Maker war sie leicht zusammengezuckt.

»Wir möchten unser Publikum auf die Halle vor dem Betreten angemessen einstimmen«, erklärte Dunphy. »Durch ein Kunstwerk.«

»Ein Kunstwerk?«, sagte Ellen. »Sie sind ein Naturkundemuseum.«

Dunphy nickte. »Das ist mir bewusst. Aber die Zeiten ändern sich, das Publikum wird anspruchsvoller. Es will, um Horaz zu paraphrasieren, gleichzeitig etwas Nützliches lernen und sich erbauen. Eben auch ein bisschen unterhalten werden – und ich meine das selbstverständlich im besten Sinne des Wortes. Deshalb ein Kunstwerk.« Er holte tief Luft. »Miss Sinclair, ich bin von unserer Direktion, unserem Beirat und dem Komitee zur Entwicklung und Gestaltung der Truesdale-Brooke-Halle bevollmächtigt, Ihnen eine Kommission anzubieten.«

»Eine Kommission?«, wiederholte Ellen.

»Die Mittel sind vorhanden«, fuhr Dunphy fort. »Großzügige Mittel, wie ich betonen möchte. Für einen Vogel. Und, wie ich ebenfalls betonen möchte, gibt man Ihnen vollkommene künstlerische Freiheit, was den Entwurf, das Material und so weiter betrifft, wir stellen uns etwas in Richtung der Skulptur vor, die letztes Jahr die Tate-Gallerie in London von Ihnen akquiriert hat. Lediglich was die Größe der Skulptur betrifft, haben wir gewisse Vorstellungen, damit sie sich harmonisch in das Gesamtkonzept des Eingangs zur neuen Halle fügt. Nicht größer als ein Seeadler, denken wir. Und nicht kleiner als ein Papageitaucher.«

Ellen schluckte. »Warum gerade ich?«

Die schwere Tür ging auf; die Sekretärin schob einen Teewagen herein, Tassen und eine Schale mit Keksen, die Teekanne unter einer mit Wellensittichen bestickten Teemütze. »Zucker?«, fragte sie flüsternd, als sei sie sich bewusst, genau im falschen Moment in Dunphys Büro getreten zu sein. Er winkte ab.

»Nun«, sprach er, an Ellen gewandt, weiter. »Sie erinnern sich doch sicher an diese, hm, revolutionäre Ausstellung? Vor dem Krieg, da müssen Sie noch sehr jung gewesen sein. Kubismus, Futurismus … Fast niemand hat das damals verstanden.« Er nickte versonnen. »Heutzutage ist das, wenn ich so sagen darf, der letzte Schrei. Metaphorisch gesprochen.«

Ellen setzte sich in ihrem Lederstuhl auf. »Doktor Dunphy, ich habe erst in den letzten fünf oder sechs Jahren wieder begonnen zu arbeiten.«

Dunphy rührte nun doch klirrend mehrere Zuckerstücke in seine Tasse. »Miss Sinclair, was soll ich sagen. Sie sind seit ein paar Jahren eine Berühmtheit. Die Presse schreibt, Sie seien von diesem Stil beeinflusst. Und von Afrika!« Der silberne Teelöffel zielte in ihre Richtung. »Sie schreibt, dass Sie einen ganz neuen Weg gefunden haben.«

Sie schüttelte den Kopf. »Ich glaube nicht, Doktor Dunphy, dass das ein ganz neuer Weg ist. Schon vor dem Krieg, als ich zum ersten Mal in Europa war, war die Kunst dort sehr von Afrika beeinflusst.«

Dunphy seufzte. »Miss Sinclair. Ich will ganz ehrlich mit Ihnen sein. Ich bin Ornithologe. Was verstehe ich von Kunst?« Er legte den Löffel auf die Untertasse zurück. »Aber, wie ich schon sagte, Sie haben völlig freie Hand. Doktor Brooke hat extra nach Ihnen verlangt. Er sagt, Ihr tiefes Verständnis der zentralafrikanischen Kultur würde seinem Vater ein Denkmal setzen. Und auch Professor Godefrey, er ist in unserem Beirat, hat Ihr Lob in den höchsten Tönen gesungen: Wenn wir die Arbeit eines echten Chicagoer Künstlers wollten, zudem noch von jemandem, der von Vögeln etwas verstünde, dann kämen wir an Ihnen gar nicht vorbei!« Er räusperte sich. »Miss Sinclair, allein Ihrer Skulptur wegen würden die Leute in die neue Halle strömen. Und die Presse würde berichten. Sie verstehen?«

Sie sah auf ihre Tasse. »Ja, ich glaube, ich verstehe.« Und plötzlich verstand sie tatsächlich. Sie würde es wiedergutmachen können. Endlich.

»Ihre Skulptur bekäme einen prominenten Platz auf einem Sockel, gleich im Eingangsbereich der neuen Halle«, sagte Dunphy. Er fing ihren skeptischen Blick auf. »Selbstverständlich haben Sie, wie gesagt, komplette künstlerische Freiheit, auch was das Material und die Gestaltung des Sockels betrifft. Ich habe mich ein bisschen vorbereitet, die Kritiken Ihrer letzten Ausstellungen gelesen. Ich weiß, dass Sie den Sockel als integralen Bestandteil Ihrer Arbeiten ansehen.«

»Aber was wird aus Crawford? Mr. Maker, meine ich.«

Dunphy runzelte die Stirn. »Wie meinen Sie das, Miss Sinclair?«

»Nun, Sie haben doch selbst gesagt, dass er wesentlichen Anteil an der Ausstattung der Halle hat, durch die Vielzahl der Exemplare, die er zur Sammlung des Museums beigetragen hat. Der Name von Truesdale Brooke steht über dem Eingang zur Halle. Wo steht seiner?«

Dunphy blickte verwirrt. »Nun, die Benennung der Halle …«

»Mr. Dunphy, ich möchte den Albatros in der Halle aufstellen.«

»Den Albatros?«, fragte er ungläubig.

Ellen nickte. »Den Albatros, den Ihnen Crawford Maker vor zehn Jahren überlassen hat. Es war immer sein Wunsch, ihn wieder zum Fliegen zu bringen.«

»Aber, Miss Sinclair«, er schüttelte den Kopf, »das geht doch nicht. Es handelt sich hier ausschließlich um eine Sammlung nordatlantischer Vögel. Der Gelbnasenalbatros lebt im südlichen Atlantik.«

»*Dieser* Gelbnasenalbatros nicht«, gab sie zurück.

»Aber das war doch eine Ausnahme!«, rief Dunphy. »Eine sehr große Ausnahme sogar. Der Erste überhaupt, der vor der Nordatlantikküste gesammelt worden ist.«

»Macht ihn das nicht zu etwas Besonderem?«, fragte Ellen. »Ich würde ihn in einer fliegenden Position aufstellen. Wird es an der Decke ein Diorama geben? Einen nordatlantischen Himmel? Wir könnten ihn dort anbringen. Und eine Tafel könnte seine Geschichte erzählen. Die Geschichte des Albatros, der sich siebentausend Meilen weit verflogen hat. Bis nach Rockcliff Isle. Bis in die Werkstatt des Ornithologen Crawford Maker.«

Dunphy lehnte sich in seinem Drehstuhl zurück und legte die Fingerspitzen aneinander. »Miss Sinclair, haben Sie eine Vorstellung davon, wie schwierig es ist, einen zehn Jahre alten Studienbalg aufzustellen? Nicht schwierig. Praktisch unmöglich.«

Ellen nickte. »Das ist mir klar. Ich habe Zeit. Und ich habe Geduld. Und ein wenig Erfahrung habe ich, wie Sie wissen, schließlich auch.«

»Der Albatros hat eine fettreiche Haut. Es kann sehr gut passieren, dass der Balg beim Aufweichen bricht oder in kleine Stücke zerfällt.«

»Das wird er nicht, Doktor Dunphy, denn das passiert ja nur, wenn das Fett beim Abbalgen mangelhaft entfernt wurde. Sie glauben doch nicht im Ernst, dass Mr. Maker ein solcher Fehler unterlaufen wäre.«

Nun zog ein Lächeln über sein Gesicht. »Mr. Maker muss ein vorzüglicher Lehrmeister gewesen sein. Die Bälge, die Sie aus Afrika geschickt haben, waren alle von höchster Qualität.« Abrupt stand er auf. »Wollen Sie ihn sehen?«

Einen erschrockenen Moment lang dachte Ellen, er spräche von Crawford. Doch Dunphy wartete ihre Antwort gar nicht ab, er war schon unterwegs zur Tür. »Miss Kline!«, rief er. »Ich gehe mit Miss Sinclair in die Sammlung. Sie brauchen nicht zu warten, bis wir zurückkommen, es ist schon spät. Gehen Sie nach Hause.«

Am Ende des holzgetäfelten Flures traten sie durch eine unscheinbare Tür. Dunphy knipste das Oberlicht an; in seinem schwachen Schein sah Ellen links und rechts eine Landschaft aus Regalen, die sich, über mehrere Gänge verteilt, fast bis zur Decke zogen. Sie waren unterteilt in unzählige hölzerne Schubladen verschiedener Formate, einige tief, andere recht flach, wie zur Verwahrung von Zeichnungen und Skizzen, dachte Ellen. An jeder einzelnen Schublade war sorgfältig ein Etikett befestigt.

»Haben Sie sich je gefragt, Miss Sinclair, was aus den kleinen Studienbälgen geworden ist, die Sie aus Afrika geschickt haben? Aus den Blaukehl-Breitrachen?« Er zeigte vage mit der Hand nach links. »Sie liegen da drüben, Abteilung Zentralafrika, zweiter Gang links. Die meisten Vögel nehmen nicht viel Platz weg, von so kleinen Singvögeln bringen wir gut und gern ein paar Dutzend in einer Schublade unter. Für die größeren, Eulen, Enten, Raubvögel, müssen die Schubladen natürlich tiefer sein.« Er wandte sich nach rechts. »Kommen Sie, die Meeresvögel sind dahinten.«

Zielsicher durchschritt er die Gänge. »Willkommen«, sagte er vor einer Wand mit mittelgroßen Schubladen. »Möwen, Lummen, Alke, Kormorane und so weiter. Und unsere Freunde, die Albatrosse.« Schwungvoll zog er eine Schublade auf. »Thalassarche chlororhynchos.«

Mehr als ein halbes Dutzend Studienbälge lagen in der Schublade, jeder mit einem hellen, eng beschrifteten Pappetikett an den Füßen und einer Papiermanschette um Leib und Flügel geschlungen. »Die meisten sind von einer Expedition in den Südatlantik, gesammelt auf Tristan da Cunha und Sankt Helena. Die Weibchen sind etwas kleiner, das sehen Sie ja. Der dort«, er wies auf den letzten Vogel in der Reihe, »ist Ihrer.«

Der Albatros wirkte kleiner, als sie ihn erinnerte, gealtert, fast unbedeutend jetzt, wo er sich in der Gesellschaft seiner Artgenossen befand. Ein bisschen weiße Baumwolle sah aus seinen Augenhöhlen heraus. Sie dachte an den Vogel mit den überlangen Schwingen, den Crawford an den Füßen getragen hatte. Niemals hätte sie sich vorstellen können, dass er in eine Schublade passte. Sein Schnabel und seine Beine waren jeweils mit einem Stück Band zusammengebunden, und er lag auf dem Rücken, die Flügel eng angelegt. Vorsichtig strich sie mit dem Zeigefinger über das schneeweiße Brustgefieder.

»Die Bälge liegen alle auf dem Rücken, damit sie nicht in den Schubladen herumrollen«, erklärte Dunphy. »Und es ist ja alles da: Fundort, Datum, Sammler, Maße, Katalognummer …«

Sie nickte; sie hatte in Afrika Hunderte dieser Etiketten ausgefüllt. Der Ornithologe musterte sie prüfend. »Miss Sinclair, warum wollen Sie diesen Vogel wieder aufstellen?«

Sie senkte den Blick. »Nun, wie ich schon sagte, um auch Mr. Maker in der neuen Halle zu würdigen. Es war sein großer Wunsch, diesen Albatros wieder fliegen zu sehen.«

»Weiß Mr. Maker, was Sie vorhaben?«

Sie schüttelte den Kopf. »Nein. Er ist … wir haben schon lange den Kontakt verloren. Er braucht es nicht zu wissen. Dass ich den Albatros aufstelle, meine ich.«

»Wir stellen nur sehr wenige Exponate im Museum selber auf. Die meisten geben wir an eine Präparatorenwerkstatt, in der Nähe des Südhafens.« Er räusperte sich. »Miss Sinclair, wenn bei Ihrer Arbeit etwas danebengeht, wenn der Balg bricht oder einreißt, wenn der Schnabel abblättert … Es ist Ihnen klar, dass dieses eines der wertvollsten Einzelexemplare unserer ornithologischen Sammlung ist?«

»Es ist mir klar«, sagte sie fest. »Doktor Dunphy, wenn Sie mich den Albatros aufstellen lassen, dann mache ich Ihnen die Vogelskulptur noch dazu, und zwar gratis. Inklusive Sockel.«

Dunphy schwieg eine Weile. Dann nickte er. »Es ist Ihnen sehr wichtig, nicht wahr? Nun, es ist ein wenig ungewöhnlich«, sagte er. »Sie müssen mir etwas Zeit geben, das mit der Direktion und dem Komitee zu besprechen.«

»Ich verstehe«, sagte sie. »Ich danke Ihnen, Doktor Dunphy. Und es eilt nicht. Wenn Sie meinen Vorschlag annehmen, schicken Sie mir den Balg im Sommer zu. Nach Rockcliff Isle.«

Der Ornithologe schloss die Schublade. »Sie werden den Schnabel nachfärben müssen«, sagte er. »Er ist etwas verblichen.«

XXVI

Rockcliff Isle, Sommer 1936

Ellen saß in Crawfords Werkstatt am Kirchweg, in einer schweren Leinenschürze, und wartete. Seit Tagen schon. Worauf hatte sie sich nur eingelassen? Der Balg war angekommen, in einer riesigen hölzernen Kiste, ausgefüllt mit Holzwolle, eingeschlagen in Seidenpapier, mit dem Etikett am Fuß, das, wie Dunphy in einem Begleitschreiben versicherte, vorher von Mrs. Kline genauestens kopiert worden war. Die Museumsdirektion und das Komitee zur Entwicklung und Gestaltung der Truesdale-Brooke-Halle erwarteten den aufgestellten Albatros spätestens zum 20. August in Chicago zurück.

Sie hatte Miriam um Erlaubnis gebeten, die Werkstatt benutzen zu dürfen. Crawford war schon ein Jahr fort, er hatte alles in bester Ordnung zurückgelassen, und es wäre doch schade, wenn die Materialien verdürben, die Farben eintrockneten, die Werkzeuge rosteten, weil niemand sie benutzte. Außerdem war für dieses Projekt der Holzschuppen, in dem Ellen ihre Skulpturen machte, zu klein. Die Flügel des Albatros konnten dort an die Wände stoßen und Schaden nehmen, wenn der Balg erst gedehnt war. Wenn sie ihn zum Fliegen brachte. Der große Tisch in der Mitte von Crawfords Werkstatt war weit besser geeignet, ganz zu schweigen davon, dass sie in ihrem Holzschuppen weder Arsenik noch trockenes Moos, Heu oder indische Baumwolle hatte.

Miriam hatte sofort eingewilligt, sie hatte selbst alles abgestaubt und den Boden gewischt. Die alte Frau ging inzwischen sehr gebeugt und war vor allem froh über die Gesellschaft, sie machte Ellen belegte Brote und brachte ihr Tee. Ellen hatte sie gebeten, Crawford nicht zu schreiben, dass sie in seiner Werkstatt war und weshalb. Es sollte eine Überraschung werden, erklärte sie Miriam, die nickte und nichts fragte.

Nun also saß Ellen in Crawfords Werkstatt und wartete darauf, dass der Balg einweichte. Sie hatte vom Strand der Arcadia-Marsch einige Eimer Sand geholt, Ronnie hatte sie mit der alten Lucy herangefahren, von jenem unseligen Strand, auf dem sie damals die zerschossene Ente gefunden hatten, aber es gabt dort, zwischen Kieseln und Steinbrocken, den feinsten Sand der Insel. Sie hatte ihn gesiebt und wieder und wieder gewaschen. Dann hatte sie den Schnabel und die Füße des Albatros mit Talg eingerieben, das Band zerschnitten, das seine Beine zusammenhielt, den Vogel in Fließpapier eingeschlagen und in einer Kiste in dem nassen Sand vergraben. Nach ein paar Tagen hatte sie vorsichtig den Seidenfaden aufgetrennt, mit dem Miriam damals den Albatros zusammengenäht hatte, doch der Balg ließ sich noch nicht weit genug auseinanderdehnen, um die Baumwollfüllung herauszuziehen, nur ein bisschen hatte sie mit einer großen Pinzette entfernen können. Wieder ein Sandbad, und dann ein drittes, und jedes Mal hatte sie den Balg ein bisschen weiter öffnen und mehr von der Füllung entfernen können. Hatte sie Dunphy nicht versprochen, geduldig zu sein?

Um sich die Zeit zu vertreiben, während sie den Balg durchfeuchtete, zeichnete sie. Sie hatte Crawfords alte Notizen gefunden, in seinem Logbuch von 1925. Seine Angaben waren wesentlich genauer als die auf dem Etikett vom Fuß des Albatros. Er hatte die Länge von der Schnabelspitze bis zur längsten Schwanzfeder gemessen, die Länge der beiden Flügel und auch ihre gesamte Spannweite, die Länge des Schnabels, des Kopfes, des Schwanzes, des Laufknochens, der Zehen und der Krallen. Da waren auch noch ihre eigenen Zeichnungen aus jenem Sommer: der Kopf des Albatros, ein Flügel, der ganze Balg. Sogar den Flügel der Kanadagans hatte sie gezeichnet, mit dem sie damals den Balg getrocknet hatten, und auch die Zeichnungen des ausgelösten Körpers würden ihr zugutekommen.

Wie ungelenk ihre Zeichnungen damals gewesen waren! Sie hätte sie heute kaum mehr als ihre eigenen erkannt. Aber da war dieser Vogel gewesen, und vor allem dieser Mann, der ihr geduldig all das wieder beigebracht hatte, was sie längst vergessen hatte. Dieser Mann, der an sie geglaubt hatte. Und jetzt saß sie hier, in seiner Werkstatt, und sie konnte ihm nicht einmal sagen, dass sie ohne ihn nicht hier säße, ohne ihn keine Skulpturen für die Truesdale-Brooke-Halle machen würde, oder für die Tate.

Sie hatte sich die alten, halb zerfallenen Anleitungsbücher aus der guten Stube der Makers geholt, sie las noch einmal jedes Kapitel, das sie über das Präparieren und Aufstellen von Vögeln finden konnte, und sie las nicht nur die Texte von Montagu und Hornaday, sondern sie entzifferte auch die handschriftlichen Notizen, die Crawford und besonders Miriam über Jahre hinweg an den Rand geschrieben hatten. »Kopf nicht mit Baumwolle füllen, sondern Werg!«, stand dort zum Beispiel. »Draht geht sonst nicht durch.«

Sie hatte die Drähte vorbereitet, dicke, dünne, mittlere. Sie hatte sie sorgsam angefeilt, die für den Hals und den Schwanz an beiden Enden, die für die Flügel und Füße jeweils nur an einem. Über einer Kerze hatte sie gewissenhaft alle Drähte mit Wachs überzogen, damit sie nicht rosteten. Sie hatte begonnen, die Fuß- und Flügeldrähte mit etwas Werg zu umwickeln.

Jeden Tag ließ sich die Haut etwas weiter dehnen, jeden Tag holte sie etwas mehr von der Füllung aus dem Balg. Schließlich hatte sie alle winzigen Baumwollfetzen, jedes noch so kleine Fädchen, das innen an der Haut klebte, entfernt. Sie füllte den Vogel noch einmal mit nassem Sand, wickelte ihn wieder in dünnes Papier und grub ihn ein letztes Mal ein.

»Miss Sinclair? Mrs. Maker schickt mich mit dem heißen Wasser.« Ronnie hatte in diesem Sommer eigentlich bei Newland auf Cabot's Island sein sollen, war aber zurückgekommen, um ihr zu helfen. Er war groß geworden, größer als sein Vater.

Es war noch recht früh am Morgen, Ellen war gerade erst in der Werkstatt angekommen. Hastig band sie sich die schwere Schürze um. Sie nahm den Albatrosbalg aus dem Sand, schüttelte den überschüssigen Sand über der Kiste ab. Sie hatte in den vergangenen Tagen Stunden damit zugebracht, die eingerollte Haut am Bauchschnitt glatt zu streichen, mit der flachen Seite ihres Skalpells. Dann hatte sie ein letztes Mal den Kopf gereinigt, die Kopfhaut vergiftet, den Schädel wieder hineingesetzt. Noch einmal hatte sie den gesamten Balg auf Fettreste hin kontrolliert – von denen es, wie sie es Dunphy vorhergesagt hatte, keine gab – und die Haut mit Benzin gewaschen.

Jetzt musste sie die Oberflügel ausdehnen. Die Oberarmknochen waren im Studienbalg nicht bewahrt worden, und die Haut hatte sich in der langen Lagerzeit zusammengezogen. Mit dem warmen Wasser, das ihr Ronnie aus dem Wohnhaus holte, befeuchtete sie unablässig die Flügelhaut von innen. Sie hatte sie vorsichtig nach außen gestülpt und die kleineren Flügelknochen mit Werg umwickelt. Morgen, wenn sich alles weiter gedehnt hatte, würde sie versuchen, die Armschwinge mit etwas Garn an den umwickelten Knochen zu heften. Sie würde den Albatros auch noch einmal ganz genau vermessen, die Maße würden ein wenig verschoben sein denen gegenüber, die Crawford damals genommen hatte. Sie würde den Oberarmknochen aus einem Stück spanischem Rohr nachbilden, aber es konnte gut sein, dass das Rohr ein paar Millimeter kürzer sein musste, als es der Knochen gewesen war.

Wie sollte sie ihn aufstellen, wie sollte er fliegen? Vielleicht einfach am Himmel schwebend, die Schwingen ausgebreitet, vom Wind getragen. Oder seitlich, im Aufwind segelnd – aber nein, das wäre keine gute Position dort oben unter der Decke des Museums. Lieber im Gleitflug, abwärts, den Kopf leicht zur Seite gelegt, als habe er etwas gesehen, vielleicht eine vielversprechende Stelle auf der Wasseroberfläche, an der sich Krill angesammelt hatte. Oder vielleicht Crawford, der in seinem Ruderboot aus dem Nebel auftauchte.

Wieder und wieder zeichnete sie den Vogel im Flug, oft mit wenigen Strichen, sie wollte die Proportionen der Flügel zum Körper, die Silhouette des Albatros einfangen, seine Lage im Wind. Dann begann sie, die Zeichnungen in kleine Tonmodelle zu übertragen; Ronnie achtete darauf, dass stets ein feuchtes Tuch über dem großen Tonklumpen lag, und daneben eine Wasserspritze, mit der sie die Oberfläche des Materials feucht hielt. Es kostete sie Mühe, die Schwerelosigkeit des Albatros, seine Eleganz, auf das erdene Material zu übertragen. Wieder und wieder rutschte ihr die Brille, die sie seit einigen Jahren trug, die Nase hinunter, wieder und wieder spülte Ronnie die bespritzten Gläser im Wasserbecken ab, während sie mit lehmigen Händen dastand.

So sehr sie sich bei den Entwürfen auf die großen Linien konzentrierte, so sehr musste sie beim Präparieren auf jedes Detail achten. Das Brustgefieder entlang des Schnitts hatte sie noch einmal mit besonderer Sorgfalt mit dem Benzin gereinigt; wenn der Albatros erst unter der Decke hing, würde es zu sehen sein. Sie hatte Tage damit verbracht, die spröden, eingetrockneten Füße des Vogels aufzuweichen, sie in heißes Wasser gehalten, hatte die

Zehenglieder und Fersengelenke massiert und hin- und herbewegt.

Erst als sie den Körper bildete, konnte sie sich wieder an den großen Linien orientieren. Sie nahm sich die Zeichnungen vor, die sie damals vom Kadaver des Albatros gemacht hatte. Sie wickelte den Körper fest aus Heu und Holzwolle, erst im Profil, dann nähte sie Bäusche aus Heu und Moos für die Brustmuskulatur auf. Wieder und wieder kontrollierte sie mit dem Messschieber nach. Den Hals wickelte sie um einen langen, gewachsten Draht mit Werg; würde sie Moos oder Heu benutzen, würde er später brechen, wenn sie ihn bog. Sie befestigte das Werg mit einem Faden, dann rollte sie den Hals in Kleister, um Unebenheiten in der Oberfläche auszugleichen. Am nächsten Tag, als er getrocknet war, verhakte sie den Halsdraht im Körper und nähte etwas Moos auf die Nahtstelle.

Moos war ein wunderbares Material, dachte sie. Sie korrigierte auch die Schenkelpartie der Fußdrähte damit, aber nicht zu viel, hörte sie Crawford sagen, damit die Haut darüber nicht riss und sich am Ende die Federn besser legen ließen. Sie hatte mit einem starken, talgbeschmierten Draht Löcher für die Fußdrähte vorgebohrt, sehr langsam, es hatte Stunden gedauert. Dann führte sie die Fußdrähte ein, sodass sie eng hinter der Tibia anlagen. Zur Sicherheit vergiftete sie die Haut noch einmal. Anschließend bestrich sie die moosigen Schenkel mit etwas feuchtem Ton, um sie zu glätten. Außerdem war es so einfacher, die Haut hochzustreifen. Plötzlich hatte der Balg Beine.

In den nächsten Tagen setzte sie die Flügeldrähte ein, schob sie am Radius entlang bis zu den Handwurzelgelenken, bog sie dort vorsichtig ab, band die Drähte mit etwas Hanfgarn an den Gelenken fest, eine fast unmögliche Aufgabe bei den langen Schwingen. Einen besonders starken Draht schob sie durch ihr spanisches Rohr, und vorsichtig drehte sie den Oberarmdraht mit dem Flügeldraht zusammen; dieser Draht musste die ganze Macht der Flügel halten können. Inzwischen hatte sie Routine in den Arbeitsschritten, sie umwickelte den Oberarm mit mehr Werg und Faden, schob etwas fein geschnittenen Werg zwischen die Unterarmknochen, vergiftete die Flügelhaut. Der Balg fing an, wieder einem Vogel zu ähneln.

Wochen waren vergangen; der Juli war vorbei. Sie schrieb an Dunphy. Wie, fragte sie ihn, sollten sie den Albatros zurück nach Chicago bekommen? Ronnie hatte sich angeboten, eine hölzerne Kiste für ihn zu bauen, aber um den Vogel gut abpolstern zu können, musste sie weit über zwei Meter breit sein und mindestens noch einmal halb so tief und hoch. Man würde ihn als Sonderfracht senden müssen.

Dunphy telegrafierte zurück: »Miss Sinclair, geben Sie die Kiste in Auftrag. Werde persönlich nach RI kommen, um Albatros abzuholen. Passt dritte Augustwoche?«

Heute würde sie den Vogel aufstellen. Der Albatros war eingefeuchtet, die Haut vergiftet, der Schädel und die Augenhöhlen waren mit fein geschnittenem Werg gefüllt, »nicht Baumwolle«, stand in Miriams Randbemerkungen. Der Balg lag vor ihr in der Mitte des großen Werktisches, die Flügel noch an die Seiten angelegt. Ronnie saß ihr gegenüber und blickte erwartungsvoll zwischen ihr und dem Vogel hin und her. Falls der Balg verrutschte, falls die Flügel in den Weg gerieten, würde er helfen, ihn festzuhalten.

Mit der linken Hand hielt Ellen den Kopf, mit der rechten schob sie eine lange, zusammengepresste Pinzette in den Hals des Balges und ließ sie auseinanderklaffen, bevor sie sie wieder herauszog, um die Haut noch einmal zu dehnen. Kopf und Hals lagen völlig ausgestreckt, sie fasste den Vogel am Schnabel.

Ellen holte tief Luft. Dann legte sie den Körper, ihr Meisterwerk aus Moos und Holzwolle, auf den Balg und begann, den Hals einzuschieben, mit dem langen, angespitzten Drahtende voran. Sie fühlte es mit den Händen, fast wollte sie die Augen schließen, es durfte auf keinen Fall die Haut durchstechen, und die Spitze musste genau zwischen den Augen herauskommen, damit der Kopf nicht schief aufsaß. Minuten vergingen, auch Ronnie hielt den Atem an, es war vollkommen still im Raum. Dann war es geschafft, und beide atmeten hörbar aus. Sie zog den Draht noch einmal nach, der aus dem Schädel des Albatros hervorsah, damit der Kopf fest auf dem Hals aufsaß. Dann knipste sie ihn ab.

Der Rest schien ein Kinderspiel dagegen. Sie breitete die Flügel weit aus und folgte den Skizzen und den alten Messungen, um die Flügeldrähte an der richtigen Stelle einzustechen, verteilte die Haut über den Körper. Den Schwanzdraht schob sie von außen durch die Schwanzwurzel ein, dann verankerte sie die Fußdrähte. Sie benutzte wieder Werg, um die Oberschenkel zu ersetzen, bildete daraus einen Kropf nach, verbesserte die Übergänge zwischen den verschiedenen Teilen mit etwas Moos. Ebenfalls von außen schob sie für die Aufhängung zwei winzige Ösen aus festem Draht in den Rücken ein. Ohne sie würde er nicht fliegen können.

Ellen verbrachte Tage mit dem Nähen, ein Glück, dass die Sonne durch das Oberlicht hell in die Werkstatt schien. Wieder und wieder putzte sie ihre Brille. Die Haut war mit Stecknadeln am Körper befestigt, damit sie nicht verrutschte. Vom Schwanz aus hatte sie zu nähen angefangen, mit einer winzigen Nadel. Nicht ein einziger Stich durfte zu sehen sein oder die Haut einreißen. Sie hatte Miriam um Hilfe gebeten, doch die alte Frau hatte abgewinkt – ihre Augen seien nicht mehr gut genug, und sie habe auch nicht mehr die Kraft in den Fingern.

Mit einem starken Bindfaden, den Ellen durch die Ösen zog, band sie ihren Vogel an die Kette, die von der Decke hing. Er war so viel leichter als die Tonmodelle, er hatte schließlich nur Holzwolle und Werg in sich. Die Beine brachte sie in Flugposition, links und rechts vom Schwanz, die Zehen und Krallen bog sie nach hinten. Sie war froh, für die Beine einen dünnen Draht gewählt zu haben, der Albatros wollte ja nicht stehen, sondern fliegen. Dann breitete sie seine Flügel aus für den Gleitflug, auf die ferne Wasseroberfläche zu.

Crawford hatte ihr eingeschärft, wie wichtig die Ausarbeitung des Kopfes war, mit seiner feinsten Pinzette schob sie ein wenig indische Baumwolle unter die Kopfhaut, um dem Vogel ein natürliches Aussehen zu geben. Über den Augen wölbten sich fast eine Art Augenbrauen, die sich aber im Flug eine Spur nach hinten verzogen. Sie brachte etwas Ton auf, um die schwarzen Glasaugen einsetzen zu können, zog mit der Pinzette vorsichtig die Augenlider darum zurecht. Sahen sie in die richtige Richtung? Er sollte hinabschauen, auf den Krillschwarm oder auf Crawfords Boot. Würde überhaupt jemand diese Details wahrnehmen, wenn der Albatros erst hoch unter der Decke hing? Es spielte keine Rolle, dachte sie. Das Einzige, was zählte, war, dass ihr Albatros vor Crawfords kritischem Blick bestehen konnte.

Die nächste Woche verbrachte Ellen mit dem Legen der Federn, sie ordnete sie mit einer Pinzette vor, ganze Federpartien waren nach der langen Lagerung verdreht. Sie legte kleine Kartonstreifen darunter, die sie mit Insektennadeln befestigte. Sie würden die Federn in der richtigen Lage halten, bis der Albatros vollständig getrocknet war. Der Schwanz und die Schwungfedern brauchten stärkere Kompressen, und damit sich die Flügel unter dem zusätzlichen Gewicht nicht senkten, hielt sie sie mit Bindfäden, die sie durch die Ösen im Rücken führte, in der richtigen Position. Sie würde die Bandagen nicht abnehmen, bevor der Albatros wieder in Chicago angekommen war, und sie umwickelte ihn zur Sicherheit auch noch komplett mit einem Gespinst von feinen Baumwollfäden. In Chicago würde sie sich auch noch einmal das Untergefieder der Flügel vornehmen müssen. Ein Föhn, dachte sie. Hier auf Rockcliff Isle hatte sie ihren Haarföhn nie dabei, weil ihr Sommerhaus noch immer keine Elektrizität hatte. Aber im Museum in Chicago würde er ihr gute Dienste tun.

Dunphy schnupperte, als er an einem nebligen Augustmorgen in die Werkstatt trat. »Es riecht nach Farbe«, sagte er und streckte Ellen zur Begrüßung die Hand entgegen. Dann sah er sich um. »Ist er das?« Er trat an den Albatros heran, der an seiner Eisenkette hing. Lange blieb er einfach stehen, dann ging er vorsichtig, fast auf Zehenspitzen, um den Vogel herum.

»Ist er das?«, wiederholte er flüsternd. »Meine Güte, ist er das wirklich?« Als er sich wieder Ellen zuwandte, spielte ein Zwinkern in seinen Augen. »Miss Sinclair, ich wusste doch, dass Sie den Schnabel nachmalen müssten.«

»Die Füße auch ein wenig, Doktor Dunphy«, sagte Ellen. »Und die Augenlider.«

Am Abend aßen sie in der Rose; Madeline Kent hatte ein paar Tische zusammengestellt und mit einem festlichen weißen Tischtuch gedeckt. Die Runde war groß, Ronnies Eltern waren dabei, der alte Arzt und seine Frau, und Miriam. Auch Newland war von Cabot's herübergekommen; seine Saison dort neigte sich dem Ende, und er bereitete sich auf die Vorlesungen vor, die er im Herbstsemester halten würde.

Das Festessen war Charlottes Idee gewesen; sie wollte die Wiederherstellung des Albatros feiern, bevor Dunphy mit ihm abfuhr, und auch Ronnies bevorstehende Abreise nach Maine. Sie hatte ihm längst verziehen, dass er sich für Bowdoin statt für Yale entschieden hatte, und war stolz wie eine Glucke auf ihr Küken, dass er sich dort auf Ornithologie spezialisieren wollte. Es gab Gerüchte, dass die Brookes im Verlauf der nächsten Jahre ihr Vogelreservat dem College stiften würden.

Dunphy räusperte sich. »Ein Toast ist wohl angebracht, liebe Anwesende«, sagte er und stand auf. »Es ehrt mich, dass ich noch einmal auf Ihrer beeindruckenden Insel zu Gast sein darf. Ich und, wenn ich so sagen darf – auch der Albatros. Denn wer hätte gedacht, dass auch er noch einmal seinen Weg hierher finden würde? Nein, dieses Mal hat er sich ganz bestimmt nicht verirrt. Dieses Mal hat er genau gewusst, warum er noch einmal nach Rockcliff Isle zurückkommen musste: damit unsere liebe Miss Sinclair hier ihm seine Gabe zu fliegen zurückgibt. Und nun, liebe Freunde«, er machte eine bedeutungsschwere Pause, »nun kann er dorthin zurückkehren, wohin er gehört.«

»Ins Museum?«, fragte Ronnie dazwischen. Seine Mutter, die neben ihm saß, stieß ihn mit dem Ellenbogen an.

»Nun.« Dunphy räusperte sich noch einmal, vorübergehend aus dem Konzept gebracht. »Ich dachte eigentlich eher in den Himmel über dem Meer, dessen König er doch ist. In den weiten blauen Himmel, der unsere Truesdale-Brooke-Halle überwölbt. Von dort aus wird er zahllose Menschen erstaunen, erfreuen und inspirieren, Erwachsene und Kinder. Mehr als es je ein Albatros vor ihm getan hat. Und das haben wir Ihnen zu verdanken, Miss Sinclair.«

Gläser klangen, Glückwünsche wurden gerufen, und nach der Muschelsuppe, die es in der Rose täglich als besondere Spezialität zu geben schien, klopfte auch Charlotte an ihr Glas und erhob sich schwerfällig. Der Champagner stand nicht auf der Speisekarte; Dunphy hatte großzügige Mengen von Pol Roger aus St. John schicken lassen. Ellen war sich ziemlich sicher, dass Newland dafür bezahlt hatte. Dr. Brooke, dachte sie, sich im Stillen korrigierend.

»Flügel«, sagte Charlotte gerade. »Gibt es eine bessere Metapher für unsere Hoffnung, unsere Zukunft? Da sind die ganz wirklichen, mächtigen Schwingen des Albatros, der uns schon so viele Jahre lang begleitet. Und dann ist da meine Schreibmaschine, die auf ihre Art ganz kuriose Flügel hat und mir ebensolche verleiht. Und da sind die Vögel, die unsere jungen Männer zu akademischen Karrieren inspirieren, so klein sie auch sein mögen. Die Vögel, meine ich. Ronnie«, sie hob ihr Glas in seine Richtung, »wir sind alle sehr stolz auf dich. Wenn du in ein paar Tagen davonfliegst, deiner Zukunft entgegen, wird der Albatros dir Glück bringen, wie er ja immer den Seeleuten Glück gebracht hat, nicht wahr?«

Wieder klangen Gläser, wurden Glückwünsche gerufen, nur Ronnie sah still und verlegen auf das Tischtuch und drehte sein Glas am Stiel herum. »Nicht den Seeleuten, die nach ihm schießen, Miss Overbeck. Denen bringt er kein Glück.«

Agnes Beale stieß ihren Sohn so heftig mit dem Ellbogen an, dass man in der Stille, die sich plötzlich über die kleine Gesellschaft legte, fast den Champagner aus seinem Glas schwappen hören konnte. Der Junge lief dunkelrot an. »Ich meine«, stammelte er. »Ich meine …« Er sah Charlotte an. »Sie haben mir doch die Gedichte von Coleridge geschenkt. Ich habe immer alle Bücher gelesen, die Sie mir geschenkt haben, Miss Overbeck. Alle.«

»Ellen«, sagte Charlotte hastig, seine Bemerkung ignorierend. »Meine liebe Ellen. Auch wenn du es zumeist vorziehst, in deinen Skulpturen die Flügel der Vögel nur anzudeuten – dir selbst sind sie in den vergangenen Jahren gewachsen. Sie sind inzwischen fast so lang wie die des Albatros, möchte ich meinen! Ich bin sehr stolz auf dich, ich meine«, sie räusperte sich, »wir alle hier sind sehr stolz auf das Werk, das du mit diesem Albatros vollbracht hast.« Sie machte eine kleine Pause. »Auf Ellen!«, schloss sie und hob ihr Glas noch etwas höher.

North Landing, 28. September 1939

Sehr geehrte Miss Overbeck,

Sie werden sich sicher wundern, diesen Brief von mir von Rockcliff Isle zu bekommen, wo ich doch in Maine sein sollte, das Semester hat Anfang September ja wieder angefangen. Miss Overbeck, ich hoffe, Sie verzeihen mir, aber nach der Kriegserklärung Kanadas, da konnte ich einfach nicht mehr in Bowdoin bleiben, obwohl ich ja schon im letzten Jahr vom College bin. Ich bin gleich abgereist und habe mich auf der Heimfahrt in St. John freiwillig gemeldet. Meine Eltern waren natürlich sehr überrascht, mich zu sehen.

Ich bitte Sie noch einmal um Verzeihung, Miss Overbeck. Vielleicht werden Sie es verstehen, wenn auch Ihr Land wieder in einem Krieg ist. Hoffentlich ist es in diesem nicht nötig.

Niemand hat mich so viel gelehrt wie Sie, und ich wollte Sie niemals enttäuschen. Aber jetzt geht es nicht anders.

In aufrichtiger Dankbarkeit für alles, was Sie für mich getan haben,

Ihr Ronnie Beale

XXVII

Rockcliff Isle, Ende August 1940

»Du hast einen Roman über mich geschrieben!«, rief Ellen aus und warf den Stapel Korrekturfahnen aufs Sofa, den Miss Abrahams gerade aus New York geschickt hatte. »Einen kurzen, romantischen, zynischen Roman. Und ihn mir nicht gezeigt.«

Charlotte ließ die Zeitung sinken. »Liebes, einen langen Roman habe ich nicht mehr in mir. Und du hast seit Jahren wirklich Wichtigeres zu tun, als alle meine Zettel abzutippen.« Sie saß in einem Schaukelstuhl im Wohnzimmer des Sommerhauses. In den Strahlen der späten Nachmittagssonne, die durch das Fenster hereinfielen, sah Ellen, wie verblichen die blauen Chintzvorhänge waren.

»Siehst du mich wirklich so?«

»Wie sehe ich dich denn, deiner Meinung nach?«

»Als … als ein kleines, verzicktes Ding, das einen alternden Heldentenor anhimmelt, der im Fine Arts Building wohnt und einen Butler hat. Um dessentwillen sie sich ertränkt!«

Die Zeitung rutschte zu Boden. »Kitty ist bildschön, und es stimmt, sie sieht ein bisschen so aus wie du, als wir uns kennenlernten. Aber sie ertränkt sich nicht, Ellen, sie bricht beim Schlittschuhlaufen ein.«

»Das macht die Sache auch nicht besser. Und der Mann, Charlotte! Dieser eitle, egoistische Mann! Lawrence Godefrey!«

»Zacharias Salomon.«

»Wie auch immer du ihn nennst.«

»Zacharias Salomon ist Opernsänger, Liebes, nicht Bildhauer. Und, ja, ich gebe zu, ich habe an Lawrence gedacht, als ich ihm seine Gesichtszüge gegeben habe, seinen Bart, und vielleicht auch seine elegante Kleidung. Aber das ist auch alles. Er hat, wie du ja gelesen hast, erheblich mehr ... hm, Resonanzboden? Und außerdem ... außerdem, Liebes, ist das nicht Lawrence.« Sie nahm die Brille ab. »Das bin ich.«

»Du?« Ellen starrte sie an.

»Natürlich ich. Hast du das nicht gemerkt? Du liest doch sonst immer so aufmerksam.«

»Aber, Charlotte. Ein *Mann*.«

»Natürlich ein Mann!«, rief Charlotte so heftig, dass sie husten musste. Sie legte eine Hand an ihre Seite. »Was soll es denn wohl sonst sein, Ellen? Eine *Frau*?«

Ellen senkte den Blick. Charlotte hatte recht. Einen Roman über eine begabte junge Frau, die sich in eine ältere Sängerin verliebte, hätte sie schwerlich schreiben können.

»Überleg doch mal. Er ist, wie du selbst gerade gesagt hast, eitel und egoistisch. Und, na ja – nicht gerade dünn.«

Ellen sah sie prüfend an. »Du hast wieder Schmerzen. Ich hole dir ein Glas Wasser.«

Charlotte verzog wieder das Gesicht. »Lass doch. Ich komme mir vor wie eine Regentonne. Immerzu Wasser trinken. Es steht mir bis zum Hals.«

»Aber, Lotte, diese exaltierte kleine Kitty. Aus diesem Kaff in Nebraska. Diese Möchtegern-Künstlerin. Und dann bringst du sie auch noch um, als sie kaum über zwanzig ist.«

»Weil es eben *nicht* du bist. Kitty begibt sich, um im Bild zu bleiben, auf sehr dünnes Eis. Sie will Künstlerin sein –«

»Pianistin«, warf Ellen trocken ein. »Erinnert mich da etwas an Izzy?«

»– will Künstlerin sein«, wiederholte Charlotte. »Aber zu viel hält sie zurück. Und was ist das?« Sie hob lehrerinnenhaft den rechten Zeigefinger. »Der Mann … hm, der Mensch, der sie liebt, aber der sich selbst so wichtignimmt, dass er ihr Talent, ihre eigene künstlerische Begabung, dabei übersieht. Sie einfach für selbstverständlich nimmt und sie wie sein Personal behandelt. Als Akkompanistin. Sekretärin. Hübsches junges Ding an seinem Arm. Und weil es ein kurzes Buch ist, lasse ich sie dann einfach durchs Eis brechen.« Sie hustete wieder. »Dich aber, Liebes«, ihr Zeigefinger zeigte in Ellens Richtung, »kann man nicht für selbstverständlich nehmen. Und dein Talent ist so groß, dass es am Ende sogar dich selbst überlistet und sich Bahn gebrochen hat, obwohl ich, weiß Gott, viele Jahre lang alles getan habe, das zu verhindern. Ich habe es gar nicht gemerkt! Dein Buch, meine Ellen, schreibst du selbst. Und im Gegensatz zu mir«, nun schüttelte der Husten sie, »bist … bist du noch mittendrin.«

»Jetzt hole ich dir doch ein Glas Wasser, Lotte. Oder, besser noch, ich mache uns eine Tasse Tee. Licht mache ich auch gleich, es wird in den Ecken schon dunkel.«

»Nun, falls es schon so spät ist, lieber einen Scotch mit Soda«, schlug Charlotte vor.

Ellen tat, als habe sie sie nicht gehört. »Wir sollten doch endlich elektrische Leitungen legen lassen, Lotte«, rief sie aus der Küche, während sie mit der Petroleumlampe hantierte.

»Das wird nicht nötig sein, Liebes«, sagte Charlotte im Wohnzimmer. »Dies wird das letzte Mal sein.«

Erstaunt drehte Ellen sich um, das flammende Streichholz in der Hand. »Wie meinst du das, das letzte Mal?«

»Genau so, wie ich es sage. Das letzte Mal, zumindest für mich. Ich werde Rockcliff Isle nicht mehr wiedersehen.«

»Lotte, was redest du denn da?«, sagte Ellen erschrocken. Sie warf das verkohlte Streichholz in die Küchenspüle.

»Überleg doch, Liebes. Es ist einfach zu schwierig, im Krieg zu reisen. Und ich hatte gedacht, mich könnte im Sommer hier Doktor McEwan betreuen. Aber ohne ihn … Könnte ich doch bloß auch einen Herzinfarkt bekommen.«

»Sag das nicht!«, rief Ellen.

»Ich meine es ganz ernst, Liebes. Doktor McEwan ist zwar tot, aber zumindest musste er nicht selbst miterleben, wie er körperlich und geistig verfällt.«

Ellen wollte widersprechen, aber sie wusste, dass Charlotte ihren Protesten nicht glauben würde. Von ihrer Gallenblasenoperation im Winter hatte sie sich nicht richtig erholt. Ihr Gesicht war eingefallen, die Augen wirkten kleiner und stets etwas trübe.

»Und Ronnie, Ellen«, sagte Charlotte leise. »Was soll ich denn hier noch ohne Ronnie?«

Ellen senkte den Blick. Auch hier nützte kein Widerspruch. Charlotte hatte recht. Ronnies Tod hatte sie fast ebenso schwer getroffen wie Izzys im Jahr zuvor.

»Vielleicht sollten wir doch einmal auf den Friedhof gehen«, schlug sie vorsichtig vor.

»Nein!«, rief Charlotte und hob abwehrend die Hände. Wieder verzog sie schmerzlich das Gesicht. »Nein«, sagte sie noch einmal. »Ich will ihn … will ihn so erinnern, wie … wie …«

Ellen nickte. »Ich verstehe dich.« Sie sagte Charlotte nicht, dass sie am Vortag mit einem Strauß Margeriten von ihrer Wiese an Ronnies Grab gewesen war. *Ronald G. Beale, 1918–1939*, stand auf dem Granitblock. Darüber hatten seine Eltern ihre eigenen Namen und ihre Geburtsjahre setzen lassen, mit einem Bindestrich. Als warteten sie nur auf ihren eigenen Tod, darauf, ihrem Sohn dann wiederzubegegnen.

Wie viel mehr Zeit hätte er gehabt, dachte Ellen, als sie ihre Blumen auf das Grab stellte. Sechzig Jahre? Oder nur eines oder zwei, jetzt, wo der schreckliche Krieg in Europa immer heftiger wütete? Wäre es ihm nicht ergangen wie seinem Onkel, dessen Name auf dem rührend unbeholfenen Mahnmal aus großen Strandkieseln stand, kaum zwanzig Schritte von Ronnies Grab entfernt? Stattdessen hatte er sich die Büchse aus dem Schuppen genommen, mit der sein Vater auf Wild ging, war den Weg zu den Klippen hinaufgestiegen, durch den Tannenwald zum Forellensee, hatte sich dort auf einen Stein gesetzt und sich eine Kugel durch den Mund geschossen. Das erste Mal, dachte Ellen, das einzige Mal, dass er ein Gewehr in die Hand genommen hatte, seit er als Siebenjähriger sein Holzgewehr zerbrochen hatte. An jenem Tag, an dem das Mahnmal für die Toten des Krieges eingeweiht worden war, von dem sie damals alle gedacht hatten, er werde der letzte aller großen Kriege gewesen sein.

»Ich habe einen Brief von Johann Strassburger bekommen«, sagte Charlotte unvermittelt.

»Von Johann?« Sie war diejenige, die die Post durchsah, und ihr war nichts aufgefallen.

»Ich hole ihn.« Ächzend beugte Charlotte sich vor.

»Warte, ich helfe dir auf«, sagte Ellen. »Wir sollten ein Kissen in den Schaukelstuhl legen, damit du höher sitzt.«

»Ich glaube, in den werde ich mich gar nicht mehr hineinsetzen. Da komme ich ja nie mehr hoch.« Charlotte kramte in ihrem Schlafzimmer in der Kommode. »Hier.« Sie kam wieder ins Wohnzimmer geschlurft, ließ sich aufs Sofa fallen und klopfte mit der Hand auf das Polster neben sich. Ellen setzte sich.

»Der Briefumschlag mit den indischen Marken«, sagte Ellen. »Ich dachte, das sei Fanpost.«

»Er ist seit zwei Jahren in Indien, schreibt er«, sagte Charlotte. »In Bombay. Offenbar gibt es dort Arbeit für Musiker. Sie brauchen Orchester, die Filmmusik spielen.«

»Indien«, sagte Ellen gedankenverloren. »Ich bin erleichtert zu hören, dass es ihm gut geht.«

»Er hat noch mehr geschrieben«, fuhr Charlotte fort. »Er schreibt, dass er mir alle meine Briefe zurückschickt. Damit ich mit ihnen verfahren kann, wie ich will.« Sie sah Ellen an. »Er sagt, es seien mehr als achthundert. Ich glaube, seit Izzy nach Europa gezogen ist, habe ich ihr fast jede Woche geschrieben. Und es scheint, sie hat nicht nur die Briefe, sondern auch jeden Fetzen Papier über mich aufbewahrt, jede Kritik, jede Opernkarte, jedes Gedicht und jeden Artikel, den ich je veröffentlich habe. All das ist in einem großen Paket nach Chicago unterwegs. Es gehöre ihm nicht, schreibt er, aber er will es auch nicht vernichten.«

Ellen sagte nichts, aber Charlotte schien es auch nicht zu erwarten. »Ellen«, sagte sie, »du musst mir etwas versprechen. Wenn ich – wenn ich nicht mehr am Leben bin, musst du alles verbrennen.«

»Lotte!«, rief Ellen. »Was ist denn heute nur los mit dir?«

»Nichts ist los mit mir. Ich habe nur in Ruhe nachgedacht. Ich habe es ernst gemeint, als ich gesagt habe, ich möchte so sterben wie Doktor McEwan. Und wenn ich schon meinen geistigen und körperlichen Verfall selbst mitansehen muss, so will ich auf keinen Fall, dass der Rest der Welt daran teilhat. Niemand. Niemals. Auch dann nicht, wenn ich tot bin. Unterbrich mich nicht!« Sie hob wieder den Zeigefinger. »Du musst alles verbrennen, Liebes. Nicht nur die Briefe, die ich an Izzy geschrieben habe. Und ihre an mich. Auch alle anderen, die ich erhalten habe. Alles.«

»Auch die Briefe an mich?«, fragte Ellen erschrocken.

Charlotte nickte. »Auch die. Sie gehen nur uns beide an. Und wir wissen ja, was wir geschrieben haben.«

Ellen sah aus dem Fenster. Die felsige Küste von Maine stand dunkel vor der versinkenden Sonne. Sie deutete auf den unordentlichen Manuskriptstapel neben ihr auf dem Sofa.

»Hast du vorhin gesagt – der Mensch, der Kitty liebt?«

»Ja, natürlich.«

»Du hast nicht gesagt – der Mensch, *den* sie liebt?«

»Nun, ich hoffe, Zacharias ist auch der Mensch, *den* sie liebt. Aber Kitty ist von ihm mehr geliebt worden, als er je jemand anderen geliebt hat. Wird das im Manuskript nicht klar? Dann muss ich es noch einmal überarbeiten.«

»Hast du das immer gewusst?«, fragte Ellen leise.

»Du etwa nicht?«

Ellen legte ihren Kopf in die Beuge zwischen Charlottes Hals und Schulter. Ein tiefes Scharlachrot breitete sich über den Himmel, darüber ein helles Rosa, ein letztes intensives Hellblau. Ihre Tränen verwischten die Farben.

»Ich muss dich um Verzeihung bitten, Liebes«, sagte Charlotte. »Immer dann, wenn du mich brauchtest, bin ich nicht recht für dich da gewesen.«

Ellen schüttelte den Kopf, den Blick gesenkt; sie wollte nicht, dass Charlotte sie weinen sah. »Sag das nicht. Du bist immer für mich da gewesen. Selbst damals, als …«

Charlotte drückte ihre Hände. »Das stimmt nicht, und du weißt es. Lass mich ausreden, bitte.«

Sie wandte Ellen ihr müdes, fahles Gesicht zu. »In den Briefen an Izzy wirst du einen finden. Aus Boma, bevor wir an Bord dieses entsetzlichen Überseedampfers gegangen sind. Bevor du das Kind verloren hast. Einen Brief, den ich … ich habe ihn voller Schmerz geschrieben, auch voller Zorn. Ich habe ihr geschrieben …« Sie hustete wieder, dann winkte sie ab, als Ellen aufstehen wollte. »Lass mich zu Ende sprechen, bevor ich vergesse, was ich sagen wollte. Ich habe ihr geschrieben, dass … dass der Sommer, in dem ich mit ihr nach Italien gefahren bin, der längste meines Lebens gewesen sei. Dass er zumindest fünfundzwanzig Jahre meines späteren Lebens aufwiegen würde. Fünfundzwanzig Jahre, die mir nichts bedeuten könnten nach diesem einen Sommer. All meine Zeit mit dir.«

»Lotte«, sagte Ellen, »soll ich dir nicht doch ein Glas Wasser holen?«

Charlotte lachte leise, hustete wieder. Sie hielt Ellens Hände fester. »Ich hatte unrecht. Ich war zu verletzt, zu wütend. Dabei war es doch genau andersherum. Mein längster Sommer? Mit ihr? Wie albern. Mein längster Sommer hat genau dann angefangen, Liebes, als meine Zeit mit ihr vorbei war. Und ich war zu dumm, es zu merken. Mein längster Sommer – das bist du.«

Ellen stand hastig auf. Warum konnte sie die Tränen nicht zurückhalten? »Ich hole dir Wasser. Mit einem kleinen Schuss Scotch drin.«

»Ich glaube, ich habe nie eine schönere Frau gesehen als dich damals in Izzys Kleid«, hörte sie Charlottes Stimme, während sie in der Küche hantierte. »Ich fand sofort, dass es dir viel besser stand. Izzy war dafür immer etwas zu blass.«

»*Viel* zu blass«, bestätigte Ellen. Sie lächelte unter Tränen.

»Dein eleganter Nacken, dein schmaler Rücken in der Hängematte. Ich hätte sofort erkennen sollen, dass es nicht Izzy war, als ich zur Tür hereinkam. Sondern – du.«

»Nun, du wolltest, dass es Izzy war«, sagte Ellen. Sie wischte sich die Augen.

Charlotte nickte nachdenklich. »Wir haben Izzy beide viel zu verdanken. Dass wir uns kennen, zum Beispiel. Oder die Tatsache, dass wir Rockcliff Isle hatten. Sie hat mit mir geschimpft, dass ich nicht gut genug zu dir bin, und mir geraten, dass wir uns ein Ziel für die Sommer suchen, nur für uns beide. Auch diesen Brief wirst du finden. Und dann hat sie mir von einer Bibliothekarin in New York geschrieben, die sie kennt und die immer auf diese verlassene kanadische Insel fährt, in ein Gästehaus in der Moses Cove.«

»Harriet Meriwether. Deshalb sind wir hier?«, sagte Ellen. »Ich habe mich immer gewundert, wie du auf diese verlassene kanadische Insel gekommen bist.«

»Ich dachte, wenn ich dir sage, woher ich den Tipp habe, fährst du nicht mit«, gab Charlotte zu.

»Izzy hat alle deine Manuskripte gelesen«, sagte Ellen nachdenklich.

»Sogar noch einen frühen Entwurf von *Kitty Darlings letztes Lied*«, bestätigte Charlotte. »Kurz vor ihrem Tod. Sie meinte, es sei mein bestes Buch.«

Ellen lächelte. »Das hat sie über jedes deiner Bücher gesagt.«

»Das stimmt.« Charlotte grinste. »Und natürlich hatte sie jedes Mal recht.«

»Wenn du wirklich nicht wieder nach Rockcliff Isle fahren willst, nehmen wir den verdrehten Tizian-Stich mit nach Chicago«, sagte Ellen. Dann wurde sie wieder ernst. »Lotte, ich werde nicht ohne dich zurückkommen. Das verspreche ich. Unser Haus, unsere Insel … ohne dich ist es nichts mehr. Und, ja, du hast recht. Auch ohne Ronnie nicht. Und ohne den guten Doktor McEwan.« Sie sah Charlottes Gesicht an, dass diese wusste, was sie nicht aussprach. Ohne Crawford.

»Ohne Ronnie«, wiederholte Charlotte. »Es hat sich so vieles verändert. Zu vieles, nicht wahr? Und für mich ist es auch nichts mehr, das weite Reisen.« Sie hielten einander an beiden Händen. »Auch der längste Sommer kommt einmal zu einem Ende, Liebes.«

XXVIII

Chicago, Januar 1943

Ellen saß im Wohnzimmer am Kamin. Die Heizkörper knackten, und ab und zu klang es, als schlüge jemand mit einem kleinen Hammer dagegen. Wie damals die Gleisarbeiter, dachte sie, die nahe der Wohnung über der Bäckerei mit ihren Hämmern und Gasfackeln die eingefrorenen Weichen gelockert hatten. Die Zugehfrau hatte, bevor sie gegangen war, auch im offenen Kamin noch ein Feuer gemacht und einen Stapel Holz aus der Abstellkammer gebracht. »Damit Sie es schön warm haben, Miss Sinclair«, hatte sie gesagt. »Und das Abendessen steht im Ofen. Vergessen Sie nicht zu essen, bitte.«

Ellen hatte sich ein Glas Rotwein aus der Küche geholt und sich in den Lehnstuhl gesetzt, in dem Charlotte mehr oder weniger die letzten Jahre ihres Lebens verbracht hatte. Wenn die Sonne schien, fiel sie durch die großen Südfenster in den Raum. Charlotte hatte dort gelesen; sie war jeden Tag gründlich die Zeitung durchgegangen, als dürfe sie nicht ein einziges Detail des furchtbaren Krieges verpassen. Ansonsten war sie zu ihren alten Favoriten zurückgekehrt, zu Dickens und Walter Scott und den Franzosen, Maupassant, Hugo, vor allem Flaubert. Die Literatur der Gegenwart interessierte sie weniger denn je; für Joyce oder Hemingway, Woolf oder Nabokov hatte sie kaum ein Achselzucken übrig. Auch ihre Korrespondenz hatte sie aus dem Lehnstuhl diktiert; einer Sekretärin, die ein paarmal pro Woche ins Haus kam.

Oft war sie einfach eingeschlafen, für zehn Minuten oder eine halbe Stunde. Und manchmal war ein plötzlicher Tatendrang über sie gekommen, dann hatte sie einen Spaziergang machen wollen. Sie landete oft im Eisenwarengeschäft, zwei Straßen weiter, wo sie ein Schwätzchen mit dem Inhaber hielt. Sie brachte merkwürdige Dinge zurück, mal einen Schrubber, mal einen Korkenzieher, obwohl sie schon drei besaßen, mal ein Päckchen Batterien, die zu nichts im Haus passten. Manchmal hatte sie Gäste empfangen; die Neffen, Erics Zwillinge, kamen immer vorbei, wenn sie in der Stadt waren. Doch an vielen Tagen war Ellen ihre einzige Gesellschaft gewesen.

Charlotte war in ihrem Lehnstuhl gestorben. Noch am Morgen, mit der blassen Novembersonne im Fenster, hatte sie mit Ellen Pläne gemacht. Sollten sie nicht im kommenden Sommer wieder an die Atlantikküste fahren, nach Maine? Der Asticou Inn in Northeast Harbor war ihr empfohlen worden. Bestimmt könnte sie dort wieder arbeiten. Zum Mittagessen hatte sie sich an den Esstisch gesetzt und danach im Sessel ein Nickerchen gemacht. Sie hatte über fürchterliche Kopfschmerzen geklagt, als sie erwacht war. Ellen hatte sie in ihren Armen gehalten, und die Zugehfrau hatte ihr kühle Kompressen gemacht. Es war so schnell gegangen, dass der Arzt, den Ellen gerufen hatte, erst zehn Minuten nach ihrem Tod eingetroffen war. Ellen hatte an Doktor McEwan auf Rockcliff Isle denken müssen. Geh, Lotte, wie er gegangen ist, dachte sie.

Sie hatte eine kleine Gedenkfeier für Charlotte in der Wohnung veranstaltet, mit einem Pfarrer der Hochkirche. Newland Brooke war gekommen, und einer der Zwillinge. Charlotte hatte vor dem Südfenster aufgebahrt gelegen. Sie hatten nach der kurzen Zeremonie Tee getrunken. Niemand schien es merkwürdig zu finden, Charlotte dabei im selben Raum zu haben. Im Gegenteil, sie hätte gefehlt, wäre sie es nicht gewesen.

Ellen hatte es in den Wochen nach Charlottes Begräbnis schwer in der Wohnung ausgehalten. Sie hatte die Tage in ihrem Studio im Fine Arts Building verbracht, auf einem Hocker gesessen und auf die unfertigen Arbeiten auf ihrem Werktisch gesehen. Lange hatte sie das Wohnzimmer gemieden, hatte am Küchentisch gegessen, wenn sie überhaupt etwas aß; sie schien fast nichts zu brauchen. Erst nach Beginn des neuen Jahres hatte sie eine neue Kraft verspürt, als langsam die Wintersonne wieder höher stieg und ihre Strahlen die Wohnung erreichten. Sie hatte Charlotte ein Versprechen gegeben, und sie würde es einlösen müssen.

Und so saß Ellen jetzt inmitten von Stapeln von Papier, mit Band umwickelten Packen von Briefen. Andere waren in hübschen Kartons aufbewahrt, die vormals Konfekt enthalten hatten oder ein Parfüm, das Charlotte bei Fields gekauft hatte. Sie war umgeben von einem Meer von Umschlägen, in so vielen verschiedenen Handschriften, mit Briefmarken aus aller Herren Länder. Sie zog mit dem Finger die Zeilen eines Briefes nach, den Crawford an Charlotte geschrieben hatte.

Rockcliff Isle, 11. Dezember 1928

Verehrte Freundin, liebe Charlotte,
ich habe mich zu bedanken für Deine Telegramme von Bord des Schiffes und von New York, wie auch für den ausführlichen Brief aus Chicago. Ich fand alles zur selben Zeit vor, als ich letzte Woche von Halifax wieder in Rockcliff Isle ankam.

Wie habe ich mich erschrocken über die Telegramme, dass Ellen fast gestorben ist. Ich war ganz außer mir. Es ist meine Schuld.

Ich werde darüber nie hinwegkommen. Wie gut, dass es ihr besser geht, wie Du schreibst. Ich verstehe auch, dass Du nicht willst, dass ich an Ellen schreibe oder zu ihr nach Chicago fahre. Es fällt mir nicht leicht, aber ich werde Deine Wünsche respektieren müssen. Ich gebe Dir mein Wort.

Vielleicht sollte ich Dich um Verzeihung bitten? Meine Liebe zu Ellen wird nicht enden, das will ich ehrlich sagen, aber meine Hochachtung für Dich ebenfalls nicht. Solange Du nur gut für sie sorgst. Ich hätte es auch gern getan. Mit ihr hätte ich wohl fliegen mögen. Ohne sie kann ich es nicht.

Ich glaube nicht, dass ich Euch noch einmal wiedersehen werde. Ich füge hier ein Andenken bei, etwas, das Ellen immer sehr gefallen hat. Ob Du es ihr übergibst und ob Du ihr meine Grüße ausrichtest, überlasse ich Dir. Mikwid hamin, sagen die Passamaquoddy zum Abschied. Behalte mich im Gedächtnis. Sie wird immer in meinen Gedanken sein.

Aufrichtig,
Crawford Maker

Oh, meine Charlotte, dachte Ellen. Das hatte sie getan? Ihr den Brief verheimlicht? Dabei war sie, Ellen, doch damals schon ganz wieder bei ihr gewesen, hatte ihre eigene Entscheidung längst gefällt. Und Crawford – hatte sie wirklich gedacht, er hätte nicht einen einzigen Versuch gemacht, sie zu erreichen? Einmal mehr musste sie ihm Abbitte tun. Hätte er heftiger gekämpft, sich mehr gemüht, wenn sie das Kind damals bekommen hätte? Stattdessen hatte er Charlotte ein Versprechen gegeben. Weil sie, Ellen, sich schon gegen ihn entschieden hatte. Wie lange das alles her war. Sie zögerte einen Moment. Dann ballte sie den Brief zusammen und warf ihn ins Feuer.

Da waren Fotos, mehrere Schuhkartons voll. Charlotte in Afrika, Charlotte mit ihren Neffen, Charlotte an irgendeinem Podium stehend, Charlotte vor der Steinmauer hinter dem Sommerhaus, der Steinmauer, die sie so mühsam gebaut hatten und die, wie Sarah Davidson schrieb, nun nach und nach wieder einstürzte. Auf den Fotos von Rockcliff Isle trug Charlotte oft den blau-weiß gestreiften Rock, obwohl er ihrer Figur nicht gerade schmeichelte. Bei schlechtem Wetter sah man sie in einem Wollponcho in schwarz-weißem Hahnentrittmuster und einem zerknautschten dunklen Regenhut. Ellen selbst war auf kaum einem der Bilder zu sehen, denn sie hatte meistens fotografiert.

Ins Feuer. Ins Feuer mit den Fotos, in denen Charlotte den unvorteilhaften Streifenrock trug. Charlotte würde sicher nicht wollen, dass die Nachwelt sie dicker erinnerte, als sie in Wirklichkeit gewesen war. Ins Feuer auch mit den Fotos, auf denen sie Preise und Würden angeheftet bekam. Hatte sie nicht immer betont, wie wenig sie sich daraus mache? Auch wenn Ellen es besser wusste.

Hier war eine schöne hölzerne Kiste, in den Deckel das Siegel einer Firma eingebrannt, die Pralinen und Konfitüren herstellte. Der Zettel, der den Inhalt beschrieb, lag noch darin: Sie hatte Gläser mit Gelee von Zitronen und Muscadintrauben enthalten, und Marmeladen von Ananas und Bitterorangen. Es war ein luxuriöses Weihnachtsgeschenk von Charlottes Bruder Carl gewesen, Ellen erinnerte sich genau, unmittelbar nach Kriegsende, als Charlotte begonnen hatte, für den Roman zu recherchieren, aus dem Jahre später *Die Unvergessenen* geworden war.

So viel Post hatte sie in den Jahren nach Erscheinen des Buches bekommen, die jetzt statt der Gläser mit Eingemachtem die Kiste füllte, vor allem von Männern, die in Frankreich im Feld gestanden hatten, als sie sehr jung gewesen waren. So jung wie Ronnie; sie fand ein ganzes Bündel von Briefen, die er Charlotte geschrieben hatte, bis hin zu jenem letzten. Sie las ihn noch einmal; warum hatten sie nicht gleich verstanden, dass es ein Abschiedsbrief war? Und hier war einer von einem Studenten aus dem Herbst 1940, nach ihrem letzten Sommer auf Rockcliff Isle, der ihr geschrieben hatte, wie viel auch ihm *Die Unvergessenen* bedeutete; sein Vater, den er nie kennengelernt hatte, sei wie der Held ihres Buches im Mai 1918 bei Cantigny gefallen. Der Brief musste Charlotte Freude gemacht, vielleicht ein bisschen Trost gespendet haben nach Ronnies Tod. Sie warf ihn den anderen hinterher in die Flammen.

Wie viele Briefe hatte Charlotte von ihrer Mutter erhalten! Es war, als hätten die beiden ein ständiges Gespräch geführt. Sie hatte sich von ihr das Rezept für den Hüttenkäse schicken lassen, den Ellen nie gemocht hatte, und mit ihr die jüngeren Geschwister diskutiert, besonders die jüngste Schwester, deren Mann in den Jahren der Depression fast das Bankgeschäft der Overbecks ruiniert hatte und die Hälfte der Farmer und Kleinbetriebe in Sandy Point gleich noch dazu. Und wie Charlotte ihre Mutter angelogen haben musste! Mrs. Overbeck kommentierte ausführlich die neue Wohnung in Chicago und später die Expedition nach Afrika, aber so, als sei Charlotte allein dort gewesen, ohne sie, Ellen, oder jedenfalls nur mit einer Sekretärin. Ins Feuer damit.

Charlotte hatte mit Sängern und Malern korrespondiert, mit Journalisten und Schauspielern, wenn auch nur mit wenigen Schriftstellern. Hier war ein Brief von F. Scott Fitzgerald, hier einer von Sinclair Lewis. Zoë Akins, die befreundete Dichterin und Autorin im fernen Kalifornien, schwor in ihren Briefen mehrmals, dass sie gewiss nicht zu viel trinke. Und zu ihrem Erstaunen fand Ellen einen Brief von Lawrence Godefrey. Auch die darin enthaltenen Grüße hatte Charlotte ihr nicht ausgerichtet.

Die Briefe von Millerton & Co. füllten mehrere Ordner, auch die Durchschläge der Briefe, die Ellen geschrieben hatte, über Tantiemen und Korrekturen, Beschwerden über ein Vorsatzpapier, das zu senffarben geraten war, und eine anmaßende junge französische Übersetzerin, eine gewisse Marguerite Yourcenar, die sich bei der Übertragung von *Der lange Schlaf* zu viele dichterische Freiheiten herausgenommen hatte.

Da waren Dutzende von Briefen von der geduldigen Miss Abrahams. Was für ein Biest Charlotte hatte sein können! Mit Schwung warf sie ganze Stapel der Briefe in die Flammen. Dann stand sie auf, um einen Holzscheit nachzulegen und sich aus der Küche noch ein Glas Bordeaux zu holen.

Und hier ihre eigenen Briefe, die sie Charlotte auf ihren Reisen nach Sandy Point geschrieben hatte. Hier waren die mit den kanadischen Marken, die sie von Rockcliff Isle geschickt hatte, aus dem Sommer, als Charlotte mit Ronnie in Italien gewesen war und sich um Izzy gekümmert hatte.

Izzys Briefe – da war einer ohne Anschrift und Marken. Er war auf dem Briefpaper des Maison Toffani in Sorrent geschrieben, auf dem Umschlag stand nur Charlottes Name und ihre Zimmernummer. Er war kurz: nur der Wunsch, dass sich Charlotte am nächsten Morgen, wenn sie abreiste, nicht verabschieden möge, damit sie einander so in Erinnerung behalten könnten, wie sie den letzten Tag miteinander verbracht hatten: unter einem Sonnenschirm auf der Terrasse beim Tee und bei einem Abendessen im Hotelrestaurant, bei dem offensichtlich nicht nur Johann und Charlotte, sondern auch Ronnie und Izzy ein Glas Champagner getrunken hatten. Sie hatten einander nie wiedergesehen.

Und dann die Bündel von Briefen, die Charlotte an Izzy geschickt hatte über fast vierzig Jahre hinweg. Sie steckten noch in den dicken, wattierten Umschlägen, in denen Johann Strassburger sie aus Bombay geschickt hatte. Nein, sie würde sie nicht lesen. Bündel um Bündel fütterte sie die Flammen, warf die dicken Umschläge hinterher.

Auf dem Boden eines der Kartons, die Izzys Briefe enthalten

hatten, lag ein kleines Päckchen. Es war in Seidenpapier gewickelt und mit einem Band umschlungen, unter dem ein kleiner Umschlag steckte. »Ellen«, stand darauf, und an der zittrigen Handschrift sah sie sofort, dass Charlotte diesen Brief erst gegen Ende ihres Lebens geschrieben hatte. In dem Moment, in dem sie das Päckchen aufnahm, wusste sie, was darin war: eine kleine Schachtel aus Birkenrinde, in die geometrische Muster eingeritzt waren und eine Eule. Doch die Schachtel war seltsam schwer, und sie spürte einen Gegenstand, der darin hin- und herrollte. Sie zog vorsichtig den Deckel ab.

Sie brachte es kaum über sich, in die Schachtel hineinzusehen, doch ihre Finger fühlten ein Stück öliges, weiches Tuch, und darunter die Konturen des dunklen, eckigen Vogels.

Meine Ellen,
wenn Du diesen Brief liest, sitzt Du wahrscheinlich vor unserem Kamin. Vielleicht in meinem Lehnstuhl, in dem ich jetzt auch sitze? Es wird Winter sein, denn ich bin mir ziemlich sicher, dass ich den Winter nicht mehr erleben werde. Deshalb wird der Kamin brennen, und Du wirst die Briefe hineinwerfen, so wie wir es besprochen haben.

Verzeih das schlechte Papier, Du weißt, ich habe es aus Versehen gekauft. Und nun muss ich es verbrauchen, sparsam wie ich bin, und zwar in Briefen an Menschen, die mich von meiner schlimmsten Seite kennen. Denn Du weißt, sobald mir jemand wirklich etwas bedeutet, zeige ich mich von meiner schlimmsten Seite – das ist mir mein Leben lang immer, immer wieder passiert. Und niemand bedeutet mir mehr als Du, und deshalb kennt auch niemand meine schlimmsten Seiten besser als Du.

Du wirst schon wissen, wie ich diese Schachtel erhalten habe, und auch ahnen, wie ich zu dieser Figur gekommen bin. Marie kam an jenem Abend in Coquilhatville noch einmal aufs Schiff zurück. Ich verstand nicht genau, was sie meinte, als sie mir die Figur gab und sagte, Du würdest sie brauchen, und ich solle sie für Dich aufheben. Du weißt, dass ich von solchen Weissagungen nicht viel halte – ist es jetzt das Verdienst der Figur, dass Du damals am Leben geblieben bist, oder ist es die Schuld der Figur, dass Du beinahe gestorben wärst? Ist es das Verdienst der Figur, dass Deine Skulpturen es zu so hohem Ansehen gebracht haben? Nun, wie dem auch immer sei: Möge sie Dir in Zukunft nur noch Glück bringen. Du hast noch ein langes Leben vor Dir. Und von diesem grässlichen Briefpapier und meinen schlimmsten Launen und Angewohnheiten wirst Du endlich verschont sein.

Jetzt, wo ich alt und krank bin, weiß ich, dass im Leben nichts mehr zählt als die Menschen, die wir lieben. Würden wir das allerdings schon herausfinden, wenn wir jung und voller Tatendrang sind, und würden wir uns dann einfach hinsetzen und einander lieben, blieben die Betten ungemacht, und überhaupt würde nur sehr wenig von dem erledigt werden, was in der Welt eben erledigt werden muss. Aber jetzt – jetzt bleibt mir in der Welt nur noch eines: Dich zu lieben.

Deine Lotte

Sie ließ das Blatt sinken, trank einen Schluck Wein und sah lange ins Feuer. Vielleicht würde sie tatsächlich im Sommer nach Maine fahren, nach Northeast Harbor, wie Charlotte es sich gewünscht hatte. Andererseits war es vielleicht ein bisschen zu nah an Camden, dachte sie. Eher sollte sie sich ein kleines Sommerhaus am Ostufer des Lake Michigan kaufen, in Good Harbor Bay oder Old Mission. Sie könnte öfter hinfahren, es war nicht so weit, und es fühlte sich fast wie am Meer an, fast wie auf einer Insel. Fast.

Ja, das würde sie tun, wenn der Winter vorüber war. Sie könnte sich ein neues Studio bauen, einen Holzschuppen mit Blick auf den See, mit einem großen Werktisch in der Mitte und einem Oberlicht darüber, durch das im Sommer den ganzen Tag Sonnenschein fallen würde. Sie würde für die kleine Statue dort ein Wandbrett anbringen, von dem der Vogel wachsam und ernst auf sie herabsehen würde, und sie würde die kleine Schachtel mit Seeglas füllen. Sie könnte Malven und Kletterrosen vor der Tür ziehen und abends von der Terrasse aufs Wasser sehen. Ja, dachte sie, während sie Charlottes Brief ins Feuer warf und das Kamingitter vor die erlöschenden Flammen räumte. Ja, das würde sie tun.

EPILOG

Die Klapperralle

Rallus crepitans

Die Lücken mein ich,
deren Entstehen niemand sah noch hörte –
im Frühjahr aber findet man sie da.
Dem Nachbarn hinterm Hügel geb ich Nachricht;
wir treffen uns, die Grenze abzuschreiten,
und richten zwischen uns die Mauer wieder auf.
Im Gehen bleibt die Mauer zwischen uns.
Ein jeder nimmt, was ihm an Steinen zufiel.

Robert Frost

North Landing, 15. Mai 1948

Sehr verehrte Miss Sinclair Joy, liebe Ellen,
Du wirst Dich vielleicht verwundern, nach so langer Zeit von mir zu hören. Ich schreibe Dir im Auftrag der Provinzregierung von New Brunswick.

Nach dem Tod meiner lieben Frau vor drei Jahren bin ich aus Boston nach North Landing in mein Elternhaus zurückgekehrt; es hatte eine Weile leer gestanden. Wie wohl überall, wendet sich hier in Kanada nach den schweren Jahren des Krieges das Denken und Handeln allmählich wieder dem zivilen Fortschritt und den geistigen Verbesserungen der Gesellschaft zu. Man erinnerte sich nicht nur auf Rockcliff Isle, sondern auch in unserer Provinzhauptstadt Fredericton der Präsenz Deiner lieben Freundin Charlotte Overbeck auf unserer schönen Insel. Und auch der freundschaftlichen Verbindung zwischen uns, und so wurde ich gebeten, Dir ein Anliegen der Regierung zu übermitteln.

Wie Du wohl aus Briefen von Sarah Davidson und auch anderen weißt, ist das schöne Sommerhaus, in dem Ihr beide so viel Zeit verbracht habt, leider recht verwahrlost und von den Stürmen der vergangenen Winter nach und nach schwer mitgenommen worden. Man möchte nun gern dem Andenken Charlotte Overbecks hier ein Denkmal setzen, indem man das Sommerhaus wieder instand setzt und darin ein kleines Museum errichtet, womöglich mit Exemplaren ihrer Bücher, einigen Briefen, Papieren, Manuskripten und Fotografien. Auch einige Möbelstücke, die eurer leider verdorbenen Einrichtung vergleichbar wären, sollen beigebracht werden.

Die Provinz New Brunswick möchte Dich bitten, der Renovierung des Sommerhauses zuzustimmen. Die Kosten würden gänzlich vonseiten der Provinz getragen, unterstützt von einer großzügigen Förderung der kanadischen Bundesregierung in Ottawa. Man bietet an, Dir das Land, auf dem sich die Reste des Sommerhauses befinden, abzukaufen, oder aber den Wiederaufbau auf Deinem Grundstück vorzunehmen, falls Du es vorziehst, den Boden zu behalten. In jedem Fall würde das wiederaufgebaute Sommerhaus ausschließlich dem ehrenden Andenken Deiner lieben Freundin gewidmet sein.

Ich möchte mich persönlich der Bitte unserer Provinzregierung anschließen. Bitte erlaube mir auch, meiner Hoffnung Ausdruck zu verleihen, dass es Dir so gut geht, wie es nach einem so großen Verlust eben möglich ist. Dies ist eine Erfahrung, die wir beide gleichermaßen gemacht haben, vertieft wohl noch durch die Schwere der Kriegsjahre, die hinter uns allen liegen.

Ich hoffe, dass Du vielleicht noch einmal nach unserem schönen Rockcliff Isle zurückkehrst. Vielleicht möchtest Du den Wiederaufbau des Sommerhauses persönlich begleiten? Eine Unterkunft im Gästehaus in der Moses Cove steht Dir jederzeit zur Verfügung, und die Behörde hat zugesichert, für Deine Reise- und Aufenthaltskosten vollständig aufzukommen. (Sarah Davidson sendet Dir ihre besten Grüße.) In unserem Alter sieht man doch mehr auf das Leben zurück, das man gelebt hat, als nach vorn, und es kann Trost und vielleicht sogar Freude bringen, Erinnerungen an liebe Menschen und bewegtere Zeiten gemeinsam zu teilen.

In Erwartung Deiner Antwort und
mit vorzüglicher Hochachtung und tiefer Zuneigung,
Immer Dein Crawford Maker

Crawford war, bevor er Ellen geschrieben hatte, durch das Sommerhaus in der Moses Cove gegangen. Es bot einen trostlosen Anblick, und er wusste, dass Sarah sich beschwert hatte, weil es die Aussicht von den Fenstern der Gästezimmer im Obergeschoss verschandelte. Die Steinmauer hinterm Haus war in sich zusammengesackt, die Schwarzpappel von einem Wintersturm gefällt.

Eine Tür gab es noch, auch wenn sie verzogen war und nicht mehr richtig schloss, doch einige Fensterscheiben waren zersprungen, und die Gardinen hingen in Fetzen. Die Rücken der Bücher in den Regalen waren verblichen, die Bücher selbst aufgedunsen und schimmlig. Auf dem Holzfußboden des Wohnzimmers hatten offenbar ein paar ungebetene Besucher ein Lagerfeuer gemacht; ein großer Brandfleck starrte ihm entgegen.

Crawford war auf den Dachboden gestiegen. Ein paar Schindeln hatten die Stürme herausgerissen, und Wasserflecke hatten sich auf dem zierlich gemalten Rosenmuster ausgebreitet, auf das Ellen so stolz gewesen war. Doch vor dem Fenster, aus dem man über die Bucht sehen konnte, stand noch der Schreibtisch und darauf die alte Schreibmaschine, an der Charlotte fast jeden Tag gearbeitet hatte.

Er hatte sich hastig umgesehen, als täte er etwas Verbotenes. Dann hatte er den Deckel über die Maschine gestülpt und war damit aus dem Haus gegangen. Jetzt stand sie auf dem großen Werktisch in seinem Schuppen. Die Tasten klemmten, und er hatte begonnen, die Typenhebel vorsichtig von Rost und Spinnweben zu befreien. Charlottes Flügel, hatte Ellen die merkwürdige Konstruktion genannt.

Er hatte sie noch einmal gesehen, ein einziges Mal.

Es war sein erster Sommer auf Cabot's Island gewesen, zusammen mit Newland und ein paar Bowdoin-Studenten. Einige ihrer Instrumente waren nicht rechtzeitig angekommen, bevor sie hinausgefahren waren, und außerdem hatten sie mehr Materialien gebraucht, als sie gedacht hatten, um ihre Bleibe wetterfest zu machen. Crawford hatte sich überzeugt, dass die jungen Männer ihre täglichen Pflichten im Griff hatten (zu denen es nicht nur gehörte, Vögel zu beringen, sondern auch den neu angelegten Gemüsegarten zu wässern), und dann war er mit der »Cetambo« die ganze Strecke nach North Landing zurückgefahren. Er hatte die Bestände an Nägeln und Schrauben, Sägen und Hämmern, Kaffee, Konserven, Reis und Kartoffeln in Dillon's Laden dezimiert, aber dann bis zum nächsten Tag auf das Postschiff warten müssen, um die fehlenden Kompasse, Ferngläser und einen zweiten Fotoapparat in Empfang zu nehmen.

Also hatte er seine Post gelesen, den Gartenzaun ausgebessert und versucht, seiner Mutter aus dem Weg zu gehen, die seine Unruhe zwar schweigend hinnahm, ihn aber mit fragenden Augen verfolgte. Sie war es, die in der Regel die Post entgegennahm, und der Brief, der im Mai von Ellen aus Chicago gekommen war, konnte ihr nicht entgangen sein. Genauso wenig die Tatsache, dass er ihn aus dem Stapel der anderen Briefe herausgefischt hatte und dann einigermaßen überstürzt nach Cabot's Island aufgebrochen war.

Dillon erzählte ihm im Laden, dass die Schriftstellerin aus Chicago und ihre Freundin vor einer guten Woche angekommen waren. Und auch, dass der Bach, der vom Forellensee über das hohe Kliff nördlich der Moses Cove ins Meer stürzte, wegen des starken Regens in den letzten Wochen zu viel Wasser führte und die Forellen aus dem See fortschwemmte, in dem die Männer von North Landing im Sommer gern abends fischten. Er würde den

Ausgang zum Bach mit einem Gitter verschließen, versprach Crawford, froh, sagte er sich, etwas zu tun zu haben. Er kaufte das Gitter gleich mit und machte sich am nächsten Morgen früh auf den Weg zum See.

Er war mehrere Sommer lang nicht an dem See gewesen und hatte vergessen, wie friedlich es dort war. Auf dem moosigen Boden waren seine Schritte nicht zu hören. Hohe Tannen umstanden die sumpfigen Ufer des Sees und zogen sich den Bach entlang bis zur Steilküste. Wo die Sonnenstrahlen den Waldboden erreichten, standen Dotterblumen und Mädesüß. Eine vollkommene Stille herrschte hier, ohne das Rauschen des Meeres, ohne Wind und mit anderen Vogelstimmen als den Schreien der Möwen, Gänse und Alke. Ein Seeadler zog hoch am Himmel lautlos seine Kreise. Ein Kleiber huschte einen Baumstamm auf und ab, eine Zwergdrossel hüpfte durchs Unterholz, und ein paar Waldsänger zeigten beim Aufflattern ihr gelbes Bauchgefieder. Beim unerwarteten Schrei einer Krähe fuhr er zusammen. Krähen mochte er noch immer nicht, und er war sich noch immer sicher, dass er nie eine präparieren würde.

Crawford fand ein paar Steine, mit deren Hilfe er sein Gitter in den Ausgang des Sees zum Bach klemmte und gut festhämmerte – zumindest für diesen Sommer würde es reichen. Dann beschloss er, dem Bach zur Küste zu folgen und den Pfad über die Kliffs und die Moses Cove zurück in den Ort zu nehmen. Es war ein schöner Morgen, er hatte Zeit für eine kleine Wanderung und konnte dabei gleichzeitig nach dem Postboot Ausschau halten, sagte er sich.

Das Rauschen des vom Regen angeschwollenen Wasserfalls vermischte sich mit dem des Meeres unten am Strand, als er die Abbruchkante erreichte. An dem alten Vogelbeerbaum wandte er sich auf dem schmalen Pfad nach links; ein paar Minkwale, die in derselben Richtung zwischen Rockcliff Isle und dem Festland entlangzogen, schienen ihn zu begleiten. Immer wieder tauchten ihre grauglänzenden Rücken aus dem Meer auf.

Als er sich der Moses Cove näherte, senkte sich der Pfad. Gleich, hinter einem Stand von windgebeugten Fichten, würde er die Wiese überqueren, die sich von Ellens und Charlottes Haus bis zur Abbruchkante erstreckte. Der Pfad zwischen den Fichten war nach all dem Regen mit Moos überzogen, in das er bei jedem Schritt ein bisschen einsank. Durch die Bäume schimmerte es weiß und gelb; ein Meer von Margeriten, Goldrute und Schwertlilien stand auf der Sommerwiese. Ihr Garten, wie Charlotte es immer genannt hatte, dachte er.

Er erhaschte einen Blick auf die Schwarzpappel, die Ellen damals vor der neuen Steinmauer angepflanzt hatte, doch dann wandte er hastig den Blick ab. Im Haus schien sich nichts zu regen, und er wollte gar nicht wissen, ob sie da war, obwohl es ihm schien, als habe jemand die Kletterrosen hochgebunden und zurückgeschnitten. Stattdessen sah er wieder nach den Walen, die inzwischen auf der Höhe des Gasthauses sein mussten.

Er stutzte. Unterhalb des Kliffs, auf dem er stand, auf dem Kieselstrand der Moses Cove, bewegte sich etwas. Grau, rot. Ein Mensch, eine Frau, mit einer roten Badekappe. Vorsichtig tastete sie sich über das Geröll zur Wasserkante, den Blick auf einen Felsen gerichtet, der bei Hochwasser nur ein wenig aus dem Meer aufragte. Sie ließ den grauen Bademantel auf den Strand fallen, streifte die Sandalen ab und warf sich ins Wasser.

Crawford stand wie gelähmt. Ellen. Wie konnte sie so nah sein und doch so verloren für ihn? Hatte sie ihm überhaupt je gehört, selbst in den kurzen, fast glücklichen Momenten im Schulhaus der Mission von Lemera? Er hatte nicht um sie gekämpft. Nicht genug zumindest. Vielleicht hätte er es getan, bestimmt sogar, und um das Kind. Aber da war kein Kind. Da war nur ein Brief von Charlotte gewesen, anklagend und urteilend zugleich, und er hatte kapituliert.

Ellen hatte den Felsbrocken erreicht, stützte die Arme darauf und ruhte sich kurz aus. Dann stieß sie sich ab und begann, zum Ufer zurückzukraulen. Sie zog den Bademantel über den nassen Badeanzug, streifte die Sandalen über, riss die Badekappe vom Kopf und schüttelte ihr dunkles, wie immer zum Pagenkopf geschnittenes Haar. Dann machte sie sich auf den Weg zurück. Er folgte ihr mit den Augen, wie sie den Strand zum Gästehaus hin überquerte. Von dort würde sie den Pfad zum Kliff hinauf nehmen, zurück zum Sommerhaus. Er drehte sich um und hastete so rasch in die andere Richtung, wie es der moosige Grund zuließ. Am Vogelbeerbaum lief er geradeaus weiter, dem Pfad in die andere Richtung folgend, am Schwalbennest-Leuchtturm vorbei zurück nach North Landing.

Am Nachmittag verabschiedete er sich von seiner Mutter, nahm die Kisten vom Postschiff in Empfang, verstaute sie im Hellegatt der »Cetambo« und legte ab. Er musste sich beeilen; obwohl es Juli und lange hell war, würde er erst noch einmal in Deephaven anlegen müssen. Der Pfarrer dort hatte ihm versprochen, Alice, die Milchkuh, am Hafen für ihn zum Verladen bereitzuhalten, und die jungen Männer auf Cabot's Island, das wusste er, sehnten sich nach frischer Milch.

Das Gartentor quietschte; er hob den Kopf von der Oliver und legte das ölgetränkte Läppchen beiseite, mit dem er gearbeitet hatte. »Mr. Maker!«, hallte es den Gartenweg herauf. Ein atemloser und verstrubbelter Blondschopf erschien in der Tür der Werkstatt. Ronnie, durchfuhr es Crawford. Aber nein, natürlich nicht. Es war der Sohn von Theo Greene, der jetzt dem Amt für Fischerei und Jagdwesen vorstand.

»Mein … mein Vater schickt mich«, prustete der Junge ohne weitere Einleitung. »Er hat einen Vogel gefunden, in der Marsch. Sie sollen sofort kommen.«

Crawford runzelte die Stirn. »Was denn für einen Vogel?«

»Das ist es eben«, stieß der Junge hervor. »Er weiß es nicht genau. Er hat ihn bei uns noch nie gesehen, sagt er.« Erschöpft ließ er sich auf den frischen Rasen plumpsen.

Crawford stützte die Hände auf den Werktisch und stand auf. Er verzog das Gesicht; seine Knochen wurden auch nicht jünger. »Na, dann los«, sagte er zu dem Kind. »Zeig mir, wo er ist. Aber erst holst du dir ein Glas Wasser aus der Küche.«

»Eine Ralle«, sagte Crawford. Er drehte den Vogel in den Händen. »Eine Klapperralle, um genau zu sein.«

Der Vogel sah erbärmlich aus. Sein braun geschecktes Deckgefieder war durchnässt und zerzaust, sein langer Schnabel verfleckt. »Benno hatte ihn so schnell, ich konnte gar nichts machen«, sagte Theo Greene mit einem entschuldigenden Blick auf seinen Vorstehhund, der hechelnd neben ihm in den Krüppelzedern der Marsch von Arcadia saß. »Aber da war der Vogel schon tot. Oder zumindest fast.«

Crawford strich mit dem Zeigefinger vorsichtig durch das Brustgefieder des Vogels. »Teer«, sagte er leise. »Wieder so ein verdammter Teerfleck.«

»Aber wie ist er denn hergekommen?«, rief der Junge.

Crawford zuckte die Schultern. »Klapperrallen leben eigentlich nicht so weit nördlich«, erklärte er. »Und sie fliegen nicht gern. Der Sturm in den letzten Tagen wird ihn erwischt und mit sich getragen haben.«

»Werden Sie ihn ausstopfen?«, fragte der Junge erwartungsvoll. Crawford musste unwillkürlich lächeln. Ellen hätte den Jungen für seine Wortwahl getadelt; ihm machte es nichts aus. Er hatte im Vorjahr seine Vogelsammlung offiziell der Kommune von Rockcliff Isle geschenkt, und sie war mit einer feierlichen Einweihung im Keller des neuen Schulgebäudes aufgestellt worden. Seither war er bei den Schulkindern der Insel eine Art Berühmtheit.

»Ja, so einen haben wir doch noch nicht, oder?« Auch Theo Greene blickte erwartungsvoll.

Crawford zögerte. Er hatte das Präparieren eigentlich vor ein paar Jahren aufgegeben. Und er wollte gern mit der Schreibmaschine vorankommen. Wenn Ellen im Sommer nach Rockcliff Isle kam, wollte er sie damit überraschen.

Er nickte langsam. »Ich stelle die Ralle auf«, versprach er. »Und dann bringe ich sie zur Schule, und du kannst einen kleinen Vortrag halten, wie ihr sie gefunden habt, dein Vater und du. Was meinst du?«

»Hurra«, rief der Junge. Aufgeregt sprang er mit seinem Hund davon. Crawford sah ihm nach; dann blickte er wieder auf den toten Vogel.

»Der hat ordentlich was mitgemacht«, sagte er zu dem Fischereibeamten.

»Das hat er wohl«, bestätigte Theo Greene. »Aber jetzt kann er ja ausruhen.«

Crawford strich mit dem Zeigefinger noch einmal behutsam über das verklebte Gefieder. »Ja«, wiederholte er. »Jetzt kann er ausruhen.«

Greene nickte zur Straße hinüber. »Soll ich dich fahren?« Am Straßenrand war sein rostiger blauer Kleinlaster geparkt, mit ein paar Hummerfallen auf der Ladefläche.

Crawford schüttelte den Kopf. »Ist schon gut. Ich geh gern zu Fuß. So bleibt man in Schwung, nicht?«

Mit der Ralle in der Hand wandte er sich zum Gehen, durch das niedrige Gestrüpp der Salzmarsch. Hier und da rollten kleine

Farne ihre Blätter aus, und ein paar Primeln blühten. Als er die Straße erreichte, wandte er sich nach rechts, North Landing zu. Die Straße war jetzt bis Deephaven asphaltiert, es hatte ein albernes Fest gegeben im vergangenen Sommer, bei dem die gesamte Insel eine Nacht lang auf dieser angeblichen Modernisierung durchgetanzt hatte. Dabei diente alles nur dazu, dass die Leute mit ihren Autos immer schneller fuhren und man sich als Fußgänger seines Lebens nicht mehr sicher war. Er ging langsamer als auf dem Hinweg mit dem aufgeregt hüpfenden Jungen an seiner Seite. Es war Niedrigwasser; die Marsch zog sich weit ins Meer, bis zur Hafenbucht, wo die Kutter und Boote, die am Morgen nicht ausgelaufen waren, tief unter der Pier dümpelten.

Es war später, als er gedacht hatte, gerade kam ihm Sherman Larsen in seinem neuen roten Postauto entgegen. Er hob die Hand, als er Crawford sah, und hupte. Crawford winkte mit der freien Hand und runzelte die Stirn. Auf den akustischen Teil des Grußes hätte er gut verzichten können. Er sah auf den Vogel, als hätte ihm der Lärm Schaden zufügen können.

Kurz hinter dem Kaufmannsladen bog er in seine schmale Gasse und stieg den Hügel zum Kirchhof hinauf. Das Grab der Beales, in der Nähe der Steinmauer, die den Friedhof umfasste, war noch von Kränzen übersät, die den Stein fast vollständig verdeckten. Letzte Woche hatten sie Ronnies Mutter Agnes zu Grabe getragen. Nur sein Vater, der Tischler und Steuerbeamte Ron Beale, lag nicht dort. Nach Ronnies Tod hatte Ron angefangen, sonnabends zum Festland hinüberzufahren, manchmal bis Eastport, wo eine neue Kneipe aufgemacht hatte. Bald blieb er über Nacht fort, manchmal mehrere Tage. Obwohl der Wirt und andere Gäste schworen, sie hätten gesehen, wie er abgelegt hatte, war er eines Tages nicht mehr zurückgekommen. Sein Boot hatten sie nie gefunden.

Crawford stieß mit dem Fuß das quietschende Gartentor auf;

er würde es ölen müssen. Ein blassblauer Umschlag ragte aus dem Briefkasten, er erkannte ihre Handschrift sofort. Crawford streckte die Hand nach dem Brief aus, doch dann hielt er inne. Würde sie kommen? Es ließ die Hand wieder sinken und sah auf den Vogel. Er würde ihn erst in die Werkstatt bringen; er hatte Zeit.

Eine Klapperralle. Ein Bodenvogel, der sich lieber im Unterholz versteckt, als fliegt, lieber seine langen Beine und Zehen benutzt als die Flügel. Den Schnabel mit Teer verklebt und vom Sturm fortgetragen von der Küste in Connecticut oder New Jersey. Tot geborgen in einer für ihn unwirtlichen nördlichen Fremde. Vorsichtig legte Crawford das Tier auf seine große Werkplatte, neben die alte Oliver. Er musterte seine Werkzeuge. Waren sein Maismehl, sein Borax, seine Baumwollwatte feucht geworden in den letzten Jahren? Hatte sich Rost gebildet auf den Skalpellen und Pinzetten? Würden seine alten Hände noch damit umgehen können, ohne den eleganten Schnabel, die staksigen langen Beine der Ralle zu verletzen? Und er würde Benzin brauchen, um das Gefieder und den Schnabel vom Teer zu reinigen. Er ließ seinen Blick über die Regale schweifen und sein Stehpult bis zu Ellens Stockente, die zwischen den Fenstern an ihrem Stück Treibholz aufflog. Dann griff er entschlossen nach seinem Bandmaß und dem Messschieber, Papier und einem Bleistift und machte sich daran, die Ralle zu vermessen.

Nachbemerkung

Während der Arbeit an diesem Roman habe ich mich auf zahllose Dokumente, Bücher und andere historische Quellen gestützt, Archive, Museumsbestände, Kataloge, Webseiten benutzt. Ich habe mir all jene geografischen, chronologischen und artistischen Freiheiten genommen, die aus Recherchen einen Roman werden lassen. Die Verantwortung für mögliche Fehler liegt allein bei mir, keinesfalls bei den Experten, deren Rat ich gesucht habe.

Ganz besonderer Dank gilt dem Willa-Cather-Archiv in Lincoln, Nebraska, und seinem Direktor, Professor Andrew Jewell. Alle zugänglichen Werke Cathers, Dokumente, Briefe und Fotos sowie Recherchedaten und Sekundärliteratur sind dort vereint und digital vorzüglich aufgearbeitet. Neben den vielen hilfreichen wissenschaftlichen Arbeiten über das Leben und Werk Willa Cathers waren für mich unter den Biografien über sie besonders die zweier Frauen aufschlussreich, die Cather sehr nahestanden: die von ihrer Lebensgefährtin Edith Lewis 1953 veröffentlichte kurze Biografie *Willa Cather Living* und die sehr persönlichen Erinnerungen der Journalistin Elizabeth (»Elsie«) Shepley Sergeant, die Cather über Jahrzehnte freundschaftlich verbunden war.

Dem schönen Heimatmuseum auf der kanadischen Insel Grand Manan verdanke ich die Inspiration zu diesem Buch. Besonderer Dank gilt Ava Sturgeon, der Leiterin des dortigen Archivs, und Nat Urquhart, die mir Zugang zu den Dokumenten und Briefen der seit Generationen auf der Insel lebenden Moses-Familie ermöglicht haben. Hervorheben möchte ich auch den 1993 verstorbenen L. Keith Ingersoll, der einer der Gründer des Museums war und verantwortlich zeichnete für die Einrichtung der »Allan Moses Gallery«, in der die mehr als dreihundert Vögel ausgestellt sind, die die Familie Moses über viele Jahrzehnte gesammelt hatte. Er schrieb außerdem eine vorzügliche Biografie seines väterlichen Freundes Allan Moses, der weit über Grand Manan hinaus als Ornithologe und Präparator bekannt war. (Ingersoll, ein Lokalhistoriker und Autor, ist auch der Verfasser eines anekdotenreichen Artikels über Willa Cathers Sommeraufenthalte auf Grand Manan.) Des Weiteren möchte ich Roger Nason danken, dessen detaillierte Artikel über die Geschichte Grand Manans und umfangreiche Sammlung historischer Fotos von großem Wert für mich waren. Und großer Dank gilt auch der Brooklyner Autorin Melissa Milgrom für ihr inspirierendes Buch über Taxidermie und besonders ihre Recherchen über den Präparator und Bildhauer Carl Akeley.

Keine Autorin ist eine Insel, um John Donne zu paraphrasieren. Ohne Marilyn Biderman hätte ich die Insel, die meiner als Vorbild dient, nie entdeckt. Gar nicht genug danken kann ich meinen frühen Leserinnen und Kritikerinnen: Katrin Ammon und Anja Klabunde. Jill Schoolman und Lee Froehlich gaben meiner Insel ihren Namen. Hal Fessenden stellte mir, mit Ausblick auf ebendiese Insel, genau jene Abgeschiedenheit zur Verfügung, die ich brauchte, um das Manuskript zu Ende zu bringen. Ich danke meiner Familie: Britta, Per und Jan Krup und Hanna und Rainer Sawatzki, die mir großzügig Raum und Ruhe boten, während ich Revisions- und Korrekturrunden drehte. Und ganz besonderer Dank gilt Edwin Frank, der mir vor Jahren meinen ersten Cather-Roman zu lesen gab und der seither mit Ellen, Charlotte und Crawford gewissermaßen hat leben müssen.